Ifrit

WANTED
DEAD or ALIVE
Lakein Chi

다트

정령왕 엘퀴네스

이환 판타지 장편소설

16

dream books 드림북스

정령왕 엘퀴네스 16

초판 1쇄 인쇄 / 2020년 3월 6일
초판 1쇄 발행 / 2020년 3월 30일

지은이 / 이환

발행인 / 오영배
책임편집 / 편집부
본문 디자인 / 오정인
제작 / 조하늬

펴낸 곳 / (주)삼양출판사 · 드림북스
주소 / 서울시 강북구 도봉로 173
대표 전화 / 02-980-2112 팩스 / 02-983-0660
편집부 전화 / 02-987-9393 팩스 / 02-980-2115
블로그 / blog.naver.com/dreambookss

등록번호 / 제9-00046호
등록일자 / 1999년 3월 11일

ISBN 979-11-283-9465-2 (04810) / 978-89-542-4481-7 (세트)

* 지은이와 협의하에 인지는 생략합니다.
* 잘못된 책은 구입한 곳에서 바꾸어 드립니다.

이 도서의 국립중앙도서관 출판시도서목록(CIP)은 서지정보유통지원시스템홈페이지(http://seoji.nl.go.kr)와 국가자료종합목록 구축시스템(http://kolis-net.nl.go.kr)에서 이용하실 수 있습니다. (CIP제어번호: CIP2020008620)

정령왕
엘퀴네스
개정판
이환 판타지 장편소설
16
dream
books
드림북스

정령왕 엘퀴네스 16

Contents

제1화

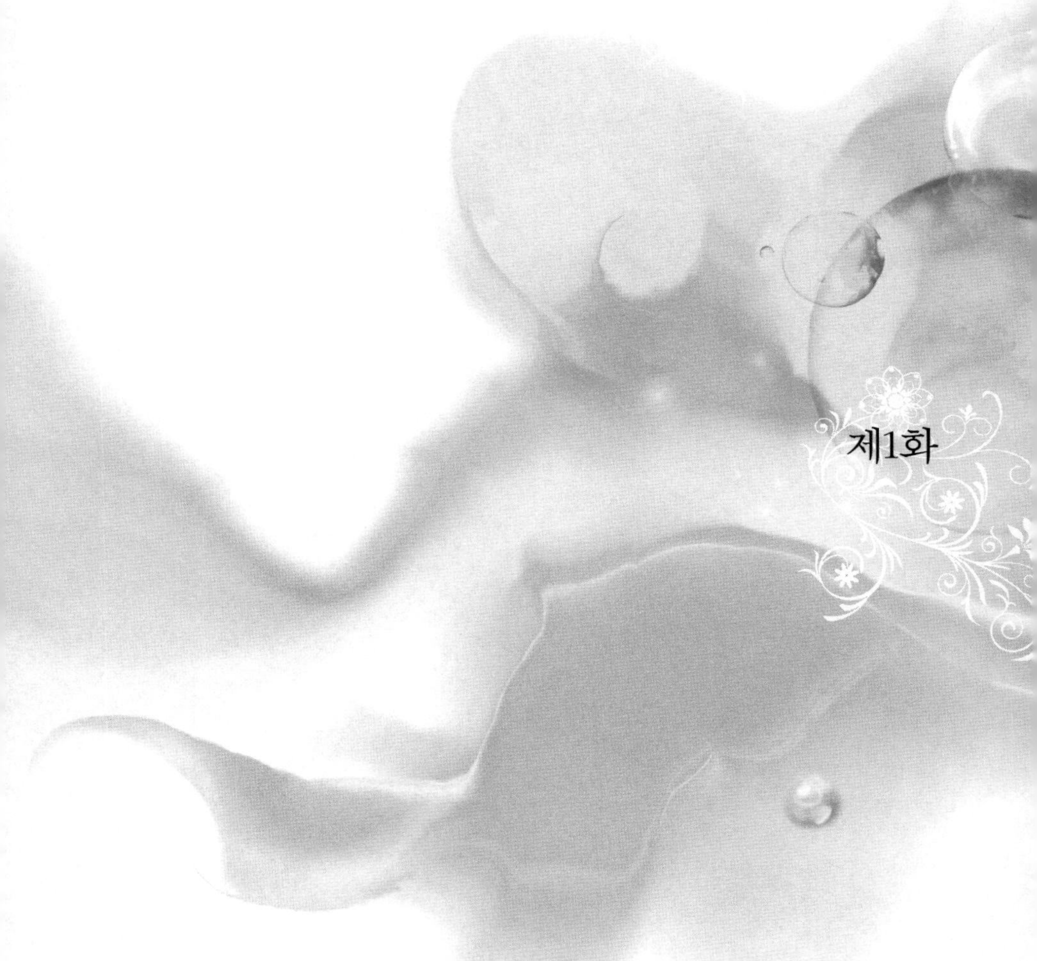

1.

굵은 빗줄기가 창문을 세차게 두드렸다.

예정에 없던 비는 갑작스러운 시작과는 다르게 좀처럼 그칠 기미를 보이지 않았다. 하늘을 가득 채운 먹구름 역시 오늘 안으로는 물러서지 않으려는 듯했다. 그러나 이 비는 애초에 몇음의 때가 정해져 있지 않았다. 아마도 불러들인 이만이 그 끝을 알고 있을 터였다.

테라스에 서서 고요한 눈길로 경치를 구경하던 이가 문득 바깥으로 팔을 뻗었다. 지붕 너머로 방치된 손이 쏟아지는 강우에 사납게 삼켜졌다. 손바닥 안에 고여 든 빗물이 넘쳐 흐르기까진 그리 오랜 시간이 필요치 않았다.

하지만 그 물줄기는 아래로 떨어지는 대신 위쪽으로 튀어 올랐다. 구슬 같은 물방울들이 시리도록 하얀 피부 위에서 매끄럽게 굴렀다. 바람이 불지도 않는데 옷자락이 펄럭였다. 그 술렁임을 타고 피부만큼이나 티끌 없이 새하얀 은발이 춤을 추듯 일렁거렸다. 마치 보이지 않는 날개가 달린 것 같은, 금방이라도 부유할 듯한 몽환적인 광경이었다. 그게 결코 비현실적인 상상이 아님을 알면서도, 아니, 오히려 그렇기에 지켜보는 이들의 표정이 모두 멍해졌다.

인간의 모습을 하고 있지만 이곳에서 그 진정한 정체를 모르는 이는 아무도 없었다. 여인의 형상을 한 기적, 실체화한 신의 축복. 세상에서 가장 고강한 무기이자 살아 있는 성물.

머리부터 발끝까지 달빛으로 빚어낸 것 같은, 그 지나친 아름다움조차 숭고한 힘의 증거였다. 현실과 비현실의 경계에 서 있는 이는 그 자체로 시선을 사로잡는 것이 당연한 존재였다. 금방이라도 사라져버릴 것 같은 특유의 아슬아슬한 분위기 또한 모두를 매료하기에 충분했다.

그를 볼 때면 사람들은 벅차오르는 감동과 불안감을 동시에 느꼈다. 특히 지금처럼 금방이라도 날아갈 듯한 모습을 볼 때면 언제 떠나도 이상할 것이 없는 존재라는 점을 새삼 상기할 수밖에 없었다. 하지만 그들은 금세 마음을 추슬렀다. 그를 이 세상에 붙들어두는 이가 있다는 점 역시 잘 알고 있었기 때문이었다.

"여기에 계셨군요, 미네르바."

때마침 들려온 목소리가 바로 그 특별한 은총을 누리고 있는 주인공이었다. 그가 나타나자 역시나 다른 세계 같았던 공기가 빠르게 흐트러졌다. 은발의 여인을 두르고 있던 아슬아슬한 느낌이 한순간에 사라지는 순간이었다. 그제야 사람들은 겨우 얼굴을 펴고 미소를 지었다. 모두의 시선이 테라스의 유리문 너머에 서 있는 흑발의 남자를 향했다. 그를 돌아본 은발의 여인, 미네르바의 얼굴에도 미소가 어렸다.

"아인."

자신을 부르는 다정한 음성에 남자의 두 눈이 부드럽게 휘어졌다. 성큼 다가온 그가 미네르바를 뒤에서 끌어안고 이마에 가볍게 입을 맞췄다. 다정한 애정 표현이 오가는 공간은 더욱 훈훈한 색으로 물들었다.

바람의 정령왕 미네르바와 그의 계약자인 아인 이드리스. 세상을 온통 떠들썩하게 한 소문의 주인공들은 세상에서 가장 행복한 연인이기도 했다.

남자, 아인이 눈짓으로 주위의 사람을 물렸다. 연인의 시간을 방해할 생각이 없던 이들이 빠르게 자리를 떠나면서 테라스는 곧 둘만의 공간이 됐다. 지켜보는 시선이 완전히 사라지자 그는 미네르바를 꼭 끌어안은 채 마음 놓고 칭얼거렸다.

"역시 당신과 같이 있을 때가 가장 좋아요. 온종일 보고 싶어 견딜 수가 없었습니다."

"고생이 많았다. 손님은 전부 돌아간 건가?"

“네, 오늘 일정은 끝입니다. 드디어 둘이서만 있을 수 있게 됐어요. 이제 더는 아무한테도 방해받지 않을 겁니다.”

투정 섞인 말투에 미네르바의 웃음이 짙어졌다. 그가 뻗은 손길이 연인의 머리칼을 부드럽게 어루만졌다. 어린아이의 응석을 달래는 듯한 태도에 아인은 입술을 삐죽거리면서도 표정을 더 느슨히 풀었다.

“빗줄기가 제법 굵군요. 경치를 보고 계셨습니까?”

“그래, 꽤 재밌는 비구나.”

“재밌는 비요? 그러고 보니 갑자기 웬 비가 이렇게 내리는 겁니까? 조금 전까지만 해도 비가 내릴 날씨는 아니었던 것 같은데요.”

“네 말대로다. 우리가 안배한 비는 아니지.”

모호한 답이었으나 오랜 시간 미네르바와 함께해 온 아인은 그 말이 품고 있는 뜻을 어렵지 않게 알아들었다. 그의 푸른 눈동자에 이채가 서렸다.

“정령사가 한 일이군요.”

그것도 흔치 않은 고위 정령사였다. 이렇게 대단위 규모로 날씨를 바꿀 수 있는 건 정령사라도 아무나 할 수 있는 일이 아니었다. 아인 그 자신이 정령사였기에 그 가치를 몰라볼 수가 없었다.

“누군지 알 것 같습니다. 최근에 악시스 급에 합격한 헌터가 정령사라는 소문을 들었거든요. 그자가 틀림없습니다.”

"그런가."

"네, 제도에서 악시스에 합격할 정도면 상급 정령사라는 소리잖습니까. 헛소문일 수도 있다고 여겼는데 정말이었네요. 정령사라는 것 빼고는 아무것도 알려진 게 없다고 하던데, 물의 정령사였군요."

먹구름을 끌어와 비를 내리는 거라면 바람의 정령사도 할 수 있는 일이긴 했다. 하지만 지금 내리는 비엔 강풍이 섞이지 않았다. 아무런 전조 없이 얌전히 쏟아지는 장대비는 물의 정령만이 할 수 있는 작품이었다. 미네르바는 감탄을 숨기지 못하는 아인을 물끄러미 응시했다.

"그가 궁금한가?"

"당연하지요. 정령사는 만나보기 어려운걸요. 게다가 물의 상급 정령사는 특히 귀하고요."

"그 표현이 부족함이 없긴 하지."

"네?"

"아니, 아무것도 아니다."

이 비를 내린 이가 누군지는 이미 알고 있었다. 그는 상급 정령사 정도가 아니라 왕의 계약자였다. 바람의 정령왕을 소환한 아인을 이은, 한 세대에서 일어난 두 번째 기적. 물의 왕을 소환한 최초의 인간이라는 점에서 어쩌면 그의 계약자보다도 더 특별하다고 할 수 있는 소년.

그러나 미네르바는 진실을 말해주는 대신 말을 삼켰다. 당사자도 아직 세상에 밝히지 않는 사실을 굳이 입에 담을 필요는 없었다. 아니, 어쩌면 그 소년과 함께하는 또 다른 정령왕을 떠올린 탓인지도 몰랐다.

―인간의 맹세란 덧없는 거야, 미네르바.

오래전 그에게 들었던 말이 귓가를 맴돌았다. 어느 날 불쑥 찾아온 그의 어린 동료는 지친 얼굴을 하고 있었다. 늘 맑게 빛나던 황금색 눈동자는 평소의 빛을 잃고 음울한 색을 품었다.

언제부터인가 그가 편하게 웃는 얼굴을 보지 못했다. 아마도 자신이 인간에게 소환된 이후부터였던 것 같다고, 미네르바는 어렴풋이 짐작했다. 그 이유도 어느 정도는 알고 있었다. 그는, 땅의 정령왕 트로웰은 인간을 싫어한다. 그래서 동료가 인간과 연인이 된 게 못마땅한 것이었다. 더구나 그날은 좋지 못한 것을 본 직후였으니 더욱 그러했을 터였다.

"미네르바? 왜 그렇게 보십니까?"

아인이 어색하게 묻는 것에 미네르바는 손을 들어 가만히 그의 얼굴을 쓰다듬었다.

"미네르바?"

"이렇게 보니 많이 자랐구나."

당황하던 아인이 그 말에 부드럽게 웃었다. 얼굴을 쓰다듬던 손을 자신의 손으로 덮고 고개를 틀어 손바닥에 입술을 맞췄다.

"이제 어릴 때 얼굴은 거의 없지요? 그러지 않으면 곤란합니다. 전 당신과 어엿한 연인으로 보이고 싶으니까요."

"별걱정을 다하는구나."

"하지만 지금도 꿈을 꾸는 것 같은걸요. 처음 보는 그 순간부터 마음에 담았던 분이 정말 제 연인이 되어줄 거라곤 생각지 못했으니까요. 아시잖습니까, 미네르바. 제게 당신의 존재는 처음부터 끝까지 기적입니다."

"끝이라……."

"예, 제 시작이 그러했듯이, 끝을 함께하는 것도 오직 당신뿐입니다."

—네 계약의 끝을 봤어.

다시금 지난 목소리가 속삭였다. 모든 시작엔 끝이 있다. 필멸자인 인간과의 인연에선 더욱 당연한 일이었다. 아프지 않은 건 아니었으나 이미 각오하고 받아들인 사실을 새삼스레 여기지도 않았다. 그러나 트로웰이 말한 끝은 그런 것과는 조금 달랐다.

—그자의 마음은 널 떠날 거야.

그들에게 주어진 시간이 다하기도 전에 감정의 단절이 먼저 일어날 것이란 경고. 믿을 수 없는 그 예지는 혼란스러웠고, 잔인했다. 특별한 인연이 닿은 이래 단 한 번도 그려본 적이 없던 미래였다.

—지금 널 향해 애끓는 그 감정은 영원하지 않아. 언제 그랬냐는 듯이 빠르게 식고 재처럼 허무하게 흩어질 거야. 꺼진 불씨는 새로운 연인을 향해 새로이 타오르겠지. 넌 그자를 사랑하고 아끼는 만큼 아파질 거야.

—그러니 그자에게 너무 깊은 마음을 허락하지 마.

이후로도 여러 번 그는 같은 내용을 경고해왔다. 거북한 기분을 내색한 후로는 직접 찾아오는 일은 그만두었지만 여전히 헤어지길 바란다는 건 알고 있었다.

그에게 유감은 없다. 오히려 트로웰은 자신의 예지가 이뤄지지 않기를 바라는 쪽이었다. 그가 예언하는 이유는 다가올 미래를 대비하게 하기 위함이다. 심술을 부리기만 할 작정이었다면 굳이 알려주지도 않았을 것이다. 그건 분명 그만의 상냥함이었다. 다만 대비책에 있어 둘의 의견이 다르다는 점이 문제였다. 트로웰은 당장 계약을 끊고 헤어지는 걸 최선이라 여겼고, 미네르바는 다른 방식의 해결이 있을 거라 믿었다. 선뜻 멈추기엔 이미 마음이 깊어졌고, 함께한 추억이 너무 많았다. 처음부터 몰랐다면 모를까. 이미 연정이란 감정을 알아버린 지금은 알지 못하기 전으로는 돌아갈 수 없을 것 같았다.

미네르바는 다시금 연인의 얼굴을 바라보았다. 남은 시간은 앞으로 불과 몇 년. 외면하는 동안에도 트로웰이 예지한 때는 착실히 다가오고 있었다. 아직 그는 경고를 물리지 않았다.

'이렇게 애틋하고 사랑스러운 마음이, 고작 그사이에 변해버린다는 건가.'

아무리 생각해도 믿기지 않는 일이었다. 그렇다고 믿지 않을 수도 없었다. 트로웰은 잔혹한 분풀이를 할지언정 거짓말을 하지는 않는다. 헤어지길 종용하는 것도 사감 없이 가장 평온하게 해결할 방안을 제시한 것일 터였다. 하지만 그건 어디까지나 타인의 의견일 뿐, 당사자의 의견은 아니었다.

"지금 무슨 생각을 하십니까, 미네르바?"

"……아인, 물어볼 게 있다."

"네, 말씀하십시오."

웃으며 맞춰오는 시선엔 숨기지 못한 애정이 가득했다. 그 다정한 얼굴을 눈에 새길 것처럼 가만히 살피면서, 미네르바는 천천히 입을 열었다.

"어떤 상인이 네게 귀한 꽃을 주었다. 화단에 심으면 해마다 꽃피울 수도 있지만, 그대로 시들어 죽을 가능성도 크다. 하지만 지금 줄기를 잘라 보존 마법을 걸어 두면 예쁜 꽃 형태를 계속 즐길 수 있지. 너라면 그 꽃을 어떻게 하겠나?"

"음, 저라면 화단에 심을 것 같습니다."

아인은 그리 깊이 고민하지 않았다. 선뜻 떨어진 대답에 미네르바의 눈동자가 흔들렸다.

"심는다고?"

"꽃이 죽을지 안 죽을지는 알 수 없는 거니까요. 그런 염려 때문에 해마다 꽃피울 수 있는 미래를 포기한다는 게 아까울 것 같습니다. 보존 마법 상태가 아무리 좋아도 살아 있는 것보단 아름답지 않잖습니까. 그 대신 죽지 않도록 잘 관리하면 되지 않을까요?"

술렁이던 마음이 천천히 가라앉았다. 눈동자의 파문도 조금씩 멎어 이내 차분해졌다. 아인이 그런 미네르바의 표정을 조심스럽게 살폈다.

"혹시 부족한 대답이었습니까?"

"……아니, 마음에 든다."

"다행입니다."

안심하는 아인을 보고 미네르바는 씁쓸히 웃었다. 그의 순수한 연인은 지금 자신의 대답으로 인해 무엇이 결정된 건지 알지 못했다. 앞으로도 알리지 않을 예정이었다. 그렇지 않아도 고심이 많은 여린 연인을 불안하게 하고 싶지 않았다.

'감정이 변한다는 건 나와의 일에서 그럴 만한 나쁜 계기가 생긴다는 거겠지. 그러니 내가 조심하면 된다.'

미네르바는 차분히 생각을 정돈했다. 그러는 사이 귓가를 계속 간지럽혔던 경고는 완전히 흐려져 더는 떠오르지 않게 되었다. 때마침 집사가 다가와 식사 시간을 알려오면서 분위기도 자연스럽게 전환됐다.

"참, 그러고 보니 드릴 말씀이 있습니다, 미네르바. 저 결심을 굳혔습니다."

테라스를 벗어나 안으로 들어가는 동안 아인이 밝은 얼굴로 말했다. 무엇에 대한 결심인지는 굳이 묻지 않아도 알 수 있었다. 아인은 제국에 온 이후로 쭉 정착할 곳을 찾는 중이었다. 정령왕의 계약자인 그는 유명했고, 그의 능력을 탐내는 곳은 많았다. 지금까진 단기 계약 방식으로 필요한 곳마다 조금씩 힘을 보태주는 정도였지만 언제까지나 그렇게 방황할 순 없었다. 여기저기 쏟아지는 제안서에 내내 고심하더니 드디어 마음을 정한 듯했다.

"오늘 온 곳인가?"

"네, 여러 곳을 검토해봤지만 역시 그래야 할 것 같습니다. 조건도 그렇지만 일해봤을 때의 능률도 가장 좋더군요. 그곳이라면 잘 지내볼 수 있을 것 같습니다."

"그렇군."

"사실 제일 마음에 드는 건 사람들입니다. 어딜 가도 저나 미네르바에게 쓸데없는 관심이 쏠리는데 거긴 그러지 않더라고요. 미네르바는 어떻게 생각하십니까?"

"네가 좋다면 난 어디든 상관없다."

정령인 그에겐 어차피 어느 곳이든 다 마찬가지였다. 그러니 무엇이든 아인의 생각을 가장 중요하게 여겼고 그가 내리는 결정에 불만도 없었다. 그런데 평소라면 평범하게 기뻐할 아인이 이번엔 그저 짧게 웃었다.

"너무 제가 하고 싶은 대로만 놔두시는 거 아닙니까?"

"널 신뢰하기 때문이다."

"음, 미네르바의 그런 부분에 많은 위안을 얻습니다만, 한 번쯤은 반대 의견도 듣고 싶은데 말이죠."

"혹시 내가 실수한 건가?"

"아뇨, 그런 건 아닙니다. 오히려 너무 고마워서 그렇습니다. 이렇게 고마운 당신에게 제가 너무 부족한 사람인 것 같아서요. 미네르바, 당신을 은애하는 제 마음 알고 계시지요?"

"물론이다, 아인. 누구보다 잘 알고 있다."

"그거면 됐습니다. 은애합니다, 미네르바. 당신이 없는 삶은 상상할 수도 없을 만큼. 그렇게 깊이 사랑하고 있습니다."

절절한 고백은 들을 때마다 마음을 충만하게 했다. 미네르바는 자신을 끌어안는 따스한 품을 마주 끌어안았다. 아인의 말대로였다. 꽃은 화단에 심어야 했다. 그 무엇도 살아 있는 순간보다 아름다울 리가 없었다.

불확실이란 얼마나 매력적인 단어인가. 피해 갈 수 있는 미래엔 아직 희망이 있었다. 그렇기에 미네르바는 이 소중한 순간을 도저히 제 손으로 놓을 수가 없었다. 그게 비록 자신을 염려하는 이를 슬프게 하더라도.

*　　*　　*

우천에 잠긴 도심은 짙은 무채색을 띠었다. 돌변한 날씨만큼이나 인파로 북적이던 거리 역시 빠르게 한산해졌다. 비를 피해 뛰기 시작한 사람들은 급한 대로 겉옷이나 배낭 따위를 뒤집어쓰고 머리를 가리기에 바빴다. 지금 막 문을 열고 들어오는 사람도 그런 이들 중 하나였다.

"어휴, 갑자기 웬 비가 이렇게 쏟아지는 거람. 전부 다 젖었……어? 엘?"

투덜거리며 머리에 뒤집어썼던 겉옷을 털어내던 남자가 선객인 나를 알아차리고 눈을 동그랗게 떴다. 나는 손가락에 걸고 있던 열쇠고리를 빙글빙글 돌려 보이며 웃었다. 이곳 길드 사무실을 계약했을 때, 그로부터 받았던 여벌 열쇠였다.

"어서 와요, 크리스."

"뭐야, 언제 와 있었어? 온다고 연락을 하지 그랬어. 그럼 나도 더 일찍 왔을 텐데."

반가운 얼굴로 다가오던 크리스가 다음 순간 우뚝 멈추고 숨을 크게 들이켰다. 내 옆에 엎드려 있는 시큐엘을 발견한 탓이었다.

"느, 늑대?"

"괜찮아요. 시큐엘이에요."

"시큐엘? 아, 그 말로만 듣던……."

"네, 물의 상급 정령이요. 시큐엘, 크리스가 많이 젖었는데 물기 좀 없애줄 수 있을까?"

그 말에 고개를 든 시큐엘이 시큰둥하게 머리를 틀었다. 자신 같은 고급 능력을 하찮은 일에 사용한다는 불만이 가득한 몸짓이었다. 그래도 소환자의 부탁을 거절하지 못해서인지, 곧 크리스의 몸에서 빠르게 물기가 증발했다. 굳어 있던 크리스는 보송보송해진 옷을 돌아보며 놀라움을 감추지 못했다.

"고, 고마워."

"뭘요."

"뭔가… 굉장히 놀랍네. 눈을 뜬 채 꿈을 꾼 기분이야. 물의 정령이 이런 것도 되는구나. 젖게만 할 수 있을 줄 알았어."

"물의 정령이니까요. 물에 관한 건 다 가능하죠."

"그렇구나. 멋지다. 너 진짜 정령사가 맞긴 했구나."

"무슨 뜻이에요?"

"아니, 뭐, 그간 정령술을 제대로 보여준 적은 없었잖아. 매번 검술 연습이나 체력단련 같은 거나 하고 있고, 네가 정령사라는 걸 실감할 일이 있어야 말이지. 아하하, 아무튼 상급 정령을 이렇게 가까이서 본 건 처음이야. 물의 늑대라니, 굉장해. 진짜 잘생겼네."

"그래요? 들었어, 시큐엘? 크리스가 너더러 잘생겼대."

그러자 두 다리에 턱을 괴고 있던 시큐엘이 귀찮다는 듯이 눈을 가늘게 떴다.

—한심한 평이군. 관심 없다.

이어진 대꾸는 매몰차기 그지없었다. 누가 엘퀴엔의 부하 아니랄까 봐 그 정령왕에 그 정령다운 반응이었다. 다행히 크리스는 별로 신경 쓰지 않는 것 같았다. 그보다는 너무 놀라서 내용까진 신경 쓰지 못하는 쪽인 것 같긴 했지만.

"헉? 지금 얘가 말한 거야? 상급 정령은 말도 해?"

"아, 굳이 말하자면 정령은 전부 다 말할 수 있어요. 그들의 언어를 인간이 알아듣지 못하는 것뿐이죠. 상급 정령은 인간이 알아듣는 방식도 쓸 수 있는 거고요."

"그, 그렇구나. 그건 처음 알았어. 허어, 굉장하다. 다비안 자식이 여기에 있었으면 넋을 놓았을 텐데."

"다비안이요?"

"아, 모르나? 그 녀석 정령술에 관심이 많거든. 대놓고 말한 적은 없지만 늘 관련 서적을 찾아보는 것 같더라고. 이건 내 짐작인데, 그 녀석이 너한테 중요한 서류를 맡긴 건 네가 정령사인 걸 알아봐서인지도 몰라. 네게서 평소 탐구하던 신비한 힘이 느껴져서 저절로 이끌린 거지."

당연히 그럴 리는 없었지만 그냥 피식 웃어넘겼다. 그 당시 그가 트로웰이라는 신비한 안배에 강제로 끌려온 게 사실이긴 했으니까.

"그런데 갑자기 정령은 왜 소환해둔 거야? 너 어지간해선 정령 잘 안 부르잖아. 그것도 부담도 가장 큰 상급 정령을……."

말하면서 크리스는 뭔가를 깨달은 듯했다. 멈칫한 그가 묘한 얼굴로 나를 돌아보았다.

"혹시 지금 내리는 비, 네가 한 거야?"

과연 노련한 헌터답게 눈치가 빠른 사람이었다. 웃으며 어깨를 으쓱였더니 그는 알아서 긍정으로 이해했다. "날씨도 바꿀 수 있구나. 미쳤네." 충격에 빠진 얼굴로 중얼거리던 그가 곧 뚜렷한 흥미를 띠고 나를 응시해왔다.

"근데 왜?"

"음, 뭐, 그럴 일이 있었어요."

"그럴 일이라니?"

"안전한 귀가를 위한 제 나름의 배려랄까요. 세계 평화에 이바지하는 거라고 할 수도 있겠네요."

"점점 더 무슨 소린지 모르겠는데."

콧등을 찡그리는 크리스를 향해 나는 다시금 어깨를 으쓱였다. 비 내리는 날씨가 안전한 귀가나 세계 평화와 무슨 상관인지 알 수 없는 건 아주 당연한 일이었다. 아마 누가 들어도 연관성을 이해할 수 없을 것이다. 하지만 사실인 걸 어쩌겠는가. 물론 그게 아니라도 상관은 없었다. 적어도 지금 열심히 뛰어가고 있을 두 사람의 귀가엔 도움이 될 게 분명했으니까.

'……그냥 도망가버렸지만 말이지.'

문득 조금 전의 일이 떠올라 조금 우울해졌다. 나는 크리스에게 들키지 않도록 작은 한숨을 삼켰다.

에디스와 아이라라고 했던가. 두 사람에게 마신관이냐고 질문한 건 실수였다. 소환된 시큐엘을 보고 경계심을 푸는 듯했던 둘이 그 질문을 건네자마자 그대로 달아나 버렸기 때문이다. 얼마나 필사적으로 뛰어가는지 차마 불러 세울 생각조차 하지 못했다. 물론 불렀어도 멈추지는 않았을 테지만. 딱히 수상한 질문이라곤 생각하지 않았는데, 너무 조심성 없이 접근한 모양이었다.

하긴, 지금이 그 시기라면 모든 일에 다 예민해져 있긴 하겠지. 마신관이라는 단어가 금기어나 다름없었을지도 모르겠다. 그래서 반성하는 의미로 한동안 비 내리는 날씨를 유지하기로 했다. 돌아가는 길에 또 습격을 당할지도 모르니, 교단으로 돌아갈 때까지 시간을 벌어주잔 생각이었다. 그러다 보니 시큐엘의 소환도 계속 유지해야겠는데, 이대로 숙소까지 가는 건 너무 눈에 띌 거라 가까이에 있는 길드 사무실로 왔다. 정령왕들의 시선이 없는 곳에서 생각을 정리할 시간도 필요했다. 물론 그들이 감시하기로 하면 피할 방법은 없겠지만. 눈에 보이는 것과 안 보이는 것의 차이는 생각보다 큰 법이니까.

솔직히 나도 얼떨떨하긴 했다. 마신관과 인어라니. 어쩌다 보니 돌아가는 상황을 알아차리긴 했는데 설마 그 일이 벌어지는 시기가 지금인 줄은 몰랐다. 마신의 교단이 봉문 중인 것도, 최대 축제인 암흑절을 그냥 넘어간 것도 전부 그 때문이었던 거다. 아직 어림짐작일 가능성이 없는 건 아니었지만 그것 말고는 달리 생각할 수가 없었다. 어디서 습격할지 알 수 없는 인어를 막으려면 외부인을 전부 경계해야 할 테니까.

에디스를 보며 눈을 번뜩이던 여자의 모습이 아직도 눈에 선했다. 인어일 게 분명한 여자는 누가 봐도 평범한 인간으로 보였다. 사람들 사이에 섞이면 더 알아보기 어려울 것이다. 반면에 그들 쪽에선 마신관을 알아볼 수 있는 것 같았다. 힘이 약한 어린 신관을 주로 노렸다고 했던가. 그 성력을 삼키기 위해 사악한 주술까지 만들어냈다고 했었지. 타락한 천사의 눈물이라는 흑주술이었다.

'잠깐, 그러고 보니 다비안이 준 서류 안에 주술식 같은 것도 있지 않았나?'

왠지 그냥 넘어갈 수 없는 부분을 짚어낸 기분이었다. 그 안에 들어 있던 명단이 마신관의 명단일 가능성이 높다는 점에서 더더욱. 어쩌면 다비안은 그 일을 조사하던 중이었을지도 모른다. 그 사실을 안 마신교 쪽에서 필요한 자료를 빼돌리기 위해 크리스를 습격한 걸까.

"엘, 무슨 생각을 그렇게 해?"

"아, 아무것도 아니에요. 그보다 크리스는 어딜 다녀온 거예요? 원래 사무실에 있을 시간이었잖아요."

"아, 잠시 협회에 다녀왔어. 영입할 인재가 있나 싶어서 기웃거려봤지."

"소득은 있었어요?"

"아니. 전부 허탕이었지, 뭐. 그래도 덕분에 한 가지 흥미로운 소식을 알게 됐는데, 들어볼래?"

"뭔데요?"

관심을 보이니 씩 웃은 크리스가 냉큼 내 맞은편에 자리를 잡고 앉았다.

“최근에 마수 소동이 몇 번 있었잖아. 근위대에서 정황 조사를 했는데, 그게 마신관이 한 짓이래.”

“헉? 진짜요?”

“사실인지 아직 확실하진 않아. 근데 마수가 나타날 때마다 근방에서 마신관을 봤다는 목격자가 있더라고. 그중 한 명의 말로는 마신관이 피리 같은 걸 불었대. 그런 후에 마수가 나타났다나?”

문득 생각나는 장면이 있었다. 기묘한 분위기를 풍기던 노인이 가까이 접근했을 때였던가. 겁에 질린 에디스가 분명 호각 같은 걸 불려고 했었다. 느낌이 좀 이상하더라니, 그게 마수를 부르는 기능이 있는 건가? 하지만 도심에 마수를 풀면 피해가 크다는 건 당연한 상식이다. 그런 걸 무시할 사람들로는 보이지 않았다. 고작 한 번 봤을 뿐인, 잘 알지도 못하는 사람이긴 하지만 왠지 선뜻 믿을 수가 없었다.

“마신교 쪽에선 뭐라고 해요?”

“물론 그쪽에선 인정하지 않지. 근데 이 와중에도 봉문은 풀지 않으려는 것 같아.”

“그럼 불리하겠네요.”

“그래서 거의 주범으로 굳혀진 분위기더라고. 아마 내일쯤엔 소문이 쫙 퍼질 거야. 본격적으로 마신교를 배척하는 분위기가 생길 걸.”

그렇겠지. 그럴 수밖에 없다는 걸 알긴 하지만 갑갑하긴 했다.

그냥 지켜보는 내가 이러니 당사자인 마신 교단은 더할 거다. 자세한 사정은 몰라도 지금은 교단의 입장을 믿어보고 싶었다.

'직접 찾아가 보면 사실을 알 수 있겠지만…….'

마신의 교단에 들어갈 방법은 얼마든지 있다. 당장 내 손등에 있는 인장만 해도 아주 쓸 만할 게 분명했다. 아무리 철통같은 수비를 펼치고 있는 교단이라도 같은 마신관은 들여 보내줄 테니까. 묻는 것마다 친절하고 상세하게 설명해줄지도 모른다. 진짜 신의 문장이니 정체를 들킬 염려도 없었다.

문제는 카노스가 날 알아볼 확률도 엄청나게 높아진다는 거지만. 아니 거의 백 프로 아닐까. 상황이 궁금하다고 그런 위험부담을 끌어안는 건 아닌 것 같다. 게다가 어차피 이 문제는 이 시대의 카노스가 해결하기로 되어 있었다. 내가 나설 부분은 아무것도 없다는 소리다.

'그러니까 호기심은 여기서 접자.'

가뿐히 결론을 내린 후 시큐엘을 이만 돌려보냈다. 지금쯤이면 충분히 귀가했을 시간이기도 했다. 크게 한 번 숨을 삼킨 후 창밖을 바라보았다. 시큐엘과의 연결이 끊어지면서 내리던 비도 점차 잦아들기 시작했다. 구름은 걷혔지만 침침하게 탁한 하늘은 그대로였다. 해가 보이지 않는 탓이었다. 어느새 날이 꽤 저물어져 있었다. 이만 일상으로 돌아갈 때였다.

2.

크리스의 예상대로 마신교에서 마수를 풀었다는 소문은 아주 빠르게 퍼져나갔다. 인명피해까지 있었던 만큼 제도 전체가 크게 들썩이기 충분한 소식이었다. 충격에 빠진 사람들은 마신의 교단이 당장 봉문을 풀고 나와 사태를 해명하길 촉구했다. 교단 앞으로 찾아가 시위하는 무리도 생겼다.

그러나 마신의 교단에선 꿋꿋이 침묵을 고수했다. 흉흉해진 민심을 달래기 위해 나선 황실이 직접 호출했으나 그조차도 무시했다.

모든 교단은 별개의 체제를 인정받지만 그렇다 해도 황제의 요청을 무시하는 건 명백한 결례였다. 황제는 크게 진노했고, 마신교의 평판은 바닥으로 떨어졌다.

그리고 비록 그만큼은 아니지만 나와 크리스도 곤란한 시간을 겪고 있었다. 길드원을 모집하기 시작한 지 한 달이 넘었는데 지원자가 여전히 아무도 없었기 때문이다. 무르익은 봄은 날이 갈수록 화창한 날씨를 자랑했지만 우리 길드 사무실을 채우는 건 음울한 공기뿐이었다.

"지금이라도 그냥 다른 길드에 들어가는 게 낫지 않아?"

오죽하면 내가 곤란해질수록 즐거워하는 트로웰조차 진지하게 조언할 정도였다. 내게 미안해하는 크리스도 그러길 권했다. 하지만 여기까지 오니 나도 오기가 생겨서 끝까지 가보자는 심정이었다. 이래저래 심란한 시기였다.

"왜 찾아오는 사람이 하나도 없는 건지 알아냈어."

그래도 마냥 암울하라는 법은 없는 모양이다. 늘 하던 일과에 따라 한창 수련하고 있는데 크리스가 잔뜩 부은 얼굴로 나타났다. 척 보기에도 누군가와 싸워서 다친 모습이었다. 회복제를 벌컥벌컥 들이켠 후에도 그는 한동안 분을 못 이겨 씩씩거렸다. 덕분에 내가 상황을 알아볼 수 있었던 건 조금 더 시간이 흐른 후였다.

"대체 무슨 일이에요?"

"젠장, 진혼 놈들이었어. 전부 그놈들 때문이었다고."

"그건 알고 있었잖아요?"

"아니, 그 정도가 아니야. 아, 글쎄 그놈들이 우리 길드 모집 벽보에 관심 보이는 사람들한테 대놓고 시비를 걸고 있더라고. 알고 보니 지금까지 계속 그랬던 모양이야. 우리 길드에 가입하는 사람은 가만히 안 둘 거라고 협박까지 했다는 거야!"

여명의 활 길드를 무너트리고 이후에도 크리스를 집요하게 괴롭혔다는 진혼 길드가 이번에도 대대적으로 활약하고 있었던 듯했다. 사람들이 알아서 몸을 사리는 건 줄 알았더니 적극적으로 방해 공세까지 펼치고 있었을 줄이야. 왜 기웃거리는 사람조차 없는지 단숨에 이해되는 순간이었다.

"그래서 한 판 한 거예요?"

"그럼 그걸 그냥 놔둬? 놈들 길드 사무실까지 쳐들어가려다가 참았다."

"아주 잘하셨네요."

"잘했지, 그럼. 후후후, 기뻐해라, 엘. 어쨌든 일이 잘 풀렸으니까."

"왜요, 그놈들이 다신 안 그러겠대요?"

"그 말은 이제부터 받아낼 거야. 그놈들 말고 다른 거. 아까 그 벽보에 관심 보였다는 사람들 말이야. 대화 좀 해봤더니 처음부터 여명의 활에 가입할 작정으로 제도에 올라온 사람들이었더라고. 우리 길드에 가입하기로 했어."

"헐, 진짜요?"

"그래, 진짜. 듣고 놀라지 마라, 엘. 심지어 세 명이야."

……세상에, 지금 내가 무슨 말을 들은 거지? 숨을 삼키고 바라보니 크리스가 싱글벙글한 얼굴로 크게 고개를 끄덕였다.

"지금 뭐라고 했어요? 세 명이요? 세 명이라고 한 거 맞아요?"

"그래, 세 명!"

"그건 설마!"

"드디어 길드 등록을 할 수 있다는 소리지!"

"크리스!"

"엘!"

감격에 벅찬 나와 크리스는 서로를 얼싸안았다.

"와, 크리스! 오늘따라 세상에서 제일 잘생겨 보여요!"

"고맙다, 넌 원래 잘생겼어!"

"빈말이 아니라 진짜예요! 지금 진짜 지금 크리스한테서 후광이 보인다고요! 당장 연예인으로 데뷔해도 되겠어요!"

"무슨 말인지 모르겠지만 너도 그래!"

낯간지러운 칭찬도 아끼지 않았다. 그러지 않고서는 도저히 이 감동을 표현할 방법이 없을 것 같았다. 크리스도 비슷한 상태인지 넉살 좋게 받아치고 있었다. 돌이켜 보건대 둘 다 살짝 제정신이 아니었다.

"적당히 방해했으면 이만 꺼지는 게 어떨까."

우리가 정신을 차린 건 트로웰의 목소리 덕분이었다. 흠칫해서 돌아보니 그가 식은 시선으로 우리를 지켜보고 있었다. 한창 굴리는 중에 방해를 받은 게 짜증이 났는지 평소보다 얼굴이 더 구겨져 있었다. 찔끔한 크리스가 어색하게 웃으면서 한발 물러섰다.

"실례했습니다, 형님!"

"누가 네 형님이야."

"하핫, 시정하겠습니다, 엘의 형님! 지금 당장 꺼지겠습니다! 나 먼저 갈게, 엘. 이따 한 시량 후에 계약서 작성하기로 했으니까 수련 끝나는 대로 사무실로 와."

"어? 저도 가요?"

"그럼 당연하지. 네가 길드 실권자잖아. 게다가 앞으로 얼굴 보고 지낼 동료들인데 서로 첫인사하는 자리에 없는 게 말이 되냐?"

"하긴 그렇네요. 지금이 몇 시죠?"

크리스는 대답 대신 로켓을 던져주었다. 색깔로 시간을 표현하는 로켓은 제국에서 가장 흔하게 쓰는 마법 시계였다.

이곳의 한 시량은 현대의 세 시간이다. 이 시대는 24시간을 세 시간씩으로 나눠서 총 8개의 시간대로 구별했다. 로켓에서 표현하는 색상도 8가지. 0시의 검은색을 기준으로 보라색, 남색, 파란색의 역순으로 이어지는 무지개색이었다. 이때 색깔은 시간이 지날수록 진해지는 구조인데, 그 짙기에 따라 세 조각으로 구분하기도 했다.

지금 로켓 안쪽은 초록색을 띠고 있었다. 녹색은 5시량의 단락을 표시하는 색이고 그중에서도 색이 조금 짙은 상태니 두 조각째. 대략 오후 1~2시쯤이라고 보면 됐다.

"으음, 한 시량에 될지 모르겠는데. 그래도 7시량의 한 조각이 넘기 전에는 갈게요."

"그래, 이따 보자!"

다시 던진 로켓을 가볍게 잡아챈 크리스가 부리나케 몸을 돌렸다. 또 구박받을까 싶었는지 자리를 피하는 발걸음이 아주 날랬다. 나는 그가 완전히 사라질 때까지 손을 흔들어주었다. 한 달을 넘게 끌어온 일이 드디어 해결된다 싶으니 마음이 너무 가뿐했다. 옆에서 건조한 목소리가 들려오기 전까진.

"대단하네. 아직 물구나무서기와 오리걸음과 내려치기 오천 번에 찌르기 오천 번, 그 외에도 이것저것 기타 등등이 남았는데. 그걸 한 시량 한 조각 안에 다 끝낼 자신이 있나 봐."

물론 당연히 못 끝낸다. 앞서 언급한 것만으로도 평소에 완수하는데 다섯 시간은 가뿐히 잡아먹는 분량이었다. 그보다 기타 등등은 또 뭐야. 아무래도 작정하고 괴롭힐 생각인 것 같은데, 기분 탓이겠지?

"……아하하, 그런 의미에서 오늘 수련은 좀 일찍 끝내면 안 될까, 트로웰? 부족한 만큼 내일 벌충할게."

"훈련이란 게 한 번에 몰아서 한다고 효과를 보는 게 아닌데."

"그, 그렇긴 하지. 그래도……."

슬쩍 살핀 트로웰의 얼굴은 엄격했다. 가끔 오후 훈련을 생략할 때도 있으니 이번에도 형편을 봐주지 않을까 싶었는데 아무래도 그른 모양이다. 시간 안에 어떻게든 다 소화하는 수밖에 없을 것 같았다. 별수 없이 한숨을 내쉰 다음 훈련을 이어갈 준비를 마쳤다. 그런 나를 물끄러미 바라보던 트로웰이 물었다.

"그렇게 빠지고 싶어?"

"아니, 훈련을 하기 싫다는 게 아니야. 그래도 처음 만나는 자리인데 모두와 인사는 해야 하지 싶어서……."

"흠, 좋아. 그렇게 간절하면 일찍 끝내줄까? 방법이 하나 있긴 해."

"어? 정말?"

혹시 마음이 변한 건가? 반색하며 고개를 드니 트로웰이 내 쪽으로 무언가를 던졌다. 바닥에 툭 떨어진 것에 시선을 내리다 조금 어리둥절해졌다. 그건 천을 둘둘 감아둔 장검이었다. 내가 직접 감은 거라 뭔지 몰라볼 수가 없었다. 인간의 영혼으로 만들어진 정령검. 발견한 이후로 단 한 번도 입을 연 적이 없는 파이어

버스터였으니까.

"검 들어."

"……어?"

"대련이야. 한 시랑 동안 날 한 번이라도 이기면 오늘 훈련은 마치는 거로 할게."

……그거 훈련을 안 끝내겠다는 소리 아니야? 그를 이기는 게 가능하기는 한 건지 확률을 헤아려보다 그대로 아련해졌다. 아니, 그보다 한 시랑 동안이라니. 지금 이거 대련을 세 시간 동안 한다는 거 맞지?

"자, 잠깐만, 트로웰? 아니, 스승님? 형님!?"

머릿속에서 핏기가 가시는 소리가 들렸다. 숨을 삼키며 고개를 들자 눈이 마주친 트로웰이 생긋 웃었다.

"간다."

악마의 미소였다.

*　　*　　*

"얀마, 어떻게 된 거야? 늦었잖아. 지금 벌써 8시랑이 다 되어간다고."

길드 사무실에 도착했을 땐 이미 온 사방이 캄캄했다. 문을 두드리자마자 날 듯이 튀어나온 크리스가 나를 확인하기 무섭게 잔

소리를 퍼부을 만한 시간이었다.

"……그러게요. 대체 어떻게 된 걸까요."

허무하게 중얼거리니 크리스의 어깨가 움찔했다. 내 상태가 범상치 않아 보이긴 한 모양이다.

"그…… 고생이 많았나 보네. 노파심에 물어보는 건데, 혹시 회복제 필요해?"

"아뇨, 괜찮아요. 치료하고 왔거든요."

"그, 그래. 치료가 필요하긴 했었구나."

"대련이란 게 좀 위험하더라고요. 검집으로 맞는 건데도 진짜 아프던데요."

"……그야 그렇겠지."

어색하게 웃은 크리스의 눈동자가 바람 앞의 촛불처럼 세차게 흔들렸다. 다시금 형님의 인성에 대해 진지하게 논해보고 싶은 얼굴이었다. 솔직히 이번엔 좀 힘들긴 했다. 타박상이라면 나름 잘 안다고 생각했는데 그보다 더 다양한 형태도 가능하다는 걸 오늘 처음 알았다. 오죽하면 치료해주던 엘뤼엔이 드물게 트로웰에게 적당히 하라며 한마디 했을 정도였다. 트로웰도 과했단 걸 인정했다. 내가 생각보다 따라오는 속도가 빨라서 무심결에 힘이 더 들어갔다고.

그러니까, 이건 결국 내가 잘한다는 소리겠지? 나도 모르게 웃었는지 크리스가 황당해하는 표정을 지었다.

"뭐야, 왜 히죽거려?"

"그냥요."

이 시대에선 엘뤼엔이나 트로웰이나 칭찬에 엄청나게 인색해서 알아서 잘 받아먹어야 한다. 이 정도면 진짜 대놓고 칭찬한 거다. 그럴 때가 아니란 걸 아는데도 입꼬리가 올라가는 걸 주체할 수가 없었다. 어이없어하던 크리스도 곧 어쩔 수 없다는 듯이 웃었다.

"나 참, 지각한 주제에 신나기도 하겠다. 아무튼 어서 들어와. 다들 너만 기다리고 있었어."

"다들이요? 아직 안 돌아갔어요? 그러고 보니 계약은 어떻게 됐어요?"

"빨리도 물어본다. 계약서는 다 작성했어. 그냥 돌아가도 된다고 했는데 이왕이면 너랑 인사하고 싶다고 그냥 기다린다고 하더라고."

"……음, 제가 잘못했네요."

"그걸 이제 알았냐?"

피식 웃은 크리스가 가볍게 내 등을 떠밀었다. 서둘러 안으로 들어서니 소파에 앉아 있는 사람들이 보였다. 남자 둘에 여자 하나로 구성된 일행이었다.

"정말 죄송합니다. 오래 기다리셨죠? 제가 너무 늦었……."

그러나 정중히 건네던 사과의 말은 끝까지 이어지지 못했다. 기척을 느끼고 돌아보는 두 사람의 얼굴이 몹시 낯익었기 때문이었다. 낭패감에 신음이 절로 흘러나왔다. 시몬과 델라, 이 세계에 와서 처음 만났던 헌터들이었다.

"헉?"

"당신!"

두 사람도 놀란 얼굴로 벌떡 일어났다. 경악이 서린 눈을 한계까지 부릅뜬 채였다. 아마 내 표정도 별반 다르진 않을 거란 생각이 들었다. 왔던 그대로 뒷걸음질을 쳐서 다시 나갈까 하다가 무의미한 시도라는 걸 깨닫고 한숨을 내쉬었다. 시간을 되돌리는 마법 무구는 왜 개발되지 않는 걸까. 억지로 웃으려니 입가에서 경련이 일어나는 것 같았다.

"아하하, 안녕하세요. 오랜만이네요."

"당신이 왜 여기에……?"

그러게 말입니다. 내가 왜 여기에 있을까요. 그리고 당신들은 왜 여기에 있는 걸까요.

그러고 보니 이 사람들도 제도로 올라왔었지. 얼마 전에 마주치긴 했지만 설마 다시 만날 일이 있을까 싶어서 완전히 머릿속에서 지우고 있었다. 하고 많은 헌터들 중에서 우리 길드에 가입하겠다고 찾아온 게 하필이면 이 사람들이었다니. 대체 무슨 일이 이렇게 꼬이는 건지 모르겠다.

"어? 뭐야, 서로 아는 사이?"

상황을 알지 못하는 크리스가 어리둥절한 표정을 지었다. 시몬의 일행 쪽에 남은 한 사람도 당황한 기색으로 우리 쪽을 번갈아 바라보는 중이었다. 어떻게 설명할지 고심하다가 나는 일단 간단히 대답했다.

"아는 사이라고 할 정도는 아니구요. 어쩌다 보니 예전에 잠시 만난 적이 있어요."

"허어, 그래? 잠시 만났던 사람들을 여기서 이렇게 다시 만나다니 굉장한 우연이네. 이런 걸 두고 인연이라고 하는 건가?"

물론 그 농담에 웃는 사람은 크리스 본인뿐이었다. 시몬과 델라의 얼굴은 오히려 더 굳어졌다. 두 사람은 잠시 시선으로 대화를 주고받았다. 누가 나서서 이 상황을 해결할지 정하는 것 같았다. 짧은 협의를 마치고 입을 연 사람은 델라였다.

"엘이라는 이름을 들었을 때부터 설마 싶긴 했어요. 그런데 정말 당신일 줄은 몰랐네요. 당신이 헌터라고요? 이 길드의 마스터?"

"음, 아뇨. 계약서에 사인할 때 보셨겠지만, 마스터는 크리스예요. 전 그냥 창단 멤버고요."

"크리스의 말과는 조금 다르네요. 크리스는 당신에게 실권이 있는 것처럼 말했는데요."

"뭐, 저한테 조금 더 결정권을 주기로 한 것뿐이에요. 그래도 마스터는 크리스예요."

"……그래요. 그렇다고 하죠. 그럼 당신은 자문 역할인가요? 그런데 지금 인원이 전부 다섯 명인 거 아닌가요? 다섯 명 모두 헌터가 아니면 길드 설립이 안 될 텐데요? 크리스는 분명 세 명만 채워지면 된다고 했어요."

"저 헌터 맞아요. 면허증도 있고요."

못 믿겠으면 보여주겠다고 하니 델라는 당혹감을 감추지 못했다.

"하지만……당신은 신관이잖아요? 어떻게 헌터가 될 수 있죠?"

"엥? 신관이라니?"

크리스가 황당해하는 얼굴로 눈을 깜빡였다. 그래, 이렇게 흘러갈 줄 알았지. 나는 크리스를 향해 고개를 저어 보인 다음 다시금 깊은 한숨을 삼켰다.

"저 신관 아니에요."

"무슨……. 신관이 아니라고요? 혹시 파문당한 건가요?"

"아뇨, 처음부터 신관인 적 없었어요."

"거짓말! 마신의 문장이 있었잖소?"

이번에 반박한 건 시몬이었다. 아까부터 안절부절못하더니 더는 가만히 지켜보기가 힘들었던 모양이었다. 크리스의 눈이 더욱 휘둥그레졌다.

"마신의 문장이요? 엘이 마신관이라고요?"

"그렇소! 분명 저이의 손등에 새겨진 마신의 문장을 봤소! 그런데 아니라고 해봤자 그걸 누가 믿……!"

항의하듯 말하던 시몬이 다음 순간 눈을 크게 떴다. 델라 역시 멈칫한 상태였다. 그들의 시선을 따라 고개를 내린 크리스가 모두가 혼란스러워하는 이유를 짚었다.

"문장 없는데요?"

그렇다. 난 지금 장갑을 끼지 않은 맨손이었고, 훤히 드러난 손등은 아무런 흔적 없이 말끔하기만 했다. 당황한 사람들을 보며 나는 최대한 아무렇지 않게 웃었다.

"손 내밀어봐."

조금 전 상황이 자연스럽게 떠올랐다.

이곳으로 오기 직전, 막 출발할 무렵이었다. 문을 열고 나서려는데 장갑이 떨어져 너덜거리는 걸 발견했다. 보존 마법을 걸어둬도 이전보다 조금 더 나을 뿐 고된 훈련엔 여전히 오래 버티지 못하는 편이었다. 할 수 없이 새 장갑을 꺼내려는데 트로웰이 불쑥 뜻밖의 요구를 했다. 아무 생각 없이 손을 내밀었더니 그가 그대로 붙잡고 내 손등에 무언가를 발랐다. 그러자 놀랍게도 문장이 사라졌다.

"헉? 이게 뭐야?"

"신관용 위장 크림. 일시적으로 신의 문장을 가릴 수 있어."

"우와, 이런 게 있었구나."

"드래곤들은 가끔 쓸데없어 보이지만 의외로 유용한 걸 발명하거든. 이것도 그중 하나지. 하지만 상급신의 문장은 오래 못 버텨. 특히 이건 마신의 문장이라 더 짧을 거야. 길어봤자 서너 시간 정도."

아, 그래서 굳이 알려주진 않았던 건가. 효력이 그렇게나 짧다면 장갑이 훨씬 안전하긴 했다. 내심 아쉬운 마음을 삼키자니 다 이해한다는 듯 트로웰이 빙긋 웃었다. 마주친 황금색 눈동자가 의미심장하게 빛났다.

"크림의 효력이 떨어지기 전에 돌아와."

그때까지만 해도 귀가 시간 때문에 발라준 거라고만 생각했다. 최근 크리스랑 만나기만 하면 놀다가 늦는 일이 잦았고, 트로웰이 그걸 매우 마음에 들어 하지 않았기 때문이다.

'……그런데 이럴 줄 알고 조치해준 거였구나.'

다 좋은데 제발 이런 건 미리 설명 좀 해주면 좋겠다. 그래도 덕분에 이번에도 큰 위기를 넘겼다. 그가 아니었다면 어떤 상황이 벌어졌을지 생각하니 머릿속이 아찔했다.

"어떻게 된 거지? 분명 문장이 있었는데?"

당연히 이런 사정을 알지 못하는 시몬과 델라는 크게 혼란스러워하는 중이었다. 꿔둔 보릿자루처럼 앉아 있던 나머지 한 사람도 나에 대해 알고 있긴 했는지 그 분위기에 편승해 있었다. 나는 살짝 심호흡한 다음 다시금 웃어 보였다. 모처럼 트로웰이 판을 깔아주었으니 알아서 잘 활용할 차례였다.

"지웠으니까요. 실은 그거 가짜였거든요."

"가, 가짜?"

"가짜 문장이었다고요?"

"으아, 나도 좀 알아들읍시다! 도대체 이게 다 무슨 소리야?"

두 사람이 얼빠진 얼굴이 된 순간, 크리스가 불만을 터트렸다.

모두가 알고 있는 상황을 자기만 모르는 게 몹시 갑갑한 듯했다. 그때부터 나는 지난 일들에 적당히 지어낸 이야기를 가미해 들려주었다. 밝힐 수 없는 사정으로 신관으로 위장할 일이 있었다고. 그런데 사고를 당해 잠시 기억을 잃었고, 하필 그 상태에서 시몬 일행을 만나게 됐다고 말이다.

"나중에 기억이 돌아오면서 제가 진짜 신관이 아니라는 걸 깨달았어요. 그래서 도망친 거고요."

"헐, 줄행랑칠 만도 했네. 신관 사칭은 최소 지하 감옥행이잖아."

"네, 그렇죠. 그땐 그렇게 사라져서 죄송했어요. 상황이 너무 좋지 않아서 어쩔 수 없었어요."

모든 설명을 마치고 나자 주위가 잠시간 조용해졌다. 시몬 일행은 처음보다는 꽤 차분해진 모습이었다. 너무 즉석에서 지어낸 이야기라 잘 될까 싶었는데 다행스럽게도 변명이 통한 듯했다.

"설명은 이해했소. 대체 무슨 사연이었는지는 궁금하지만, 밝힐 수 없다고 하니 캐묻진 않겠소. 하지만 마신관이 아니라면 그때 에리나는 대체 어떻게 치료한 거요?"

"그건 저도 잘 모르겠어요. 아마도 제게 있는 다른 힘의 도움을 받은 게 아닐까 싶어요."

"다른 힘?"

나는 대답 대신 나이아스를 소환해 보였다. 의아해하던 사람들은 허공에서 작은 인어들이 나타나자 모두 숨을 크게 삼켰다.

"보다시피, 정령은 마계의 것과 상극의 존재거든요. 아마 약한 마수라서 제 기운에 영향을 받아 밀려난 걸지도 모르겠어요."

"저, 정령사……?"

"제가 신관이 아니라는 가장 확실한 증거죠?"

어깨를 으쓱이니 세 사람은 그대로 허탈한 얼굴이 됐다. 누구라도 인정할 수밖에 없는 강력한 증명을 눈앞에 둔 탓에 모든 의욕을 잃어버린 듯했다.

"정말 신관은 아니로군. 정령사라니……."

"그러고 보니 기억이 없을 때도 정령이란 단어에 민감히 반응했었죠. 그게 좀 이상하다 싶었는데, 정령사라서 그랬던 거군요."

"흠흠, 엘은 그냥 정령사 정도가 아닙니다. 상급 정령사라구요."

크리스가 거들먹거리며 끼어들었다. 누가 보면 본인이 정령사인 줄 알 정도로 기세등등한 얼굴이었다. 시몬 일행은 더욱 놀란 표정으로 나를 바라봤다. 그때 뭔가 생각에 잠긴 듯하던 델라가 굳은 얼굴로 입을 열었다.

"한 가지 물어볼 게 있어요."

"네, 질문하세요."

"당신이 떠나고 난 뒤에 랑시가 정령사가 됐어요. 혹시 당신과 관련이 있는 건가요?"

아, 그러고 보니 그 문제가 있었지. 이곳에 와서 처음 만났던 소녀가 떠올랐다. 여러모로 도움을 준 게 고마워서 정령사가 될 수 있게 해줬던 것도. 혹시 나중에 문제가 될까 봐 내 얘기는 하지 말라고 당부해 뒀는데, 정작 내 쪽에서 단서를 던져준 꼴이니 체면이 말이 아니게 됐다. 정황상으로나 시기적으로나 내가 관여했음을 의심할 수밖에 없는 상황이었다.

"음, 랑시는 뭐라고 하던가요?"

"우연히 만난 사람이 정령과 계약할 수 있게 도와줬다고 했어요. 생김새는 끝까지 말하지 않고, 그저 소환주문을 알려줬다고만 하더군요."

내색하지 않도록 조심하며 안도의 한숨을 흘렸다. 그나마 다행스럽게도 자세한 계약 과정까진 알려지지 않았나 보다. 이 정도면 상황이 썩 나쁘진 않았다. 계약을 도운 것 자체보단 내가 쓴 방식이 정석이 아닌 게 더 문제였던 거니까. 당시 내가 아무 생각 없이 저질렀던— 매개체를 활용하지도 않았다거나, 손만 잡고 소환주문을 외우게 했다거나, 이런 것들 말이다.

그런 부분만 아니면 원래 정령사 쪽에서 상대의 자질을 알아보고 발굴하는 건 흔한 일이긴 했다. 아니, 사실 대부분의 정령사가 그런 식으로 정령 계약을 하게 되는 편이었다. 대충 적당히 둘러대도 될 것 같았다.

"랑시에게 타고난 자질이 있었어요. 전 그걸 알아보고 조금 도운 것뿐이에요."

"……역시 그랬군요."

델라의 호흡이 약하게 떨렸다. 시몬과 다른 일행도 얼굴이 상기된 채였다. 예상대로 내가 평범한 소녀를 정령사로 만들었다는 것까진 눈치채지 못한 것 같았다.

"왜 랑시가 아무 말도 하지 않았는지 이제야 알겠어요. 신관이었다가 정령사였다가, 정말 여러 가지로 놀라게 하는군요."

"이제 사실을 아셨으니, 신관 사칭죄로 신고하실 건가요?"

이쯤에서 해볼 수밖에 없는 질문이었다. 크리스도 그제야 생각이 미쳤는지 표정이 굳어졌다. 그런데 정작 시몬과 델라는 싱거운 농담이라도 들은 듯이 실소를 흘렸다.

"신고라니 당치도 않군. 이래 봬도 염치가 뭔지는 알고 있소."

"염치요?"

"당신에겐 벌써 몇 번이나 도움을 받았지. 에리나의 일만 해도 그렇고, 얼마 전 마수의 습격 때도."

아, 그게 그렇게 되나. 둘 다 얼결에 벌어진 일이라 크게 의식하지 못하고 있었다. 멋쩍은 기분을 느끼고 있으려니 시몬이 옅게 웃었다. 지금까지 본 얼굴 중에서 가장 부드러운 표정이었다.

"변변히 고맙다는 말도 못 했소. 지금이라도 감사 인사를 하고 싶소. 당신이 아니었다면 우리는 이미 이 세상 사람이 아니었을 거요. 구해줘서 정말 고맙소. 그리고 생명의 은인을 신고하는 일은 없을 테니, 그런 염려는 넣어두시오."

"그렇게 말해주셔서 제가 더 고맙네요. 그럼 우리 길드에 가입하겠다는 의사도 여전히 변함없으신 건가요? 혹시 계약서를 물리자고 하실 건 아니죠?"

"그런 생각은 처음부터 하지 않았소."

긴장하고 있던 몸에서 서서히 힘이 풀렸다. 세 사람과 재회했을 때만 해도 눈앞이 캄캄했는데, 다행히 일이 쉽게 풀리려는 모양이었다.

"아, 그런데 한 가지 확인해둘 건 있어요. 밝힐 수 없는 사정이라고 했지만 신관 사칭은 그리 가벼운 사안이 아니에요. 혹시 위험한 일에 연루되어 있나요? 만약 그런 게 있다면 대비할 수 있도록 귀띔이라도 해줬으면 해요."

"아뇨! 그건 절대 아니에요. 그 일이 분란이 될 일은 없을 거예요. 이건 확실히 말씀드릴 수 있어요."

"좋아요. 그럼 아무 문제 없네요."

고개를 끄덕인 델라의 말을 끝으로 분위기가 한결 편해졌다. 그제야 우리는 정식으로 인사를 나누고 자신을 소개하는 자리를 마련했다. 이름과 나이를 비롯한 대략적인 정보와 특기를 밝히는 시간이었다. 그렇게 해서 알게 된 세 사람은 모두 20대 중반으로 셋다 칼리가 등급의 헌터였다. 시몬은 검을, 델라는 활을 주 무기로 사용하며, 헌터 활동을 시작한 지 올해로 3년 차라고 했다. 내내 존재감 없이 앉아 있던 다른 한 남자의 이름이 네브라는 것도, 그의 주 무기 역시 활이라는 것도 알게 됐다.

"저와 네브는 에리나한테서 활을 배웠어요. 에리나는 우리가 이 길에서 적응할 수 있도록 물심양면으로 도와준 고마운 사람이죠.

제도에 온 것도 에리나가 몸담았던 여명의 활 길드에 들어가고 싶어서였어요. 워낙 대단한 길드니 아무나 받아주지 않는다는 건 알지만 입단 시험이라도 치러보고 싶었어요. 그런데 막상 와보니 길드 자체가 사라졌다더라고요.”

제도에서 떠들썩했던 소식은 머나먼 왕국의 시골 마을에까진 닿지 않았다. 정말 황당했다며 혀를 내두른 델라는 그때의 절망스러웠던 심정을 토로했다.

“한동안 얼마나 방황했는지 몰라요. 포기하고 다시 고향으로 내려갈까도 했는데 그러고 싶진 않더라고요. 그러다 우연히 동명의 길드가 생긴다는 말을 들었어요. 혹시나 싶어 찾아보다가 크리스와 마주친 거예요.”

“음, 혹시 이쪽 사정은 다 들으셨나요? 인원만 봐도 아시다시피 우리 길드가 그리 평탄한 상황은 아니거든요.”

“물론 들었어요. 오히려 제대로 정한 것 같다 싶어요. 에리나에게 여명 길드는 고향과도 같은 장소예요. 그 길드를 재건할 수만 있다면 뭐든 하고 싶어요.”

델라의 말에 시몬과 네브 역시 진지한 얼굴로 고개를 끄덕였다. 의욕이 넘치는 눈빛들을 보니 마음이 뭉클해졌다. 인원만 채울 수 있어도 충분하다고 생각했는데 기대 이상으로 길드에 임하는 자세가 진지했다. 좋은 사람들을 만난 것 같았다.

“앞으로 잘 부탁드립니다.”

“잘 부탁해요.”

모두와 인사를 마친 후 크리스와 시선을 맞췄다. 씩 웃는 얼굴과는 달리 그의 눈시울이 붉었다. 일렁이는 눈동자에서 수많은 감정의 격동이 보였다.

나 역시 그만큼은 아닐지라도 감동하긴 마찬가지였다. 아까부터 심장이 너무 빠르게 두근거렸다. 긴 시간 기다렸던 염원의 순간이 마침내 이루어지는 순간이었다.

새로운 여명 길드의 출범이었다.

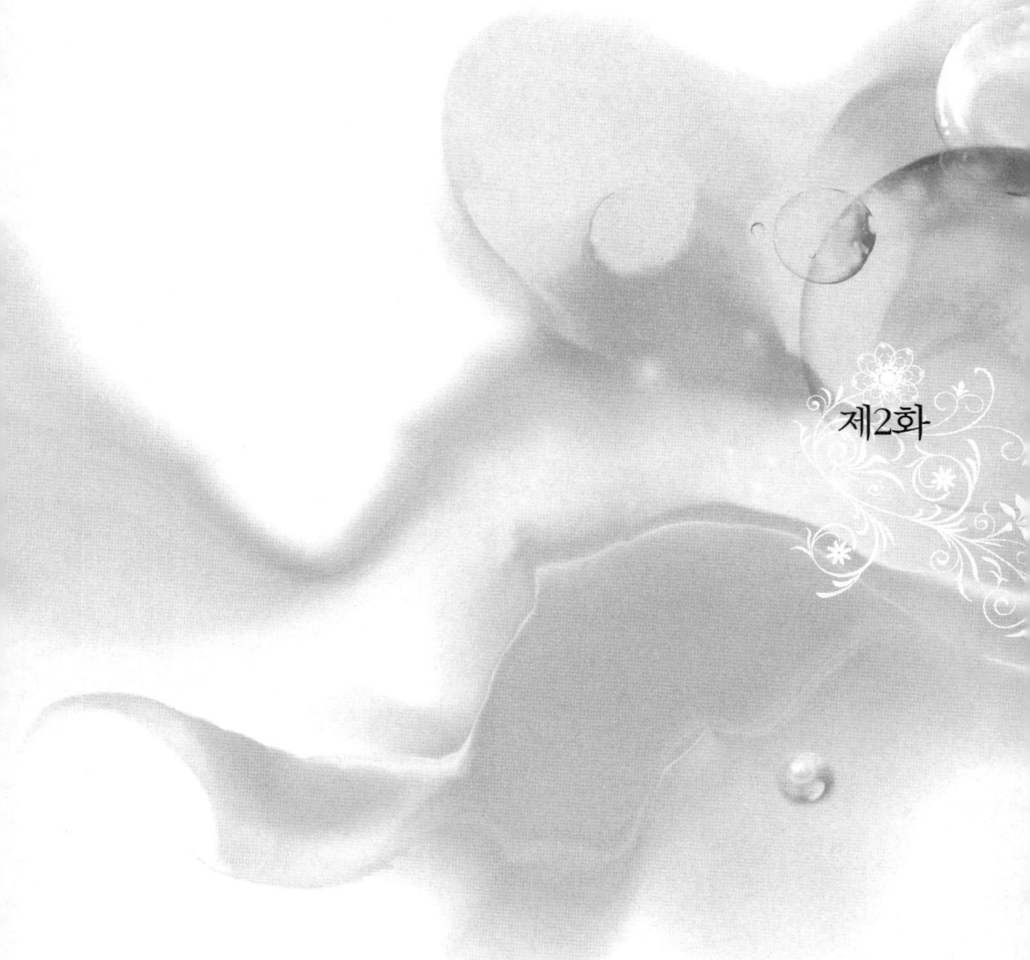

제2화

1.

본격적으로 여름에 접어든 날씨는 매우 화창했다. 중서부 유럽과 비슷한 제도의 기후는 연교차가 크지 않아 어느 계절이든 살기 좋은 편이긴 했지만, 오늘은 그중에서도 유독 좋은 날이었다. 기분 좋게 흐르는 바람과 적당히 밝은 햇빛, 아침에 가볍게 뿌리고 지나간 비 덕분에 공기도 맑았다. 하늘이 시리도록 파랬다. 그 안을 무럭무럭 채우고 있는 새하얀 구름은 손을 뻗기만 해도 닿을 것 같았다.

—찾았어.

—그리 멀지 않은 곳에 있어.

걸터앉은 담 위에서 풍경을 한껏 감상하고 있자니 주위를 한 바쿼 선회하고 온 나이아스들이 가까이 다가와 귓가에 속삭였다. 어차피 들을 수 있는 사람도 나밖에 없건만, 그냥 이러는 게 재밌는 모양이었다.

하긴 소환자에게 말로 상황을 전하는 게 신기하긴 하겠지. 처음엔 상당한 집중력이 필요했는데 이제 마음만 먹으면 언제든 목소리를 들을 수 있을 정도로 능숙해졌다. 나이아스는 내가 그들의 말을 알아듣는 걸 유독 즐거워했다. 이번에도 알아들었다는 뜻으로 고개를 끄덕이니 빙그르르 회전하며 까르르 웃기 바빴다. 귀여운 녀석들이었다.

"천천히 이쪽으로 몰아줘."

—응! 알겠어!

힘차게 대답한 나이아스들이 해맑은 얼굴로 튀어 올랐다. 아까는 사방으로 흩어졌던 이들이 이번엔 모두 한 방향으로 향했다. 저쪽이구나. 시선을 드니 남아 있던 나이아스 하나가 고개를 끄덕여 보였다. 나 역시 고개를 끄덕였다.

"다들 준비해요."

근처에서 대기 중이던 일행들의 얼굴에 긴장감이 감돌았다. 나는 한 손을 들어 보이며 나이아스들의 움직임에 집중했다. 벌어졌던 거리가 다시 빠르게 가까워지고 있었다. 그 아래 번개처럼 빠르게 달리는 그림자가 보였다.

"바로 지금!"

"히압!"

신호가 떨어짐과 거의 동시에 크리스가 두 팔을 크게 움직였다. 그가 던진 그물이 활짝 펼쳐지면서 달리던 작은 몸 위를 덮쳤다. 흠칫 놀란 그림자가 재빨리 방향을 틀려 했지만 이미 사방이 막힌 후였다.

"잡았다!"

"성공이야!"

만일을 위해 대기하고 있던 모두가 몸을 일으키며 환호성을 질렀다.

"야옹."

그물 속에서 버둥거리던 고양이가 불만스럽게 울었다.

* * *

"노란 줄무늬에 흰 양말. 왼쪽 귀의 상처. 전부 일치하는군요. 의뢰받은 고양이가 맞는 것 같습니다."

꼼꼼하게 고양이를 살피던 헌터 협회 직원이 최종 확인을 내렸다. 대조를 끝낸 서류에 임무 완수를 증명하는 날인이 찍히자 긴장하며 지켜보고 있던 모두의 표정이 편안해졌다.

"여기 보수입니다. 약속한 기간보다 더 빨리 끝내주셔서 협회의 재량으로 조금 더 챙겨 넣었습니다."

직원이 돈이 든 주머니를 건넸다. 뜻밖의 상여금까지 생긴 기분 좋은 순간이었으나 그걸 받아 챙기는 크리스의 표정은 마냥 밝지만은 않았다. 하지만 이어진 직원의 말에 그의 눈이 다시 빛났다.

"요즘 여명 길드의 평이 아주 좋아요. 지금껏 어느 길드도 이렇게 빨리 의뢰를 완수한 적이 없었거든요."

"그래요?"

"그럼요. 지금 이 녀석만 해도 두 달이 넘도록 아무도 붙잡지 못해서 얼마나 애먹었는지 모릅니다. 그런데 그걸 세 시간 만에 해결하시다니, 솔직히 감탄을 금치 못했습니다. 전의 의뢰도 비슷한 속도로 끝내셨죠? 덕분에 지명 의뢰가 쇄도하고 있어요. 아주 잘하고 있다는 증겁니다. 소형 길드가 지명 의뢰를 받는 일은 정말 흔치 않거든요."

"그럼 이제 좀 더 어려운 의뢰도 받을 수 있습니까?"

"물론이죠. 안 그래도 슬슬 보상이 더 큰 쪽을 권해드리려 했어요."

정색할 거란 예상과는 다르게 직원은 선선히 대답했다. 뜻밖의 전개에 놀란 크리스가 밝은 얼굴로 우리를 돌아보았다. 다른 일행들도 모두 얼굴이 상기되긴 마찬가지였다. 들뜬 우리를 보는 협회 직원도 흐뭇한 표정을 지었다.

"그럼 다음 의뢰건을 보여드릴게요. 말씀드렸다시피 보상이 더 큰 의뢰입니다. 당연히 그만큼 더 까다롭고요."

"오오, 기다리고 있었습니다!"

"네, 이번 의뢰는 이겁니다."

크리스가 기대에 찬 얼굴로 의뢰서를 받았다. 그러나 그 표정은 그리 오래 가지 않았다.

"어디 보자. 이번에도 수색 의뢰긴 하네요. 이틀 전에 두더지가 우리에서 탈출해 사라졌습니다. 두더지를 찾아주세요……?"

한동안 글자를 읽어 내려가던 그가 어색하게 굳어진 얼굴로 고개를 들었다. 협회 직원은 뭐가 문제냐는 얼굴로 웃고 있었다.

"저기, 여기서 말하는 두더지라는 게 혹시 괴물 두더지입니까?"

"아뇨, 아뇨. 내용을 자세히 보시면 아시겠지만 애완 두더지입니다. 루손 백작가의 셋째 도련님이 애지중지하던 아이인데, 잃어버리셔서 상심이 크다고 하시네요."

"……그게 한 10라오 정도 되는 크기는 아니겠죠?"

"하하, 그럴 리가요. 1라오도 안 되는 작고 귀여운 두더지예요."

"그럼 등급은?"

"당연히 아르마죠. 그래도 이번엔 난도가 있어서 아르마의 중급입니다. 아무래도 두더지는 땅속에 살아서 더 찾기가 어려우니까요. 설마 그럴 리는 없겠지만 아무 두더지나 잡아 오시는 건 안 됩니다. 등에 루손 백작가의 표식이 있는 두더지여야 합니다."

"아, 그렇군요. 과연 난도가 있긴 하네요."

"역시 그렇죠?"

크리스와 협회 직원이 서로를 바라보며 생글생글 웃었다.

"지금 장난해!"

쩌렁쩌렁한 고함이 지붕을 꿰뚫은 건 조금 더 시간이 흐른 후였다.

"이제 좀 진정했어요?"

책상을 뒤엎으려는 걸 강제로 만류해서 데리고 나온 후에도 크리스는 한동안 씩씩거리는 걸 멈추지 못했다. 로비 구석에 앉아 연거푸 마른세수를 하던 그가 낮게 한숨을 내쉬었다.

"미안하다. 내가 너무 흥분했어."

"뭘요."

"젠장, 매번 이런 식이야. 계속 아르마 급 의뢰만 주는 게 말이 돼?"

다시 화가 치미는지 크리스의 호흡이 거칠어졌다. 악문 입술 사이에서 이를 가는 소리가 울렸다. 그를 위로하는 일행들도 표정이 좋지 않기는 마찬가지였다.

그럴 수밖에 없는 상황이긴 했다. 길드 등록을 마친 이후로 벌써 한 달이었다. 그동안 우리에게 들어온 의뢰는 죄다 잃어버린 애완동물을 찾거나, 짐을 운반한다거나 하는 등의 낮은 등급뿐이었다. 소형 길드가 처음부터 고급 의뢰를 맡기 어려운 건 사실이지만, 한 달이 넘도록 최하 등급 의뢰만 주는 건 명백히 문제가 있었다.

하물며 우리는 악시스 급의 헌터를 두 명이나 보유한 길드였다.

악시스 급 헌터면 단독으로도 상당한 전력으로 여겨진다. 지금 협회의 행보는 호랑이 잡는 칼로 무나 썰고 있는 꼴이었다. 그러는 이유는 너무나도 명백해서 굳이 언급할 필요도 없었다.

"방해받을 건 예상은 하고 있었잖아요."

"하지만 이건 해도 해도 너무하잖아!"

"그래도 직원을 탓해서 뭐하겠어요. 그 사람도 그냥 시키는 대로 하는 건데요. 진짜 문제는 윗선이죠."

"제기랄, 진혼 이 자식들!"

다시금 이를 간 크리스가 머리를 벅벅 문질렀다. 그 소리가 제법 큰 탓에 근처에 있던 헌터들이 우리 쪽을 힐끔거렸다. 호기심이 가득 담긴 시선에 수군거림이 섞였다.

"어, 여명 길드다."

"저긴 오늘도 고양이 잡으러 다녔다며?"

"천하의 라케인 크리스도 한물갔네. 악시스 급 헌터면 뭐해. 잃어버린 애완동물이나 찾으러 다니는데."

그들 딴엔 목소리를 낮춘 상태였지만 들리지 않을 정도는 아니었다. 발끈한 크리스가 사나운 시선을 보내자 모여 있던 무리가 움찔했다. 그러면서도 수군거림은 계속해서 이어졌다.

"야야, 노려본다."

"냅둬. 그래 봤자 어쩌겠어. 우리가 없는 말 한 것도 아니고. 여기서 난동부리면 징계당할 텐데, 그럼 자기만 손해지."

지극히 맞는 말에 크리스의 얼굴이 벌게졌다. 창피해서가 아니라 치밀어오르는 화를 억지로 누르는 탓이었다. 사실 이런 말을 듣는 게 처음은 아니었다. 어디서나 늘 그렇듯, 뒷말하기 좋아하는 사람들은 잘 알지도 못하는 상황을 자기들 마음대로 떠들기 바빴다. 비웃고 동정하는 정도는 아주 양호한 수준이었다. 크리스가 여명의 길드를 재건하고 아르마 급의 의뢰만 전전하는 탓에 전설로 남았을 길드의 이름을 망쳤다고 비난하는 사람까지 있었다. 그때마다 크리스는 인내심을 발휘해야 했다. 결국 참지 못해 뒤엎는 바람에 정말로 징계받을 뻔한 적도 벌써 여러 차례였다. 협회장은 한 번만 더 문제를 일으키면 정말 징계를 내릴 거라고 엄중히 경고했다.

징계 기간엔 의뢰를 받지 못한다. 아무리 크리스가 다혈질이라도 인내심을 발휘할 수밖에 없는 말이었다. 덕분에 얌전해진 걸 보고 기세가 올랐는지, 수군거리는 소리가 더 커졌다.

"그런데 저 길드, 한창 홍보할 땐 상급 정령사도 있다고 떠들고 다니지 않았어? 최근에 악시스 급에 합격한 사람 하나 있잖아. 그 사람이 정령사고, 자기네 길드라고 했다는 것 같은데."

"정령사가 있긴 하더라. 저기 후드 쓰고 있는 녀석이 아마 정령사일 거야. 근데 하급 정령만 부리던데? 다른 정령을 부리는 건 본 적이 없어."

"맞아, 아까도 봤는데 하급 정령만 잔뜩 불렀던걸? 숫자가 많아 봤자 하급 정령은 하급 정령이지."

"그럼 그 소문은 오보인 건가? 하긴, 상급 정령사면 저런 길드

따윈 진작에 박차고 나왔겠지."

그 순간 어깨에 묵직한 감각이 내려앉았다. 크리스가 양손으로 내 어깨를 움켜쥔 탓이었다.

"엘! 시큐엘을 불러줘!"

"네~ 거절이요."

"어째서!"

"정령은 장식품이 아니거든요? 사사로운 과시용으로 쓰는 건 싫어요."

"그치만 무시당하고 있잖아!"

"그건 뭘 해도 마찬가지예요. 증명해봤자 저런 사람들은 상급 정령사가 시시한 의뢰나 하러 다닌다고 또 수군거릴걸요."

"그야 그렇지만!"

"신경 쓰지 마세요. 어차피 정령을 부린다느니 뭐니. 단어 선택도 그렇고, 정령 소환 숫자의 의미도 모르는 사람들이에요. 저런 빈 수레 같은 말에 휘둘릴 것 없어요."

"제기라알, 진혼 놈드을!"

딱히 대꾸할 말을 찾지 못했는지 크리스가 다시 진혼 길드를 부르짖었다. 분통이 터지면 진혼 길드부터 찾는 건 그의 몸에 새겨진 습관 같은 거였다. 다만 이번엔 대놓고 소리를 내지른 탓에 사방이 쩌렁쩌렁 울릴 지경이었다. 덕분에 흠칫 놀란 사람들이 입을 다물면서 주변의 수군거림이 잦아들었다. 그제야 표정이 누그러진 크리스가 한숨을 내쉬었다.

"다들 미안해. 길드 마스터가 너무 부족해서 면목이 없어."

"괜찮아, 크리스. 이런 거로 사과하지 마. 이게 어떻게 네 탓이야? 진혼이랑 그에 휘둘리는 협회 놈들이 나쁜 거지."

"그래, 인마. 그리고 아직 초반이잖아. 장난질하는 것도 한계가 있지, 의뢰 완수율이 이렇게 높은데 계속 같은 등급 의뢰만 줄 수는 없을 거야. 게다가 우린 몰라도 너나 엘은 악시스 급 헌터잖아. 아까워서라도 계속 놀리지는 못할걸? 앞으로 점점 더 괜찮은 일이 들어올 거야. 그치, 네브?"

"맞아요, 시몬. 저런 뒷말들도 신경 쓰지 말아요. 엘 말대로 아무것도 모르는 사람들이 멋대로 떠드는 거니까요."

쓰게 웃은 일행이 풀 죽은 길드 마스터를 위로했다. 그래도 지난 한 달이 아주 의미가 없는 건 아니었다. 같은 고난을 겪으면서 똘똘 뭉친 덕분에 길드원의 사이가 매우 돈독해졌으니까. 한결 편해진 말투와 호칭도 그 과정을 통해 이뤄낸 성과였다.

"아, 그러고 보니까 정령사라고 하니 생각난 건데. 진혼 길드가 그 사람을 영입했다며?"

"헉, 그 소문이 사실이었어?"

"사실 맞아. 계약서에도 사인 했다더라."

"우와, 안 그래도 적수가 없는데, 이제 아주 날개를 달겠네."

한창 분위기가 좋은 중에 사람들이 떠드는 소리가 들려왔다. 아마도 진혼 길드에서 꽤 유명한 헌터를 영입한 모양이었다. 우리로서는 썩 달갑지 않은 소식이었다. 그들의 위세가 커질수록 누가 괴로워질지는 분명했으니까. 같은 것을 직감했는지 몇몇 사람이 우리를 향해 동정의 눈길을 보내왔다.

'그런데 아까 정령사라는 말에 생각났다고 했지. 그 헌터도 정령사인 건가?'

헌터는 독립적이고 평화로운 성향을 지닌 정령사가 택하기 좋은 직업이다. 귀족 가문이나 나라에서 일하는 건 자유가 없고, 용병 역시 사람 간의 전쟁을 피하지 못한다. 그에 비해 헌터는 몬스터를 주로 취급하니 상대적으로 부담이 덜했다. 알려진 유명한 헌터 중에 정령사도 몇 있었다. 그러니 새삼 정령사 헌터라고 해서 딱히 신기할 건 아니었다. 그런데 영입한 곳이 '그' 진혼 길드라 그런지 왠지 마음에 걸렸다.

"큰일입니다!"

상황이 돌변한 건 그때쯤이었다. 갑자기 문이 벌컥 열리더니 한 남자가 헐레벌떡 뛰어들어왔다. 창백하게 굳은 채 겁에 질린 얼굴이었다.

"마수! 마수가 나타났습니다!"

이어진 외침에 협회 안이 순식간에 소란스러워졌다. 한동안 잠잠하던 도심에 또다시 떨어진 날벼락 같은 소식이었다. 당황한 직원들이 서둘러 달려 나왔다.

"마수라니, 거기가 어딥니까!"

"가깝습니다! 바로 근처예요!"

"뭐, 뭐라구요?"

쿠웅!

그 순간 화답하는 것처럼 건물이 크게 흔들렸다. 얼굴을 굳힌 사람들이 서둘러 무기를 움켜쥐고 밖으로 나섰다. 나와 일행들도 마찬가지였다.

피이이이—

나오자마자 우리가 접한 건 찌르듯이 울려 퍼지는 울음소리였다. 독수리의 형태를 한 거대한 짐승이 헌터 협회 지붕 위에 앉아 있었다. 오만하게 내려다보는 두 눈에서 붉은 안광이 흩뿌려졌다. 사방을 장악하는 묵직한 존재감에 소름이 돋았다. 한눈에 보기에도 대단한 위용이었다. 머릿속에서 위험 경보가 울렸다. 지난번에 봤던 마수보다 크기는 더 작았지만, 비교가 되지 않을 정도로 강했다.

“저게 대체……?”

“다들 귀 막아!”

누군가가 의문을 표하기 무섭게 옆에서 큰 소리가 울렸다. 크리스였다. 나도 모르게 돌아본 지붕 위에 양쪽으로 날개를 크게 펼쳐 든 채 고개를 잔뜩 젖힌 마수가 보였다. 반사적으로 귀를 막으니 곧장 강한 파동이 몰아쳤다. 아마도 마수가 음파 같은 것을 쏜 모양이었다. 그러자 몇 사람이 그대로 자리에 주저앉았다. 반응이 늦어 미처 귀를 막지 못한 이들이었다. 운 나쁘게도 내 옆에 있던 남자도 그중 하나였다.

“히익! 히이익!”

파랗게 질린 남자가 입으로 바람이 새는 소리를 내며 몸을 뒤틀었다. 발작을 일으키는 것 같았다.

"이봐요, 괜찮아요?"

서둘러 남자의 상태를 살피는데 다음 순간 서늘한 느낌이 피부를 스쳤다. 반사적으로 검을 들어 막아서니 짓눌리는 듯한 압력이 쏟아졌다. 나는 간신히 숨을 삼켰다. 조금 전까지만 해도 지붕에 있었던 마수가 바로 코앞에 있었다. 그 발톱은 정확히 내가 살피려던 남자 앞에서 막혀 멈춰진 상태였다. 검을 조금만 더 늦게 들었어도 마수가 그를 낚아채는 걸 막지 못했을 거란 생각이 드니 등에서 식은땀이 흘렀다.

"엘! 젠장!"

다급히 활을 든 크리스가 마수를 향해 활을 쏘았다. 아쉬운 듯한 울음소리를 낸 마수가 뒤로 물러섰다. 그러자 어느새 다시 지붕 쪽으로 돌아가 있었다. 정말 놀라울 정도로 빠른 속도였다. 그제야 굳어 있던 일행이 내게 다가왔다.

"엘, 괜찮아?"

"네, 멀쩡해요."

충격에 빠진 일행을 안심시킬 목적으로 일부러 더 태연히 대답했다. 실제로 놀라긴 했지만 다치진 않았다. 전에 마수의 힘을 받아냈을 땐 그 자리에서 바로 팔이 부러졌는데, 이번엔 그냥 조금 얼얼한 정도였다. 그간 받았던 훈련이 제법 효과가 있긴 한 모양이었다.

하지만 감탄한 건 감탄한 거고, 지금이 썩 좋지 않은 상황인 것만은 어쩔 수 없는 사실이었다. 힘이 강한 것도 문제지만 속도가 너무 빨랐다. 인간이 된 후에도 동체 시력은 상당히 뛰어나다고 자부하는 편인데, 그런 내 눈으로도 따라잡을 수가 없었다. 아마 여기 있는 사람의 대부분은 조금 전 무슨 일이 일어난 건지도 파악하지 못했을 터였다. 이미 주위는 찬물이라도 맞은 듯이 서늘해져 있었다.

"뭐야, 방금 그거 대체 뭐였어?"

"저게 대체 뭐냐고!"

"다들 정신 똑바로 차려! 저건 1급 마수인 아퀼라야!"

크리스의 일갈에 혼란에 빠져 있던 사람들이 숨을 크게 삼켰다. 정체를 몰라도 그 앞에 붙은 급수만으로도 모두를 놀라게 하기엔 충분했다.

"헉, 1급 마수?"

"맙소사! 1급이라니!"

"아퀼라는 상대를 무력하게 한 후에 느긋하게 잡아먹는 걸 즐기는 마수야! 저놈이 내는 특정한 울음소리는 몸을 마비시켜! 저게 소리를 내려고 하면 귀를 막아야 해!"

그 말이 떨어지기 무섭게 마수가 날개를 한껏 양쪽으로 펼쳤다. 조금 전 소리를 내기 전에 보였던 동작이었다. 기겁한 사람들이 모두 귀를 틀어막았다. 그런데 이번에 이어진 건 소리가 아니었다.

"끄아아악!"

"……!"

바람이 부는가 싶더니 근처에 있던 남자 하나가 사라졌다. 그의 모습은 지붕에서 날개를 펄럭이고 있는 마수의 발톱 안에서 발견할 수 있었다. 그 잠깐 사이에 사냥감을 낚아챈 것이다. 잡힌 남자는 곧 크게 벌린 마수의 부리 안으로 통째로 삼켜졌다.

충격적인 장면을 지켜본 사람들 사이에 정적이 내려앉았다. 착각이 아니라면 조금 전에 마수는 일부러 소리를 내지 않았다. 모두가 귀를 막느라 허점을 드러내는 틈을 노린 거다. 단지 빠르기만 한 게 아니라 머리도 좋았다.

"이, 이럴 때가 아닙니다! 지금 당장 모든 길드에 비상 호출을 하세요! 헌터를 총동원해야 합니다! 여기 계신 분들은 지원이 올 때까지 모두 저 마수의 움직임을 묶는 것에 집중해주세요!"

"묶다니! 그게 가능하긴 합니까? 게다가 언제까지 붙잡으란 겁니까? 지원이 대체 언제 올 줄 알고요!"

"그래도 붙잡아야죠! 저게 주택가나 황성 쪽으로 가게 하면 안 됩니다! 그때야말로 재앙이라고요! 최대한 우리가 마수를 붙들어 둬야 합니다!"

다시 말하면 이곳에 있는 사람들이 미끼가 되어야 한다는 말과도 같았다. 의미를 깨달은 사람들의 얼굴에서 핏기가 가셨다. 사람은 누구나 제 목숨이 가장 귀한 법이었다. 각오를 다진 비장한 얼굴로 무기를 단단히 움켜쥐는 이도 있었지만, 겁에 질려 뒷걸음

치려는 사람도 꽤 있었다.

그사이 마수가 다음 사냥감을 노리고 움직이기 시작했다. 날개를 활짝 펼치는 걸 본 크리스가 급히 활시위를 당겼다. 다행히 이번엔 늦지 않았는지 마수가 동작을 이어가지 못하고 주춤했다. 사방에서 안도의 탄성이 터져 나왔다. 피이이, 낮은 울음을 토해낸 마수의 붉은 눈동자가 사납게 빛났다. 나는 재빨리 크리스를 내 쪽으로 끌어당겼다. 간발의 차로 그가 있던 곳을 사나운 발톱이 휘감고 지나갔다.

"고, 고마워, 엘."

고개를 끄덕이다 섬뜩한 느낌에 얼굴을 굳혔다. 마수의 머리가 나를 향해 있었다. 두 번이나 사냥을 방해한 범인을 향한, 불만을 가득 담은 시선이었다.

"엘……."

크리스도 시선을 눈치챈 듯 얼굴을 굳혔다.

"다들 내 옆에서 떨어져요."

아무래도 더는 요행이 통하지 않을 모양이다. 사람들과 거리를 벌린 다음 살짝 심호흡한 후 정령을 소환할 준비를 했다. 검보다는 당연히 낫겠지만, 느낌이 영 좋지 않았다.

'이거 자칫하면 시큐엘 하나로 안 될지도 모르겠는데?'

나 혼자만 있다면 몰라도 사람들까지 보호하면서 싸우려면 두 마리는 있어야 안정적일 것 같았다. 하지만 그랬다간 정령왕의 계약자라고 만천하에 알리는 꼴이었다. 장소도 하필 협회 앞이고 지켜보는 시선도 많으니 소문이 순식간에 퍼질 게 분명했다. 내가 왜 이런 귀찮은 과정을 밟고 있는 건데. 지금까지 신중히 투자해온 시간이 전부 물거품이 된다고 생각하니 아까울 지경이었다. 엘뤼엔이 달갑게 여기지 않을 게 분명하기에 더더욱 피하고 싶었다. 그렇다고 사람들을 위험에 빠트릴 수도 없었다.

'일단 해보는 만큼 해보는 수밖에.'

결심을 굳히는 것과 동시에 마수가 고개를 크게 뒤로 젖혔다. 벌려진 부리 안으로 주변의 공기가 빨려 들어갔다. 다시 울음소리를 내려는 것이다. 소환의 징후를 느낀 몸 안쪽에서 마나가 휘몰아치며 진동했다. 끌어올린 물의 기운으로 인해 주위의 공기가 습해졌다. 그렇게 시큐엘의 이름을 부르려던 순간이었다.

훅, 갑자기 바람의 흐름이 바뀌었다. 당황해서 고개를 드니 하늘에 붕 떠 있는 마수의 모습이 보였다. 이번에도 속임수를 쓴 건가 싶었는데 뭔가 조금 달랐다. 마수는 괴로워하듯이 몸을 뒤틀고 있었다. 계속해서 목을 울리는 게 보이는데, 아무런 소리도 들리지 않았다.

마수를 괴롭히고 있는 건 바로 바람이었다. 거세게 부는 회오리가 마수의 몸을 완전히 가두고 꼼짝도 하지 못하게 옥죄고 있었다. 그 양쪽으로 누군가가 떠 있는 것이 보였다. 건장한 덩치를 지닌 두 명의 남자였다. 새하얀 머리칼에 선이 짙은 얼굴, 손에 든 거대한 창까지. 두 사람은 찍어낸 것처럼 똑같은 모습을 하고 있었다. 둘 다 내가 잘 아는 존재였다.

"……진?"

제 이름에 반응한 새하얀 남자들이 시선을 내렸다. 무심하던 얼굴들이 멍하니 바라보고 있는 나를 발견하곤 노골적으로 흥미로운 표정을 지었다. 내가 누구인지 알아본 것 같았다.

"진을 알아보시는군요."

옆에서 목소리가 들려왔다. 흠칫 놀라 고개를 돌리자 낯선 얼굴이 보였다. 짧은 흑발에 푸른 눈동자를 지닌, 단정한 분위기를 지닌 남자가 서 있었다.

"다들 무사하십니까?"

그가 누군지는 직감적으로 알아보았다. 하지만 눈치가 없었더라도 어떻게든 몰라볼 수는 없었을 것이다. 그 이마에 새겨진 문양이 선명하게 보였으니까.

아아, 그래. 이 사람이 있었지.

바쁜 일정 속에 어느덧 무뎌졌던 약속이 떠올랐다. 얄궂은 현실이 이제 어쩔 거냐고 조소하는 것 같았다.

남자의 이마에 새겨진 바람의 인장을 다시금 응시했다. 깃털을 닮은 문양. 그중에서도 그 깃털들이 동그랗게 수놓아진 듯한 형태를 지닌 인간은 이 세계에 오직 단 한 명뿐이었다.

미네르바의 계약자였다.

2.

"어서 와."

여관으로 돌아왔을 땐 피로가 발끝까지 내려앉은 상태였다. 힘없이 문을 열고 들어오는 나를 트로웰이 반갑게 맞이했다. 소파에 앉아 느긋하게 발을 까닥거리고 있는 그는 오늘따라 매우 기분이 좋아 보였다. 그 이유를 알 것 같아서 안 그래도 무겁던 어깨가 더 무거워졌다.

"다녀왔어."

애써 기운차게 인사하니 엘뤼엔이 가만히 바라보다 손가락을 까닥거렸다.

"응? 왜?"

외투를 벗다 말고 쪼르르 다가갔더니 그가 손을 뻗어 내 뺨을 쓸었다. 그러자 시원한 느낌이 들면서 화끈거리던 감각이 사라졌다. 아니, 사실은 화끈거리고 있었다는 것도 이제야 깨달았다. 전혀 몰랐는데 아마도 마수가 스치면서 다쳤던 모양이다. 그 사실을 지금 인지할 만큼, 내가 많이 긴장했었구나 싶었다.

"고, 고마워."

"1급 마수를 상대로 스친 상처에서 그치다니, 괄목한 발전이긴 하군."

다 봤구나.

근처에서 상황을 지켜봤던 건지, 아니면 정령의 눈을 쓴 건지는 모르겠다. 최근 내 일정이 비슷비슷해지면서부터는 지켜보는 일이 줄어들었는데 오늘은 웬일로 관심을 뒀나 보다. 하긴, 그럴 만한 사건이 일어난 날이긴 했다.

"만나본 소감이 어때?"

그리고 이 질문도 나올 줄 알았다. 귀가하는 내내 피하고 싶었던 순간이기도 했지만, 피할 수 없다는 것 또한 알고 있었다. 나는 한숨을 삼키고 싶은 기분을 참고 트로웰을 돌아보았다. 마주친 금안이 장난스럽게 빛났다. 그가 누구에 관해 물어본 건지는 당연히 모를 수가 없었다.

"……음, 조금 놀랐어."

"놀랐다고? 왜?"

"어, 뭐랄까. 뭔가 상상한 이미지랑 매우 다르다고 해야 하나. 아니, 다를 줄은 알았는데 짐작했던 것보다도 더 달랐다고 해야 하나."

조금 전 봤던 남자의 모습이 눈앞에서 선명히 그려졌다. 그는 웃는 얼굴이 잘 어울리는 부드러운 인상이었다. 그 외모만큼이나 태도 역시 다정했다.

"다들 무사하십니까?"

아인 이드리스.

혜성처럼 등장한 미네르바의 계약자는 모든 상황을 마법처럼 간단히 해결했다. 그렇게 고약하던 마수가 두 상급 정령에겐 속수무책으로 당했다. 바람을 다루는 정령들 앞에선 짐승의 특이한 울음소리도 빛과 같은 속력도 무력했다. 결국 숨통을 틀어막힌 마수는 그리 오래 버티지 못하고 쓰러졌다.

사방에서 뜨거운 환호성이 터져 나온 건 당연한 수순이었다. 협회의 높은 사람들이 날 듯이 달려와 그의 주변을 에워쌌다. 그러나 아인 이드리스는 그들에게 응하는 대신 남은 상황을 수습하는 것에 더 집중했다. 그 덕분에 마수에게 삼켜졌던 사람이 구출됐다. 아직 살아 있는 걸 알아차린 아인 이드리스가 직접 배를 갈라 꺼내주었기 때문이었다. 질식사하기 직전, 정말 간발의 차였다.

"잘 버티셨습니다."

정신을 차리자마자 울음을 터트리는 이를 다독이는 얼굴엔 안도감만이 가득했다. 마수의 체액으로 범벅이 된 더러워진 상태인데도 부축하는 손길이 거침없었다. 사람의 진심이야 알 길이 없다지만, 일부러 꾸며낸 태도로 보이진 않았다.

"생각보다 더, 괜찮은 사람이었어."

도저히 그런 미래가 내정된 걸 믿을 수가 없을 정도로 말이다. 한숨처럼 중얼거리니 트로웰의 표정이 묘해졌다.

"괜찮은 사람이라고 느꼈다면 네겐 잘 된 거 아니야? 더 적극적으로 미래를 막아볼 의욕이 들 거 아냐."

그래, 바로 그래서 문제인 거다. 난 그 미래를 막을 생각이 없고, 막아서도 안 되는 처지니까. 다시금 한숨이 흘러나왔다. 차라리 척 보기에도 나쁜 놈이었으면 훗날 파멸을 하든 말든 신경 쓸 것도 없었을 텐데. 지금의 그가 정말 좋은 사람이라 안타까웠다. 아직 막을 기회가 있는데도 그냥 흘려버려야 한다는 걸 생각하니 양심이 따끔거릴 만큼.

"여하튼 잘해봐. 미네르바는 내 말을 듣지 않아. 아마 네 말도 마찬가지겠지. 그러니 그 계약자 쪽을 공략하는 게 더 나을 거야. 뭐, 네가 접근하기에도 같은 인간 쪽이 편할 거고."

무엇보다 트로웰의 기대를 저버려야 한다는 게 가장 괴로웠다. 장난처럼 내기를 시작했지만 그가 이 미래를 막고자 하는 마음은 진심이다. 나는 트로웰을 가만히 바라보았다. 시선을 느낀 그가 의아한 표정으로 돌아보았다.

"왜?"

"으음, 아무것도 아니야. 근데 트로웰이 직접 아인 이드리스에게 경고할 생각은 안 해봤어? 인간인 내 말보다 정령왕의 경고를 더 잘 듣지 않을까?"

그러자 트로웰이 생긋 웃었다.

"난 안 돼. 미네르바가 만나지 못하게 막고 있어."

"어? 왜?"

"내가 그리 관대하지는 않아서 말이야. 그 얼굴만 봐도 화가 치밀어 오른다는 점이 문제지. 직접 만나면 죽일지도 모르거든."

……과연 합리적인 이유였다. 어쩌다 트로웰이 이런 이미지가

됐을까. 처음 만났을 때, 그러니까 미래의 그를 떠올려 보다가 잠시 아련해졌다. 이럴 땐 새삼 과거의 그가 더 과격하긴 하구나 실감할 수밖에 없었다.

"그러니 네 역할이 중요해. 부디 실망하게 하지 말아줬으면 좋겠어."

미안, 트로웰. 난 기대에 보답할 수 없을 거야. 넌 결국 내게 실망하게 되겠지. 이래도 되는 건지 사실은 조금 겁이 나. 시벨리우스에게 들었던 말을 조합해 보면 그래도 일이 다 잘 풀리기는 하는 것 같은데, 아직은 잘 모르겠거든. 난 지금 제대로 하고 있는 걸까?

마음이 더 무거워졌지만 나는 억지로 웃으며 고개를 끄덕였다. 내 생각을 트로웰이 읽지 못한다는 게 이 순간만큼 다행인 적이 없는 것 같았다.

3.

다음날부터는 어디를 가도 온통 아인 이드리스에 관한 이야기뿐이었다. 신문사들은 저마다 1급 마수를 단숨에 물리친 정령사의 위용을 표제로 내걸고 호외를 뿌리기에 바빴다.

제도를 구한 영웅! 이 시대의 진정한 용사! 미네르바의 축복을 받은 바람의 수호자! 원래도 유명했던 이름은 하늘 높은 줄 모르고 더욱 가치를 높여갔다. 그의 선행에 감동한 황제가 아인 이드리스를 위한 연회를 연다는 소문까지 돌 정도였다. 여기까진 워낙 당연해서 별다른 감상이 없었다. 생각지 못한 건 그 이름 옆에 따라붙는 또 하나의 명칭이었다.

<진혼 길드! 제국에서 가장 유명한 남자를 갖다!>

나는 떨떠름한 기분을 감추지 못하며 눈앞의 글자를 노려보았다. 이 낯간지러운 제목은 조금 전 받은 호외에 떡하니 실린 것이었다. 가십 전문도 아니고, 이름만 들어도 다 아는 저명한 신문사에서 발행한 호외였다. 다른 신문의 표제들도 거의 다 비슷했다.

<영웅이 택한 헌터 길드! 날개를 단 진혼 길드!>

<정령사 아인 이드리스! 진혼의 가족이 된다!>

<지금 세상이 주목하는 헌터 길드, 진혼! 마스터 테오 라덴의 독점 인터뷰! 아인 이드리스의 영입 과정과 그 비결을 단독 취재!>

"……진혼에서 새로 영입했다는 인재가 바로 그 녀석이었던 모양이야."

크리스가 들고 있던 신문지를 와락 구겨 쓰레기통에 던졌다. 다른 일행이 보고 있던 신문들도 비슷한 처지로 전락한 지 오래였다. 우리는 동시에 한숨을 내쉬었다.

"이거 우리 망했다는 소리 맞지."

"차마 아니라고는 못 하겠다."

"와나, 왜 정령사 중에서도 하필이면 그 녀석이야. 아니, 그 정령사도 하고 많은 길드 놔두고 왜 진혼에 들어가고 그래?"

모두의 탄식은 지당했다. 설마 아인 이드리스가 진혼에 들어갈 줄이야. 어쩐지 정령사라는 걸 직감할 때부터 왠지 싸하더라니, 이럴 줄 알고 그랬던 모양이다. 아무리 세상이 내 맘처럼 되지 않는다지만, 원수 같은 길드가 잘나가도 너무 잘나가니 씁쓸함을 감출 길이 없었다. 결국 루손 백작가의 삼남이 잃어버렸다는 두더지를 찾아다 넘겨주고 나온 참이라 더욱 그랬다. 우리는 다시 동시에 한숨을 내쉬었다. 세상 모두가 들떠있는데 오직 우리 길드만 우중충했다.

"그런데 아인 이드리스가 헌터였어요?"

"아니, 수렵 면허는 갖고 있지만 정식 헌터증은 없을걸. 그래서 자격증 발급을 위한 등급시험만 따로 치른다나 봐. 뭐, 그런 사람들이야 직업이 뭐든 무슨 상관이겠어. 어차피 시험만 치르면 다 합격할 텐데."

"하긴 그렇네요."

정령왕의 계약자가 떨어질 시험이면 그냥 아무도 붙지 못한다고 보면 된다. 모두의 앞에서 1급 마수를 농락하는 걸 보여주기까지 했으니 마다할 곳이 있을 리가 없었다.

'그보다 마수가 또 나타난 게 더 마음에 걸린단 말이지.'

균열의 시기도 아닌데 또 마수가 나타났다. 하물며 점점 더 강한 마수가 나타나는 중이었다. 뭔가 원인이 있을 게 분명한데 아직도 그에 대한 조사는 지지부진하기만 했다. 다른 때라면 마신전이라도 비판했을 신문사들도 이번엔 아인 이드리스에게 집중하느라 그 부분은 등한시하는 중이었다. 덕분에 벌써 며칠째 그에 관해 제대로 다룬 기사 한 조각을 찾아볼 수가 없었다.

"와, 본인 얘기하는 건 아나 보네."

"네?"

"아인 이드리스, 나타났어."

델라가 가리킨 방향은 우리가 막 벗어난 협회 쪽이었다. 시선을 돌리니 건물 앞에 무리 지어 있는 사람들이 보였다. 그들 가장 앞에 얼마 전 보았던 흑발의 남자가 있었다. 아인 이드리스였다. 등급시험을 본다더니 그게 오늘이었던 모양이다.

"테오 놈."

크리스가 이를 갈았다. 그는 아인 이드리스가 아닌 그 옆에 있는 갈색 머리칼의 남자를 노려보고 있었다. 아마도 그가 진혼 길드의 마스터인 듯했다. 하긴 지금 아인 이드리스와 함께 헌터 협회를 방문할 만한 무리라면 진혼 길드밖에 없었다. 결과가 뻔한 등급시험에 전부 우르르 몰려온 건 좀 황당했지만.

호들갑을 떠는 건 그들만이 아니었다. 잠시 후, 문이 열리더니 협회 사람들이 우르르 달려 나왔다. 어쩔 줄 몰라 하면서 굽신거리는 태도들이 마치 제국의 황제라도 맞이하는 듯했다.

"아주 극진하고 자빠졌네."

시기심을 굳이 감추지 않은 크리스가 콧김을 세차게 내뿜었다. 피식 웃으며 다시 돌아설 때였다.

"여, 이게 누구야? 크리스 아냐?"

뒤쪽에서 경박한 남자의 목소리가 들려왔다. 크리스의 걸음이 우뚝 멈췄다. 조금 전 그가 노려봤던 갈색 머리 남자, 진혼 길드의 마스터가 우리 쪽을 알아보고 말을 걸어온 것이다. 당황한 우리가 머뭇거리는 동안 진혼의 마스터가 가까이 다가왔다. 그리곤 그때까지도 굳은 것처럼 가만히 서 있는 크리스의 어깨를 서슴없이 두드렸다.

"이야, 여기서 보다니 오랜만이네. 복귀했다는 말은 들었어. 못 보던 사이에 얼굴 많이 좋아졌는데?"

크리스의 눈매가 잔뜩 사나워졌다. 그가 인내심을 발휘할 때 짓는 표정이었다. 그는 핏대가 오른 목을 가만히 문지르다 깊은 한숨을 내쉬었다.

"……그냥 갈 길 가라."

"오랜만에 보는 건데 빡빡하긴. 그냥 인사한 것뿐이잖아."

"너랑 내가 인사 같은 걸 나눌 사이냐?"

"뭐야, 아직도 삐쳐 있는 거야? 뒤끝이 긴 녀석인 줄은 알았다만 슬슬 피곤하지 않아?"

"그냥 가라고 했다."

"라민이 그렇게 죽은 건 정말 나도 유감스럽게 여긴다니까 그러네. 일부러 그런 게 아니었어."

"이 새끼가 진짜!"

"크리스!"

"마스터!"

공기가 사납게 일면서, 한순간에 주위가 소란스러워졌다. 시몬이 재빨리 그를 뒤에서 붙잡지 않았다면 주먹질이 이어질 뻔한 상황이었다. 진혼의 마스터는 어느새 호위를 앞세우고 있었다. 서로 험악한 시선이 오가는 분위기 속에서, 그가 아주 무섭다는 듯이 호들갑을 떨었다.

"어휴, 요즘 얌전히 산다고 해서 웬일인가 했더니 역시 그 성질은 못 버렸네. 이제 좀 철이 들 때도 되지 않았어? 언제까지 말보다 주먹이 앞설 거야? 라민도 네 그 불같은 성격을 늘 걱정했지."

"개새끼야! 그 더러운 입으로 라민 님 이름을 부르지 마! 감히 너 따위가 부를 이름 아냐!"

"정말 너무하네. 라민은 내 동생이기도 한데. 형이 동생의 이름을 부르지도 못한단 말이야?"

"하! 누가 누구의 동생이고 누가 형이야? 이 미친 새끼가!"

"네가 아무리 그래도 사실은 사실이지."

"닥쳐! 당장 내 눈앞에서 꺼지라고!"

"염려 마. 어차피 나도 너 오래 상대할 시간 없어. 그냥 아는 얼굴이 보이기에 인사 좀 한 것뿐이야. 알겠지만 요즘 우리 길드가 아주 바쁘거든. 정말 귀한 분을 모실 수 있게 돼서 말이야."

그가 말하는 귀한 분이야 뻔했다. 시선을 받은 아인 이드리스가 어색하게 웃었다. 돌아가는 상황을 알지 못해 어리둥절해하면서도 차분히 상황을 살피는 표정이었다. 만면에 미소를 머금은 진혼의 마스터가 그런 그에게 바짝 다가가 살갑게 말을 걸었다.

"죄송합니다, 이드리스 님. 괜히 저 때문에 지체되었네요."

"아뇨, 괜찮습니다. 그런데 저분들은……."

"아아, 이드리스 님이 신경 쓸 만한 사람들은 아닙니다. 그냥 예전에 알던 사이라 반가워서 말을 걸었는데, 저쪽은 그렇지 않았나 보네요. 힘든 시기를 겪어서 좀 예민한 친굽니다."

"그렇군요. 전에 뵌 적이 있습니다. 마수가 있던 현장에 저분들도 계셨습니다."

"오, 그래요? 저들도 이드리스 님께 목숨을 구명 받은 사람들이었군요."

진혼의 마스터가 의미심장한 시선으로 우리를 돌아봤다. 크리스의 얼굴이 다시금 구겨지는 순간이었다. 그러자 당황한 아인 이드리스가 급히 손사래를 쳤다.

"아닙니다. 현장에 있던 분들이 잘 대응해주셨던 덕분에 피해가 크지 않았던걸요. 물론 저분들을 포함해서요. 누구의 공이라 할 것 없이 모두가 함께 이룬 결과입니다."

"하하, 겸손하시긴. 그래도 이드리스 님이 아니었다면 그 위험한 마수를 무슨 수로 잡았겠습니까? 잘 버텨봤자 결국 하나둘씩 잡아먹히기나 했겠죠."

한껏 추켜세우는 말에 진혼 길드원만이 아니라 협회 사람들도 모두 고개를 끄덕였다. 특히 진혼 길드원들은 한껏 의기양양한 상태였다. 깔보는 듯한 시선엔 본인들이 마수를 잡은 것도 아니면서 고마워하라는 기색이 역력했다.

"그게, 그렇지만도 않습니다."

하지만 그런 분위기는 별로 길어지지 못했다. 아인 이드리스가 더 단호히 고개를 저었기 덕분이었다.

"……예?"

"제가 그날 역할을 했다면 토벌시간을 절약한 것뿐입니다. 제가 아니었어도 저분들 힘으로 충분히 상황을 수습하셨을 겁니다."

다행히 그는 끝까지 겸양의 태도를 잃지 않으려는 듯했다. 강한 사람 특유의 자신감을 감추지 않으면서도 우쭐하지 않는다. 다른 사람을 배려하는 말투는 겸손하되 비굴하지 않았다. 첫인상에서 느꼈던 그대로, 역시 괜찮은 사람이었다.

"그, 그렇군요."

정작 당사자가 그렇게 나오니 할 말이 없었는지 진혼의 마스터가 어색하게 웃었다. 속이 뒤집혔을 게 분명한데 불쾌한 티를 내색하지도 못하는 게 아주 볼만했다. 아무래도 진혼 길드는 그들의 성향으로는 감당할 수 없는 과분한 사람을 한 식구로 맞이한 모양이었다. 앞으로 마음고생을 어지간히 하겠다 싶으니 더는 이 상황이 불쾌하게만 여겨지지 않았다. 같은 생각을 한 건지 크리스도 어느새 완전히 진정해서 피식거리고 있었다.

"특히 상급 정령사라면 당연히 그 마수를 잡았겠죠."

그래도 솔직히 이것까진 예상하지 못했다. 조금 움찔해서 고개를 들자 아인 이드리스와 곧장 시선이 맞았다. 그가 나를 똑바로 바라보고 있었다. 진혼의 마스터가 뜻밖이란 얼굴로 돌아보았다.

"상급 정령사요? 저 사람이 말입니까?"

"네, 아마 저분 맞을 겁니다. 그때도 후드를 쓰고 계셨죠?"

"……."

"진을 한눈에 알아보는 사람은 별로 많지 않거든요. 그때의 모습이 인상 깊어서 조금 알아봤습니다. 물의 정령사라고 하더군요. 당신이 나이아스 무리를 이끌고 다니는 걸 봤다는 사람들도 많았습니다. 그 말을 듣고 바로 알았습니다. 최근에 악시스 급 헌터가 됐다는 물의 상급 정령사가 바로 당신이라는 걸요."

아인 이드리스의 얼굴은 상기되어 있었다. 같은 정령사라는 점에서 유대감을 느끼는 건지, 마치 오랜 친구를 대하는 것처럼 친근한 표정이었다. 당연히 이런 그림을 그려봤을 리가 없는 진혼의 마스터는 떨떠름한 표정을 숨기지 못했다.

"그런데 나이아스라면 가장 하급 정령 아닙니까?"

"네, 물의 하급 정령 맞습니다."

"그런데 저자가 상급 정령사라고요?"

"그럼요. 방금 저분이 나이아스 무리를 데리고 다녔다고 말씀드렸잖습니까."

"그게 무슨?"

"아, 모르시는군요. 여럿의 정령을 부를 수 있다는 건 많은 의미가 있답니다."

빙긋 웃은 아인 이드리스가 간단히 정령 계약의 구조를 설명했다. 아무리 뛰어난 정령사라도 계약할 수 있는 정령은 한 속성에 단 하나뿐이라는 것. 다만 계약한 정령보다 등급이 낮은 정령은 계약하지 않아도 부를 수 있다는 것. 그 소환 숫자는 소환자의 역량에 달려 있다는 것, 등등. 정령술에서 가장 기본적인 내용이었다. 그런데 일반적으론 알려지지 않았는지 듣는 이들은 모두 금시초문이라는 얼굴을 하고 있었다.

"그럼 보통 한 번에 몇이나 소환할 수 있는 겁니까?"

"수련에 달려 있습니다만, 대개 네다섯 정도가 한계입니다. 아무리 하급 정령이라도 무리 지을 만큼의 나이아스를 소환하는 건 아무나 할 수 있는 일이 아니죠. 상급 정령사가 아니라면 불가능합니다."

동의를 구하는 듯, 아인 이드리스가 나를 바라보았다. 딱히 숨긴 적도 없었지만 냉큼 그렇다고 대답하기에도 머쓱한 기분이라 나는 긍정도 부정도 하지 않은 채로 그냥 어깨를 으쓱이기만 했다. 그에 진혼의 마스터가 묘한 표정으로 협회 쪽 사람들을 바라보았다. 사실 여부를 확인하는 듯한 시선이 닿자 협회 사람들의 얼굴이 하얗게 질렸다. 눈에 띄게 당황하는 걸 보니 그간 나에 대해서 일부러 알리지 않았던 모양이다.

"어, 그게…… 여명 길드 소속의 정령사라면, 악시스 등급이 맞습니다.”

“……그렇군요. 모르고 있었네요. 근래 그런 소문을 듣긴 했는데 별다른 말씀이 없으셔서 설마 했지 뭡니까.”

“굳이 그런 세세한 부분까지 신경 쓰시게 할 건 없다고…… 협회장님께서…….”

“잘 알겠습니다. 그렇게나 절 배려해주시는 줄도 모르고. 그동안 제가 너무 무심했네요. 조만간 협회장님을 찾아뵙고 같이 식사라도 해야겠군요.”

빙긋 웃는 얼굴에 협회 사람들의 얼굴은 거무죽죽해졌다. 그 모습을 진득한 시선으로 응시하던 진혼의 마스터가 곧 나를 돌아보았다. 조금 화가 난 듯한, 그러면서도 흥미가 실린 눈동자가 불쾌한 빛으로 번들거렸다.

“이렇게 정령사 동료를 만나니 반갑네요. 제도에 악시스 급 정령사가 나타났다는 소문을 들었을 때부터 만나보고 싶었습니다. 아인 이드리스입니다.”

앞에 있어서 그의 표정을 보지 못한 아인 이드리스가 가까이 다가와 선뜻 악수를 청해왔다. 이 손을 잡아도 괜찮은 걸까. 나는 곧게 뻗어진 손을 잠시간 바라보다가 어색하게 마주 잡았다.

“전 엘이에요.”

“그렇군요, 이름으로 불러도 됩니까?”

“네, 그러세요.”

“감사합니다, 엘. 저도 아인이라고 불러주세요. 같은 헌터이자 정령사로서 앞으로 잘 지냈으면 합니다."

아니, 그쪽 뒤에 있는 남자는 절대 그렇게 생각하지 않을 것 같은데.

진혼의 마스터는 그야말로 그린 듯이 웃는 표정을 짓고 있었다. 누가 봐도 인내심이 한계에 달한 얼굴이었다. 정령왕의 계약자니 그야말로 억 소리가 나는 계약금을 주고 모셨을 텐데, 원수 같은 우리랑 친분을 다지고 있으니 복장이 터질 만도 했다.

'……그리고 나도 잘 지낼 생각이 없는데 어쩌지.'

사실 선선히 악수한 것도 어디선가 트로웰이 지켜볼 가능성이 있기 때문이지, 다른 생각은 없었다. 사실은 이 상황이 그저 곤혹스럽기만 했다. 그래도 다행히 오래 이어지지는 않으려는지, 눈치를 보고 있던 협회 사람이 얼른 끼어들었다.

"저어, 이드리스 님. 시간이 다 되었으니 이만 들어가시는 게 좋을 것 같습니다."

"아, 그렇군요. 알겠습니다. 그럼 다음에 또 뵙죠, 엘. 전 이만 가보겠습니다."

"네에, 잘 가세요."

나도 다음에 보자고 말하기엔 차마 입이 떨어지지 않았다. 명백한 온도 차를 느꼈을 법도 한데 사람 좋게 웃는 아인 이드리스는 별로 신경 쓰지 않는 듯했다. 짧은 묵례를 마지막으로 그는 자신의 무리를 향해 몸을 돌렸다. 우리를 향해 시근덕거리던 진혼 길드원들이 기다렸다는 듯이 그를 에워싸면서, 서로의 거리가 빠르게 멀어졌다. 마치 수상한 사람한테서 제 자식을 보호하는 듯한 태도에 크리스는 코웃음을 쳤다.

이후 그들이 우르르 협회 건물 안에 들어가는 것으로 모든 상황이 종료됐다. 언제부터였는지 근처에서 구경하고 있던 사람들도 분주히 흩어졌다. 그리고 크리스는 품속에서 웬 자루를 꺼내더니 이상한 가루를 사방팔방 뿌리기 시작했다.

"윽, 지금 뭐하는 거예요, 크리스? 이게 뭐예요?"

"축복받은 밀가루. 정화의 신전에서 사둔 거야. 악귀를 쫓는 데 쓰인대. 불길한 일이 생길 때 뿌리면 괜찮다더라."

일종의 소금 같은 건가.

성수도 아니고, 밀가루 같은 것에 축복을 내려서 정화한다는 말은 금시초문이다. 신전의 상술에 놀아난 것처럼 보이는 게 단지 기분 탓만은 아니겠지. 대체 왜 이런 걸 상비하고 다니는지는 차마 물을 수가 없었다. 어쨌거나 우리가 질색하든 말든 크리스는 아랑곳하지 않고 밀가루를 마구 뿌려댔다. 특히 내게 유난히 더 많이 뿌렸다. 그의 기행은 밀가루를 피해 도망 다니던 우리가 결국 화를 낸 후에야(평소 조용한 편인 네브까지 대놓고 질색할 정도였다) 간신히 멈췄다.

"됐다! 이제 악귀가 떠났을 거야!"

"……제가 악귀가 되고 싶은 기분이네요."

"젠장, 재수가 없으려니! 하필 여기서 그 치들이랑 마주칠 게 뭐냐. 그리고 걘 뭔데 친한 척이야?"

크리스는 계속 씩씩거리기 바빴다. 내가 중얼거린 소리를 모르는 척하려는 의도가 뻔했다. 그 애잔한 시도가 가상하다 보니 더 화내려던 의욕이 푸시시 식었다.

"같은 정령사라고 반가웠나 보죠, 뭐."

"칫, 그래 봤자 너랑 속성도 다르잖아. 대체 무슨 꿍꿍이야?"

"꿍꿍이라고 할 정도로 성격이 음침해 보이진 않았던 것 같은데?"

"맞아, 사람들 앞에서 우리 편도 들어줬잖아."

시몬과 델라가 끼어들어 건넨 말에 크리스의 표정이 불퉁해졌다. 그러면서도 차마 아니라고 하진 못하는 걸 보면 그 역시 양심을 저버리진 못하는 모양이었다.

"그래도 난 그 녀석 마음에 안 들어. 성격이며 능력이 다 좋으면 뭐해? 사람 보는 눈이 없는데. 그 능력이면 오라는 곳도 많았을 텐데 하고 많은 길드 중에서 왜 하필 진혼이야? 그 정령사 덕분에 테오 놈이 기세등등해질 걸 생각하니 열불 나."

"아, 그건 나도 유감이긴 해. 레기아 등급이겠지?"

"그야 당연하지. 정령왕의 계약자잖아."

"하, 정령왕이라니……."

모두의 시선이 아련해지면서, 분위기가 잠시 숙연해졌다. 정신없는 틈에 그냥 넘어간 아인 이드리스의 위용을 새삼 실감한 듯했다. 그 정령왕의 계약자가 여기에도 있다는 걸 알면 무슨 표정을 지을지 궁금해졌다. 물론 알릴 생각은 없었지만.

"에이잇! 부러워하지 마! 우리도 우리 나름대로 역사를 만들어 가면 되는 거야! 아, 그래, 엘! 너 승급 시험 치를 생각 없어? 아니, 시험 쳐라!"

"어? 네? 승급요?"

뭐야, 설마 크리스가 다 눈치챈 건가? 어떻게? 당황해서 돌아보니 크리스가 두 손으로 내 어깨를 붙잡았다. 코앞에서 비장하게 타오르는 눈동자에 나도 모르게 숨을 멈출 때였다.

"물론 제도 말고 다른 지역에서 말이야!"

"……네?"

"내가 전에 말했지? 제도에서 악시스 등급을 딸 정도면 딴 지역에선 레기아 받을 수 있을 거라고! 지금이 바로 그걸 확인할 적기다! 당장 실행하자!"

"아니, 잠깐만, 크리스. 그건 좀…… 너무 꼼수 아니야?"

황당해서 입을 다문 나를 대신해서 델라가 비난하는 시선을 던졌다. 물론 크리스는 전혀 굴하지 않았다.

"뭐 어때! 어차피 기록으로 남는 건 등급이야! 실력 차가 있든 말든 같은 레기아인 게 중요한 거라고! 어때, 엘? 괜찮은 생각이지? 당장 차표 잡을까? 최대한 설비가 후진 구석으로 가보는 거야!"

"……나 참, 진심으로 하는 말은 아니죠? 거기서 더 나가면 한동안 얼굴 안 볼 거예요."

"크윽! 그치만 솔직히 난 좀 분하단 말이야! 아까 그 녀석도 그랬잖아. 자기가 안 나타났어도 네가 마수를 잡았을 거라고! 그럼 너도 그렇고 우리 길드의 명성도 확 올랐을 텐데! 그 녀석이 우리 앞길을 막은 기분이라고!"

"뭐, 잡기야 했겠죠. 그래도 피해는 더 컸을걸요. 크리스도 사상자가 나오는 건 바라지 않았을 거잖아요. 그 사람이 와줘서 빨리 수습된 걸 다행으로 여겨요."

"그것도 맞지! 맞는 말이긴 하지만! 젠자앙, 진혼 놈드을!"

머리를 부여잡고 괴로워하는 크리스를 일별하고 나는 다른 일행들을 돌아보았다. 다들 막장으로 가는 마스터를 안타까워하면서도 매우 귀찮다는 표정을 짓고 있었다. 그나마 다섯 명 중에 한 사람만 비정상이라 다행이었다. 그 한 사람이 하필이면 길드 마스터인 건 조금 유감이지만.

"모두 수고하셨어요. 길드 마스터의 상태가 저러니 오늘 일정은 여기서 마무리해요."

"그래, 엘. 네가 참 고생이 많다."

"뭘요. 다들 마찬가지죠."

우리는 잠시간 서로를 안쓰럽게 바라보았다. 아인 이드리스에겐 미안한 말이지만, 그와 대화하는 동안엔 느끼지 못했던 유대감이 지금 이 순간엔 아주 무럭무럭 차올랐다.

"아니, 내가 뭐? 왜! 뭐!"

홀로 동의하지 못한 크리스만이 펄펄 날뛰었다.

제3화

1.

이미 몇 번이나 말한 것 같지만 난 아인 이드리스와 엮일 생각이 없다. 그가 좋은 사람이든 아니든 상관없이, 그의 인생엔 아무런 영향을 미치지 않을 예정이고, 받고 싶지도 않았다. 그러기 위해서 가장 좋은 방법은 역시 마주치지 않는 것이다. 접점이 없으면 아무리 사소한 거라도 일이 벌어질 리가 없으니까.

다행히 아인 이드리스는 너무도 잘 알려진 정령왕의 계약자였다. 출신 왕국에선 백작의 작위를 받았으며, 제국에 온 후로도 황제가 제안한 작위만 여러 개. 이미 받은 훈장은 셀 수도 없다. 정기사의 자격을 지닌 데다가 레기아 등급의 헌터이기도 하며, 대륙 7대 길드로 불리는 대형 길드에도 들어갔다. 그 정도쯤 되면 눈코 뜰 새 없이 여기저기 불려 다니느라 제도에 붙어 있을 틈이 없다고 봐야 한다.

그에 비해 나는 아르마 등급의 의뢰만 전전하며 주야장천 제도에서 시간을 보내는 아주 한가한 헌터였다. 즉, 그와 나는 동선이 겹칠 일이 조금도 없다는 뜻이다.

"엘?"

……그런데 대체 왜 저 사람이 저기에 있는 걸까.

문을 열자마자 보이는 얼굴에 잠시 고개를 위로 들고 상점의 명패를 확인했다. 〈루아나 의상실〉 반듯한 나무판에 멋들어진 필체가 화려한 문양과 함께 조각되어 있었다. 아무리 다시 봐도 제대로 들어온 게 맞았다.

"세상에, 여기서 또 뵙네요."

"……네, 그러게요."

"이렇게 우연히 만난 게 벌써 세 번째던가요? 저희 참 잘 맞는 것 같네요."

호감을 드러낸 채 반갑게 웃는 흑발의 남자, 아인 이드리스를 보고 있으려니 한숨이 절로 나왔다. 그 말대로 이렇게 마주친 게 이번이 처음이 아니었다. 어젠 찻집에서 마주쳤고 그제는 공원에서 마주쳤던가. 대체 왜 자꾸 엮이는 건지, 이상하게 가는 곳마다 동선이 겹쳤다. 원래도 겹쳤는데 그땐 내가 몰랐던 건지, 요즘 들어 우연이 유난히 겹치는 건지는 알 수가 없었다.

"엘은 뵐 때마다 후드를 쓰고 계시네요."

"네에, 그런데도 용케 저란 걸 알아보시네요."

"하하, 왠지 그냥 보면 알겠더라고요. 체형이나 키도 그렇고, 뭔가 엘에게서만 느껴지는 분위기 같은 게 있거든요."

내 체형이랑 키가 어때서? 현대에선 나이 대의 평균 체격이었고, 여기서도 그렇게 다른 편은 아니다. 어리둥절한 기색을 감추지 못했지만 아인 이드리스— 아인은 정확히 뭐라고 설명하기가 힘들다고만 했다. 그냥 감으로 때려 맞추는 모양이었다. 바람의 정령사니 사람에게 배어나는 기운 같은 것에도 민감한 건지도 모르겠다.

"옷 맞추러 오셨나 봐요."

"네, 편하게 입을 외투가 몇 벌 필요해서요. 주변에서 이 의상실을 추천해주시길래 지금 막 와본 참입니다. 엘도……?"

"아, 저는 주문해둔 걸 찾으러 왔어요."

그러자 옆에서 듣고 있던 의상실 직원이 눈치 빠르게 바구니를 들고 왔다. 그 안에는 같은 형태로 만들어진 손등용 장갑이 여러 벌 들어 있었다.

"일주일 전에 맞춤 장갑 주문하신 손님이시죠? 여기 주문하신 장갑 다섯 벌이에요. 손님께서 원하신 대로 만들어봤어요. 한번 착용해보세요."

고개를 끄덕인 후 설레는 마음으로 건네받은 장갑을 착용했다.

문장을 가려주는 크림 덕분에 드디어 내 손에 딱 맞는 맞춤 장갑을 주문할 수 있게 됐다. 이왕 맞추는 거 소재와 모양까지 상세히 제시했는데, 다행히 설명한 그대로 완성된 것 같았다. 달라붙듯이 딱 맞는 착용감에 가슴 찡한 감동이 밀려들었다. 그간 기성품 중에서 맞는 장갑을 찾는 게 얼마나 고역이었던가. 이제 틈날 때마다 신상품을 찾아 상가를 샅샅이 뒤질 필요도, 맞지 않는 장갑이라도 감지덕지하며 구매할 필요도 없었다. 지난 처절한 시간이 떠오르니 눈물이 차올라 앞을 가리는 것 같았다.

"정말 마음에 들어요."

"다행이네요. 그러게 진작 맞추시라니까. 도안은 있으니까 이젠 언제든 필요하실 때 주문만 넣어 주세요."

직원이 흐뭇하게 웃었다. 그는 내가 평소 장갑을 찾아 방황하는 걸 안타깝게 보던 사람 중 하나였다. 상가에 들를 때마다 맞춤 제작을 권하곤 했는데, 그때마다 거절했더니 저렴하게 해주겠다며 흥정하기도 했었다. 아마도 내가 돈이 없어서 꺼리는 거라고 여긴 모양이다. 그러다 드디어 돈을 다 모아서 장갑을 맞추게 됐다고 생각한 건지 바라보는 얼굴에 대견하다는 표정이 가득했다.

"그런데 대체 무슨 일을 하시길래 장갑이 이렇게 많이 필요하세요? 평소에도 자주 사러 오시는 편이었죠?"

"아, 검을 배우고 있거든요. 장갑을 끼고 훈련하다 보니 보존 마법을 걸어둬도 금방 망가지더라구요."

"아하, 그러셨구나. 기사 지망생이신가 봐요. 보존 마법까지 걸었는데도 오래 가지 못할 정도면 정말 열심히 하시는 것 같네요. 맞아요, 맞아. 배우려면 이래야지. 제 동생도 훈련생인데 걘 항상 손이 깨끗하지 뭐예요? 대체 할 마음이 있는 건지 없는 건지. 그 비싼 수업료를 내주는 가족들 생각은 조금도 안 하고……."

직원과 두런두런 대화를 주고받는 동안 아인의 존재감은 어느새 희미해졌다. 힐끗 돌아보니 그는 한창 다른 직원의 안내를 받는 중이었다. 상품 안내서를 보여주며 질문을 건네던 직원이 돌연 깜짝 놀라더니 그에게 꾸벅 인사를 하고는 후다닥 가게 안쪽으로 뛰어들어갔다. 그리고 잠시 후 의상실 주인이 헐레벌떡 달려 나왔다. 아무래도 이제야 그가 '그' 아인 이드리스라는 걸 알게 된 모양이었다.

"어서 오세요, 이드리스 님! 이 가게의 주인인 루아나입니다! 저희 같은 작은 의상실이 귀빈을 모실 수 있게 되어 정말 영광입니다!"

그 한마디는 조용하고 평화롭던 가게에 세찬 풍랑을 일으켰다. 나와 대화 중이던 직원을 비롯한 모든 직원이 경악한 얼굴로 안절부절못하기 시작했다. 순식간에 혼비백산해진 현장을 보며 나는 안도했다. 애초에 옷을 맞추러 온 손님과 장갑을 사러 온 손님 사이엔 분명한 격차가 있다. 심지어 신분까지 다르게 보인다면 더 말할 필요가 없다. 이제 아인은 귀빈실이든 어디든 따로 안내될 거고, 나와는 머무는 장소가 분리될 거다. 여기서 적당히 작별하기만 하면 되는 아주 말끔한 결말이었다.

때마침 아인과 시선이 맞아 가볍게 눈인사를 건넸다. '좋은 하루 보내요! 그리고 우리 이제 다시 보지 맙시다! 아니, 보더라도 아는 척하지 말아요!' 라는 의미를 담뿍 담은 작별의 시선이었다. 그런데 아인은 그 의미를 잘못 해석했는지 생뚱맞은 화답을 보냈다.

"아, 엘! 괜찮으시다면 잠시 시간 좀 내주시겠습니까?"

"……네?"

"제가 오늘 딱히 별다른 일정이 없어서요. 옷은 치수를 재기만 하면 되니 금방 끝날 겁니다. 혹시 시간이 되신다면 저와 다과라도 나누지 않으시겠습니까? 근처에 괜찮은 가게가 있는데, 엘에게도 소개해드리고 싶네요."

"아, 저는……."

함께 다과라니, 큰일 날 소리를 하시네. 냉큼 거절하려는데 왠지 싸한 기분이 들었다. 지난 경험상, 갑자기 이런 기분이 드는 이유는 무조건 하나뿐이었다. 트로웰이나 엘뤼엔이 지켜보고 있는 거다.

"하하, 미치겠네, 진짜."

"네?"

"아뇨, 마침 저도 다른 일정 없는데 정말 잘됐다고요. 다과 좋죠. 제가 달달한 거 좋아한다고 말씀드렸던가요? 갑시다, 가요."

의아해하던 아인의 얼굴이 환해졌다.

"고맙습니다. 그럼 조금만 기다려주세요."

"네에, 천천히 하세요."

어차피 이렇게 된 거 천천히 하든 서두르든 다 무슨 의미란 말인가. 웃으며 손을 흔들어주니 아인의 표정이 더 밝아졌다. 그가 치수를 재기 위해 자리를 비운 동안 나는 대기실 좌석으로 이동했다. 조금 전까지 편하게 대화했던 직원이 어색하게 굳어진 얼굴로 나를 안내했다. 아인과 잘 아는 사이로 보이니 겁을 먹은 게 분명했다. 마음속 깊은 곳에서 진득한 허탈감이 우러나왔지만 그래 봤자 의미 없는 아우성이었다. 이제 될 대로 돼라였다.

*　　*　　*

내키지 않은 시작과는 다르게 아인과 보내는 시간은 생각보다 나쁘지 않았다. 일단 그가 데려간 곳이 정말 괜찮았다. 과자와 케이크를 비롯한 다양한 후식을 전문으로 하는 가게였는데, 주문한 메뉴마다 감탄이 나올 만큼 다 맛있었다. 그리고 의외로 대화의 합도 꽤 괜찮았다. 아인은 점잖은 화법을 사용하는 데다가 상대의 말을 경청하길 즐기는, 이른바 대화하기 편한 사람이었다. 하지만 무엇보다 공통 주제가 계속 이어져서 대화가 끊길 틈이 없다는 점이 한몫했다.

"와, 정말 소환자 곁에만 머뭅니까? 시큐엘은 듬직하군요. 진은 좋게 말하면 호기심이 많고, 나쁘게 말하면 산만하다고 해야 할까요. 제 주위를 벗어나 멀리까지 가려고 할 때가 많습니다."

"그래요? 아, 하긴 바람의 정령은 호기심이 많죠."

"엘도 아시는군요. 이것저것 만지고 건드리는 걸 워낙 좋아합니다. 그래서 가끔 곤란한 일도 겪습니다. 무거운 걸 들면 갑자기 마나가 빠져나가서 깜짝 놀라게 되거든요."

"아, 맞아요. 조금만 무게가 있어도 마나가 빠져나가더라고요. 솔직히 그런 사소한 행동에도 정령사의 마나가 필요한 줄은 몰랐어요. 저도 처음엔 익숙하지 않아서 좀 고생했어요. 갑자기 다리에서 힘이 풀려서 주저앉은 적도 있어요."

"하하, 저도 그랬습니다. 정령사들은 다 비슷한 경험을 하나 봅니다."

물 흐르듯이 편하게 이어지는 대화는 그가 누군지를 알면서도 즐겁기까지 했다. 솔직히 이렇게 잘 통할 줄은 몰라서 당황스러울 정도였다.

'미네르바를 배신할 예정만 없으면 정말 괜찮은 사람인데 말이야.'

물론 그 전제 때문에 결코 좋은 사람으로 여길 순 없겠지만 말이다. 다만 아직은 일어나지 않은 일이라 마음이 정말 복잡했다. 내가 속으로 무슨 생각을 하는지 알 리가 없는 아인은 호감이 담뿍 담긴 얼굴로 나를 바라보고 있었다. 한층 밝은 톤으로 빛나는 푸른색 눈동자가 그의 들뜬 기분을 고스란히 드러냈다.

"정말 꿈만 같네요."

"네? 뭐가요?"

"이렇게 비슷한 경험을 지닌 사람과 편하게 대화를 나눈다는 거 말입니다. 실은 오래전부터 정령사 친구가 있었으면 했거든요."

"다른 정령사를 만나 본 게 제가 처음인가요?"

"아뇨, 그런 건 아닙니다. 꽤 많은 정령사분들을 만나보긴 했습니다. 그때마다 친해지려 노력해봤는데 다들 절 너무 어려워하시더라구요."

"그랬군요."

"예, 그래서 엘이 절 편하게 대해주셔서 얼마나 기뻤는지 모릅니다."

……아니, 내가 편하게 대했다고? 나 그동안 대놓고 거북해하고 꺼리지 않았어? 오늘이야 어쩔 수 없이 응했던 거지, 앞서 마주친 두 번만 해도 인사도 제대로 하지 않고 얼른 자리를 피하기에 바빴다. 그런데 그게 편하게 대한 거라고 느꼈다니. 대체 그동안 다들 어떻게 대했던 거야?

황당함에 입을 뻐끔거리다 그가 평범한 정령사가 아니라는 사실을 다시금 상기했다. 정령왕이다, 정령왕. 보통 정령사들은 정령왕 앞에서 고개도 들지 못한다. 그 계약자 역시 당연히 조심스러울 수밖에 없을 것이다. 그래도 내 딴엔 최대한 피해 다녔는데, 대체 다른 사람들은 얼마나 더 심하게 했길래 어려워한다는 평까지 듣는 건지 궁금했다.

"보통 다른 정령사들은 어떤 식으로 대하는데요?"

"으음, 반응은 여러 가지이긴 합니다. 제 입으로 말씀드리긴 좀 민망하긴 합니다만, 말을 걸어 보려고만 하면 비명을 지르시거나 무릎을 꿇으시는 경우가 좀……."

"……네?"

"감격해서 우는 사람도 있고. 옷자락이나 머리카락을 잘라가시려는 분도 있고. 여하튼 대체로 다들 숭배하듯이 바라보시는데…… 솔직히 그런 건 저도 좀 부담스럽다고 해야 할까요."

아, 피하는 게 아니라 오히려 너무 좋아하는 쪽이었나.

대충 무슨 상황인지 알 것 같아서 아련해졌다. 무릎 꿇거나 우는 반응이 보편적일 정도라니. 연예인 팬클럽 수준을 넘어 가히 신앙의 수준이다. 아니, 그보다 옷이나 머리카락까지 잘라가는 건 그냥 스토커 아닌가? 대체 무슨 짓들을 하는 거야?

"그거…… 확실히 부담스럽긴 하시겠네요."

"네, 좋은 분들이라는 건 압니다만, 아무래도 그런 상황이다 보니 친해지기가 어렵더라고요."

"정말 그렇겠어요."

'젠장, 실수했어. 뚱하게 대할 게 아니라 호들갑을 떨었어야 했는데!'

그럼 아인 쪽에서 먼저 기겁해서 나와 알아서 거리를 벌렸을 거다. 그런 줄도 모르고 피해 다니는 바람에 오히려 아인의 호감을 사는 꼴이 되다니! 심지어 오늘은 아예 작정하고 편하게 대화까지 했으니 앞으로도 거리를 벌리긴 글렀다.

"게다가 그거 아십니까? 엘이 지금까지 저와 얘기하면서 한 번도 미네르바의 이야기를 꺼내지 않았다는 걸요."

"어, 그랬나요?"

몰랐다는 듯이 묻긴 했지만 당연히 알고 있었다. 아인 쪽에서 먼저 말하면 몰라도 내 쪽에서는 절대로 언급하지 않을 작정이었다. 나로선 민감한 화제를 먼저 꺼낼 이유가 조금도 없었으니까. 어디까지나 그가 아니라 내 심장과 정신세계의 안위를 위해서다. 그런데 아인은 그걸 배려라고 여긴 모양이었다.

"실은, 저와 미네르바는 연인 사이입니다."

"아, 그래요."

"오래도록 품어온 마음을 용기 내어 고백했는데 기적적으로 그분이 받아주셨죠. 앞으로 3년 안에 혼인하는 게 목표입니다. 어떤 식으로 청혼해야 미네르바가 기뻐할지 고민하는 중이고요. 결혼식은 미네르바에게 걸맞도록 최대한 성대하게, 많은 사람의 축복을 받으며 하고 싶어요. 혼인한 후에는 지금 사는 저택을 팔고 근사한 저택을 다시 마련할 겁니다. 미네르바는 한적한 시골보다는 도시를 더 좋아하거든요. 그리고 또……."

아니 별로 그런 것까지 알고 싶진 않아.

얼굴만 몇 번 마주쳤을 뿐, 제대로 대화해 본 건 오늘이 처음이다. 별로 알지도 못하는 사이에 인생 계획을 의논할 참인가. 안 그렇게 생겨 가지곤 보기보다 푼수였다. 게다가 미네르바에 대해 잘 아는 것처럼 말하는 것도 기분이 상했다. 마치 그가 내 영역을 침범한 느낌이라고 해야 하나. 어차피 틀어지는 사이라는 건 알지만, 엄한 놈이 내 가족을 채간다는 기분을 막기가 어려웠다. 그 심리가 무심코 겉으로도 드러난 모양이다. 자세가 불량해진 걸 깨닫고 얼른 똑바로 했을 땐 이미 아인이 빤히 응시한 후였다. 하지만 의외로 그는 별로 불쾌해하지 않았다. 아니, 오히려 더 마음에 든다는 표정을 짓고 있었다.

"역시 별로 관심이 없으시네요."

"……하하."

"지금까지 저와 친분을 다진 사람들은 미네르바가 목적인 경우가 더 많았습니다. 아무리 점잖은 사람이라도 정령왕에 대해선 궁금해하더군요. 저와 만나면서 미네르바에게 조금도 관심을 보이지 않은 사람은 엘이 처음입니다. 원래도 잘 지내고 싶었습니다만, 지금은 정말 친해지고 싶네요."

'……무슨 그런 무서운 말씀을.'

꺼질 듯한 한숨을 내쉬고 싶은 기분을 참고 억지로 웃었다. 그걸 뭐라고 해석한 건지 아인 역시 따라 웃었다. 분위기만큼은 참으로 화기애애한 자리였다.

내일부턴 절대 혼자 다니지 말아야지. 그래, 그래야겠다. 아무리 아인이라도 내가 동료들과 함께 있으면 쉽게 말을 붙이지 못할 거다. 아니, 아예 길드 사무실에서 한 발짝도 나가지 말까? 그것도 좋은 방법이 될 것 같다.

"그런데 아까 전부터 물어보고 싶은 게 있었는데 말입니다. 착용하신 그건 엘이 쓰시는 겁니까?"

속으로 여러 궁리를 하는 사이 아인이 물어왔다. 내 허리춤에 걸려있는 검집을 응시하는 그의 시선에 의아함이 가득했다. 정령사인 내가 검을 갖고 다니는 게 궁금한 모양이었다.

"네, 그럼요. 당연히 제가 쓰는 거죠."

"그러고 보니 아까 얼핏 검을 배우신다고 들었는데. 그럼 엘은 검술도 할 줄 아시는 겁니까?"

"네에, 뭐. 아직 할 줄 안다고 말하기엔 한창 배우는 중이지만요."

"그래도 굉장하네요. 정령 검사가 되시겠군요."

"아인도 그렇지 않아요?"

"제가요? 하하, 전 검술은 할 줄 모릅니다. 날이 있는 건 과도도 다루지 못하는걸요."

"네? 하지만……."

반박하려다가 가만히 입을 다물었다. 그러고 보니 뭔가 계속 위화감이 있다 했는데 그 이유를 지금에서야 알았다. 아인의 어디를 봐도 블레스터가 보이지 않았다. 아무래도 미네르바가 아직 그에게 힘을 나눠주기 전인 모양이었다.

'이게 뭐야.'

한숨이 절로 흘러나왔다.

정령검은 그 자체로 강력한 무기다. 그중에서도 바람의 검 블레스터는 지상 최강의 검이라고 할 수 있었다. 전에도 없었고 이후로도 다시는 나오지 않을, 정령왕의 힘을 담은 유일 검. 난 당연히 미네르바가 연인의 강점을 돕기 위해 그 검을 만들었을 거라고 생각했다. 넘치는 재능에 걸맞은 무기를 내린 것이라고. 그런데 아인은 검술은 전혀 모른다고 한다. 이렇게 되면 검을 만든 건 그 반대의 이유라고 생각할 수밖에 없었다. 검사가 아니니까, 오히려 못하는 사람도 다룰 수 있는 무기를 찾다 보니 블레스터를 만들게 된 거다.

하긴, 블레스터 정도면 주인이 몸치라도 직접 움직여 힘을 발휘해주겠지. 타자도 못 치는 어린애한테 인공 지능 기능이 탑재된 컴퓨터를 선물해준 셈이다. 끼어들면 안 된다. 안 된다는 건 아는데, 차마 물어볼 수밖에 없었다.

"당신은 미네르바를 어떻게 생각해요?"

"네? 미네르바 말입니까?"

아인의 눈이 동그래졌다. 바로 조금 전에 미네르바를 언급하지 않아서 좋다고 칭찬한 상대가 급작스러운 질문을 건네니 당황한 것 같았다.

"연인이라고 했죠. 혼인도 할 생각이고요. 그럼 미네르바를 사랑한다는 거죠?"

"아, 그럼요. 물론 사랑합니다."

"얼마나요? 얼마나 사랑하는데요?"

미네르바가 널 사랑하는 만큼, 너도 그를 사랑해? 미네르바가 널 위해 뭘 내려놓았는지, 앞으로 뭘 더 포기할 수 있는지는 알고 있어? 그걸 알면서도 넌 그를 배신하는 거야?

"엘, 이건 너무 사적인 질문 같은데요. 제가 당신과 친하게 지내고 싶은 건 맞습니다만, 이런 대화는 조금 너무 이르지 않나 싶은…….”

난처한 듯 찌푸리는 얼굴을 보니 조금 머리가 식었다. 그가 검술을 모른다는 사실이 너무 충격이라 아무래도 잠시 정신이 나갔던 모양이다. 숨을 깊게 들이쉬니 마음이 한결 차분해졌다.

“미안해요. 제가 너무 무례했네요.”

내가 무슨 표정을 짓고 있는지는 모르겠다. 다만 아인이 상당히 떨떠름한 표정을 짓고 있다는 것만은 보였다. 그를 알게 된 후로 가장 굳은 표정이었다. 갑자기 엉뚱한 질문을 퍼부어댔으니 내가 정말 이상해 보이겠지. 물론 그렇게 한 걸 후회하지는 않았다. 이걸로 아인이 내게 질렸다면 차라리 잘된 셈이었다. 하지만 아쉽게도 아인은 그저 조심스럽게 물어오기만 했다.

“아닙니다. 조금 놀라긴 했습니다만, 엘이라면 그럴 만한 이유가 있으시겠죠. 실례지만, 혹시 뭔가 고민하시는 문제라도 있는 겁니까?”

“……아뇨, 그런 건 아니에요. 그냥, 최근 정령술을 좀 더 발전시킬 방법을 고심하다 보니, 정령과 계약자의 관계에 대해 생각이 많아졌거든요.”

“아, 그런 거군요. 이해했습니다. 이미 상급 정령사이면서 더 발전할 방법을 찾는다니 대단합니다. 나이도 아직 어린데 이렇게 꾸준히 노력하고 있으니, 엘이라면 엘퀴네스를 소환할 수 있을지도 모르겠네요.”

그건 이미 했다.

심지어 소환하지도 않은 트로웰과도 동행하는 중이었다. 그 정령왕들이 지금 날 지켜보고 있을 가능성만 없었다면, 너랑 여기에 올 일도 없었을 거라는 대꾸는 간신히 삼켰다. 당황스러운 상황은 바로 그다음에 이어졌다.

"미네르바를 한번 만나보시겠습니까?"

"네?"

"그분께 함부로 사람을 소개해드리진 않지만, 엘이라면 괜찮을 것 같아서요. 미네르바를 만나보면 지금 하시는 고민에 도움이 될지도 모르잖습니까. 괜찮을 때를 알려주시면 제 저택으로 초대하겠습니다. 아니면 아예 오늘 만찬을 함께 하는 건 어떠십니까?"

"아, 아뇨, 괜찮아요. 그렇게 폐를 끼칠 생각은 없어요. 이건 스스로 해결해야 할 문제인 것 같네요. 그리고 미네르바를 만나기엔 아직 제 용기가 부족하고요."

"그렇습니까."

아인이 실망한 듯 표정을 흐렸다. 그러면서도 반짝이는 눈동자를 보니, 내심은 내가 거절한 걸 좋게 보는 게 분명했다. 그걸 보니 조금은 그의 심리가 읽혔다. 누가 미네르바에게 관심을 보이는 걸 정말 싫어하는구나. 연인으로서 평범한 독점욕일 수 있겠지만, 왠지 기분이 가라앉았다.

"그럼 다음에라도 언제든 생각이 있으시면 말해주세요. 당신은 정말 괜찮으니까요."

"말만이라도 고맙네요. 하지만 저랑 너무 친해지면 곤란해지지는 않겠어요? 특히 그쪽 길드 마스터가 별로 안 좋아할 것 같은데요."

"네? 그럴 리가요. 저희 마스터는 엘 님께 관심이 많으시던걸요."

이건 또 무슨 헛소리란 말인가.

대충 웃어넘기자고 한 말에 생각지 못한 대답이 돌아올 줄은 몰랐다. 반사적으로 얼굴을 찌푸릴 뻔한 걸 간신히 참고 바라보니 아인이 해맑게 웃으며 말했다.

"정말입니다. 엘처럼 대단한 정령사가 소형 길드에 있는걸 안타까워하셨어요. 제게는 같은 정령사들끼리 잘 지내면 좋겠다고도 하시더군요."

"아, 그래요……."

"그러고 보니 마스터께 감사드려야겠네요. 그분이 아니면 오늘 엘과 이렇게 즐거운 시간을 보내지 못했을 테니까요."

"그건 무슨 소리예요?"

"실은 오늘 방문한 의상실을 추천해주신 분이 바로 마스터거든요. 아, 생각해 보면 그분이 추천해준 곳을 방문할 때마다 엘을 만났던 것 같아요. 신기한 우연이네요. 그분이 우리의 인연을 이어주는 요정 같은 존재로 느껴집니다."

"……아, 그래요."

그 뻔한 상황을 두고도 그렇게 좋게 해석할 수 있다니. 순진하다고 해야 할지, 굉장하다고 해야 할지 모르겠다.

덕분에 유독 아인과 자주 마주쳤던 이유를 드디어 알 수 있게 됐으니 다행이라고 해야 하나. 나는 숨기지 않고 삐뚜름하게 웃었다. 어차피 후드에 가려져 잘 보이지도 않았을 텐데, 그것만으로도 아인은 당황한 것 같았다. 뭔가 실수한 건지 고심하는 듯한 그의 모습을 보니 기분이 조금 나아졌다. 그래도 여전히 불쾌감이 사라지지는 않았지만.

'이렇게 나온다 이거지.'

동선을 겹칠 수 있게 조작했다는 건 결국 나를 조사했다는 뜻이었다. 정말 여러모로 사람을 자극하는 방법을 잘 아는 길드였다.

2.

트로웰의 평에 의하면 내 외모는 분란이 되기 쉽다고 한다. 솔직히 그가 할 말은 아니라고 생각하지만, 쓸데없이 눈에 띈다는 건 나도 인정하는 부분이긴 했다. 후드를 쓰지 않으면 일단 귀찮을 정도로 시선이 따라붙는 데다가 수상쩍게 말을 걸어오는 빈도수도 높아진다. 그래서 길드 활동을 시작한 후로는 밖에선 의식적으로 후드를 썼다. 나 혼자라면 몰라도 괜히 길드원들에게까지 피해가 갈까 싶어서였다. 현대에선 후드 차림이 일상이었기 때문에 습관을 들이는 게 새삼스럽지도 않았다. 물론 그때와는 비교할 수 없게 불편하긴 하지만.

아인이 특이한 거지, 보통은 후드를 쓴 나를 한눈에 알아보는 사람은 거의 없다. 길드원 중에서도 크리스 정도나 정면에서 마주쳤을 때 알아보는 정도였다. 그나마도 긴가민가하다는 태도에 더 가까운 걸 보면 어지간해선 알아보기 어렵다는 소리였다. 하지만 그래도 작정하고 조사하기로 마음먹으면 눈을 붙이는 정도는 어렵지 않긴 할 거다. 일단 늘 같은 외투에 같은 검과 배낭을 지니고 다니는 편이니까.

그래서 외투와 배낭부터 전혀 다른 거로 구매했다. 파이어 버스터도 손잡이까지 보이지 않도록 가린 것은 물론 매는 방식을 바꿨다. 평소 즐겨 다니던 장소를 피하고 동선 역시 전부 바꿨다. 그 결과, 그렇게 허다하게 마주치던 아인과 벌써 일주일이 넘도록 조금도 마주치지 않았다. 아무리 진혼 길드가 유능해도 새로 만든 경로를 단숨에 파악하긴 어려웠던 모양이다.

기존의 마주침이 우연일 가능성은 조금도 염두에 두지 않았다. 아무리 세상에 기상천외한 일이 많이 일어난다지만 그것도 정도가 있는 법이다. 내 짐작이 사실이었다는 증거는 곧 드러났다.

"거기, 잠시만 멈춰보십시오!"

오늘치 길드 일정을 마치고 귀환하는데 누군가가 나를 불러 세웠다. 여관 앞을 한창 서성이고 있던 무리였다. 원래 여관이라는 데가 다양한 사람이 모이는 곳이다 보니 입구 앞이 낯선 이들로 북적이는 건 흔한 광경이었다. 그래서 나도 모르게 방심한 면이 있었다. 무심코 돌아봤더니 가까이 다가온 이들이 나를 빤히 살폈다. 이어진 질문엔 기분이 절로 가라앉았다.

"정령사 엘, 맞습니까?"

"……무슨 일이죠?"

요즘 상황에서 여기까지 날 찾아올 만한 사람들이라면야 뻔했다. 딱히 부정하지 않고 용건을 묻자 남자들의 얼굴에 화색이 돌았다.

"저흰 이런 사람들입니다."

그들이 입고 있던 망토를 살짝 젖혔다. 드러난 가슴 보호구 위에 검은 나비 문양이 돋을새김 된 것이 보였다. 모든 문장을 다 알고 있는 건 아니지만 대륙을 오가며 활동하는 유명한 길드의 문장쯤 되면 나도 알아볼 수밖에 없었다. 역시나 진혼 길드였다.

숙소 정도는 파악했을 거라 생각했는데, 결국 직접 찾아왔구나. 그간 동선을 추적하지 못해 어지간히 안달이 난 모양이다. 속으로 혀를 차면서도 내색하지 않고 그들을 바라보았다.

"그런데 왜 찾아오셨는지……?"

"저희 마스터께서 뵙자고 하십니다."

"난 싫은데요."

"혹시 그러실지도 모른다 싶어서 제가 직접 왔지요."

경쾌한 목소리가 끼어들더니 뒤쪽에 있던 사람이 앞으로 나왔다. 젖힌 후드 속에서 눈에 익은 얼굴이 드러났다. 구불거리는 갈색 머리칼에 검은 눈동자를 지닌, 삼십 대의 남자. 이전에 봤던 진혼 길드의 마스터였다.

"소란을 일으킬 생각은 없습니다. 잠시만 시간을 내주시지요."

설마 길드 마스터가 직접 행차할 줄이야.

여기까진 나도 미처 예상하지 못했다. 어이가 없어서 할 말을 잃은 내게 그가 빙긋 웃었다. 그 뻔뻔한 얼굴을 잠시간 바라보다 나는 깊게 한숨을 내쉬었다.

'오늘 당장 여관 옮기자고 해야지.'

제도에 온 이후로 쭉 머물던 정든 숙소와 아무래도 작별할 때가 온 듯했다.

"먼저 이것부터 봐주십시오."

시간을 내는 장소는 멀리 갈 것 없이 여관에서 운영하는 일 층 식당으로 정해졌다. 적당히 구석진 곳에 자리 잡자 맞은 편에 앉은 진혼의 마스터가 수상한 느낌이 폴폴 풍기는 가죽 가방을 내밀었다. 가방 안엔 제법 많은 분량의 서류가 들어 있었다. 꺼내지 않고 바라보니 어서 읽어보라는 듯 재촉하는 눈짓이 돌아왔다. 이걸 확인하지 않으면 용건이 끝나질 않을 게 뻔해서 할 수 없이 서류를 꺼내 훑어내렸다. 빼곡한 글자들은 길드 복지부터 시작해서 수당, 보유한 능력자, 그간 세운 업적과 정기 계약을 체결한 귀족 가문의 명단 등, 자기 길드에 대한 자화자찬으로 가득 차 있었다.

"엘 님께 이적을 제안하고 싶습니다."

"……."

이어진 말에는 조금도 놀라지 않았다. 진혼 길드는 이미 여명의 활 길드가 무너졌을 때 길드원들을 회유한 전적이 있었다. 진혼의 마스터가 내 앞에 나타날 때부터, 아니, 그전에 그가 내 뒷조사를 했다는 걸 알았을 때부터 익히 예상했던 상황이었다.

"거절할게요."

물론 대답 또한 이미 준비되어 있었다. 하지만 진혼의 마스터는 눈 하나 깜짝하지 않았다.

"당신도 대형 길드의 이점은 잘 알고 계실 겁니다. 저희 길드로 이적할 시 어떤 혜택을 받을 수 있는지 한눈에 알아보실 수 있게 정리해두었습니다. 지금 바로 결정하셔도 좋고, 차분히 생각을 해 보신 후에 연락을 주셔도 됩니다."

"이봐요."

"여명에서 계약금은 얼마나 받으셨습니까? 저희 길드로 오시면 무조건 그 세 배를 드릴 수 있습니다. 수익 배분을 비롯한 추가 할당금도 여명에 비할 바가 아닐 겁니다. 물론 위약금도 전부 저희가 알아서 처리해드릴 테니, 그것도 걱정하실 필요 없습니다."

"지금 대체……."

"당연하겠지만, 의뢰의 질이나 수준 또한 여명과는 비교할 수가 없을 겁니다. 악시스 급 헌터가 아르마 급 의뢰나 하러 다니다니, 솔직히 안 될 말이죠. 무릇 명검이란 그 가치에 걸맞은 일에 쓰여야 하지 않겠습니까?

물론 맞는 말이었다. 하지만 그걸 네가 지적하는 건 아니지. 누구 때문에 내가 아르마 급 의뢰만 전전하는 건데. 양심이 얼어붙다 못해 소멸이라도 한 건가? 어이가 없어서 쏘아붙이려다 화내기도 귀찮아져서 그만두었다. 그 대신 가방에 서류를 다시 집어넣고 그쪽으로 밀어냈다.

"말했다시피 거절이에요. 조금도 관심 없으니 이건 도로 가져가세요."

"그러지 마시고 자세히 읽어보시지요. 저희 길드에서도 상위 헌터분들에게만 드리는 조건입니다. 아마 어느 길드도 이런 조건을 제시하진 못할 겁니다. 엘 님의 장래를 위해서 굳이 지금 길드에 의리를 지키실 필요는 없다고 생각합니다만."

"관심 없다고 했죠."

"아, 그렇군요. 그러고 보니 엘 님이 나오시면 그 길드는 최소 인원을 채우지 못해 곤란해지겠군요. 하지만 그게 뭐 어떻습니까? 어차피 약자는 도태되는 게 세상의 생리 아니겠습니까? 오히려 지금까지 그들이 너무 과분한 분을 억지로 붙들고 있었던 거죠. 그들이 엘 님을 위한다면 더 큰 세상으로 보내줘야 하지 않겠습니까?"

"정말 쓸데없는 참견이네요. 그 길드원을 모은 건 나예요. 정확히 말하면 내가 그 사람들을 붙들고 있는 셈이죠. 그 사람들이 날 붙들고 있는 게 아니라요."

"……정말 마음이 좋은 분이시군요. 그럼 이렇게 하면 어떻습니까? 엘 님이 이적하시면 여명의 길드 쪽도 잘될 수 있도록 제가 편의를 봐 드리겠습니다."

"그 말은?"

"다 아시면서 물으시는군요."

진혼의 마스터가 은근하게 미소 지었다. 즉, 지금까지 여명의 길드에 가했던 은밀한 제재를 풀겠다는 소리였다.

"크리스에게 무슨 얘기를 들으셨는지는 짐작이 됩니다. 아마 대부분 맞기도 할 겁니다. 솔직히 제가 예전 여명의 활 길드를 싫어한 건 사실입니다. 하지만 그건 어두운 집안사와 관계된 일이었습니다. 지금 여명 길드엔 유감이 없습니다. 크리스가 워낙 제게 날을 세우니 견제하고 있을 뿐이죠."

"그런 것치곤 여전히 치졸한 방법을 쓰시는 것 같은데요."

"하하, 엘 님께 이적을 제안한 건 순수하게 상급 정령사를 영입하고픈 마음입니다. 그런 소형 길드에 두기에 당신의 실력이 너무 아깝다고 여기는 건 진심이니까요."

"……."

"여전히 크리스가 제게 그러는 건 껄끄럽습니다. 하지만 엘 님이 저희 쪽으로 오신다면 얼마든지 감수할 수 있는 부분이죠. 엘 님도 잘 생각해 보십시오. 저희는 뛰어난 전력을 얻을 수 있어 좋고, 여명의 길드는 장래가 트이는 겁니다. 제가 보기엔 서로에게 가장 좋은 길인 것 같군요. 그들도 언제까지 아르마 급 의뢰만 전전할 수는 없지 않겠습니까."

아, 그러니까 이번엔 길드와 길드원들의 장래를 걸고 날 역으로 협박해보시겠다? 하하 웃었더니 진혼의 마스터도 따라 웃었다. 기대감을 가득 드러낸 얼굴을 보니 김칫국을 한 사발 거하게 들이켜고 있는 게 분명했다. 물론 그러거나 말거나, 나는 그에게 김칫국이고 떡이고 아무것도 내줄 생각이 없었다.

"다시 말하지만 거절합니다. 안녕히 가세요. 앞으로 두 번 다시 이런 일로 볼 일은 없었으면 좋겠네요."

"……이해를 전혀 못 하시는군요. 전 지금 엘 님께 호의를 베푸는 겁니다. 이 기회를 놓치시면 후회하시게 될 텐데요."

후회 같은 소리 하고 있네.

"시큐엘."

코웃음 치는 시간도 아까워서 행동으로 보이기로 했다. 지금 이 자리에 가장 적격인 정령을 부르니 물줄기가 솟구치며 허공에서 거대한 늑대가 모습을 드러냈다. 주위에 있던 진혼의 호위들이 깜짝 놀라 검을 뽑으려 했을 땐 이미 얼음 화살들이 빼곡하게 그들을 겨눈 상태였다. 바로 눈앞에서 시리게 빛나는 화살에 경직된 사람들은 모두 두 손을 들어 올렸다.

"……."

"……."

수많은 잡음이 멈추고 주위가 순식간에 고요해졌다. 진혼 관계자는 물론, 다른 일반객들까지 모두 굳은 채 이쪽을 바라보고 있었다. 실내 한복판에서 거대한 정령이 튀어나왔으니 놀랄 만도 했다. 그들 중엔 지난 몇 달간 얼굴을 익혀온 여관 주인도 있었다. 입을 쩍 벌리고 있는 그의 손에선 계산 중이던 동전이 와르르 떨어지는 중이었다. 역시 오늘 당장 여관을 옮기는 건 불가피한 일인 듯했다.

그 가운데 모두의 시선을 받는 주인공, 시큐엘이 사뿐히 내려앉았다. 착지한 곳은 나와 진혼의 마스터 사이에 있는 탁자 위였다. 내가 읽다 만 서류를 던져놓은 곳이기도 했다. 철벅, 늑대의 발아래 짓밟힌 서류가 순식간에 젖어 들었다.

"아, 다 젖어버렸네요. 그러니까 진작 가져가라니까요. 잉크가 죄다 번졌으니 이건 말려도 소용없겠어요."

"이, 이게 대체 무슨……."

더듬거리며 말을 잇지 못하는 진혼의 마스터는 금방이라도 숨이 넘어갈 듯 안색이 창백했다. 정령사를 만나러 왔으면서 대비책이 검사들뿐이라니, 이 사람도 보기보다 참 순진하다. 고작 이 정도의 호위로 날 막을 수 있을 거라 여긴 건지, 그것도 아니면 내가 거칠게 나오지 않을 거라 여긴 건지, 어느 쪽이든 사람을 잘못 봐도 단단히 잘못 본 셈이다.

"그쪽이야말로 이해를 못 하네요. 난 거절한다고 이미 몇 번이나 말했어요. 애초에 당신 길드에 흥미가 있었다면 그동안 피해 다니지도 않았겠죠? 나도 동선 바꾸는 거 꽤 귀찮았거든요."

"……으음, 그건, 무슨 말인지……."

마주한 시선이 세차게 흔들렸다. 뭘 새삼 모르는 척을 하려고 그러실까. 한숨이 나올 만큼 가소로운 시도라 이번엔 비소를 숨기지 않았다.

"내가 성격이 좋아서 그쪽이 장난질 친 거 그냥 넘어가긴 했어요. 그럼 알아서 알아들었어야죠. 직접 찾아오기까지 하는 건 경우가 지나치네요."

덕분에 여관을 옮겨야 하잖아. 그간 짐도 꽤 늘었는데 그걸 다 옮길 생각을 하니 벌써 귀찮았다. 장기 투숙으로 미리 넣어둔 돈은 환불이 되기는 하려나?

물에 젖은 서류는 한 덩어리로 굳어진 채였다. 나는 그걸 그대로 진혼의 마스터에게 던져주었다. 얼어붙은 그는 피하지도 못하고 얌전히 젖은 종이 뭉치를 받아들었다. 그 때문에 옷이 젖든 말든 그건 내 알 바가 아니었다.

"그럼 알아들은 거로 알고, 대화는 여기서 마무리할게요. 제가 좀 바쁜 사람이거든요."

길드 일정이 추가된 이후론 수련 시간이 더 촉박해졌다. 요즘 나는 일분일초가 아주 소중한 사람이었다. 더는 이런 일에 시간 낭비를 하고 싶지 않아 먼저 자리에서 일어났다. 돌아서기 전 마지막으로 건넨 시선에 멀거니 올려다보던 진혼의 마스터가 꿀꺽, 목울대를 울렸다.

"한 번만 더 이딴 수작 부렸다간 아주 재밌는 경험을 하게 될 거예요."

신나는 수로 탐험이라고, 들어는 봤는지 모르겠다. 모르긴 몰라도 평생 잊지 못할 경험을 만들어 줄 자신은 있었다.

* * *

"아, 저 새끼."

진혼의 마스터를 다시 만난 건 며칠 후 협회에서였다. 크리스가 이를 가는 소리에 고개를 들었더니 맞은 편에서 걸어오는 이들이 보였다. 번듯한 차림만 봐도 대다수가 귀족으로 구성된 인원이었는데, 그 무리 속에 진혼의 마스터가 있었다.

난 평화주의자다. 아무리 짜증 나는 상대라도 그저 마주쳤다는 이유로 딱히 뭘 할 생각은 없다. 하지만 그쪽은 그렇게 생각하지 않는 모양이었다. 잠시 후 나를 발견한 진혼의 마스터가 어깨를 움찔하더니 일행을 이끌고 후다닥 지나쳐갔다. 누가 봐도 자리를 피하는 모습이었다.

뭐, 서로 안 마주치면 나야 편하고 좋지. 오히려 뻔뻔하게 다시 말을 걸어오는 것보다는 훨씬 더 낫다. 그나마 말귀를 알아듣기는 하는 사람이구나. 내심 흐뭇해하는데 크리스가 묘한 표정으로 나를 돌아보았다.

"엘, 너 테오 놈한테 뭐 했냐?"

"딱히요?"

"딱히 아무것도 안 한 게 아닌 것 같은데? 저 새끼가 먼저 자리를 피할 놈이 아니거든."

"정말 별거 안 했어요. 요즘 좀 귀찮게 굴길래 그러지 말라고 했을 뿐이에요."

크리스의 눈빛이 흔들렸다. 그 가벼운 대답만으로 돌아가는 상황을 눈치챈 모양이었다. 그는 한껏 일그러진 얼굴로 이미 멀어진 뒷모습을 뚫어지게 노려보았다.

“혹시 이번에 숙소 옮긴 것도 저놈 때문이야?”

“뭐, 아니라곤 못 하겠네요.”

“……빌어먹을 자식. 아무튼 뒷공작 하나는 대륙 제일이라니까. 저놈이 네게 무슨 짓 하려 들진 않았어? 나중에 또 찾아오면 말해. 이번엔 진짜 그냥 안 둬.”

“전 괜찮아요. 알아듣게 잘 말해놨으니 앞으로 다시 찾아올 일도 없을 거고요.”

“……너 또 그거 했냐? 웃으면서 협박하는 거.”

“또라니. 누가 들으면 내가 무서운 사람인 줄 알겠네요.”

“음, 뭐, 그래. 암튼 꽁지에 불난 듯이 달아나는 걸 보니 속이 시원하긴 하네.”

씩 웃은 크리스가 내 머리를 우악스럽게 쓰다듬었다. 미안해하면서도 안도감 섞인 얼굴엔 나를 대견해하는 기색이 가득했다.

“그런데 넌 언제까지 여관에서 살 거야? 이번에 옮긴 숙소도 특실이지? 그 돈이면 적당한 저택을 구해 보는 게 더 낫지 않아?”

“음, 그 생각을 안 해 본 건 아닌데, 저택은 관리가 필요해서 오히려 더 귀찮아질 것 같더라구요. 지금 생활이 불편하지도 않고 딱 적당한 것 같아요. 제도에서 정착할 것도 아니고요.”

길드가 필요했던 건 블루 드래곤 라미아스와 접선하기 위해서

고, 그 일이 해결되면 다음은 어떻게 될지 모른다. 여기서 라피스를 찾게 된다면 다행이겠지만, 아니면 다른 드래곤을 만나러 가야 할 테니까. 그래서 크리스에게도 처음부터 길드 일은 적당한 시점까지만 하기로 말해둔 상태였다. 그 적당한 시점에 대해선 아직 논의된 바가 없다 보니 크리스도 내가 언젠가는 떠날 사람이라는 걸 간간이 잊어버리는 모양이었다.

"아, 그랬지. 넌 한시적으로 편하게 이름을 빌릴 길드가 필요한 거였지."

머쓱하게 뒷목을 문지르던 그가 씁쓸한 얼굴로 돌아보았다.

"그래도 갑자기 그만두거나 하진 않을 거지?"

"제가 그렇게 의리가 없었으면 길드 일이 잘 안 풀렸을 때 이미 다 때려치웠겠죠?"

"헤헤, 그건 그래."

"걱정 마요. 적어도 그만두더라도 진혼 길드와의 문제는 해결한 후에 그만둘 테니까요."

그래야 돌아가서도 편히 발 뻗고 잘 수 있을 것 같다. 어차피 사라지는 문명이라지만 지금 여기 사는 사람들의 삶은 진짜니까. 내가 떠난 후에 크리스가 곤란해지는 건 바라지 않는다. 이미 한 차례 망가진 그의 모습을 본 적이 있기에 더더욱. 아마 해결하지 않고 돌아가면 계속 눈에 밟힐 게 분명했다.

"뭐? 엘 혹시 길드 나가?"

그때 뒤쪽에서 놀란 목소리가 들려왔다. 언제 왔는지 시몬 일행이 아연실색한 얼굴을 하고 있었다. 이제 막 도착한 참에 우리 대화를 듣고 오해를 한 것 같았다.

“아뇨, 아뇨. 지금은 아니고, 한참 나중 일이에요. 그냥 언젠가는 그만둘 수도 있다는 말이었어요. 아직은 제도에 정착할 예정이 없거든요.”

“아, 그랬구나. 난 또. 지금 당장 나간다는 건 줄 알았지.”

의외로 세 사람은 내가 그만둘 예정이라는 것 자체는 아무렇지 않게 받아들였다. 아무래도 첫 만남부터 수상한 인상을 많이 남겨서 그런가, 내게 본직이 따로 있다고 짐작한 눈치였다.

이후 가볍게 대화를 마친 우리는 의뢰를 받기 위해 창구로 향했다. 매일 보는 협회 직원이 반갑게 맞이했다.

“아, 여명 여러분. 마침 잘 오셨네요. 여러분께서 흥미를 보이실 만한 의뢰가 있는데, 한번 보시겠어요?”

물론 그 말에 솔깃해하는 사람은 우리 중 아무도 없었다. 저 직원의 해맑은 낚시질에 낚여 허우적거렸던 게 어디 한두 번이던가. 시큰둥하게 고개를 끄덕이니 직원이 냉큼 서류를 꺼내 보였다.

“이번엔 정말 흥미로우실 겁니다. 정말이에요.”

“네에, 그래서 뭡니까?”

“조사 의뢰입니다.”

“누구 뒷조사요. 또 어느 놈팡이가 외도한대요?”

“아이참, 그런 게 아닙니다. 얼마 전 서부 지부에서 온 지원 요청이에요. 몇 달 전 제레미 백작령의 루이사 숲에서 원인 모를 기현상이 생겼어요. 숲에 들어가는 사람은 전부 실종된다고 하네요. 물론 조사하러 간 팀들도 모두 돌아오지 못했구요. 그쪽 지부에선 더는 맡으려는 길드가 없어서 본부에 지원 요청을 하게 된 것 같아요."

어? 잠깐, 지금 무슨 소리를 들은 거지?

나는 반사적으로 크리스를 돌아보았다. 그 역시 얼떨떨한 표정으로 나를 바라보고 있었다. 껄렁하게 듣던 자세는 어느덧 사라지고, 다들 바짝 기합이 들어가 몸을 똑바로 세웠다. 그런 우리를 보는 협회 직원이 거보라는 듯이 의기양양한 얼굴을 했다.

"제가 이번엔 다를 거라고 했죠?"

"……이건 몇 급입니까?"

"마키나 급이에요."

시몬이 놀란 숨을 삼켰다. 마키나 급이면 상위에서 세 번째에 해당하는 등급이었다. 제일 낮은 아르마 급, 잘해 봐야 그보다 한 단계 위인 칼리가 급 정도나 기웃거리던 우리 길드가 꿈도 꾸지 못하는 의뢰라는 건 분명했다. 멀거니 직원을 응시하자 그가 민망하다는 표정으로 뺨을 긁었다.

"뭐, 여명이 신생 길드라서 그동안 주어진 기회가 적었던 것뿐이지, 전력이 부족한 길드는 아니니까요. 일단 악시스 급 헌터가 두 명이나 있으시니."

"그걸 알아주시니 좀 감사하네요."

"흠흠. 아무튼 지금 이 자리에서 결정하진 마시고 신중하게 의논해보세요. 마키나 급이라곤 말씀드렸지만 정확히는 미확정 등급이나 다름없거든요."

"무슨 뜻이죠?"

"이번 의뢰는 등급이 계속 오른 경우예요. 시작은 칼리가 급이었는데 마나테스로 올랐다가, 이번에 마키나 급으로 상향됐죠."

의뢰 등급은 처음엔 협회가 임의로 지정했다가 실패하면 그 등급을 한 단계 상향하는 방식이다. 즉, 마지막으로 돌아오지 못한 팀의 능력치가 마키나의 전 단계인 에퀘스 급이었다는 소리였다. 그 이후로는 아무도 맡지 않았다고 하니 어쩌면 더 높아질 수도 있다는 의미이기도 했다.

"실은 대형 길드 위주로 미리 제안했었어요. 하지만 어디서도 선뜻 맡으려는 곳이 없더라구요."

"그래서 저희한테까지 기회가 온 거군요."

"솔직히 말씀드리자면 그렇습니다. 그래서 신중히 결정하시라고 말씀드리는 거고요."

직원은 며칠 이내로 결정해달라고 덧붙인 후 의뢰서를 넘겨주었다. 고대하던 상급 의뢰였지만 창구를 벗어나는 일행의 표정은 그리 밝지 않았다. 크리스가 찜찜한 얼굴로 의뢰서를 들여다보았다.

"어쩌지? 마키나 급이라고 하니 귀가 번쩍 뜨이긴 했다만, 사람을 잡아먹는 숲이라니 좀 섬뜩한데. 정확히는 미확정 등급이라는 것도 그렇고."

"그래도 조사 정도라면 괜찮지 않을까? 위험하다 싶으면 바로 발 빼면 되잖아."

"난 반대야. 먼저 간 사람들은 그걸 몰라서 실패했겠어? 아무리 엘이나 크리스가 악시스 급이라지만, 내가 보기엔 이건 우리 같은 소형 길드가 맡을 만한 의뢰는 아닌 것 같아. 아까워도 그냥 포기하는 게 좋겠어."

"델라의 생각도 일리는 있습니다. 하지만 이번 걸 거절하면 다음 기회를 잡기가 더 어려워지진 않을까요?"

시몬과 델라에 이어 네브가 차례대로 의견을 말했다. 반대와 찬성이 딱 반으로 갈라진 상황이었다. 고심이 더 깊어진 크리스가 나를 돌아보았다.

"엘, 너는 어떻게 생각해?"

"음, 저는……."

"저기요."

의견을 말하려는데 누군가의 목소리가 끼어들었다. 고개를 돌리니 한 남자가 우리 쪽으로 다가오고 있었다. 입고 있는 제복을 봐선 그도 협회 직원인 것 같았다. 무슨 일인가 싶어 바라보자 그가 돌연 내게 꾸벅 고개를 숙였다.

"그땐 감사했습니다."

뜬금없는 인사에 당황하고 보니 왠지 얼굴이 낯이 익었다. 조금 살핀 끝에 그를 어디서 봤는지 깨달을 수 있었다. 마수가 나타났을 때, 내가 반사적으로 구했던 사람이었다.

"진작 인사를 드렸어야 했는데 그간 기회가 없었습니다. 죄송합니다."

"아니에요. 그 뒤로 몸은 괜찮으시고요?"

"네, 덕분에 무사합니다."

"다행이네요."

웃으며 고개를 끄덕이니 남자가 조금 머뭇거렸다. 뭔가 다른 용건이 있어 보였다. 잠자코 기다렸더니 그가 잠시 후 조심스럽게 입을 열었다.

"저, 방금 그 의뢰 말입니다만. 맡지 않는 게 좋을 겁니다."

"네?"

"그거 아마 마키나 급이 아닐 겁니다. 실은 협회장님 부탁으로 진혼 길드에서 사전 답사를 다녀왔거든요. 그런데 악시스 급은 될 것 같다고 했답니다."

"……그래요?"

"예, 분명히 그렇게 들었습니다. 아까 그 녀석, 여러분껜 신중히 생각해 보라 했지만 아마 또 권할 겁니다. 진혼 길드 마스터가 은밀하게 지시하는 걸 봤습니다. 어떻게든 여명 길드에서 그 의뢰를 맡게 하라고요."

아.

그것만으로도 무슨 의미인지 모를 수가 없었다. 알겠다는 뜻으로 고개를 끄덕이자 얼굴이 한층 밝아진 직원이 다시 고개를 숙여 보이곤 후다닥 자기 자리로 돌아갔다. 내게 도움받은 게 있다 보니 차마 모른 척할 수가 없었던 모양이다. 모두가 동시에 탄식을 터트린 순간이었다.

“젠장, 텄네, 텄어. 고민할 필요도 없었네.”

죽상이 된 크리스가 의뢰서를 두 손으로 잡았다. 그대로 찢어 버리려는 걸 막은 사람은 나였다.

“……? 왜?”

“이거 그냥 해볼까요?”

“엥? 방금 못 들었어? 악시스 급이라잖아. 협회에서 정하는 의뢰 등급은 개인이 아니라 다섯 명 단체 기준인 거 알지? 다섯 명의 평균 능력치가 악시스 급이어야 할 수 있는 의뢰란 뜻이라고. 우리가 이걸 어떻게 해?”

“악시스 급이라도 종류에 따라 다르죠. 이건 원인 모를 현상이라 그런 거잖아요. 제 생각엔 조사하는 정도는 저한텐 별로 어려운 문제가 아닐 것 같거든요.”

이 세계에서 일어나는 기이한 현상은 대부분 신이나 사념 때문이다. 둘 다 영(靈)의 세계에 관련된 일인 만큼 같은 계열에 해당하는 정령사, 특히 나라면 더 알아내기 쉬운 종류였다. 그 부분을 대충 설명하니 크리스의 표정이 진지해졌다.

“정말이야?”

“네, 그래서 전 일단 시도해보는 것도 좋겠다 싶어요. 다들 거부했던 의뢰니 잘 풀리면 그만큼 이름도 더 크게 알려질 거예요. 단번에 급부상할 좋은 기회 같은데요.”

"으음, 잘 풀린다면야 당연히 그렇긴 한데……."

"어차피 어떻게든 우리에게 맡기려고 할걸요. 이왕이면 모양이라도 보기 좋게 해보죠. 모처럼 판을 깔아줬는데 응해야 하지 않겠어요?"

그리고 진혼 길드 마스터, 넌 다녀와서 보자. 수로 탐험을 그렇게 하고 싶다면 하게 해줘야지. 후후, 음침하게 웃었더니 크리스가 움찔했다. 그러면서도 그의 눈동자는 어느새 반짝이고 있었다. 다른 이들 역시 제법 결심을 굳힌 얼굴이었다. 잠시간 시선을 교환한 끝에 우리는 곧 고개를 끄덕였다.

"좋아, 하자."

그렇게 길드의 첫 외부 일정이 정해졌다.

제4화

1.

불가사의한 실종 사건의 온상지가 된 루이사 숲은 원래는 전혀 위험한 숲이 아니었다. 여기서 가장 사나운 짐승이라고 해봤자 늑대 정도로, 소형 몬스터도 살지 않는 아주 안전하고 평화로운 땅이었다. 그런 곳에서 갑자기 실종 사건이 일어나니 처음엔 누구도 경각심을 갖지 못했다. 하지만 실종자를 찾으러 간 사람이 사라지고, 그 사람을 찾으러 간 사람들마저도 사라지기 시작하자 그제야 사태가 심각하다는 사실을 깨달았다.

초반엔 다른 지역에서 몬스터 무리가 이동해왔거나, 마수가 생겨났을 가능성을 염두에 두고 조사가 이뤄졌다. 하지만 주변에선 그 어떤 흔적도 찾아낼 수가 없었다. 숲 안을 수색하러 간 팀들은 인원이 적든 많든 줄줄이 돌아오지 못했다.

숲이 사람을 잡아먹는다는 소문이 퍼지기 시작했다. 결국 아무도 맡으려는 곳이 없게 되면서, 사건 자체가 미궁으로 떠올랐다. 수천 년간 유구하게 평화롭던 루이사 숲은 그렇게 불과 몇 개월 만에 '사람을 잡아먹는 숲'이 됐다.

"여기야. 도착한 것 같아."

짙은 안개비가 자욱하게 내리는 정오. 여러 이동 수단을 거친 끝에 우리는 목적지인 루이사 숲에 도착했다. 이른 새벽녘에 출발한 이후로 열흘을 꼬박 채운 여정이었다.

짧게 숨을 들이쉰 일행 사이에서 긴장감이 흘렀다. 거대한 활엽수로 가득한 숲은 생생한 녹음으로 화사하면서도 어딘지 모르게 을씨년스러운 분위기를 풍겼다. 추적추적한 날씨 때문인지, 아니면 입구에 세워진 짙은 글씨의 경고판 때문인지도 몰랐다.

"'절대 들어가지 마시오. 영원히 돌아오지 못해도 책임지지 않음.' 짧고 살벌한 경고네."

델라가 조금 굳은 얼굴로 적힌 문구를 읽어 내렸다. 경고판 바로 아래엔 작은 비석이 박혀 있었다. 그 앞으로 여러 종류의 꽃다발과 리본 같은 것들이 놓인 채였다. 이미 영원히 돌아오지 않게 된 사람들을 기리는 추모의 물건들이었다. 그것만 봐도 이 숲에 삼켜진 비극을 몰라볼 수가 없었다. 게다가 놓인 꽃들이 많아도 너무 많았다. 그건 곧 실종자의 수도 그만큼 많다는 의미였다.

"전부 50명이 넘는다고 했지?"

"정확히 56명일 거야. 모두 유품이고 뭐고 아무것도 남기지 못했고."

"대체 안에서 무슨 일이 벌어지고 있는 건지……. 겉으로 봐선 그냥 평범한 숲인데 말이야."

까아악—

푸드덕거리는 날갯짓 소리와 함께 구슬픈 울음이 들려왔다. 움찔한 크리스가 내 옆에 바짝 달라붙었다.

"어떤 것 같아, 엘? 뭔가 느껴져?"

"음, 글쎄요. 아직까진 잘 모르겠네요."

주위를 조금 돌아보다 고개를 가볍게 저었다. 아직 초입이라 그런지 생각보다 주변의 기운은 평범했다. 느껴진 대로 감상을 전하자 일행의 표정이 묘해졌다. 안심하는 것 같기도 하고 오히려 더 불안해하는 것 같기도 한 복잡미묘한 얼굴이었다.

"일단 안으로 들어가 보죠."

꿀꺽, 누군가가 마른침을 삼켰다. 어차피 다들 굳은 얼굴이긴 마찬가지라 굳이 가려내는 것도 의미가 없건만, 그 순간엔 다들 서로를 돌아보았다. 동공이 세차게 흔들리는 것만 봐도 얼마나 긴장한 상태인지 훤히 보였다. 나는 가볍게 어깨를 으쓱여 보였다.

"그냥 저 혼자 다녀와도 되는데요."

"그건 안 돼! 무슨 소리야, 엘? 우린 같은 길드야. 너만 혼자 위험부담을 지게 할 순 없어."

"맞아, 맞아. 죽을 때도 같이 죽고, 살 때도 같이 사는 거야!"

아니, 굳이 그럴 필요까진 없는데. 오히려 혼자 가는 게 더 나을지도 모른다. 아니, 분명히 그게 더 나을 거다. 하지만 비장하게 달아오른 얼굴들을 보니 차마 솔직하게 입이 떨어지지 않았다. 머쓱하게 고개를 끄덕이니 다들 불타는 눈으로 숲 쪽을 노려보았다. 그러면서도 선뜻 먼저 걸음을 옮기는 사람은 없었다.

"하하, 이게 뭐라고 좀 긴장되네."

"왜 벌써 약한 소리야? 다들 졸아들지 마! 우린 할 수 있다!"

"시몬, 너나 심호흡 좀 해. 지금 얼굴이 아주 시퍼렇다고."

"하지만 귀신은 좀 껄끄럽단 말이야!"

"괜찮아, 괜찮아. 그냥 평범한 마수일 수도 있잖아."

"안 괜찮아! 일단 마수는 평범하지 않거든?"

한동안 의미 없는 말다툼이 옥신각신 이어졌다. 어떻게든 긴장을 풀어 보려는 시도라는 걸 알기 때문에 시끄러워도 그냥 내버려 뒀다. 다행히 효과가 있기는 한지, 걸음을 옮길 땐 다들 표정이 한결 나아져 있었다.

"다들 잘 따라와요."

비록 내 뒤에 꼭 붙어 있는 병아리 같은 모습들이긴 했지만 말이다. 엘뤼엔이나 트로웰이 옆에 있었다면 이걸 보고 비웃었겠지. 하지만 아쉽게도 두 정령왕은 이번 여정에 함께하지 않았다. 새삼 느껴지는 빈자리를 자각하며 나는 씁쓸하게 웃었다.

여덟 개의 나라를 통일하며 건국했다는 세이크 제국은 대륙에서 가장 크고 넓은 영토를 보유한 나라였다. 초대 황제 라비올스는 본인의 업적에 자부심이 넘친 나머지 정복 기간에까지 의미를 두고 통치했다. 알아서 투항했든 강제로 항복을 받아냈든, 전투에 소모한 기간이 짧았을수록 혜택을 내리고, 반대로 오래 걸렸을수록 세금을 더 많이 징수하며 배척하는 식이었다.

서부는 마지막까지 심하게 저항한 곳이었다. 그런 탓에 제도를 둘러싼 네 개의 지역 중에서 가장 발전이 더뎠고, 4백 년이 훌쩍 지난 지금까지도 낙후된 지역으로 남아 있었다. 정기 운행하는 열차도 많지 않은 데다가 그나마도 근처까지만 운행하는 편. 마차가 다니는 길조차 제대로 정비된 지역이 많지 않아 대부분 도보를 이용해야 했다. 한마디로 말해, 상당히 오래 걸린다는 소리다.

당연한 말이겠지만 의뢰비도 형편에 따라 정해진다. 같은 헌터 협회라도 보상금 차이가 있을 수밖에 없었다. 이번 서부 지부의 지원 요청을 아무도 선뜻 맡지 않으려는 것엔 이런 사정도 있었을 것이다. 고생길이 될 게 뻔한데 그에 비해 돌아오는 보상이 크진 않았으니까. 어디까지나 생색내기에 지나지 않지만, 진혼 길드에서 사전 답사를 보낸 것만으로도 큰 선심을 쓴 셈이었다.

덕분에 우리 길드에서 의뢰를 맡기로 했다는 소식은 순식간에 퍼져나갔다. 여론은 물론 대놓고 비웃는 반응이었다. 어차피 응원은 기대하지도 않았기 때문에 남이 뭐라 떠들든 신경 쓰지 않았다. 내가 가장 걱정한 건 두 정령왕의 반응이었다. 적어도 한두 달은 걸릴 게 분명한 일정을 아무런 상의도 하지 않고 덜컥 내 마음대로 저질렀으니까.

"흐음, 그래, 잘 다녀와."

하지만 트로웰은 선뜻 고개를 끄덕였다. 반대할 거라고 생각했던 건 아니지만, 예상했던 반응과도 달라서 나는 당황할 수밖에 없었다.

"어? 다녀오라니?"

"네가 먼저 다녀온다며. 아, 나가 있어도 매일 기본 훈련을 빠트려선 안 된다는 거 알지? 나중에 다 점검할 거니까 게으름 피울 생각은 하지 않는 게 좋을 거야."

"아니, 그런 게 아니라…… 트로웰은 같이 안 가?"

제도 안에서 소소한 의뢰를 하러 다닐 때야 그냥 내버려 뒀지만, 이번 같은 장기 일정은 당연히 같이 갈 줄 알았다. 혹시 내가 마음대로 결정해서 화난 걸까. 나도 모르게 섭섭해하는 마음을 드러냈는지 트로웰이 곤란하다는 얼굴로 웃었다. 이어진 대답은 이번에도 예상하지 못한 내용이었다.

"음, 나만이 아니라 엘퀴네스도 못 갈걸."

"어? 아버, 엘퀴네스도?"

당황해서 돌아보니 정작 엘뤼엔은 의아한 표정을 짓고 있었다. 아마도 그의 의사가 반영된 말은 아니었던 모양이다. 그런데 그다음 순간 그의 눈빛이 싸늘해졌다.

"엘퀴네스?"

"……본계에 다녀오겠다."

"엥? 갑자기?"

"늦어질 수도 있다. 돌아올 때까지 사고 치지 말고 얌전히 지내라."

무슨 일인지 물으려 했을 땐 이미 그의 모습은 흔적도 없이 사라진 후였다. 황당해져서 입만 벙긋거리고 있는 내게 트로웰이 피식 웃었다.

"거봐, 내 말이 맞지?"

"……이게 대체 무슨 일이야?"

"불의 영역이 드디어 복원됐나 봐."

"……어?"

"이프리트는 포기를 모르는 성격이거든. 정확히는 학습 능력이 없는 거겠지만."

그 야멸찬 평가는 잊고 있던 지난 일을 상기하기에 충분했다. 그러고 보니 예전에도 비슷한 상황이 있었지. 이프리트가 또 물의 영역을 공격한 모양이다.

"그런데 트로웰은 왜……?"

"아, 비슷한 사유야. 이번엔 어쩐지 나까지 오해를 산 모양이라."

"오해라니?"

"누구와의 약속 덕분에 요즘 내가 엘퀴네스와 같이 있잖아. 덕분에 나와 그가 꽤 친밀해졌다고 여기게 된 것 같아. 견제할 필요가 있다고 본 거겠지."

"……혹시 이프리트가 땅의 영역도 공격한 거야?"

"뭐, 물의 영역에 비하면 가벼운 장난질 수준이긴 한데. 그래도 제대로 수복하려면 내가 직접 가봐야 해."

설명은 그걸로 충분했다. 한마디로 이프리트가 두 정령왕에게 선전포고했다는 소리였다. 게다가 분위기를 봐선 땅의 영역부터 먼저 공격한 것 같다.

'아니, 대체 무슨 성격이…….'

영역을 회복하자마자 다시 전쟁이라니. 보통은 그 정도로 당했으면 한동안은 몸을 좀 사리지 않나?

현대에서 엘뤼엔이 이프리트를 어린애 취급하는 이유를 이제야 좀 알 것 같았다. 이런 이프리트를 겪었으니 새로 태어난 불의 정령왕이 조금 툴툴거리는 정도가 얼마나 가소롭게 보였을까. 대체 어떤 정령왕인 건지, 정말 보통이 아니었다.

"히이이익!"

요란하게 울려 퍼지는 소리에 퍼뜩 상념에서 깨어났다. 무슨 상황인 건지 돌아볼 겨를은 없었다. 거의 동시에 뒤에서 뻗어 나온 두 팔이 내 목을 우악스럽게 끌어안았기 때문이었다.

"우, 움직여, 엘! 방금 저게 움직였어!"

"윽! 크리스! 숨 막혀요! 일단 이거 놓고 말해요!"

"나무가 방금 움직였다고!"

"알았으니까 놓으라고!"

재차 소리쳤지만 완전히 이성을 놓은 크리스는 내 말을 들을 생각이 조금도 없어 보였다. 오히려 목을 조이는 힘이 더 강해졌다.

"아, 진짜!"

할 수 없이 그대로 업어치기 해서 그를 바닥에 패대기쳤다. 돼지 멱따는 소리를 내지르며 넘어간 크리스가 대자로 뻗은 자세로 눈을 멀거니 깜빡거렸다. 이제야 좀 정신이 돌아온 모양이었다.

"그러게 놓으라고 했죠."

"……엘, 너무 매정해."

"닥쳐요."

어리광도 어지간해야 그냥 넘어가 주지. 숲에 들어온 이후로 그가 이렇게 호들갑 떤 횟수만 벌써 수차례다. 나와 그 둘만이었다면 상관없겠지만 그의 행동에 다른 사람들도 영향을 받는다는 게 문제였다.

"뭐야? 방금 뭐였어?"

"나왔어? 뭐가 나온 거야?"

역시나 크리스 때문에 덩달아 놀란 일행이 겁에 질린 채 주위를 두리번거렸다. "그치만 방금 나뭇가지가 움직였단 말이야." 노려봤더니 억울하다는 얼굴이 된 크리스가 하소연했다. 그가 가리키는 문제의 나무를 돌아보았다가 나는 깊이 한숨을 내쉬었다.

"그냥 다람쥐가 지나간 거예요."

"진짜? 진짜야?"

"그렇다니까요."

그 증거로 나무 위쪽을 가리켰다. 그제야 나뭇가지 끝에 앉아 있는 다람쥐를 발견한 사람들이 머쓱한 표정을 지었다. 그 표정은 곧 한 사람을 향한 싸늘한 시선으로 이어졌다. 그 한가운데서 헛기침하며 몸을 일으킨 크리스가 이제 와 새삼스러운 고백을 했다.

"미안. 사실은 나 귀신 엄청 싫어해."

"……네, 확실히 그래 보이네요."

정화용 밀가루 따위를 갖고 다닐 때부터 조짐이 있긴 했었지. 1급 마수 앞에서도 침착했던 사람이 나뭇가지만 흔들려도 기겁하는 건 진귀한 광경이긴 하다만 그런 감상도 한두 번이다. 계속 이러니 사기당했다는 생각밖에 들지 않는다. 하지만 크리스만 나무라기엔 다른 일행의 상태도 썩 크게 다르지 않았다.

"친애하는 길드원 여러분? 이렇게 잡고 있으면 앞으로 못 가는데요."

"아, 미안."

어느새 옷자락을 꼭 붙들고 있던 손길들이 그제야 조금 풀어진다. 한결 자유로워진 상태를 느끼며 나는 다시금 한숨을 내쉬었다.

'역시 나만 들어왔어야 했어.'

때늦은 후회가 가슴을 후볐다. 이렇게 심하게 겁먹을 줄 알았으면 강제로 떨어트려 놓고 왔을 거다. 그나마 입구에선 뒤따르는 정도더니, 숲에 들어온 후론 다들 내게 바짝 붙어 떨어질 줄을 몰랐다. 시간이 지나면 좀 나아질 거라 여겼는데 오히려 점점 더 심해지는 것 같았다. 이럴 거면 대체 왜 같이 들어오겠다고 호기를 부린 건지 모르겠다. 생사를 함께하겠다는 기상은 갸륵하다만 슬슬 귀찮았다. 혹시 엘뤼엔이나 트로웰도 나를 볼 때 이런 기분을 느끼는 걸까. 그렇게 생각하니 조금 서글퍼졌다.

'그런데 엘뤼엔, 분명 '다녀오겠다'고 했었지?'

게다가 늦어질 수 있다고 덧붙이기까지 했다. 예전에 갈 땐 그냥 가봐야겠다고만 하는 식이었고, 돌아오는 시기에 대한 언급도 없었는데. 이런 걸 두고 장족의 발전이라고 하는 건가 보다. 조금은 그에게 의미 있는 존재가 된 걸까? 적어도 돌아간다는 생각을 심어준 것만으로도 어딘가 싫긴 하다.

"저기, 엘, 아직도 아무것도 느껴지는 게 없어?"

아, 지금 이럴 때가 아니지.

조심스럽게 들려오는 크리스의 목소리에 히죽거리려는 입꼬리를 억지로 가라앉혔다. 비슷비슷한 광경만 계속 연이어져서 그런가. 할 일에 집중하지 못하고 자꾸만 딴생각에 빠지는 것 같다. 내심 반성하며 다시금 주위를 살폈다.

"네, 딱히 없네요."

"으음, 우리 들어온 지 꽤 되지 않았어? 아직도 아무 일이 벌어지지 않으니 오히려 더 불안한데. 아, 혹시 아직 낮이라서 그런가?"

"아뇨, 시간대는 상관없을 거예요."

그러고 보니 정말 찝찝하긴 했다. 너무 아무 일도 없는 거 아닌가.

그 말대로 숲 안으로 들어온 지도 벌써 두 시간은 지난 것 같다. 그동안 한 번도 쉬지 않고 걸었으니 꽤 깊이 들어온 셈이었다. 자욱하던 안개비도 그치고 화창한 날씨로 바뀐 지 오래였다. 그런데도 여전히 이상한 점을 찾을 수 없었다.

사념은 강할수록 현실에 영향을 미친다. 사람이 족족 실종될 만큼 심각한 상황이면 강해도 보통 강한 게 아니었다. 솔직히 여기 도착하기 전엔 사념이 숲 전체를 장악하고 있어도 이상하지 않을 거라 생각했다. 그런데 이건 오히려 지나치게 평범하다. 사념이 아니라면 다른 힘이라도 있어야 할 텐데 그 무엇도 느껴지는 게 없었다.

'정말 아무것도 없는 건가. 그럼 그 많은 실종자는 뭐지?'

설마 내가 발견하지 못하는 걸까.

좋지 않은 예감이 들어 입술을 깨물었다. 그럴 가능성은 거의 없다고 생각하지만 섣불리 단정하기도 힘들었다. 내가 아무리 평범한 인간이 아니라도 정령왕일 때보다는 감이 떨어질 테니까. 만에 하나 상급신이 관여한 거라면 내 감각으로는 발견하기 어려울 수도 있었다.

때마침 하늘에서 퐁퐁퐁 물방울이 솟아올랐다. 정찰을 위해 퍼트린 나이아스 무리가 귀환하고 있다는 신호였다. 깜짝 놀란 일행이 다시금 달라붙는 걸 억지로 떼어 놓는 동안, 터진 물방울 속에서 나이아스가 모습을 드러냈다.

—우리 왔어!

—부탁한 대로 멀리 멀리까지 갔다 왔어!

여느 때처럼 해맑게 웃는 얼굴을 보니 긴장이 조금 풀렸다.

"그래, 잘했어. 도와줘서 고마워. 어때? 뭔가 본 게 있어?"

정찰이라 해도 나이아스는 실프만큼 멀리 가진 못한다. 근방을 조금 더 자세히 살피는 정도였기 때문에 물어보면서도 별다른 기대는 하지 않았다. 그런데 의외로 대답이 선뜻 돌아왔다.

—인간들이 있어.

"어? 인간들?"

—좀 이상한 인간들.

—옹기종기 모여 있어.

……이 숲 안에 사람이 있다고?

"왜, 왜 그래, 엘?"

"여기에 뭐가 있대?"

여기서 나이아스의 목소리를 들을 수 있는 사람은 나뿐이다. 하지만 내 반응이 심상치 않다 여겼는지 일행이 불안해하며 물어왔다. 나는 어떻게 말해야 할지 고심하다가 솔직하게 답했다.

"근처에 사람들이 있대요."

"뭐? 정말?"

"혹시 실종자들인 거 아니야?"

아, 거기까진 생각하지 못했다. 퍼뜩 고개를 들자 발언한 델라가 굳은 얼굴로 고개를 끄덕였다. 다른 사람들도 모두 서둘러 장비를 점검하기 시작했다. 만일을 대비해 준비한 치료제와 영양제, 구급 물품들도 꺼냈다.

"나이아스, 그 사람들 지금 어디에 있어?"

—여기서 가까워.

"가깝다고?"

—응, 아까보다 더 가까워졌어.

—지금도 꾸준히 가까워지는 중이야.

……거리가 가까워진다는 건, 그들이 우리 쪽으로 오고 있다는 건가? 뜻 모를 대답에 잠시 손을 들고 일행의 동작을 멈추게 했다. 하던 일을 중단한 일행이 어리둥절한 표정으로 나를 돌아볼 때였다. 나이아스가 손가락으로 내 뒤쪽을 가리켰다.

—지금은 저기에.

"……!"

반사적으로 고개를 돌렸다가 그대로 흠칫했다. 수풀 한가운데 누군가가 우뚝 서 있었다.

"뭐, 뭐야. 사람?"

일행도 그쪽을 발견했는지 당황했다. 소리 없이 나타난 사람은 어딘지 거무죽죽한 분위기를 지닌 남자였다. 연령을 알아보기 힘들 정도로 마른 얼굴에, 눈두덩이는 시커멓고 얼굴이 창백했다. 입고 있는 옷은 너덜너덜한 데다가 피 같은 것이 묻은 채였다. 그건 마치, 그래, 시체 같은 모습이었다.

"흐읍!"

소스라친 크리스가 황급히 뒷걸음질을 쳤다. 경직된 그만큼이나 놀란 다른 일행들도 숨을 삼켰다.

다음 순간 남자가 입을 벌리고 웃었다. 강제로 벌어지는 듯한 입에서 먹물에 물든 것처럼 시커먼 이가 드러났다. 그 사이에서 주르륵 검붉은 액체가 쏟아져 내렸다. 소름이 돋을 만큼 기괴한 모습이었다. 그 순간 주위에서 이상한 냄새가 났다. 역할 정도로 퀴퀴한 냄새는 썩은 피 냄새와 비슷했다.

"뭐, 뭐야, 이거……."

"지, 진짜 귀신이야?"

창백해진 일행이 울 것 같은 얼굴로 나를 바라봤다. 내 옷을 꽉 붙드는 손들이 모두 덜덜 떨고 있었다.

나는 남자의 모습을 주시한 채, 차분히 머릿속을 정리했다. 귀신을 보는 환각이라든가, 냄새라든가, 모두 사념에 영향을 받으면 경험할 수 있는 현상이다. 예전 아셀만 해도 환각과 함께 역한 냄새를 느꼈다고 했으니까.

정령일 땐 사념에 영향을 받지 않아서 아무리 강해도 내 눈엔 그냥 검붉은 오물 덩어리로만 보였다. 하지만 인간인 지금은 조금이라도 영향을 받긴 할 거다. 오기 전부터 충분히 숙지했고, 각오했던 부분이었다. 그러니 내 눈에 귀신의 환각이 보이는 건 말이 된다. 하지만 지금 상황은 아무리 생각해도 뭔가 조금 이상했다. 나이아스는 조금 전에 분명 인간들을 봤다고 했었다. 지금 눈앞에 있는 남자의 모습도 정확히 가리켰다. 아무리 하급 정령이라지만, 나이아스까지 환각을 본다고?

'아니, 이건 환후가 아니라…….'

그 순간 어떠한 생각이 머리를 스쳤다.

"다들 무기 들어요!

"뭐?"

"공격에 대비하라고요! 저거 귀신이 아니라 인간이에요! 여기에 매복이 있는……!"

"으아악!"

그때 자지러지게 터져 나온 비명이 내 목소리를 삼켰다. 깜짝 놀라 돌아보니 누군가가 바닥에 주저앉은 채 뒤로 물러나고 있었다. 크리스였다.

"크리스?"

"귀, 귀신! 귀신이 오고 있어! 귀신이 온다고!"

"아뇨, 말했잖아요! 저건 귀신이 아니라……!"

"흐으악!"

그런데 또다시 비명이 이어졌다. 이번엔 시몬이었다. 다른 일행도 모두 하얗게 질린 얼굴로 뒷걸음질 치고 있었다. 모두가 뚫어지게 한 곳만을 바라보고 있었다. 그 방향을 따라 나 역시 돌아봤지만 내 눈엔 아무것도 보이지 않았다. 오히려 조금 전에 봤던 남자도 사라진 상태였다. 다시 일행들의 모습을 살폈다. 다들 어딘지 넋이 나간 듯 두 눈이 풀려 있었다. 환각에 빠진 전형적인 상태였다. 하지만 말도 안 되는 일이었다. 내 판단이 맞다면 남자는 분명 귀신이 아니었고, 어디에도 사념은 없었다. 그러니 환각을 볼 리도 없었다.

'아, 설마 이 냄새가?'

"나이아스! 지금 풍기는 냄새 좀 잡아줘!"

—응, 해볼게!

냄새라는 것도 결국 미립자 종류다. 바람으로 날려버리는 것보다는 약하겠지만 물에 가두기만 해도 효력을 죽일 수는 있을 터였다. 고개를 끄덕인 나이아스 무리가 곧바로 몸을 움직였다. 잘게 흩뿌린 물방울들이 안개처럼 퍼져나가 역한 냄새를 가두기 시작했다.

예상치 못한 일이 벌어진 건 바로 그다음이었다. 돌연 한 곳에서 불화살이 날아들더니 정확하게 나이아스의 몸을 꿰뚫었다. 한 순간 무슨 일이 벌어진 건지 이해하지도 못할 만큼, 정말 순식간에 벌어진 상황이었다. 피할 겨를조차 갖지 못한 나이아스는 그대로 형체를 잃고 흩어졌다.

"흡!"

하급 정령이라도 역소환 되는 충격은 컸다. 숨이 턱 막히면서 다리에 힘이 풀려 그대로 주저앉았다. 곧바로 일어나려 했지만 나머지 나이아스도 연이어 역소환 되는 탓에 좀처럼 정신을 차릴 수가 없었다.

"으아악! 오지 마! 저리 가!"

"다들 뛰어! 도망가!"

그동안 일행은 완전히 혼란에 빠져 있었다. 이미 환각 외에 다른 건 보지 못하게 된 건지 누구도 내 상태는 눈치채지 못했다. 공포에 사로잡힌 그들은 그저 마구잡이로 달려나가기 시작했다.

"잠깐! 안 돼! 가지 마! 가면 안 돼요! 지금 보는 건 환각이에요!"

있는 힘껏 소리쳤으나 필사적으로 달아나는 뒷모습에 내 목소리는 닿지 않았다. 간신히 몸을 일으켰을 땐 이미 어디로 갔는지 아무도 보이지 않았다. 그러나 반대로 다른 곳에서 가까워지는 기척이 있었다. 굳이 알아볼 것도 없이, 지금 이 상황을 만들어 낸 작자들일 게 뻔했다.

"젠장……."

정말 완벽하게 당했다. 지금 이 상태로 저들을 전부 상대할 수 있을까? 휘청거리는 다리를 억지로 지탱한 채 허리춤을 더듬어 간신히 검을 빼 들었다. 정령을 다시 소환하는 게 먼저겠지만 역소환 된 직후라 몸속의 기류가 너무 엉망이었다. 당장은 무엇도 소환할 수 없을 것 같았다. 정찰할 목적으로는 하급 정령이 제일 편해서 일부러 나이아스를 소환한 건데, 처음부터 운디네나 시큐엘을 곁에 둘 걸 그랬다. 숲에서 벌어진 기현상이라는 점만 너무 주목한 게 패착이었다. 상대가 인간인 줄 알았다면 이렇게까지 방심하진 않았을 텐데. 후회가 막심했지만 이미 벌어진 일이었다.

호흡을 고르면서 일단 날뛰는 마나를 다스리는 것에 집중했다.

그런데 속이 다친 걸 감안하더라도 이상할 정도로 몸이 무거웠다. 내가 검을 제대로 쥐고 있기는 한 건가? 왠지 손끝에서 감각이 느껴지지 않는 것 같았다.

'이 냄새, 마비 효과도 있는 건가?'

저벅, 뒤쪽에서 발걸음 소리가 울렸다. 힘겹게 돌아보니 수풀 속에서 어른거리는 그림자가 보였다. 복면으로 얼굴을 반쯤 가린 사람들이 하나둘씩 나타나고 있었다. 그 속에는 처음 보았던 시체 같았던 남자도 있었다. 자세히 보니 일부러 그렇게 분장한 것이 분명했다. 경계하며 검을 겨누자 조금 당황하는 듯하던 남자들이 곧 피식 웃었다. 내 상태가 정상이 아닌 걸 눈치챈 것이다.

"뭐야, 이 녀석은 아직도 버티고 있네?"

"암시도 통하지 않았나 본데?"

암시. 아, 그래서 시체 분장을 한 거구나. 왜 처음에 그런 꼴로 나타났는지 이제야 이해가 됐다. 환각제를 퍼트릴 동안 시선을 끄는 것만이 아니라 암시를 거는 목적도 있었던 모양이다. 좀 더 쉽게 환각에 빠질 수 있도록 유도한 거겠지. 너희는 뭐냐고, 뭘 노리는 거냐고 묻고 싶은데 혀가 움직이지 않았다. 역시 마취제도 섞인 게 틀림없었다.

"굉장하네. 이렇게 오래 버틴 녀석은 처음이야."

"나이는 어린 것 같지?"

"조심해. 아마 그 녀석이 정령사일 거야."

내게 성큼성큼 다가서는 남자들 뒤쪽에서 누군가가 경고했다.

어깨에 메고 있는 거대한 활과 횃불이 보였다. 아마도 그가 불화살을 쏜 사람 같았다.

"물의 정령사는 타고난 자정 능력이 있어. 생명력이 질기다고 하더라고."

"아, 그래서 약에도 강한 건가?"

"하지만 이미 말도 못 하는 것 같은데? 아무리 강한 정령사라고 해봤자 정령을 소환하지 못하면 아무 쓸모 없잖아."

낄낄거리는 웃음소리가 이어졌다. 이윽고 앞에 멈춰선 이들이 내 후드를 벗기려는 듯 손을 뻗었다. 그때까지도 나는 아무 소리도 낼 수 없는 상태였다. 마취제 효과가 얼마나 강력한지 시야도 점차 뿌옇게 되어가는 것 같았다. 하지만, 저 남자들이 착각하고 있는 게 하나 있었다.

말을 못 하면 정령을 소환할 수 없다고 누가 그래?

'시큐엘!'

마침 간신히 마나가 진정된 참이라 그들의 기대에 부응해주기로 했다. 내 부름에 반응한 정령이 소환에 응하면서, 주위에 물보라가 일어났다.

"뭐, 뭐야!"

방심하고 있던 이들이 깜짝 놀라 주춤거렸다. 나는 빠르게 주위를 훑었다. 얍삽한 수작을 부려서 그렇지, 이들의 능력 자체는 평범한 장정 수준이었다. 시큐엘 하나로 전부 때려눕힐 수 있다는 소리였다.

그런데 그 순간이었다. 기척을 느끼지도 못했는데 철컥, 금속음과 함께 손목에 무언가가 채워졌다. 눈을 크게 떴을 땐 이미 상황이 돌이킬 수 없는 방향으로 변하는 중이었다. 마나의 운용이 멈추더니 완성되어 가던 힘이 그대로 흩어졌다. 내 주위를 감싸며 용맹하게 솟구치던 물줄기도 한순간에 사그라졌다.

말도 안 돼.

눈앞에서 허무하게 흩뿌려지는 수증기를 보며 나는 그대로 입을 벌렸다. 조금 전까지만 해도 선명했던 시큐엘의 기운이 조금도 느껴지지 않았다. 왜 이렇게 된 건지는 알고 있다. 소환진이 사라진 거다. 머리로는 상황을 이해할 수 있었다. 그러나 이해하는 것과 받아들이는 건 완전히 별개의 영역이었다.

지금, 무슨 일이 벌어진 거지?

"휘유, 큰일 날 뻔했네."

바로 옆에서 누군가 휘파람을 부는 소리가 들렸다. 멍하니 시선을 돌리니 그제야 내 옆에 서 있는 사람의 모습이 눈에 들어왔다. 가볍게 묶어 내린 금발 아래 검은 복면을 쓴 얼굴. 마주친 노란 눈동자가 상쾌하다는 듯이 웃었다. 그가 조금 전 내게 팔찌를 채웠다는 건, 조금 늦게 상기할 수 있었다.

"시동어를 읊지 않아도 정령을 소환할 수 있다니, 너 굉장한 놈이구나? 하지만 이쪽이 이긴 것 같은데 이걸 어쩌지?"

경쾌한 어조로 약 올리듯 말하는 남자는 어깨에 활과 횃불을 메고 있었다. 나이아스를 역소환 시킨 바로 그자였다. 인지한 순간 거의 반사적으로 검부터 휘둘렀다. “이크!” 아슬아슬하게 공격을 피한 남자가 나와 멀찍이 거리를 벌리고 물러섰다.

“이야, 아직도 움직일 힘이 있는 거야? 역시 굉장하네.”

“뭐야? 지금 뭐가 어떻게 된 거야?”

“방금 정령이 소환되던 거 아니었어?”

다른 이들은 아직 상황을 파악하지 못해 허둥거리는 상태였다. 나를 향해 다시금 씩 웃어 보인 금발의 남자가 쏟아지는 질문에 어깨를 으쓱이며 대꾸했다.

“정령 소환되던 거 맞아. 근데 이것도 중간에서 끊는 요령이 있거든. 마나를 차단해서 얼른 소환을 끊어 버렸지.”

“헉, 그게 정말이야?”

“물이 솟아오르다가 사라진 거 보면 모르겠어? 그래서 내가 아까 조심하라고 했잖아. 아무튼 너희 방금 나 아니었으면 방금 다 죽을 뻔했다는 것만 알아 둬.”

“하핫, 정말 잘했다, 릴!”

“넌 우리 영웅이야!”

“알면 특별수당이나 챙겨줘.”

“염려 마. 든든히 챙겨줄 테니!”

마치 축제라도 치르는 분위기였다. 요란하게 머리를 쓰다듬는 손길 속에서, 다시금 나와 눈이 마주친 남자가 씩 웃었다.

“그럼 슬슬 마무리해야지?”

그러자 다른 남자들도 나를 돌아보았다. 복면 위에서 웃음 짓는 눈동자들이 비열하게 반짝였다. 덕분에 나도 정신이 조금 들었다. 지금 충격에 허덕이고 있을 때가 아니었다.

'죽이려는 것…… 같지는 않아.'

가까이 다가오는 이들을 보면서 천천히 심호흡했다. 살기는 느껴지지 않는다. 내 상태가 이래서 방심하는 것도 있겠지만 검을 들지 않은 것만 봐도 나를 제압하는 게 더 목적인 것 같다. 어디론가 끌고 가려는 건지도 모르겠다.

'정신 차려, 엘.'

이대로 잡히면 죽도 밥도 안 된다. 일행을 구하기 위해서라도 일단 여기서 빠져나가야 후일을 도모할 수 있었다. 비록 정령 소환은 막혔지만 그나마 속은 진정된 상태라 아까보단 상태가 나았다. 약 기운 때문에 뻣뻣해진 몸이 얼마나 따라줄지는 몰라도, 무리하면 잠시간은 움직일 순 있을 것 같았다.

여기서 무게 가중 장치만 벗을 수 있으면 상황이 한결 나아질 텐데. 손목과 발목에 차고 있는, 이젠 내 몸의 일부나 마찬가지인 고리의 무게가 오늘따라 새삼 버거웠다. 당장은 어쩔 방법이 없다는 게 아쉬울 따름이었다. 자세를 똑바로 하고 검을 쥐니 남자들이 기막힌 표정을 지었다.

"아직도 포기하지 않았나 본데?"

"정신력 하나만큼은 대단한 녀석이네."

"하하, 그래도 이렇게 마취된 상태에선……."

가장 앞에 있던 남자가 웃으며 내게 손을 뻗었다. 하지만 그 말은 끝까지 이어지지 못했다. 시선이 흐트러진 틈을 타 내가 검을 찔러 넣었기 때문이다.

"으헉!"

깜짝 놀란 남자가 얼른 피했지만 나 역시 그에 맞춰 공격을 이어갔다. 곧바로 따라붙는 검날을 이번엔 피하지 못한 남자가 경악한 얼굴로 두 눈을 부릅떴다. 서걱, 베어드는 감각이 전해지는 것과 동시에 짧은 비명이 터졌다. "울베인!" 다급해진 남자들이 검을 빼 들었다.

"뭐야, 저거? 정령사 주제에 검술도 할 줄 알아?"

"그냥 허세용인 줄 알았더니!"

얼굴을 굳힌 이들이 천천히 주위를 포위하기 시작했다. 언제 시작될지 모를 공격을 견제하면서 나는 숨을 크게 골랐다. 그거 잠깐 움직였다고 벌써 호흡이 벅찼다. 온몸이 물에 젖은 솜처럼 무겁다. 다리가 자꾸 휘청거리는 것 같았다.

'최대한 빨리 끝내야 해.'

상대에게 여유를 주면 내가 당한다. 기합을 단단히 넣은 후 이를 악물고 먼저 뛰어들었다. 이번에도 선공을 놓친 이들이 기겁해서 방어하기 시작했다.

"젠장! 막아!"

"큭, 무슨 힘이!"

"마취된 녀석이 왜 저렇게 잘 움직이는 거야?"

한동안 정신없는 공방이 이어졌다. 다수와 맞서는 상황은 처음이라 괜찮을까 싶었는데 의외로 생각보다 어렵진 않았다. 일단 다들 검술 실력이 낮은 편인 건지, 굼뜨다시피 느린 데다가 동작이 전부 훤히 읽혔다. 이대로 잘 몰아붙이기만 하면 도주할 틈을 만들 수 있을 것 같았다. 희망이 보이니 자신감도 붙었다. 그렇게 조금씩 길을 터 가고 있을 때였다.

"큭!"

서두르는 마음에 시야가 좁아진 걸까. 돌연 무언가가 목을 조이더니 강하게 뒤로 당겼다. 한순간 균형을 잃은 나는 속절없이 넘어져 그대로 질질 끌려갔다. 꽉 조여진 목에서 두꺼운 밧줄이 만져졌다. 누군가가 올무 같은 걸 던진 것 같았다. 그 줄 끝에 금발의 남자가 서 있었다. 또 저 녀석이었다.

"잡았다!"

"좋아, 릴! 그대로 잡고 있어!"

"그물! 당장 그물 가져와!"

분주한 소리 끝에 곧 사슬로 만들어진 그물이 내 몸을 덮었다. 어떻게든 빠져나가려 했지만 몸이 마음대로 움직이지 않았다. 그 사이 서둘러 달려든 이들이 그물 속에서 버둥거리는 나를 강제로 짓눌렀다. 옆구리에 틀어박히는 격통에 숨이 턱 막혔다.

"휴우, 이제야 겨우 얌전해졌네."

"이 녀석 대체 정체가 뭐야? 약 풀었는데 올가미에 그물까지 쓴 건 이번이 처음 아냐?"

"상급 정령사가 정말 굉장하긴 하네."

"다친 애들은?"

"좀 있어. 그래도 다행히 깊게 베이진 않은 것 같아."

이제 약 기운이 머리까지 잠식한 모양이다. 위에서 떠드는 소리가 웅웅거리며 울렸다. 어떻게든 의식을 잃지 않으려고 필사적으로 눈을 깜빡거렸다. 어질어질한 시야 속에 질렸다는 표정을 짓고 있는 얼굴들이 보였다.

"일단 처리해."

곧 둔탁한 소리와 함께 머리에서 강렬한 아픔이 일었다.

그 뒤는 암전이었다.

2.

"넌 바보냐?"

누군가가 한심하다는 표정으로 나를 바라봤다. 울컥해서 노려봤더니 뭘 잘했냐는 시선이 떨어졌다. 내가 생각해도 잘한 건 아니라서 눈을 얼른 내리깔았다.

"대체 왜 정령왕일 때나 인간일 때나 똑같이 맹한 거야? 왜 이런 일 하나 빠릿빠릿하게 해내질 못하냐고. 그래서 이 험난한 세상을 제대로 살아갈 수가 있겠어? 언제까지 당하고 잃기만 할 거야?"

잔소리가 끊임없이 퍼부어졌다. 모르겠다. 난 아무것도 안 들린다. 안 들린다고. 두 귀를 막으며 고개를 저었더니 그가 혈압이 오른다며 뒷목을 잡았다. 진짜 혈압이 오르는 것도 아니면서 유난이었다. 속으로 투덜거리며 힐끔 시선을 들어 올리니 강렬한 붉은 머리카락이 보였다. 이쪽으로 시선을 맞춰오는 눈동자 역시 타오르는 듯한 붉은색이다. 뭐가 마음에 안 든 건지 그의 표정이 샐쭉해졌다.

"왜 그런 표정이야."

내 표정이 어디가 어떻다고? 저 녀석은 내 모든 게 불만인가 보다. 왜 툭하면 시비를 거는지 모르겠다. 아무튼 그렇게 구박만 하지 마. 나 진짜 애쓰고 있단 말이야.

"얼씨구? 누가 애쓰래?"

넌 무슨 말을 해도 그렇게 하냐. 내가 누구 때문에 지금 여기서 이러고 있는 건데.

"그게 누구 때문인데?"

그걸 정말 몰라서 묻냐? 너 때문이잖아, 멍청아!

"아니지. 내가 언제 찾아 달라고 했어? 그냥 네 멋대로 책임감 느껴서 이러는 거잖아. 이걸로 죄책감을 덜어보겠다는 심사 아냐?"

와, 말하는 본새 좀 봐. 그게 지금 너 찾느라 고생 중인 사람한테 할 말이야? 말이 나온 김에 묻자. 넌 왜 하필이면 떨어져도 다른 시공간에 떨어진 거야? 평소에 온갖 잘난 척은 다 하더니. 어쩔 땐 나보다 네가 더 맹해. 알아?

"그래서 뭐. 나한테 뭐라고 하지 마. 내가 죽고 싶어서 죽었어? 나야말로 뭘 잘못해서 구해주고 욕까지 먹어야 하냐?"

나쁜 놈아. 그렇게 말하면 내가 할 말이 없잖아. 그래, 다 내 탓이고 내 잘못이다! 내가 진짜 미쳤지. 좋은 말 못 들을 거 뻔히 알면서 왜 이런 고생을 사서 하는 건지.

"그래서 찾으러 온 거 후회해?"

안 해! 누가 후회한다고 했어? 앞으로 무슨 일이 있어도 절대 후회만은 안 할 거야! 네가 내 도움 필요 없다고 해도 난 너 찾아낼 거야! 반드시 찾을 거라고!

"그럼 됐네."

씩씩거리며 쏘아붙이니 뭐가 그리 웃긴지 피식 웃는다. 평소에 너무 자주 봤던, 볼 때마다 얄밉기만 하던 바로 그 표정이다. 그런데 이번엔 이상하게 가슴이 뭉클했다. 저렇게 웃는 얼굴을 너무 오랜만에 보는 것 같다.

어디서부터 기인한 건지 모를, 사무치는 그리움이 가득 차올랐다. 가슴을 찌르는 듯한 아픔에 숨을 쉬기가 힘들었다. 어느새 눈앞의 모습은 온데간데없이 사라지고 없다. 당황해서 주위를 두리번거렸다.

뭐야, 왜 그래. 대답 좀 해 봐. 어디로 간 거야? 내가 잘못했어. 다시 돌아와. 내가 더 노력할게. 탓하거나 푸념하지 않을게. 계속 구박하고 잔소리해도 돼. 날 원망해도 괜찮아. 그러니까 이러지 마. 사라지지만 마, 제발.

소리 높여 이름을 부르는 데도 더는 답이 돌아오지 않았다. 어쩌면 처음부터 아무것도 없었던 건지도 모른다. 그래서 더 서러워졌다.

너 지금 어디에 있어, 라피스?

꽤 긴 꿈을 꾼 것 같다. 그다지 여운이 좋지는 않은 꿈이었다.

눈을 뜨니 굵은 창살이 보였다. 내가 어딘가에 갇혀 있다는 걸 인지하는 과정은 길지 않았다. 굳이 되짚어 볼 것도 없이 의식을 잃기 전의 상황이 선명하게 떠올랐다. 기절하기 전과 다른 장소인 걸 보니 역시 어디론가 끌려온 모양이다. 이러니 꿈자리가 사나울 수밖에.

그동안 시간이 얼마나 흐른 건지 모르겠다. 눈을 빠르게 깜빡여 고여 있던 눈물을 털어냈다. 멍하던 머리가 조금씩 맑아지면서 뿌옇던 주변의 광경이 조금씩 선명해졌다. 몇 개의 기둥으로만 엮어진 공간은 창문도 없이 화려한 문양의 천으로 도배된 듯한 모습이었다. 아마도 천막 안에 임시로 마련한 감옥 같았다. 몸을 일으키려는데 잘그락거리는 소리가 났다. 무심코 시선을 내렸다가 얼굴을 찌푸렸다. 발목에 굵은 쇠사슬이 채워져 있었다. 당연하겠지만 그 어디에도 파이어 버스터는 보이지 않았다.

"오, 깼네."

압수된 거라면 다행인데, 설마 그 숲에 버려진 건 아니겠지. 심란한 기분으로 사슬을 노려보고 있는데 가벼운 목소리가 들려왔다. 걷힌 장막 사이로 누군가가 들어오고 있었다. 낯선 얼굴이었지만 헐겁게 묶은 금발과 노란 눈동자만 봐도 누군지 모를 수가 없었다. 그 남자였다. 나이아스를 역소환 시키고, 시큐엘의 소환을 방해하고, 마지막엔 올무를 걸었던, 결정적인 순간마다 나를 몇 번이나 방해한 그 빌어먹을 자식.

"화가 잔뜩 난 모양이네? 뭐, 그럴 만한 상황이긴 하다만."

남자는 내가 노려보거나 말거나 신경 쓰지 않는다는 듯 태연하게 웃었다. 하긴 나라도 창살에 갇혀 있는 사람이 아무리 노려봤자 위협 따윈 전혀 느끼지 못할 거다. 오히려 더 가소롭게 보인다면 모를까. 그렇게 생각하니 이 상황이 더 거지 같았다.

"몸은 좀 어때? 독한 약에 취한 데다가 정령들까지 역소환 됐으니 속이 말이 아닐 텐데. 물이라도 좀 가져다줄까? 근데 너 보기보다 엄청 무겁더라. 애들이 옮기느라 고생했어."

"……너 뭐야?"

"저런, 목이 꽤 쉬었네. 하긴 멍이 좀 심하게 들긴 했지. 아파도 조금만 참아. 나중에 치료해줄게."

"너 대체 뭐냐고."

겉도는 대화가 짜증 나서 말투가 절로 날카로워졌다. 어깨를 으쓱인 남자가 내 바로 앞으로 다가와 걸터앉았다. 창살을 사이로 두고 얄밉게 웃는 얼굴이 생글거렸다.

"난 릴이라고 해."

“누가 이름이 궁금하대?”

“하지만 자기소개엔 이름을 밝히는 게 기본이잖아. 아, 그보다 물어볼 게 있는데. 너 인간인 건 맞지?”

“뭐?”

“아니, 너무 예쁘게 생겨서 헷갈리더라고. 눈 뜨고 있으니까 더 그렇네. 솔직히 깜짝 놀랐어. 그 후줄근한 후드 속에 이런 외모가 숨겨져 있을 줄 누가 짐작이나 했겠어? 다들 네가 혼혈인지 아닌지 내기하고 난리 났어.”

그러고 보니 사라진 물건 중엔 후드도 있었다. 신원을 확인하려고 벗긴 김에 그냥 치워버린 모양이다. 사로잡힌 처지에 얼굴이 드러난 정도야 별수 없는 일이긴 했다. 사실 숲에선 그냥 습관적으로 쓴 거였지 일부러 가리려 한 것도 아니었다. 하지만 이런 쓸데없는 감상까지 늘어놓을 일인가. 승자의 여유라 쳐도 상종하기 싫은 종류다. 한심하다는 시선으로 바라봐주자 그가 조금 억울하다는 표정을 지었다.

“무슨 생각을 하는지 알겠는데. 그런 거 아냐. 이쪽엔 나름대로 중요한 문제라고. 어쨌든 미리 얼굴 좀 보이지 그랬어. 그럼 그렇게 거칠게 다루지 않았을 텐데.”

“자꾸 헛소리하지 마.”

“정말인데. 적어도 올무는 안 썼을 거야. 피멍은 고급 회복제를 써도 완전히 깨끗해질 때까지 시간이 좀 걸린단 말이야. 그나마 얼굴을 다치진 않아서 다행이야.”

이해할 수 없는 말에 미간이 절로 찌푸려졌다. 왜 피멍을 낫게 할 생각을 하지? 그러고 보니 아까도 치료해준다느니 했던 것 같다. 당연히 약 올리려고 한 말인 줄 알았는데 그게 진심이었나 보다.

도저히 이해할 수 없는 태도라 머릿속이 잠시 복잡해졌다. 정체를 알 수 없는 무리지만 매복까지 한 걸 보면 훈련된 전사다. 백작령을 침략하기 위해 숨어든 외적이거나, 숲에 터를 잡은 화적이라고 생각했다. 생각지 못한 외형을 보고 마음이 약해진 건 그럴 수 있다 치자. 심하게 대하진 말 걸 그랬다며 너스레 정도는 떨 수 있었다. 그래도 일반적으로는 포로를 치료할 생각까진 하지 않는다. 심지어 얼굴을 다치지 않아서 다행이라고? 그저 예쁘게 생겼다는 이유로?

"너희…… 대체 뭐야?"

뭔가 기묘한 예감이 들었다. 이들이 날 죽이려 하지 않고 기절만 시킨 이유를 알 것 같은 예감. 내가 어느 정도는 상황을 짐작했다는 걸 남자도 느낀 모양이었다. 이번엔 제대로 대답할 마음이 들었는지 유들유들하게 웃고 있던 얼굴이 조금 진지해졌다.

"누군가는 해야 하는 일을 하는 사람들이지. 너희가 몬스터를 사냥하는 헌터라면, 이쪽은 그보다 한 단계 높은 세상을 영유하는 헌터라고나 할까."

"……뭐 이상한 거라도 먹었어?"

"아니거든! 나 지금 꽤 멋지게 말하지 않았어? 어떻게 그런 결론이 나와?"

"그냥 본론만 말해."

"그래, 그래. 내가 기분도 안 좋은 애를 붙잡고 너무 많은 걸 바란 것 같네."

"그래서 뭐냐고."

"혹시 노예 사냥꾼이라고 들어봤어?"

그 순간 내가 무슨 표정을 지었는지는 모르겠다. 다만 지금 생각을 고스란히 표현하긴 했는지 그가 머쓱한 얼굴을 했다.

"그렇게 쓰레기를 보는 눈길로 바라보지 말아 줄래? 내가 어지간하면 신경 쓰지 않는 편인데, 그 표정은 좀 아픈 것 같아."

"쓰레기를 쓰레기로 보는 건데 무슨 문제 있어?"

"하하, 너 성격 꽤 있구나? 의외로 얌전해서 이상하다 싶긴 했어."

그럼 이 와중에 고운 말을 듣길 바란 건가? 어이가 없어서 노려봤더니 그는 능청스럽게 웃기만 했다. 죄책감 같은 건 티끌만치도 드러내지 않은 얼굴을 보니 과연 인면수심 직업군에 종사하는 인성다웠다.

"그동안 숲에서 실종된 사람들, 다 너희 짓이었어?"

"맞아. 너희도 소문 듣고 조사 나온 거지? 이게 바로 그 소문의 실체야. 매출에 목말랐던 노예 상단이 고심 끝에 구상해 낸 함정 작전이랄까. 인간 사냥이라는 것도 참 별거 없지 않아? 조금만 머리를 써도 이렇게 간단한 건데 말이야."

"하……."

"참고로 너흰 이번 작전만이 아니라 이 상단이 출범한 이래 거둔 가장 큰 월척이야. 악시스 급 헌터를 둘이나 잡았다고 지금 다들 얼마나 신났는지 몰라."

미친 건가.

너무 기가 막히니 도리어 아무 생각도 들지 않았다. 몇 개월에 걸쳐 일어난 그 수많은 실종 사건이 전부 납치였다니. 그만한 인원이 전부 당했다는 것도 황당한데, 나 역시 같은 처지라 할 말이 없었다. 환각제를 쓸 거라곤 정말이지 조금도 예상하지 못했다. 정령사인 내가 맥없이 당했을 정도이니 다른 사람은 오죽했을까.

'그래도 저 녀석만 아니었으면……!'

다시금 눈에 힘을 주고 뻔뻔하게 웃는 얼굴을 노려보았다. 대체 정체가 뭐지? 아까 나더러 인간이냐고 물었지만 정작 그건 내가 묻고 싶은 말이었다. 그 멀리서 나이아스를 정확히 노려 맞춘 활솜씨도 그렇고, 정령 소환을 막아내는 순발력도 아무나 가질 수 있는 게 아니다. 마지막에 올무를 던졌을 때 역시 기척을 전혀 느끼지 못했다. 물론 내 상태가 정상이 아니었던 탓도 크긴 한데, 그런 점을 고려해도 예사롭지 않은 실력자라는 것만은 분명했다. 그런 대단한 능력을 고작 이따위 일에나 쓰고 있다는 점에서 감탄보다는 개탄할 노릇이지만.

그보다 다른 사람들은 모두 어디에 있는 걸까. 어느 정도 상황을 파악하고 보니 당장 시급한 문제들이 눈에 밟혔다. 말하는 걸 들어보면 전부 잡힌 것 같은데, 지금 여기에 갇혀 있는 건 나밖에 없었다.

"내 일행은 어떻게 했어."

"지금 다른 애들을 걱정할 때가 아니지 않나?"

"대답이나 해. 내 일행은 어디에 있냐고."

설마 벌써 어디론가 팔아넘긴 건 아니겠지. 잡힌 이후로 시간이 얼마나 지난 건지 알 수가 없으니 마음이 초조해졌다. 판 놈이나 사간 놈이나 가만두지 않을 작정으로 주먹을 꾹 움켜쥐자 남자가 어깨를 으쓱였다.

"말해줄 테니까 그렇게 화내지 마. 그 녀석들은 다른 막사에 있어."

"다른 막사?"

"전투 노예용 막사. 경매에 올리기 전에 종류별로 등급을 분류해두고 관리하거든. 여긴 최상등품을 위한 막사야. 외모와 능력, 모든 조건을 다 갖춘 너희 같은 애들만 올 수 있는 곳이지."

다행히 아직 다른 곳으로 넘겨진 건 아닌 모양이다. 사람을 물건 취급하는 표현은 듣기 싫었지만 일단 모두가 근처에 있단 사실에 안도했다. 그러고 나니 조금 마음에 걸리는 부분이 있었다.

"그런데 너희라니?"

지금 이곳엔 나 혼자인 거 아니었나? 혹시 몰라 다시 주위를 둘러봤지만 역시 다른 사람은 보이지 않았다. 그러자 훌쩍 몸을 일으킨 남자가 내 뒤쪽으로 걸어갔다. 벽면의 휘장을 걷으니 그 너머에도 공간이 있었다. 그제야 보게 된 저편의 광경에 숨을 삼켰다. 또 다른 창살 안에 사람들이 갇혀 있었다.

남자 둘에 여자 한 명. 귀한 집 자제들인지 셋 다 입고 있는 옷이 좋았다. 그들 모두 양손과 발이 결박된 채 깊이 잠들어 있는 모습이었다. 대화 소리가 그리 작은 편도 아닌데 깨지 않는 걸 보면 아무래도 약 같은 걸 쓴 것 같았다. 정말 납치구나. 내 발목에 채워진 사슬을 봤을 땐 그런가 보다 했는데, 다른 사람들이 묶여 있는 걸 보니 실감이 들었다.

"다들 꽤 반반하지? 저항이 너무 심해서 재워둔 상태야. 너도 조심해. 도망치려고 하면 바로 저런 꼴이 될 거니까."

"……왜 이런 짓을 해?"

"그야 돈 벌려고 하겠지? 뻔하지 않아? 대부분 다 그런 이유잖아."

"사람을 납치해서 돈을 벌면 좋아?"

"글쎄. 딱히 생각해 본 주제는 아니네."

"그런 건 생각을 해! 너 사이코패스야? 후환이 무섭지도 않아?"

"하하, 사이코패스가 뭔지는 모르겠고. 후환 같은 걸 신경 썼다간 이런 일 못 하지. 뭐, 네가 이쪽 안위를 걱정할 필요는 없어. 곧 자신이 누구였는지도 기억하지 못하게 될 텐데."

"……뭐?"

왠지 그냥 넘어가서는 안 될 말을 들은 것 같다. 당황해서 고개를 들자 눈이 마주친 남자가 씩 웃었다.

"납치를 통한 인신매매는 대륙 어디를 가도 불법이지. 지금까지 숲에서 잡힌 인간만 몇십 명은 되던가? 좀 이상하지 않아? 그렇게 많은 인간이 팔려갔는데 왜 아무런 소문이 돌지 않을까? 분명 한두 명쯤은 고발하려고 했을 텐데 말이야."

그러고 보니 그건 확실히 이상했다. 아는 사람도, 언어도 통하지 않는 머나먼 지역으로 팔려가서 그런 건가 했는데, 지금 남자의 어조를 봐선 그런 이유만은 아닌 것 같았다. 내가 동요하는 걸 느꼈는지 남자의 입가에 서린 미소가 더 짙어졌다.

"세공이라는 거 알아?"

"세공?"

"네 말대로 후환이라는 게 있으니까. 이런 세계에선 뒤탈이 없도록 밑 작업을 해두거든. 정신을 건드려서 기존의 자아와 인격을 전부 부수는 작업이지."

"……!"

뭘 건드리고 뭘 부순다고?

귀를 의심할 만큼 충격적인 내용에 잠시 머리가 멍해졌다. 얼굴이 급격히 굳어진 나를 재밌다는 듯이 바라본 남자가 두 눈을 휘어 접으며 웃었다.

"그 과정을 거치고 나면 아무리 대단한 녀석이라도 버티질 못해. 자신이 누구였는지도 전부 잊고 굳이 궁금해하지도 않아. 오직 주인만 바라보는 순종적인 노예만 남게 되지. 여기선 그걸 세공이라고 불러."

"정말 그딴 짓을 한다고? 너희 진짜 미쳤어?"

"미치지 않았으니까 하는 거야. 아무렴 그 정도 안전장치도 없이 이런 위험한 일을 할 수 있겠어?"

"그걸 지금 말이라고 해?"

"맞아, 개소리지? 나도 그렇게 생각해. 그런데 원래 이런 건 논리로 이해하는 게 아니거든. 쓰레기들이잖아. 너무 많은 걸 기대하지 마."

태연히 돌아온 대꾸에 오히려 말문이 막혔다. 기가 막혀 입만 벙긋거리는 나를 바라보는 얼굴은 몹시 즐거워 보였다. 역시 제정신이 아닌 게 분명했다.

"그건 언제 하는 거야? 설마 내 일행들을 벌써 건드린 건 아니지?"

"흠, 일행한테 꿀 발라놨나? 아님 보호해주는 만큼 수당이라도 받기로 했어?"

"무슨 헛소리야?"

"자꾸 남 걱정부터 하는 게 신기해서. 아직은 여유가 있나 보지? 뭐, 일단 궁금해하니 대답은 해줄게. 원래는 잡자마자 곧바로 작업에 들어가는데 이번엔 일정이 밀렸어. 하필 지금 장인이 다른 곳에 가 있거든. 세공의 유일한 단점은 기술자가 너무 적다는 거지. 그쪽 작업도 꽤 밀려 있는 상태라 며칠은 기다려야 한다더라고."

그나마 불행 중 다행인 소식이었다. 아직 너무 늦진 않았구나.

안도감에 깊이 속을 쓸어내리니 남자가 나를 가만히 바라보았다. 조금 찜찜한 듯 미간을 찌푸리는 모습에서 처음으로 이 상황을 껄끄럽게 여기는 게 느껴졌다. 그나마 양심이 전혀 없지는 않은 모양이다.

"어쨌든 장인이 돌아오면 상등품부터 작업을 시작할 거야. 그러니 그때까지 이 시간을 잘 즐기도록 해. 네가 너로 있을 수 있는 마지막 시간이 될 테니까."

"미안하지만 그럴 일은 없을 테니 헛꿈은 접으시지."

"하하, 설마 여기서 달아날 수 있다고 생각하는 거야? 내가 바로 조금 전에 충고해주지 않았나? 쟤들이 왜 저렇게 되었는지."

가볍게 웃은 남자가 턱짓으로 잠들어 있는 사람들을 가리켰다.

"너 쟤들이 그냥 평범한 인간으로 보이지? 근데 원래는 저렇게 잡혀 있을 만한 애들이 아니거든. 타고난 신체 능력은 아마 너보다 더 좋을걸?"

"뭐?"

"여긴 최상등품만 들어오는 곳이라니까? 의외로 인간은 이 조건을 갖추기 쉽지 않아. 네가 굉장히 희귀한 경우지."

"그 말은……."

저 일행은 인간이 아니라는 소리인가? 굳이 자세히 살필 생각은 없었는데 나도 모르게 그들 쪽에 다시 시선이 향했다. 두 명의 남자 중 한 명은 화사한 주황색의 머리칼이었고, 다른 쪽은 짙은 흑발이다. 유일한 여자 쪽은 분홍빛이 섞인 화려한 은발을 지니고 있었다. 모두 귀가 둥글었으며 피부는 하얀 편이었다.

셋 다 수려한 외모라는 점은 확실히 인정한다. 하지만 생김새는 영락없이 인간이었기 때문에 조금 당황스러웠다. 이종은 피부색이라든가, 귀 형태라든가, 하다못해 체형이라도 인간과 확연하게 다른 부분이 존재한다. 구분하기 힘들 만큼 똑같은 생김새를 지닌 건 마족이나 드래곤 정도일 텐데 둘 다 저렇게 잡혀 있을 만한 종족이 아니었다.

다른 자잘한 점들이야 그렇다 치고, 애초에 환각제나 마취도 안 통할 텐데 고작 노예 사냥꾼에게 세 명이나 잡힐 리가. 하물며 저항하다가 강제로 재워질 가능성은 더더욱 없다. 물론 일부러 당해 줄 순 있겠지만, 그런 특이한 취향을 가진 존재가 라피스 말고 또 있다곤 생각하고 싶지 않았다. 그 외에 그나마 구분이 힘들다는 종족이라면…….

"인어?"

"에이, 인어는 몬스터잖아. 고급품이긴 하지만 여기 들어올 급은 아니지."

"인어가 아니면……."

"유니콘이야."

"예전에 한 번. 납치된 녀석들을 구하러 갔었어."

익숙한 목소리가 약간의 엇박자로 겹쳐져 들렸다. 멈칫해 있으니 남자가 이상하다는 듯이 고개를 기울였다.

"왜 그런 표정이야?"

"……지금, 뭐라고 했어?"

"쟤들 유니콘이라고."

"일족 아이들이 노예 사냥꾼한테 붙잡혔었거든. 방심을 유도하기 위해 인간인 것처럼 위장해서 들어갔었지."

바짝 마른 목을 울려 간신히 숨을 삼켰다.

언제였을까. 지나간 풍경 속에 서 있는 한 남자의 모습이 그려졌다. 한창 거울을 들여다보는 그는 만감이 교차하는 얼굴이었다. 이런 모습을 또 하게 될 줄은 몰랐다며 중얼거린 그가 나를 향해 난처한 웃음을 지었다. 흑발에 하얀 피부, 둥근 귀를 지닌 인간의 모습이었지만 그의 원래 모습은 그렇지 않았다. 내가 아는 그는 진주처럼 깨끗한 은발에 푸르스름한 피부를 지닌 엘프였다. 그러나 그 역시 온전한 본래의 모습은 아니었다.

처음으로 뚜렷한 선을 그은 직후, 한창 서로 아슬아슬한 줄을 타던 시기였던 것 같다. 겉으로는 잘 지냈으나 좁혀지지 않는 거리감에 내심 씁쓸해지던 때이기도 했다. 무심결에 옛이야기를 꺼내던 그가 문득 내게 묘한 눈길을 보냈다. 짙푸른 눈동자가 수많은 감정을 드러낸 채 흔들렸다.

"거기서 널 처음 만났었는데."

아, 그렇구나. 그게 지금이었구나.

심장이 세차게 뛰었다. 거의 반사적으로 가슴께의 옷자락을 부여잡았다. 춥지도 않은데 온몸이 떨리는 것 같았다. 울고 싶은 건지 웃고 싶은 건지, 지금 내 기분을 종잡을 수가 없었다. 쭉 기다렸는데, 기대도 했던 것 같은데, 마치 모든 걸 지금 처음 깨달은 것처럼 머릿속이 다 얼얼했다.

그래도 한 가지만은 분명히 알 것 같았다. 내가 이곳에 온 이유가 지금 이 순간을 위한 거였다는 걸. 꿈자리가 뒤숭숭하더니 그게 의외로 길몽이었나 보다. 아직 잘하고 있는 거야. 그렇지?

눅진하게 달라붙던 불안감이 물러나고 그만큼 비워진 자리를 설렘이 채우기 시작했다. 오랜만에 숨을 쉰 것 같은 기분이 들었다.

드디어 시벨리우스를 만난다.

3.

"너 지금 우는 거야?"

"아니거든."

감동의 순간은 그리 오래 가지 못했다. 좋은 기분만 느끼고 싶어도 산통을 단숨에 깨는 질문이 다시금 눈앞의 현실을 일깨웠다. 퉁명스럽게 쏘아붙이니 남자가 믿지 못하겠다는 얼굴로 나를 가만히 응시했다. "눈가가 빨간데?" 던지듯이 건넨 말에 몸이 절로 움찔했지만, 거울이 없으니 단순히 떠보는 건지 사실인지 확인할 방법이 없었다. 대신 얼굴을 와락 구겼더니 그의 표정이 더 묘해졌다.

"계속 담담하던 녀석이 저 녀석들 정체에 유독 감정을 드러내니 수상한걸. 너 설마 유니콘 혼혈인 건 아니지?"

"아니야. 근데 저 사람들이 정말 유니콘이야? 확실해?"

"그렇다니까."

"그걸 어떻게 알아? 그냥 인간처럼 생겼잖아."

"유니콘 감별법이 있어."

"감별법?"

고개를 끄덕인 남자가 근처의 상자를 뒤지더니 자루 하나를 꺼내왔다. 안에 들어 있는 건 정체불명의 황색 가루였다. 뭘 하려는 건가 싶어서 지켜보고 있자니 남자가 그걸 돌연 내 쪽으로 훅 불었다. 생각지 못하게 가루를 뒤집어쓴 탓에 나는 연신 재채기를 해야 했다.

"이게 뭐하는 짓이야?"

"흠, 역시 아무런 반응 없는데."

"뭐?"

"이게 감별법이거든. 여기선 외모가 뛰어난 애들을 발견하면 일단 이거부터 해봐. 너한테도 이미 써봤었어. 여전히 전혀 반응이 없는 걸 보면 확실히 인간은 맞는데 말이야."

"그런 이상한 방식이 감별법이라고?"

"볼래?"

손바닥 가득 새 가루를 채운 남자가 이번엔 잠들어 있는 세 사람의 얼굴 쪽으로 그걸 날려 보냈다. 또 무슨 해괴한 짓인가 싶어서 황당해하던 나는 다음으로 이어지는 광경에 그대로 숨을 멈췄다. 세 사람의 이마에 푸른 빛이 도는가 싶더니, 황금색의 긴 뿔이 돋아나는 게 아닌가!

"헐……."

"신기하지?"

너무 놀라서 창살에 바짝 달라붙은 나를 향해 남자가 의기양양한 미소를 지었다.

"뭘 어떻게 한 거야?"

"유니콘은 향에 민감한 편이거든. 그중에서도 유독 취약한 향이 있는데, 그걸 뒤집어쓰면 잠시간 무방비 상태가 되면서 이마에 뿔이 나타나. 간단한 원리를 이용한 방법이지."

유니콘이 향에 민감하다는 이야기는 들어본 적 있다. 하지만 그건 진짜 향이 아니라 고유의 기운 같은 것을 향으로 인지하는 식이었다. 게다가 뿔을 드러내게 하는 향이라니, 그런 게 있다는 말은 지금 처음 들었다. 저렇게 쉽게 정체가 들킨다면 시벨리우스도 조심했을 텐데 지금까지 딱히 그런 부분을 신경 쓰는 걸 본 적은 없던 것 같다. 하지만 지금 세 사람의 이마에 돋아난 뿔 역시 엄연한 사실이었다.

"그 향이 대체 뭔데? 그 가루는 뭐로 만든 거야?"

"만드는 방법이 궁금한 거야? 재료만 있으면 별로 어렵진 않아. 우선 정화한 물망초를 루세프의 축복을 받은 성수에 담가서 일주일간 키워. 그걸 잘 말려서 빻기만 하면 돼."

"……루세프?"

"정의의 신 루세프. 유니콘의 창조신이지."

과연, 유니콘들이 그 향에 취약한 이유를 알 수밖에 없는 답변이었다. 창조신의 힘이 스며들어 있으니 당연히 약할 수밖에. 덕분에 기가 막혀서 머리가 지끈거렸다. 누구보다 친숙한 힘이라 오히려 잡히는 데 이용된다니, 무슨 말을 어떻게 해야 할지도 모를 만큼 참담한 기분이었다. 더불어 시벨리우스가 왜 이런 부분에 대한 언급을 전혀 하지 않았는지도 이해했다. 현대에선 루세프의 신전이 아예 존재하지 않는다. 알아도 쓸 수 없는 방법이니 주의할 필요도 없었던 거다.

"그냥 성수만 쓰는 건 안 돼. 다른 화초를 쓰는 것도 안 되고. 반드시 물망초와 섞어야만 효과가 발휘해. 이건 꽃의 신 프라워스가 물망초에 부여한 효력 때문인데……."

"아니, 그런 설명은 됐어. 그렇게까지 자세한 내용까지 궁금한 건 아니었어."

"그래, 그럼. 또 물어볼 건 없어?"

"꼭 물어보면 다 대답해준다는 것 같네."

"지금까지 그랬잖아? 이래 봬도 불친절했던 기억은 없는 것 같은데."

그러고 보니 그랬다. 왜 이렇게 전부 순순하지? 찜찜한 기분으로 바라봤지만 남자는 태연하게 웃고만 있었다. 어차피 기억을 잃을 테니 알려줘도 상관없다는 건가. 나로선 굳이 사양할 건 없었다.

"그럼 더 물어볼게."

"좋아, 뭔데?"

"내가 상급 정령사인 거 어떻게 알았어?"

그러자 눈꺼풀을 깜빡인 남자가 처음으로 약간 난처하다는 표정을 지었다.

"너희가 나더러 상급 정령사라고 떠드는 거 똑똑히 들었어. 내가 다른 정령을 소환하기도 전에 막았잖아. 그런데 그걸 어떻게 알았어?"

"음, 솔직히 그걸 물어볼 줄 몰랐네. 정신없는 중이라 못 알아차릴 줄 알았는데."

"대답이나 해. 답해준다고 했잖아."

남자가 머쓱한 얼굴로 뺨을 긁적였다. 다행히 모르쇠 할 생각은 없는지 곧 입이 열렸다. 비록 이어진 설명은 선뜻 믿기 힘든 내용이었지만.

"이쪽은 네가 상급 정령사인 거 처음부터 알고 있었어."

"……처음부터 알았다고?"

"어디 그것만이겠어. 너희 길드에 악시스 급 헌터가 둘이라는 것도. 총인원이 다섯이라는 것도. 숲에 들어오는 시기도 전부 다 알았지."

"그게 무슨……."

"참고로 환각제를 풀 때 유도하는 환상도 전부 다르거든? 귀신 분장을 한 것도 너희한테 맞춘 거야."

즉, 크리스가 귀신을 심하게 무서워한다는 것도 알고 있었다는 소리였다. 혼란하던 머릿속이 빠르게 가라앉았다. 생판 타인에 불과한 이들이 이 모든 걸 알아낼 방법은 하나뿐이었다.

"진혼 길드야?"

남자가 빙긋 웃었다. 수많은 의미를 담은 시선만 봐도 굳이 다른 대답을 들을 필요가 없었다. 잠깐 멈췄던 숨을 크게 내쉬었다. 눈망울 부근이 빠듯할 만큼 얼굴 근육이 뻣뻣해졌다.

이 노예 상단의 배후에, 진혼 길드가 있다고?

"릴! 어이, 너희 중에 릴 본 사람 없어? 이 녀석 교대 시간인데 지금 어디에 있는 거야?"

그때 바깥이 시끄러워졌다. 남자의 동료들이 그를 찾는 중인 것 같았다.

"아, 큰일이다. 여기 맘대로 들어온 거 걸리면 안 되는데."

살짝 혀를 찬 남자가 낮게 중얼거렸다. 허락 없이 마음대로 들어온 거였냐. 하도 당당하게 죽치고 앉아 시간을 보내길래 단독 감시라도 맡은 줄 알았더니 그게 아니었던 모양이다. 황당해서 눈을 깜빡이고 있자니 남자가 몸을 움직였다. 그런데 밖으로 나갈 거란 예상과는 다르게 그는 오히려 창살 문을 열고는 내가 있는 안으로 들어섰다. 생각지 못한 행동에 당황해서 무심코 물러서자 그가 내 앞에 몸을 굽히고 앉았다.

"뭐, 뭐야."

"잠깐 가만히 있어."

악당 같은 대사와 함께 남자가 손을 뻗었다. 그대로 걷어 차버릴까 고심하는데 철컥거리는 소리가 울리더니 발목을 감싸고 있던 감각이 사라졌다. 시선을 내리자 덩그러니 늘어진 쇳덩이가 보였다. 조금 전까지만 해도 내 발목에 채워져 있던 사슬이 풀려 있었다.

"어?"

눈을 깜빡이는 동안 이번엔 손목에 채워져 있던 것이 떨어져 내렸다. 남자가 내게 직접 채웠던 마나 봉인 팔찌였다. 멍하니 바라보니 그가 손가락에 걸고 있는 열쇠를 빙글빙글 돌렸다.

"네 검은 바로 옆 창고에 있어. 그건 알아서 챙겨."

"……지금 뭐하는 거야?"

이게 대체 무슨 뜻이지. 돌아가는 상황이 잘 이해가 되지 않았다. 아무리 생각해도 당황스럽기만 해서 이럴 때 보일 적당한 반응도 떠오르지 않았다. 의도를 살피고만 있는 내게 남자가 어깨를 으쓱였다.

"난 사실 이쪽 사람 아니거든."

"허?"

"그냥 해야 할 일이 있어서 잠깐 한편인 척하고 있는 것뿐이야. 여기 들어온 지도 얼마 안 됐고, 이런 더러운 일에 관여하고 싶지도 않아. 그대로 있자니 아무래도 양심에 걸려서 말이야."

지금 이 남자가 무슨 말을 하는 건지 모르겠다. 분명 똑똑히 들리는데 머릿속이 버벅거리는 것처럼 잘 입력이 되지 않았다. 이쪽 사람이 아니라니. 이 남자가 진짜 노예 사냥꾼이 아니라고? 전부 위장한 거라고?

충격적이긴 한데 너무 어이가 없어서 그런지 강한 반응이 나가진 않았다. 오히려 돌이켜볼수록 그렇겠구나 싶어지면서 마음이 차분해졌다. 생각해 보면 유난히 친절한 태도도, 쓸데없을 만큼 상황을 자세히 설명해주고 묻는 것마다 꼬박꼬박 답해준 것도, 절대 노예 상인이 가질 만한 태도는 아니었다. 그러고 보니 남자는 자신들을 지칭할 때 한 번도 '우리'라는 표현을 쓴 적이 없었다. 오히려 은근히 막말까지 했었지. 스스럼없이 쓰레기로 평하는 걸 보고 객관적으로 미친놈인가 했더니 그냥 같은 편이 아니라서 그런 거였다.

"그렇다고 널 구해주겠다는 건 아니야. 내가 해줄 수 있는 건 여기까지. 나머진 네가 알아서 해."

"……고마워."

어쨌든 일이 잘 풀린 셈인가. 복잡한 기분으로 답하자 남자의 눈에 이채가 서렸다.

"왜 고마워해? 엄밀히 말하면 네가 잡힌 건 나 때문인데."

"헉, 맞아. 그건 그래."

"하하, 너 좀 웃기다. 마음에 들어. 이렇게 만나지 않았으면 더 좋았을 텐데 좀 아쉽네. 뭐, 어쨌든 잘해 봐. 생각만큼 쉽지는 않겠지만."

가볍게 웃은 남자가 내 어깨를 두드린 후 먼저 나간다면서 몸을 일으켰다. 뭘 할 생각이든 자신이 나가고 난 후에 실행하라는 당부도 덧붙였다. 나는 창살 밖으로 나가는 그의 뒷모습을 가만히 바라보다 물었다.

"그런데 네가 해야 하는 일이라는 게 뭔데?"

다소 충동적인 질문이었다. 그러자 남자가 걸음을 멈추고 뒤를 돌아보았다. 선명하게 빛나는 노란 눈동자에 조금 붉은 기가 감도는 듯했다.

"복수."

"……!"

"자세한 건 알 필요 없어."

짧은 한마디를 마지막으로, 그의 모습이 장막 너머로 사라졌다. 펄럭이던 천이 잠잠해질 때까지 나는 한동안 시선을 떼지 못했다. 남자의 설명이 불친절한 건 처음이라고 생각하면서.

남자, 릴이 떠나고 난 후에도 나는 한동안 자리를 지켰다. 문제를 인지한 건 본격적으로 움직여보려고 할 때였다.

"시큐엘."

이번엔 방심하지 않을 작정으로 처음부터 시큐엘을 불렀는데, 돌아오는 반응이 전혀 없었다. 당황해서 다시 시도해 봤지만 여전히 묵묵부답이었다.

"……시큐엘?"

뭐야, 왜 소환이 안 되지? 마나 봉인 팔찌는 확실히 풀렸다. 묶인 듯이 정체되어 있던 마나가 지금은 내가 의도하는 방향으로 편하게 움직이는 게 선명히 느껴졌다. 그런데 소환을 시도해도 모여든 힘이 그저 주위를 맴돌기만 했다.

혹시 이 공간 전체에 결계라도 있는 건가? 그러고 보니 황성 같은 주요 시설에선 이능을 함부로 쓸 수 없도록 방어 결계 같은 걸 설치하기도 한다. 마법 수준이 낮은 편인 현대에서도 썼던 방법이니 이 시대에선 좀 더 보편적일 터였다. 현재로선 가장 합리적인 이유였지만 뭔가 조금 찜찜했다.

팔찌든 결계든 이런 종류는 대체로 기본 구조가 같다. 마나가 모이는 걸 방해해서 원천 자체를 차단하는 방식이다. 그러니 소환을 시도하지도 못하는 게 정상일 텐데 지금은 실행하는 것엔 아무런 문제가 없었다. 정확히는 불러도 닿지 않는 거다. 엘뤼엔이었다면 그쪽에서 거절했다고 여겼겠지만, 보통의 정령은 소환을 거부하지 못한다. 내가 모르는 형식의 결계인 건지, 뭔가 다른 이유가 있는 건지 판단하기가 모호했다.

'음, 어쨌든 이러면 좀 어려워지겠는데.'

무게 가중 장치는 아직 그대로고, 당장 쓸 수 있는 무기도 없다. 이런 상황에서 정령의 도움 없이 일행을 전부 구출할 수 있을지 선뜻 자신할 수가 없었다.

일단 상황을 살펴볼 생각으로 창살에서 벗어나 입구 쪽에 바짝 붙어섰다. 장막을 살짝 들추니 어슴푸레한 하늘이 들어왔다. 의식을 잃기 전만 해도 꽤 많이 기울어져 있던 해가 지금은 반대쪽에 있는 걸 보니 적어도 하룻밤은 지난 게 분명했다.

그다음으로 보이는 건 빼곡한 나무들이었다. 그리 멀리 이동하진 않았는지, 아니면 다른 숲으로 이동한 건지, 장소 자체는 여전히 숲속이었다. 강제로 넓게 터서 만들어 낸 듯한 공터에 각자 색이 다른 천막들이 병렬로 세워져 있었다. 한눈에 파악하기에만 열 채가 넘는 수였다. 그 주위로 무장한 병사들이 일정한 간격으로 배치되어 있었다. 사이사이 돌아다니는 순찰병과 인부들의 숫자도 꽤 돼서 무시할 수 있는 수준은 아니었다.

'결계를 쳐둔 거면 어딘가에 매개체 같은 게 있을 텐데.'

이런 이동형 진형에 설치한 결계가 튼튼할 리가 없다. 진을 유지하는 주춧돌만 찾는다면 파괴하는 것 자체는 간단할 거다. 그게 어딨는지 몰라서 문제인 거지만.

이럴 때 자연체의 정령들에게 도움을 청할 수 있다면 좋을 텐데, 오늘따라 다들 멀리 떨어져 있어서 기대하긴 힘들 것 같았다. 소리를 내서 부르면 들킬 게 뻔하고, 정령의 방식으로 의사를 전달하기는 아직 어려웠다. 방법은 아는데 애초에 영체가 쓰는 방식이다 보니 인간의 몸으로 하기엔 까다로운 부분이 많았다.

그런데 하늘이 도우려는 건가. 때마침 바닥에서 무언가가 꿈틀거리더니 둥근 얼굴이 빼꼼 나타났다. 땅의 하급 정령인 놈이었다.

"놈! 와, 다행이다. 혹시 지금 나 좀 도와줄 수 있어?"

반가운 마음에 얼른 몸을 굽혀 대뜸 도움부터 요청했다. 그러자 움찔한 놈이 대답 없이 나를 빤히 바라봤다. 자연체 상태인데 인간이 말을 걸어왔으니 당황스러울 만도 했다.

"아, 너한테 말하는 거 맞아. 실은 내가 좀 곤란한 상황인데……."

—너 지금 뭐하는 거야?

이어진 대답에 이번엔 내가 흠칫했다. 눈앞에 있는 건 놈인데 목소리와 말투는 놈이 아니었다. 심지어 몹시 익숙하기까지 했다. 그럴 수밖에 없었다. 트로웰의 목소리였으니까.

"헐, 트로웰?"

—왜 그러고 있어?

잘못 들은 게 아니었다. 정말 트로웰이었다. 예전에 엘뤼엔이 그랬던 것처럼 정령을 수신기로 쓰는 모양이다. 왜 직접 오지 않고 목소리만 전하는 건지 의아했지만 아무래도 상관없었다. 갑자기 온몸의 긴장이 확 풀렸다.

"허엉, 트로웰, 너무 보고 싶었어……."

—무슨 일인지 설명해.

황당해하는 그에게 지금까지 있었던 일들을 대강 설명했다. 함정에 빠진 과정을 비롯하여 맥없이 잡힌 순간까지. 깨어나 보니 노예 상단이었다는 얘기를 듣자 놈은 묘한 표정을 지었다. 아마 지금 트로웰이 저런 표정을 짓고 있는 모양이었다.

—내가 어떤 말을 할 것 같아?

"무능해서 죄송합니다아……."

—난 도와주지 않을 거야. 자기 일은 스스로 해결해.

그럴 줄 알았지만 역시나 냉정한 반응이었다. 예상과 하나도 다르지 않아서 그런지 서운하기보다는 오히려 웃음이 나왔다.

"그치만 트로웰. 나 지금 정령 소환이 안 돼."

—그것만이 아닐 텐데. 물의 정령들이 아예 안 보이지 않아?

그건 또 무슨 소리냐고 되물을 줄 알았는데 의외로 트로웰은 이미 알고 있는 눈치였다. 오히려 생각지 못한 질문이 돌아와 엉겁결에 주위를 돌아보았다. 지금 보니 정말로 근방에 있는 정령 중에 물의 정령만 보이지 않았다. 보통 정령사 근처엔 같은 속성의 정령들이 몰려든다는 점을 생각하면 매우 기이한 현상이었다.

"혹시 이거 다른 이유가 있는 거야? 결계 때문이 아닌 거지?"

—결계?

"소환이 안 돼서 결계가 있는 거라고 생각했어."

그 말에 놈이 느릿하게 눈을 깜빡였다. 직감적으로 트로웰이 주위를 살피는 중이라는 느낌이 들었다. "결계는 없어." 역시나 담담한 음성이 결론을 내려주었다. 반가운 사실이라 무심코 안도부터

했다. 그러나 트로웰의 말은 거기서 끝난 게 아니었다.

―하지만 결계나 다름없긴 하지.

"어? 무슨 뜻이야?"

―지금 물의 정령들은 중간계로 못 넘어가. 있던 애들도 전부 강제로 귀환했어. 소환이 안 되는 이유도 그래서야. 전체적인 현상이라 너만이 아니라 모든 물의 정령사가 다 같은 상황을 겪고 있을 거야.

"그게 무슨……."

―이프리트가 물의 영역을 봉쇄해버렸거든. 엘퀴네스도 영역 안에 갇혔어.

그야말로 입이 벌어질 수밖에 없는 어마어마한 소식이었다. 뭐가 봉쇄되고 누가 영역에 갇혔다고? 엘퀴엔이? 무려 역대 최강의 엘퀴네스로 평가된다는 우리 아버지가?

"……그게 가능해?"

―그 정신 나간 녀석이 상급신과 손을 잡아서…… 아냐. 너한테 할 얘기는 아닌 것 같다. 사실 나도 그리 여유롭진 않아. 그래도 봉쇄된 것까진 아니라서 정령이라도 보낸 거야. 네가 당황해하고 있을 것 같아서 가볍게 상황만 알려주려고 했던 건데…….

네, 그랬는데 제가 이런 꼴로 맞이한 거군요.

나도 모르게 공손히 무릎을 꿇었다. 정작 놈은 아무런 반응도 하지 않는데 괜히 트로웰의 한숨 소리가 들리는 것 같았다.

"혹시 많이 위험한 거야? 다들 무사한 거 맞아?"

―지금 네가 우리를 걱정하는 거야? 네 처지에?

"내 처지는 처지고. 당연히 걱정되지. 어디 다치진 않았어? 지금 아픈데 일부러 멀쩡한 척하는 건 아니지?"

—……그런 건 아냐. 영역만 봉쇄됐을 뿐 아무도 다치지 않았고 모두 멀쩡해. 엘퀴네스가 많이 화났으니, 이프리트는 곧 무사하지 못하겠지만.

"하하……."

—수습이 그리 오래 걸리진 않을 거야. 일단 몇 시간만 버텨.

그 말과 함께 놈이 손을 뻗었다. 작은 손이 내 손목에 걸린 링을 붙잡자 그대로 부러졌다. 놈은(정확히는 트로웰이지만) 다른 쪽 손목과 발목에 걸려 있는 무게 가중 장치도 모두 부러트렸다.

—위급 상황이니까 이 정도는 허가할게.

상당히 선심 쓰는 듯한 말투였다. 하지만 확실히 링이 사라지니 몸이 한결 가뿐했다. 아니, 단지 그 정도가 아니라 그냥 다른 몸이 된 것 같았다. 일어날 때 저항감이 거의 느껴지지 않았다. 바닥을 툭툭 차보는데 둥실둥실 구름을 밟는 듯했다. 마치 다시 정령으로 돌아간 기분이었다. 이 정도면 날 수도 있는 거 아니야? 신기해서 연신 몸을 움직여보는 내게 웃음기를 담은 목소리가 들렸다.

—실전을 쌓을 좋은 기회야. 잘해 봐.

4.

정령을 활용한 통신은 그걸로 종료됐다. 트로웰이 관여를 거두면서 놈 역시 빠르게 사라졌다. 다시 혼자가 된 나는 아직 적응되지 않는 몸을 가볍게 주무르며 주변의 동태를 살폈다. 우선 창고에 가서 파이어 버스터부터 되찾아올 생각이었다.

때마침 식사 시간이라 다들 분위기가 흐트러져 있었다. 어차피 모두 꽁꽁 묶어놔서 괜찮을 거라 여기는 건지 감시의 눈길도 느슨했다. 창고까지 동선을 파악한 후 유니콘들이 있는 쪽을 돌아봤다. 이마에 돋아났던 뿔은 다시 사라진 상태다. 같이 데리고 나가는 게 가장 이상적이겠지만, 강제로 잠들어 있는 사람들을 깨울 방법이 마땅치 않았다. 어차피 시벨리우스가 구하러 올 테니 굳이 내가 나서지 않아도 괜찮을 거라는 생각도 있었다.

"으으……."

그런데 막상 나가려는 순간에 뒤에서 약한 신음이 들려왔다. 유니콘 중에 한 사람이 깨어나고 있었다. 가장 덩치가 큰 흑발의 남자 쪽이었다.

……아무리 그래도 의식을 차린 사람을 그냥 방치하는 건 좀 그렇겠지. 고민은 그리 길지 않았다. 할 수 없이 다시 발길을 돌려 유니콘들 쪽으로 향했다. 의식을 찾는 중인 남자는 한창 괴로운 얼굴로 미간을 찡그리고 있었다. 이윽고 속눈썹이 파르르 떨리더니 깨끗한 보라색 눈동자가 드러났다. 멍하던 시선에 초점이 잡히는 걸 확인한 후에 나는 차분히 말을 걸었다.

"정신이 들어요?"

"……! 누구……!"

"쉿, 너무 큰 소리는 내지 마요. 밖에 들릴지도 모르니까."

다행히 상황 파악이 빠른지 발작적으로 소리치려던 남자가 곧바로 입을 다물었다. 그는 부릅뜬 눈으로 나를 노려보다가 황급히 주위를 두리번거렸다. 잔뜩 경직된 얼굴은 옆에 잠들어 있는 이들을 확인하고서야 조금 누그러졌다. 곧 다른 의미로 다시 굳어지긴 했지만.

"카리안. 카리안, 일어나. 웰디 님? 제 말이 들리십니까? 대체 무슨 짓을……."

호칭을 들으니 다른 남자 쪽은 동료고, 여자 쪽은 신분이 더 높은 모양이다. 두 사람은 남자가 몸을 흔들어도 여전히 반응하지 않았다.

"깊이 잠든 것뿐이에요. 몸에 나쁜 짓은 안 했을 테니 너무 걱정하진 마세요. 아는지는 모르겠지만 일단 여긴 사람을 해치는 게 목적은 아닌 곳이라서."

그 말에 남자가 다시 나를 돌아보았다. 노려보는 시선에 적의가 가득했다.

"그런데 당신이 깨서 좀 곤란하긴 하네요. 그냥 혼자 나가려고 했던 참이었거든요."

"……넌 누구지?"

"당신들과 같은 처지였던 사람이요."

내가 갇혀 있던 감옥 쪽을 가리키자 남자가 잠시 멈칫하더니 나를 빤히 바라보았다. 알 만하다는 표정을 짓는 얼굴에 가시처럼 세웠던 경계심이 조금 가시는 게 보였다.

"넌…… 인간인 것 같은데."

"맞아요. 그쪽은 유니콘이라면서요?"

남자가 낮게 욕설을 내뱉었다. 자세히 들리진 않았지만 대충 동족조차 납치하는 비정하고 비열한 인간 세상을 향한 개탄이었다. 나도 공감은 했다.

"저 안에선 어떻게 나왔지? 결박은 무슨 수로 푼 건가?"

"음, 사정을 설명하자면 복잡해요. 일단 그쪽의 결박도 풀 수 있을 것 같은데, 원한다면 도와줄까요?"

"……이걸 풀 수 있다고?"

눈을 깜빡인 그가 황당하다는 표정을 지었다. 그의 시선이 내 팔과 몸을 노골적으로 훑어내렸다. 시선만으로도 하고자 하는 말을 정확히 전달하는 사람이었다.

나는 나대로 그의 상태를 살폈다. 족쇄만 달려 있던 나와는 달리 그들은 손목과 발목, 심지어 목도 구속되어 있었다. 그 와중에 마나 봉인구는 봉인구대로 차고 있으니 빈말로도 괜찮다고 할 수 있는 상황은 아니었다. 그래도 별다른 걱정은 들지 않았다. 사슬이 나한테 채워져 있던 것과 같은 종류라는 건 이미 확인했다. 평범한 쇠였고, 저항 마법도 걸려 있지 않았다. 지금처럼 힘이 펄펄 넘치는 상태라면 충분히 해볼 만했다.

"본체를 전부 제거하는 것까진 무리여도 사슬은 끊어낼 수 있을 것 같아요."

"아까부터 무슨 무모한 소리인지 모르겠군. 네 눈에는 이 쇳덩이의 두께가 안 보이는 건가?"

"잠깐만 실례할게요."

입씨름하느니 행동으로 증명하는 게 나을 것 같아 가까이 다가서자 남자가 몸을 움찔했다. 다시 경계하는 시선을 보내는 걸 무시하고 족쇄에 달린 사슬의 이음새를 붙잡았다. 강하게 힘을 줘서 잡아당기니 곧 거친 소리가 울리며 연결 부위가 벌어지기 시작했다. 아쉽게도 역시 본체 자체를 깨트리기는 어려웠다. 하지만 그것만으로도 남자는 눈을 크게 뜬 채였다.

"일단은 이 정도가 될 텐데 괜찮겠어요?"

"……상관없다. 움직일 수 있기만 하면."

"그럼 다른 사슬도 끊어낼게요."

넋이 나간 남자를 뒤로한 채 착실히 다음 작업을 이어갔다. 최대한 꼬리가 늘어지지 않도록 바짝 끊어내는 쪽에 신경 썼다. 내친김에 다른 두 유니콘의 사슬까지 끊어주고 나니 남자가 복잡한 표정으로 나를 바라보았다.

"다 됐어요."

"……혹시 유희 중인 드래곤인가?"

"인간이라니까요."

"무슨 인간의 힘이……."

"힘이 좀 센 인간이죠. 이제 어떻게 할래요? 한 사람씩 업고 움직일까요?"

사슬은 끊었어도 몸만 자유로워졌을 뿐, 본체와 마나 봉인구는 여전히 그대로다. 무기도 없는 남자가 의식이 없는 일행을 둘이나 데리고 탈출할 수 있을 리 없었다. 이왕 관여한 거 그들을 안전한 장소까지 옮겨준 다음에 다시 돌아오는 쪽으로 계획을 수정할 생각이었다. 그런데 잠시 입을 다문 남자가 고개를 저었다.

"아니, 우리 쪽은 내가 알아서 하겠다. 넌 원래 하려던 일을 해라."

"혼자서 괜찮겠어요?"

"인간이 우리를 이렇게 만들었지."

"……."

"도와준 건 고맙다. 하지만 네가 정말 인간이라면 더는 신세를 지고 싶지 않다."

차분하지만 어딘지 모르게 날이 선 목소리였다. 나는 잠시간 남자를 응시했다. 대화를 나누는 동안 말랑해졌던 시선에 다시 경계심이 차올라 있었다. 심정은 충분히 이해했다. 언제 잡힌 건지는 몰라도 그간 험한 꼴을 많이 겪었겠지. 남을 믿지 못하는 것도 어쩔 수 없었다. 하물며 자신들을 납치한 이들과 같은 종족이라면 더 신뢰하기 어려울 터였다. 하지만 그렇다 해도 현실을 생각지 않은 무모한 판단이라는 점은 변하지 않았다.

"둘을 어떻게 데리고 나갈 건데요?"

"그건…… 네가 신경 쓸 일이 아니다."

"달리 계획이 없으면 그냥 도움을 받는 게 낫지 않아요? 인간과

얽히는 게 싫으면 일단 해결되고 나서 모르는 척하면 되잖아요."

"그런 치사한 짓을 할 생각은 없다. 차라리 이대로 명예를 지키다 죽겠다."

아니, 여기선 죽지는 않는다니까 그러네. 남자의 성격이 대충 그려졌다. 아무래도 쓸데없이 고지식한 사람인 모양이다. 그 와중에도 막막하긴 한지 어두운 표정은 숨기지 못했다.

"흐으……."

다행히 흘러가는 상황이 그의 손을 들어주었다. 때마침 의식이 없던 다른 쪽 유니콘이 신음을 흘리기 시작했다. 나는 물론, 나를 주시하고 있던 남자 역시 깜짝 놀라 급히 그를 살폈다. 이번에 의식을 차린 건 주황색 머리칼의 남자 쪽이었다.

"카리안, 정신이 드나?"

"……아렐?"

"그래, 나다. 알아보겠어?"

"웰디 님은……."

"옆에 계시다. 무사해."

얼굴을 찌푸린 주황 머리의 남자가 천천히 몸을 일으켰다. 아직 상황판단이 안 되는 듯 멍한 얼굴을 하던 그는 나를 발견하곤 당황한 표정을 지었다.

"……누구?"

"아, 카리안. 그는……."

그런데 그 순간 공기의 흐름이 달라졌다. 설명하려던 남자 역시 뭔가를 감지한 듯 얼굴을 굳히고 있었다. 나와 그는 거의 동시에 입구 쪽을 바라보았다. 누군가가 이쪽으로 다가오고 있었다. 최소한 다섯은 넘는 인원이었다.

남자와 잠시간 시선을 맞춘 후, 나는 빠르게 입구 쪽으로 다가가 벽에 등을 밀착했다. 발걸음 소리와 함께 점차 가까워지는 대화 소리가 들렸다.

"갠 깼어?"

"아까 확인했을 땐 아직 자고 있던데요."

"너무 오래 자는 것 같은데. 너 인마, 마지막에 걷어찼다고 했지. 그때 뭔가 잘못된 거 아니야?"

"아니에요. 그렇게 심하게는 안 찼어요."

"피멍이 시퍼렇게 들었다던데 어디서 거짓말이야, 새끼야. 너 평소에도 잡을 때 좀 살살 다루랬지. 혹시 잘못된 거면 치료제값 너한테 받아낼 거야. 각오해."

"에이, 너무해요. 일부러 그런 것도 아닌데."

"시끄러, 인마."

누가 들어도 나에 대한 이야기였다. 장막 사이로 틈을 벌려 다가오고 있는 무리를 확인했다. 로브 차림의 남자 둘과 무장한 남자 다섯. 가장 앞선 이는 꽤 높은 직급인 듯, 입고 있는 차림이 번듯했다.

다시 고개를 돌려 유니콘들 쪽을 확인했다. 그사이 카리안이란 남자도 제법 정신을 차렸는지 긴장한 얼굴로 이쪽을 살피고 있었다. 혼자라면 뭐라 하든 외면할 수 없었겠지만 이제 둘이니까 괜찮겠지. 마음이 한결 가뿐해졌다.

"이 붉은 천막에 들어온다는 게 어떤 의미인지 알아? 여긴 그냥 부르는 게 값인 애들이라고. 너희는 평생 만질 수도 없는 거금을 하루아침에 불러오는 애들이란 말이야. 아무튼 너희 모두 정신 바짝 차려. 조금 있다 귀한 분도 오시기로 했는데……."

잔소리를 퍼부으며 천막 안으로 들어서던 이가 이윽고 눈을 휘둥그렇게 떴다. 바로 앞에 서 있는 나를 발견한 탓이었다.

"……어?"

그 뒤를 따르던 남자들도 모두 눈을 크게 떴다. 찍어낸 것처럼 똑같은 표정을 짓고 있는 그들을 향해 나는 생긋 웃어주었다. 그리고 곧바로 눈앞에 있는 병사에게 접근해 다리를 걷어찼다.

"헉!"

휘청거리는 병사를 그대로 찍어 눌러주곤 들고 있던 검을 가로챘다. 생각보다 힘이 많이 실렸는지 쓰러진 남자는 다시 일어나지 못했다. 물론 전혀 신경 쓰지 않고 다음 동작을 이어갔다. 다음 목표는 가장 선두에 있던 남자였다.

"단주님!"

검을 휘두르기 무섭게 반사적으로 뛰어든 전사들이 선두의 남자를 대신해 칼을 받아냈다. 어쩐지 직급이 높아 보이더라니, 저 놈이 이 망할 노예 상단을 운영하는 놈이었나 보다. 병사들은 그를 지켜내는 대신 균형을 잃었다. 한꺼번에 포개진 남자들이 비명을 지르며 넘어지면서, 한쪽 진형이 우르르 무너졌다. 고개를 돌리자 다른 쪽 이들이 서둘러 방어 자세를 취했다. 내가 다시 검을 휘두를 거라고 생각한 것 같았다. 그러나 이번 목표는 공격이 아니었다. 우후죽순 정신을 못 차리는 무리를 한번 돌아본 다음, 뒤쪽의 유니콘들 쪽을 확인했다. 짧은 순간, 흑발의 남자 아렐과 시선이 맞았다. 굳어 있는 얼굴에 동요가 선명했다.

'시선을 끌 테니 그 틈에 도망쳐요.'

입 모양으로 건넨 말이 제대로 전해졌는지는 모르겠다. 일단 알아들었을 거라 믿고 나는 그대로 앞으로 달려나갔다.

"뭐, 뭐하는 거야! 당장 잡아!"

다른 사람 덕분에 목숨을 건사한 상단주가 비명을 지르는 것처럼 소리쳤다. 소란을 느꼈는지 맞은편에서 병사들이 달려오고 있었다. 노련한 자들이긴 한지 갑자기 닥친 상황에 대처하는 것치곤 반응이 빨랐다. 방향을 바꾸려다 중간에서 이어지는 급습을 느끼고 급히 몸을 틀었다. 거꾸로 뛰어넘기 위해 바로 옆의 기둥을 디뎠다.

'엥?'

그런데 생각보다 시야가 훅 널을 뛰었다. 뒤로 가볍게 도약한 것뿐인데 당황스러울 만큼 너무 높이 뛰어졌다. 정신을 차렸을 땐 지붕 위에 올라와 있었다.

"미친!"

누군가가 외치는 소리가 지금 내 심정이었다. 한순간에 멀어진 사람들을 내려다보며 나는 가만히 혀를 찼다.

'이 정도면 진짜 나는 수준 아냐?'

무게 가중 장치 하나 뺐다고 이렇게까지 될 일인가. 당사자인 내가 놀랄 정도니 다른 사람은 말할 것도 없을 것이다. 눈앞에서 펼쳐진 곡예에 넋을 잃고 있던 사람들 틈에서 다시금 상단주가 악을 썼다.

"지금 뭐하는 거야, 새끼들아! 당장 정신 차려! 얼른 잡으란 말이야!"

그제야 정신을 차린 이들이 다시 우르르 달려오기 시작했다. 그들 중에 릴이 있는지는 확인할 수 없었다. 금발은 흔한 편이었고, 애초에 한눈에 알아볼 만큼 눈에 띄는 인상도 아니었으니까.

'이대로 시간 끌면서 다들 어디에 있는지 위치나 파악해둬야겠다.'

그 순간 날카로운 기운이 뺨을 스쳤다. 냉큼 고개를 틀어 피하고 보니 화살이었다. 몇몇 병사들이 어느새 활시위를 당기고 있었다. 접근전이 안 되는 상황에서 충분히 할 만한 공격이었다. 그런데 정작 잡으라며 펄펄 뛰던 상단주의 안색이 새파래졌다.

"으아악! 활 쏘지 마! 저게 얼마짜리인데! 다치면 어쩔 거야!"

적인지 아군인지 알 수 없는 소리였다. 근처의 병사들이 이를 갈았다.

"말이 되는 소리를 해요, 단주! 그럼 저렇게 높이 있는 걸 어떻게 잡으란 겁니까!"

내 말이 바로 그 말이었다. 상단주도 자신의 발언에 문제가 있다는 걸 깨달은 듯 울상을 지었다.

“치, 치명상만 입히지 마! 최대한 다리를 맞춰! 절대 죽이면 안 돼!”

“그게 맘대로 되는 게 아닙니다!”

“사정 봐주기엔 저게 너무 빠르다고요!”

“하라면 해, 이것들아! 저게 죽으면 너희 다 감봉이야!”

악을 쓰며 억지를 부리는 상단주는 이 순간만큼은 세상에서 가장 불행한 사람으로 보였다. 하지만 그의 불행은 거기서 끝나지 않았다. 누군가가 달려오며 외치는 소리가 이어졌다.

“단주! 큰일 났습니다! 유니콘들이 달아났습니다!”

“뭐야!”

상단주가 거품을 물고 뒷목을 짚었다. 그대로 쓰러지는 그를 서둘러 부축하는 자들과 나를 잡으려는 사람들이 서로 어지러이 뒤섞였다. 말 그대로 아수라장이었다. 혼비백산한 사람들을 내려다보고 있자니 멀찍이서 빠르게 이동하는 움직임이 느껴졌다. 천막 사이에서 의식이 없는 여성을 업은 채 달려가고 있는 두 남자의 모습이 보였다. 유니콘들이었다. 다행히 무사히 탈출하긴 한 듯했다. 그러나 그만큼 발각도 빨랐다.

“검은 천막 쪽에서 유니콘 발견!”

“좋아! 너희는 여기에 남고, 너희는 당장 그쪽 추격해!”

병사들의 대장으로 보이는 자가 침착하게 명령을 내렸다. 그가 가리키는 손짓에 따라 순식간에 대열이 정비됐다.

'그건 안 되지.'

일사불란하게 움직이는 그들을 보고 나는 지붕에서 훌쩍 뛰어 내렸다. 정확히는 유니콘을 추격하려는 인원 쪽으로.

"헉?"

설마 내가 다시 내려올 줄은 몰랐는지 병사들의 눈이 휘둥그레 졌다. 당황해서 대응하지 못하는 틈을 타 곧바로 공격하니 대열이 다시 빠르게 흐트러졌다. 전에 싸웠을 때도 느꼈던 거지만 인원이 많아도 실력이 좋은 편들은 아니라 상대하기 벅찬 느낌은 없었다. 게다가 지금은 내가 더 빨라져서 그런지 더욱 수월했다. 조금이라도 불리해질 것 같으면 다시 지붕 위로 올라갔다. 그런 식으로 몇 번 치고 빠지는 일을 반복하니 악다구니 속에서 걸쭉한 욕설이 난무했다. 단단히 약이 올라 이성을 잃은 병사들은 이제 상단주가 뭐라고 하든 말든 화살이고 창이고 가리지 않고 던져댔다. 그러는 동안 유니콘들은 무사히 빠져나가는 듯 보였다.

'좋아, 그럼 이제 본격적으로 움직여볼까.'

어느 정도 날뛰고 있으면 시벨리우스도 만나게 되겠지. 마음이 한결 편해지니 더는 거리낄 것이 없었다. 이번엔 내려오자마자 가장 눈앞에 보이는 천막 안으로 들어갔다. 내려오면 공격부터 하던 내가 갑자기 노선을 바꾸자, 반사적으로 방어 자세를 취하던 병사들이 당황해서 분주해졌다.

"어어?"

"자, 잠깐만!"

뒤에서 들려오는 얼빠진 소리를 무시하고 천막 안쪽의 상황을 살폈다. 내부 구조는 내가 있던 곳과 마찬가지로, 창문 없이 통으로 짜인 공간에 여러 채의 감옥이 놓인 형태였다. 다만 내 쪽은 여기저기 한껏 치장된 느낌이었던 것에 비해 여기는 그보다는 훨씬 단출했다. 등급별로 구분해둔다더니 천막 안의 분위기도 그에 맞추는 모양이었다. 그래 봤자 다 감옥이었지만.

그런데 뭔가 묘한 위화감이 들었다. 당연히 있어야 할 무언가가 존재하지 않는 듯한 허전함이었다. 그 이유는 금방 파악할 수 있었다. 갑자기 낯선 사람이 뛰어들어 온 상황인데 감옥 안에 갇혀 있는 사람 중 누구도 나를 돌아보는 이가 없었다. 아무것도 인지하지 못하는 듯 그저 멍한 얼굴로 얌전히 앉아 있기만 했다. 지금 보니 사슬도 따로 채워져 있지 않았다. 왜 그런 건지는 익히 짐작이 갔다.

'세공……이구나.'

그런 걸 한다는 말을 들었을 때도 끔찍했지만 실제로 당한 이들을 보니 머릿속이 차갑게 식었다. 가만히 눈만 깜빡거리고 있는 사람들은 그저 살아 있는 인형 같았다.

"잡아!"

추격을 피해 앞으로 나아가며 빠르게 감옥 안을 살폈다. 다행인지 불행인지 이곳에선 아무도 발견할 수 없었다. 막다른 곳 앞에서 몸을 돌리자 몰려온 병사들과 자연스럽게 대치하는 형태가 됐다. 궁지에 몰았다고 생각해서인지 다들 기세가 등등했다.

"포기하고 투항해라!"

"얌전히 굴면 다치게 하진 않겠다!"

조금 전까지 마구잡이로 창을 던져대던 사람들이 할 말은 아니었다. 신경 쓰지 않고 옆으로 훌쩍 뛰어 감옥의 창살 끝에 올라섰다. 그대로 성큼성큼 역주행하기 시작하니 출구 쪽에 이르기는 순식간이었다. 얼빠져있던 병사들이 다시 욕지기를 내뱉으며 쫓아왔지만 내가 빠져나가는 속도가 더 빨랐다. 몇 차례 천막 사이를 오가며 시선을 흩트리는 동안 사방으로 분산된 병사들이 곧 내 흔적을 놓쳤다.

"아오, 젠장! 쥐새끼 같은 자식!"

"대체 어디로 간 거야?"

"당장 찾아!"

쏟아지는 원성을 한 귀로 듣고 흘리며 다시금 주위를 살폈다. 방금 들렀던 천막이 무슨 색이었더라. 충동적으로 들어가 보긴 했지만 열 채가 넘는 천막을 일일이 다 살피는 건 아무리 봐도 비효율적이었다. 아까 상단주가 붉은 천막 운운하던 걸 보면 각 색깔에 의미가 있다는 뜻이다. 가볍게 살펴볼 땐 깨닫지 못했는데, 지금 보니 천막 중 다섯 채만 원색이었고 나머진 전부 혼합색이었다.

원색의 종류는 붉은색, 검은색, 흰색, 노란색, 초록색. 이중 붉은색 천막을 제외하고, 나머지 원색 천막엔 혼합색의 막사가 각자 서너 개씩 딸려 있었다.

그러고 보니 노예를 종류별로 구분해둔다고 했었지. 아무래도 원색 천막이 상등품을 모아두는 곳인 것 같다. 그렇다면 네 개의 천막 중에 크리스가 있을 가능성이 컸다. 악시스 등급 헌터라면 적어도 비싼 값에 팔려고 할 테니까. 거기까지 고려하고 보니 자연스럽게 어딜 찾아가야 할지가 보였다.

붉은색은 인간.
검은색은 마족.
흰색은 신족.
금색은 드워프.
초록색은 엘프.

예전에 들었던 종족의 상징색에 관한 내용이 떠올랐다. 지내다 보면서 자연스럽게 알게 된 건데, 이 시대의 인간들에겐 이 상징색이 여러 방식으로 영향을 미쳤다. 인간의 상징색이라는 이유로 붉은색을 가장 뛰어난 색으로 여기고, 마족이 전투 종족이기에 전쟁을 뜻할 땐 검은색을 쓰는 식이었다. 그 기준에서 초록색은 아름다운 외모를 상징하며, 노란색은 금색 계열로서 근력을 의미했다. 고결함을 상징하는 신족의 흰색은 시중드는 사람을 뜻할 때도 쓰이는 편이었다.

그러니 전투 노예는 검은색이겠지. 추측일 뿐이지만 밑져야 본전이니 우선 시도해보기로 했다. 마침 그리 멀지 않은 곳에 있어 찾아가기도 쉬웠다. 눈에 띄지 않게 은밀히 안으로 들어서니 붉은 천막만큼이나 잘 꾸며진 내부가 들어왔다. 역시 선별한 이들을 두는 장소인 게 분명했다.

더불어 다른 예상도 맞춘 모양이었다. 살피기 시작한 지 그리 오래지 않아 구석에 혼자 갇혀 있는 이를 발견할 수 있었다. 남들보다 한 자는 더 커 보이는 체격과 짧은 금발. 여러모로 익숙한 외형을 지닌 남자였다.

'크리스.'

상태를 확인한 순간 안도의 한숨부터 흘러나왔다. 아까 들렀던 천막에서처럼 이곳에 있는 사람들도 모두 별다른 구속 없이 얌전히 앉아 있는 상태였다. 그런데 크리스만은 손과 발이 묶인 채 재갈까지 물려 있었다. 결박해두었다는 건 아직 세공을 당하지 않았다는 증거다. 가까이 다가서자 역시나 다른 이들과 달리 곧장 반응이 나타났다. 기척을 느끼고 고개를 든 그가 나를 알아보고 숨을 크게 헐떡였다.

"안녕, 크리스? 꼴이 말이 아니네요."

"으으읍! 으읍!"

"알았으니 잠깐 기다려요."

단숨에 철창의 고리를 부수고 안으로 들어가 그의 입을 채운 재갈부터 풀었다. 숨을 크게 터트린 크리스가 믿을 수 없다는 표정으로 나를 바라보았다.

"너, 너, 대체 어떻게 된 거야?"

"당연히 구해주러 왔죠."

"아니, 그게 아니라! 어떻게 여길 돌아다니고 있냐고. 넌 그때 안 잡혔던 거야?"

"어땠을 것 같아요?"

웃으며 되물은 말에 크리스가 입을 꾹 다물었다. 그 상황에 안 잡혔을 거라 생각하기엔 본인이 생각해도 염치가 없었나 보다.

"진짜 미안하다. 내가 정신만 바짝 차렸어도……. 귀신을 무서워하긴 하지만 원래 그렇게까지 정신을 놓지는 않는데, 그땐 이상할 정도로 진정할 수가 없었어."

"약에 취한 탓도 있으니 어쩔 수 없죠. 환각제가 풀리는 걸 알아차리지 못한 건 나도 마찬가지예요. 너무 자책하지 마세요."

"그런데 너 왜 검만 들고 있어? 정령은?"

"지금 정령 소환 안 돼요."

"뭐? 그럼 대체 어떻게 여기까지 온……."

크리스의 말은 더 이어지지 못했다. 마침 내가 검으로 내리쳐서 그의 사슬을 끊었기 때문이었다. 할 말을 잃은 얼굴로 끊어진 사슬을 가만히 응시하던 그가 다시 나를 바라보았다. 나는 설명하는 대신 아무것도 채워져 있지 않은 맨 손목을 들어 보였다. 그동안 함께한 시간이 헛되진 않았는지, 크리스는 곧바로 그 의미를 알아차린 듯했다. 황당하다는 시선을 보낸 그가 낮게 신음을 흘렸다. 그러면서도 표정은 더 복잡해졌다.

"무게 가중 장치라는 게 원래 이렇게까지 효과가 큰 거야?"

"저도 놀라는 중이에요. 그보다 일어날 수 있겠어요?"

"아니, 안 그래도 이 말부터 하려고 했어. 난 그냥 내버려 두고 가."

"네? 그게 무슨 말이에요?"

"나 지금 다리에 감각이 없어. 아무래도 부러진 것 같아."

예상치 못한 말에 나는 급히 그의 다리를 내려다보았다. 뭘 어떻게 한 건지 바지가 피로 얼룩덜룩했다. 불길한 느낌에 옷을 걷어보니 상체도 피멍이 가득했다.

"……어떻게 된 거예요?"

"옮겨지는 도중에 정신을 차렸거든. 저항하다가 제압당했는데, 그 과정에서 잘못 맞은 모양이야."

어떻게 된 상황인지는 알 만했다. 부러진 다리는 세공한 후에 치료할 작정으로 그냥 내버려 둔 모양이다. 그런 와중에도 족쇄를 채워둔 게 참 지독했다.

"여기 있다!"

그때 입구 쪽에서 큰 소리가 울렸다. 병사 중 하나가 드디어 날 찾아낸 모양이었다. 그것을 신호로 사방에서 우르르 몰려오는 소리가 들렸다. 크리스가 굳은 얼굴로 나를 바라보았다.

"어서 가."

"……그럴 생각이었으면 진작 그랬겠죠."

시벨리우스는 어디쯤 있을까. 이왕이면 산뜻한 첫인상을 주고 싶었지만, 이렇게 되면 어쩔 수 없지. 한숨을 내쉰 후 몸을 일으켰다. 철창 밖으로 걸어나가 달려오는 이들을 맞이하려고 가만히 있으려니 크리스가 불안해하는 시선을 보내왔다.

"야 인마, 엘! 너 대체 뭘 하려는 거야? 얼른 도망치라니까!"

"혼자선 안 가요. 어차피 다른 세 사람도 구해야 하고요."

"멍청아! 무모한 짓 하지 마! 너 혼자서 뭘 어쩌겠다고! 지금 정령도 소환 안 된다며! 기껏 도망쳐놓고 다시 잡힐 거야?"

"누가 잡힌다고 그래요."

병사들의 실력은 이미 대충 확인했다. 계속 도망 다녔던 건 가장 편해서라 그런 거지, 그게 최선이었기 때문은 아니다. 이 상황에서 뭐가 최선인지는 이미 잘 알고 있었다.

검을 고쳐 쥐는데 평소랑 쥐는 감각이 달랐다. 그러고 보니 이거 다른 병사한테서 뺏은 거였지. 너무 정신이 없어서 창고에 들른다는 걸 깜빡했다. 어쨌거나 무기가 있으니 상관없지만.

"거기서 얌전히 기다려요."

"엘!"

다급한 외침을 뒤로한 채 곧바로 땅을 박차고 앞으로 나아갔다. 내려앉은 곳은 병사들이 몰려있는 한복판이었다. 이번에도 내가 그냥 도망칠 거라 여긴 걸까. 대치하고 있던 병사들은 갑자기 내가 뛰어든 것에 놀라 곧바로 대응하지 못했다. 벌써 몇 차례 같은 행동을 보인 것 같은데 그때마다 매번 놀라니 참 발전이 없는 사람들이었다. 서로 쭉 견제만 했던 상황이라 내심 방심한 건지도 몰랐다. 그 대가는 곧 온몸으로 치러야 했다. 헛숨이 비명으로 이어지는 건 한순간이었다.

"커헉!"

"으아악!"

찌르고 베어가는 곳마다 붉은 피가 튀었다. 다가선 병사들이 덤벼들던 속도 그대로 우수수 쓰러져 갔다. 일부는 검을 드는 것보다 쓰러지는 게 더 빨랐다. 사방을 메우고 있던 이들이 전부 바닥에 뻗기까진 그리 오랜 시간이 걸리지 않았다.

어느 순간부터 아무런 비명이 들리지 않았다. 호흡을 한 번 고르고 나서야 더는 눈앞을 방해하는 게 없다는 걸 깨달았다. 입구 쪽에서 아직 들어오지 못한 이들만 창백한 얼굴로 주춤거리는 중이었다. 그들은 동료들이 모두 당했는데도 공격할 생각이 없어 보였다. 들어오라는 뜻으로 고개를 까닥이니 히이익, 이상한 소리를 내며 더 뒤로 물러나기만 했다.

왠지 주위의 온도가 내려간 듯한 느낌이 들었다. 뺨이 간지러워 손등으로 문지르자 붉은 피가 흥건하게 묻어났다. 혀를 차며 털어내고 있는데 뒤에서 찌르는 듯한 시선이 느껴졌다. 돌아보니 멍한 표정을 짓고 있는 크리스가 보였다. 어딘지 얼이 빠진 듯한 얼굴이었다. 왠지 머쓱한 기분에 어깨를 으쓱여 보였다.

"이 사람들 생각보다 약하더라구요."

그리고 나는 생각보다 더 강한 것 같다. 여기까지 와서 할 말은 아니었지만.

5.

"인간의 급소가 전부 몇 개인지 알아?"

트로웰과의 대련은 늘 이론 교육과 함께 진행된다. 그는 빠른 속도로 일망타진하는 쾌검을 즐기는 편이었고, 그러기 위해 동작이 단순해도 확실히 타격을 주는 방식을 썼다. 단 한 곳을 쳐도 치명상이 될 만한 부분만 노린다는 소리다.

이 방식은 대련에서도 그대로 진행되어, 결코 봐주는 법이 없었다. 솔직히 말이 좋아 대련이지 내게는 목숨이 걸린 실전이나 다름없었다. 그는 대련 때마다 늘 다양한 방식으로 급소를 공격했고, 끝난 후에는 목각 인형을 세워두고 맞은 부분을 똑같이 쳐보라고 지시했다. 제대로 따라 하지 못하는 것 같으면 다시 처음부터 대련이 시작됐다.

덕분에 인간에게 급소가 얼마나 많은지, 어디를 어떻게 노려야 하는지는 뇌리에 확실히 주입됐다. 나 역시 대련 때마다 똑같이 활용해보려고 부단히 애를 쓰기도 했다. 근래 들어선 많이 좋아졌다는 평도 받았다. 정작 제대로 성공하는 건 가뭄에 콩 나는 수준으로 드물었지만. 그건 내 실력의 문제만이 아니라 상대가 너무 강한 탓도 있었다.

"인간을 상대할 땐 좀 더 쉬울 거야."

트로웰도 그렇게 말하긴 했다. 지금도 어디 가서 쉽게 당하진 않을 수준이라는 말도 덧붙였다. 아마 내 경우엔 결단력이 더 중요한 문제가 될 거라고.

"결단력?"

"사람을 죽여본 적 있어?"

"……."

"아니, 정확히는 죽일 수 있겠어?"

그가 뭘 말하려는 건지 알 것 같았다. 잠시 고민해보다가 천천히 고개를 끄덕였다. 찜찜하긴 하지만, 필요하다면 못 할 것도 없었다. 그런데 트로웰은 피식 웃었다.

"네 검술은 그렇지 않은데?"

"그, 그래?"

"넌 결정적인 순간에 힘을 빼는 습관이 있어. 방어는 괜찮은데 공격할 때. 이 일격이 치명타가 된다는 걸 인지하는 순간 무심코 물러나더라. 주로 살의를 품어본 적이 없는 애송이들한테서 나타나는 현상이지."

내가 그런다고? 생각지 못한 말에 당황스러웠다. 사람을 베지 못하는 건 예전부터 인지하고 있던 문제이긴 했다. 오히려 의식적으로 선을 넘지 않으려는 생각도 있었다. 그게 내가 사랑하는 걸 지키는 방법이라고 여겼으니까.

그렇다고 지금도 그러냐고 묻는다면 솔직히 그건 아니었다. 내가 일방적으로 정했던 마음의 선은 카류안, 악신을 가학적으로 공격했던 그 순간 이미 넘었다. 분노로 이성을 잃은 상태긴 했지만 그 시점에서 더는 예전 같을 순 없었다. 같은 상황이 벌어지면 망설이지 않고 또 똑같이 할 자신도 있었다. 그런데 그게 아니었던 걸까. 생각과 행동이 따로 움직이는 기분이라 왠지 얼떨떨했다.

"무기란 건 결국 살상용이야. 네가 검을 들어야 할 때는 대부분 전시 상황일 거고. 공격이 최선의 방어가 되는 순간도 오겠지. 그럴 때 네가 상대를 죽일 수 있느냐 없느냐는 상당히 큰 차이가 될 거야."

그래선지 트로웰의 친절한 조언도 그리 마음에 와닿지 않았다. 무의식적으로 내게 필요한 내용은 아니라고 생각했던 것 같다. 아마 트로웰도 지금 날 본다면 그 생각에 동의하지 않을까.

'거봐, 트로웰.'

툭툭, 아까부터 귓가에 규칙적인 소리가 닿았다. 검 끝에 고인 핏물이 바닥으로 떨어지는 소리였다. 약간 거칠어진 호흡을 고르며 천천히 주위를 둘러보았다. 사방에 피비린내가 진동했다. 눈길이 닿는 곳마다 시신이 널려 있었다. 조금 전까지만 해도 멀쩡히 살아 있던 이들이었다. 하지만 이제 두 번 다시 눈을 뜰 일은 없을 것이다. 저들을 그렇게 만든 건 나였다.

'할 수 있다니까.'

달갑진 않지만 못 할 정도도 아니다. 딱 내가 예상한 그대로였다. 아니, 어떤 의미에선 더 아무렇지 않은 것 같았다. 언제 사람을 해치는 걸 꺼린 적이 있었나 싶을 만큼. 시신을 바로 눈앞에 두고도 마음이 고요했다. 트로웰도 판단을 틀리게 할 때가 있는 모양이다.

"괴, 괴물……."

누군가가 중얼거리는 소리가 들렸다. 시선을 보내니 멀찍이 있던 병사 하나가 움찔해서 물러섰다. 부들부들 떠는 손으로 창을 겨누면서도 가까이 다가오지는 못하는 채였다. 함께 했던 동료들이 내게 다가서는 족족 쓰러졌으니 엄두를 못 낼 만도 했다. 그 옆에서 넓게 포위망을 펼치고 있는 이들도 다들 비슷한 상태이긴 마찬가지였다. 그들 모두 질렸다는 표정을 하고 있었다.

하지만 솔직히 질린 건 내 쪽이었다. 떳떳하지 못한 직업상 병력을 갖춘 건 알겠는데 생각보다 병사의 수가 너무 많았다. 궁수에 창병, 조금 전부터는 마법사도 합세한 상태다. 이 정도면 군단 수준으로 봐도 흠잡을 수 없을 것 같았다. 덕분에 어느 정도 돌파하고 나면 상황이 수월해질 거라는 기대는 고이 접어야 했다. 오히려 가면 갈수록 더 몰려오는 수가 늘어나는 것 같았다.

"엘, 이대론 끝이 없을 것 같아. 지금이라도 날 버리고 가."

전세가 갈수록 험해지는 걸 느낀 건 나만이 아니었는지, 등 쪽에서 채근하는 목소리가 들려왔다. 딱히 운신할 방법이 없어 그냥 둘러업고 나온 크리스였다. 자기보다 작은 나한테 업혀있는 게 영 어색한지 그는 내내 쩔쩔매는 중이었다.

"잘 매달려 있기나 해요. 안 그래도 나보다 덩치 큰 사람 업고 뛰느라 균형 맞추기 힘들다고요."

"그치만…… 그치만 이거 너무 창피하다고."

"지금 체면 따질 때예요? 다른 사람들 만나면 싫다고 해도 넘길 거니까 그때까지만 참아요."

"다들 어디에 있는지는 아는 거야?"

"그건 지금 찾아보고 있어요."

"설마 일일이 다 돌아보려는 생각인 건 아니지?"

그럴 리가. 아무리 내가 무모해도 그렇게 시간 낭비를 할 생각은 없다. 바깥에 나와서 좋은 건 내가 원하는 곳으로 이동할 수 있다는 거다. 예를 들어, 너무 멀리 있어서 부를 수 없었던 이들을 직접 만나러 갈 수 있다는 점이 그렇다.

—왕의 계약자!

때마침 하늘에서 반투명한 요정들이 날아들었다. 자연체의 실프들이었다. 반갑게 맞이하니 기다렸던 소식이 이어졌다.

—네가 말한 인상착의를 가진 인간 중 하나를 찾았어.

"정말?"

—응! 오른쪽 세 번째 천막에 네가 말한 것과 비슷한 남자가 있어. 이십대로 보이는 나이에 밝은 갈색 머리고, 검은 눈동자야. 그리고 사슬에 묶여 있었어.

"맞는 것 같아. 고마워, 실프. 다른 사람도 계속 찾아줄래?"

—응응, 맡겨둬. 두 명을 더 찾으면 되지?

"맞아. 계약도 안 했는데 이런 부탁 해서 미안해."

—괜찮아. 이런 거 너무 재밌어.

까르르 웃는 소리와 함께 실프들이 다시 훌쩍 멀어졌다. 역시 정령들에게 부탁해보길 잘했다. 같은 속성이 아니라 혹시 거절할까 봐 내심 걱정했는데 다행히 자연체의 정령들은 내가 자신들과 소통이 된다는 사실 하나만으로도 매우 즐거워했다. 물론 선뜻 부탁을 들어준 것엔 내가 정령왕의 계약자라는 점이 가장 큰 영향을 미치고 있겠지만.

"저쪽에 네브가 있나 봐요."

"대체 뭘 어떻게 한 거야? 지금 정령 소환 안 된다고 했잖아."

"그런 방법이 있어요."

대충 답을 얼버무리니 앓는 숨을 내쉬는 소리가 들렸다. "난 이제 네가 드래곤이라고 해도 놀라지 않을 것 같아." 중얼거리는 목소리엔 진득한 체념이 담겨 있었다. 뭘 몰라도 한참을 모르는 소리에 피식 웃음만 나왔다.

"드래곤이면 진작 공간이동 했겠죠."

"아, 그건 그렇네."

얼빠진 대화를 나누는 동안 나는 실프가 알려준 방향으로 돌진했다. 막아서는 이들은 지금까지 그랬던 것처럼 빠르게 타진했다. 그래도 날뛴 보람이 없지는 않은지 섣불리 덤벼드는 수는 확실히 줄었다.

천막 안으로 들어서자 익숙한 구조가 눈에 들어왔다. 그중 가장 끝에 있는 감옥에서 반가운 얼굴을 발견할 수 있었다. 바깥의 소란을 느꼈는지 창살에 달라붙어 있던 네브가 우리를 발견하고 눈을 크게 떴다.

"네브!"

"엘! 크리스!"

곧바로 철창을 부수고 사슬을 끊어냈다. 풀려난 후에도 네브는 얼떨떨한 표정을 감추지 못했다.

"지금 제가 꿈을 꾸는 건가요……?"

"차라리 전부 꿈인 게 더 나을지도요. 어디 다친 곳은요?"

"어, 없습니다."

"잘됐네요. 그럼 크리스 좀 부탁해요."

업고 있던 그를 떠넘겨주니 네브가 당황하며 얼른 부축했다. 이제야 정신을 차린 듯 급히 살피는 표정이 심각했다.

"크리스, 어떻게 된 겁니까? 어딜 다친 거예요?"

"다리가 부러졌어."

"세상에……."

그사이 추격해온 병사들이 우르르 안으로 들어찼다. 앞으로 나가려니 무언가 중얼거리는 소리와 함께 눈앞에 반투명한 막이 형성됐다. 내가 돌진하지 못하도록 방어 마법을 건 모양이었다. 하나뿐인 입구를 틀어막고 막을 친 셈이었기 때문에 자연스레 우리는 구석에 갇힌 형세가 됐다.

두웅! 힘을 주어 내리쳐봤지만 뭉근한 울림만 있을 뿐 꿈쩍도 하지 않았다. 행여나 내가 단숨에 막을 깨부술까 조마조마한 표정으로 지켜보던 병사들이 그제야 얼굴을 폈다.

"됐어! 이제 바로 다음 마법을!"

곧 마법사들이 수인을 맺으며 긴 주문을 외우기 시작했다. 아무래도 발동하게 놔두면 안 될 마법인 것 같았다. 그러나 다시 힘을 줘서 내려쳐도 막은 미동하지 않았다. 단순한 근력만으로는 깨부수기 힘든 구조인 것 같았다. 그럴수록 병사들의 얼굴엔 더 자신감이 붙었다.

'더 세게 내리치면 되겠지. 기합을 넣고 해보자.'

손잡이를 다시 고쳐 쥔 다음 살짝 심호흡했다. 온몸의 힘을 일으켜 검 끝에 모은다는 생각으로 집중했다. 왠지 검신이 울리는 것 같았다. 검이 내 의지에 화답하는 것 같은 게, 좋은 예감이 들었다. 그대로 팔을 들어 직선으로 내리쳤다. 그러자 아까와는 확연한 다른 느낌이 닿았다. 콰직! 와장창! 단숨에 꿰뚫리는 감각과 함께 유리가 깨지는 것 같은 소리가 울렸다. 고개를 들었을 땐 막이 산산조각으로 흩어지고 있었다.

"말도 안 돼!"

"방패 마법이 이렇게 쉽게 깨지다니!"

안도하고 있던 병사들이 경악하면서 뒤로 물러났다. 진열이 혼비백산으로 뒤섞이면서, 한창 마법사들이 외우고 있던 주문도 강제로 끊겼다. 역습하라고 누군가가 일부러 마련해준 듯한 순간이었다.

그런데 막상 뛰어들려는 순간 묘한 기분이 들었다. 이상할 정도로 손안이 허전했다. 무심코 시선을 내리다 나는 그대로 당황했다. 검이 재처럼 바스러지고 있었다.

"어?"

이게 무슨 상황인 건지 잠시 이해가 되지 않았다. 한순간이었지만 빈틈을 내주기엔 충분한 상황이었다. 기회라는 듯이 병사들이 창을 밀고 들어왔다. 빠르게 피한 후에 곧바로 반격하려는데 빈손만 허공을 휘저었다. 그제야 검이 사라졌다는 사실에 실감이 들었다.

'뭐지? 마법?'

방어막을 깨부수면 검이 부서지는 역술이라도 걸려 있던 건가? 달리 부서진 이유가 떠오르지 않았지만 지금은 고민할 시간이 없었다. 내게 무기가 없다는 걸 알아차린 병사들이 우르르 한꺼번에 덮쳐들었기 때문이다.

"엘!"

뒤에 있던 크리스와 네브가 헛숨을 삼켰다. 나는 괜찮다는 의미로 오히려 병사들 쪽으로 파고들었다. 어차피 원래 갖고 있던 것도 다른 사람 걸 빼앗은 거다. 무기가 없다면 다시 보충하면 그만이었다. 쏟아지는 공격들을 재빨리 피하면서 가장 가까운 병사에게 접근한 다음 때려눕히는 것과 동시에 검을 빼앗았다. 그러자 사납게 들이닥치던 기세가 일순 정지하면서, 다시 거리를 두고 벌어지기 시작했다. 그로 인해 분위기가 잠시 소강상태가 되었을 때였다.

누군가가 빠른 속도로 내게 접근했다. 곧바로 막아낸 다음 엎어 친 후, 그대로 심장을 찌르기 위해 검을 들었다. 그런데 그 순간 마주친 상대의 얼굴이 예상 밖이었다. 당연히 낯설어야 할 얼굴이 어디서 많이 본 듯이 익숙했다.

"당신……."

그는 날카로운 눈매를 지닌 남자였다. 짙은 흑발 아래 선명한 보라색 눈동자가 인상적이었다. 희귀한 편은 아니지만 그리 흔한 색도 아니었다. 잠시 멈칫한 틈을 타 남자가 빠르게 빠져나가 훌쩍 뒤로 물러섰다. 무심히 검을 드는 남자를 보고 나는 잠시 어떤 표정을 지어야 할지 알 수가 없었다. 혹시 잘못 본 건가 했는데 역시 내가 아는 얼굴과 똑같았다. 이런 데서 만날 거라곤 상상도 한 적이 없는 사람이었다.

"다비안?"

크리스가 낮게 신음을 흘리는 소리가 들렸다. 그 역시 당혹감이 가득한 얼굴로 입을 벌리고 있었다. 충격에 빠진 얼굴을 보니 그의 눈에도 나와 같은 광경이 보이는 모양이다. 역시 내 눈이 잘못된 건 아니었다. 정말로 그였다. 왕국을 떠나는 기차에서 만났던, 내게 수상한 서류를 건네줬던 검은 복장의 남자. 크리스의 동기였다는 사람.

"네가 왜……?"

그렇게 사라져버린 후로 그의 소식은 듣지 못했다. 언젠가는 다시 재회할 거라 생각했지만 그게 이런 방식일 줄은 몰랐다. 남자는 어딘지 눈빛이 멍했다. 짧은 만남이었지만 저런 눈동자를 가진 남자가 아니라는 건 알고 있었다.

"이런, 서번트와 아는 사이인가 보지?"

그때 병사들 사이에서 상단주가 느긋하게 걸어 나왔다. 견제하려고 검을 고쳐 쥐다 멈칫했다. 그 뒤에 포진한 병사들이 아는 얼굴들을 끌고 나오고 있었다. 잿빛의 단발머리에 날렵한 체구를 지닌 여자와 짧은 고동색 머리에 덩치가 우람한 남자. 델라와 시몬이었다. 욕이 절로 나온다는 게 바로 이런 상황을 뜻하는 거겠지. 잠시간 흔들리는 시선이 마주 닿았다. 동요를 드러내지 않기 위해 조금 전 들었던 말에 주목했다.

"……서번트?"

"그는 내 충실한 종이지. 아는 사이라니 정말 잘됐군. 준비한 것보다 더 재밌는 걸 보여줄 수 있겠어."

"저 사람한테 무슨 짓을 한 거야?"

"궁금하다면 지금부터 보여주겠다. 이봐, 서번트."

"네, 주인님."

상단주의 명에 서번트라 불린 다비안이 충직하게 답했다. 혼란스러운 마음으로 돌아보는데 청천벽력같은 음성이 떨어졌다.

"지금 당장 자결해라."

"……무슨……!"

"예, 알겠습니다."

믿을 수 없게도, 그 말도 안 되는 명령에 다비안이 들고 있던 검을 자신의 목에 가져다 댔다. 반사적으로 그의 손을 쳐내 검을 떨어트리게 하고 몸을 제압해서 바닥에 내리눌렀다. 그러자 이번엔 그의 턱 근육이 부자연스럽게 움직였다. 혀를 깨물려는 게 분명해서 강제로 입을 벌린 후 급한 대로 내 팔을 밀어 넣었다.

"다비안! 그만둬요!"

"다비안! 너 지금 뭐하는 거야!"

경악한 크리스의 목소리가 이어졌지만 그는 조금도 아랑곳하지 않았다. 명을 수행할 생각에만 사로잡혀 아무 소리도 듣지 못하는 것 같았다.

"서번트, 더 적극적으로 노력해라."

그러면서도 상단주가 부추기는 말엔 정확히 반응했다. 다비안이 더 강하게 몸부림치기 시작했다. 아무리 내가 잘 막아낸다 해도 이대로는 큰일이 날 게 뻔했다. 일단 명령한 대상을 제거하면 되지 않을까 싶어 들고 있던 검을 상단주 쪽에 던졌다. 그러나 그의 얼굴을 향해 쏘아져 간 검은 곧 보이지 않는 벽에 막혀 튕겨 나왔다. 그 사이에 방어막을 친 모양이었다.

"……유감이지만 날 죽여도 명을 취소할 순 없을 거야."

상단주는 얼굴이 창백한 상태에서도 거들먹거렸다. 그 말에 옆에 떨어져 있던 다비안의 검을 주우려던 걸 멈췄다. 다비안은 여전히 나를 밀어내기 위해 몸부림치는 중이었다. 혀를 깨무는 게 안 될 것 같다고 여겼는지 다리 쪽에서 단검을 뽑아내 그대로 제 옆구리를 찌르려 했다. 그걸 막고 나니 다음은 스스로 숨을 멈췄다.

그 의지가 얼마나 지독한지 강제로 배를 차고 나서야 호흡이 이어졌다. 이 모든 노력이 자결하기 위한 거라는 게 참혹했다. 더는 지켜볼 수가 없어서 상단주를 노려보았다.

"그만해!"

"원한다면 명을 철회해줄 수 있다."

상단주가 비열하게 웃었다.

"그러기 위해 네가 뭘 해야 하는지 알고 있을 텐데?"

혀끝까지 욕설이 치밀어 올랐다. 델라와 시몬이 안타까운 눈으로 나를 바라보고 있었다. 크리스의 표정은 돌아보지 않아도 뻔했다. 이미 주위에 있는 병사 중 누구도 나를 공격하려 들지 않았다. 그것만으로도 결과가 정해진 기분이었다. 깊은 한숨과 함께 다비안에게서 뺏은 단검을 바닥으로 내던졌다. 고요해진 공간에 작은 날붙이가 구르는 소리가 울려 퍼졌다.

"항복."

* * *

철컥, 차가운 금속음이 울렸다.

내려다본 시선 끝엔 손목을 장식하고 있는 두꺼운 수갑이 있었다. 물론 사슬과 마나 봉인구도 함께였다. 기껏 자유로워졌는데 다시 묶인 걸 보려니 마음이 착잡했다. 나만이 아니라 크리스와 일행들도 다시 묶인 상태라서 더욱 그랬다. 미안한 마음으로 바라보니 시선을 맞춰온 그들 모두 씁쓸하게 웃었다. 자신들은 신경 쓰지 말라는 표정이라 마음이 더 좋지 않았다.

"너 진짜 굉장하더라."

한숨을 내쉬려니 익숙한 목소리가 낮게 속삭였다. 고개를 들자 수갑을 채우던 병사와 눈이 마주쳤다. 누가 다가오든 말든 관심도 없어서 몰랐는데 지금 다시 보니 릴이었다. 탁한 금발 아래 선이 흐린 얼굴이 서글서글한 웃음을 짓고 있었다.

"왜 그냥 도망가지 않은 거야? 덕분에 좋은 구경은 했다만."

"시끄러워."

"진짜 감탄했어. 너 그렇게 안 생겨 갖고 사람들을 진짜 아무렇지 않게 죽이더라. 인간이 어떻게 그렇게 움직여? 완전 무신이 따로 없던데?"

"시끄럽다고 했지. 지금 너 상대할 기분 아냐."

안 그래도 마음이 복잡한데 정체도 알 수 없는 수상한 녀석과 입씨름할 생각은 없었다. 릴도 굳이 괴롭힐 생각은 아니라는 듯 피식 웃으며 순순히 물러났다.

"서번트는 걱정하지 마. 좀 쉬면 회복될 것 같으니까."

이어진 말에 몸이 절로 움찔했다.

시선을 돌리니 병사들 사이에 앉아 있는 다비안이 보였다. 다소 지친 모습이었지만 릴의 말대로 상태는 멀쩡해 보였다. 아니, 진짜 멀쩡한 건 아니었다. 적어도 제정신이 아닌 건 분명했으니까.

'……대체 저 남자가 왜 여기서 저러고 있는 거냐고.'

다시금 깊은 한숨이 흘러나왔다.

다비안을 기절시키지 않은 건 정말 잘한 결정이었다. 항복과 함께 거지 같은 명령이 철회되면서, 드디어 저항을 멈춘 그는 자리에서 일어나는 대신 오히려 축 늘어졌다. 의식은 있는데 숨을 몰아쉬기만 할 뿐 제대로 몸을 움직이지 못했다. 억지로 제압하는 동안 강하게 눌렀더니 뼈를 다친 모양이었다. 병사 중 하나가 부축해서 일으키자 그 자리에서 울컥 피를 토했다. 이건 아까 친 복부 때문인 것 같았다.

"서번트에게 회복제를 먹여라."

상단주가 질린 얼굴로 나를 바라보며 말했다. 솔직히 나도 충격이었다. 쇳덩이도 끊어내는 힘이니 함부로 쓰면 안 된다는 건 당연히 알고 있었다. 그래서 나름대로 조절한 거였는데 그보다 더 줄여야 했다니. 인간의 몸이 이렇게까지 약한 줄은 몰랐다.

정령왕이었을 땐 몸을 직접 쓰는 일이 드물어서 오히려 이런 문제를 경험한 적이 별로 없었다. 적당히 아프게 때리는 트로웰이 정말로 엄청나게 대단한 거였다. 앞으론 나도 힘을 섬세하게 제어하는 법을 익혀야 할 것 같았다. 하마터면 애먼 사람을 잡을 뻔했다 싶으니 눈앞이 다 아찔했다.

물론 무게 가중 장치를 풀고 움직여본 건 오늘이 처음이니 어쩔 수 없는 일이긴 했다. 하필 가장 익숙지 않은 날에 이런 일을 겪은 건 그저 운이 나쁘다고 할 수밖에 없었다. 아니, 어떻게 보면 운이 좋은 건지도 모른다. 구할 사람을 하나 더 발견한 거니까.

다시금 다비안 쪽을 바라보았다. 회복제를 마시고 상태가 안정됐는데도 그는 여전히 시선이 멍했다. 감옥 안에 갇혀 있는 수많은 사람과 비슷한 표정이었다.

말도 안 되는 명령을 인형처럼 따랐던 것만 봐도 역시 세공을 당한 거겠지. 왕국에서 헤어진 그가 왜 이런 데서 노예가 되어 나타난 건지는 모르겠지만 그간 겪은 고초만은 충분히 짐작이 갔다. 크리스는 창백한 얼굴로 계속 시선을 떼지 못하고 있었다. 그를 위해서라도 반드시 구해야 하는 사람이었다.

"참 공교로운 인연 아닌가. 설마 내 서번트와 아는 사이였다니 말이야. 우리에겐 행운이었지만, 네겐 유감스러운 일이겠군."

내가 다비안을 주시하는 걸 지켜보던 상단주가 말을 걸어왔다. 가까이 다가올 때를 노리려 했는데 아쉽게도 놈은 여전히 방어막 속에 숨어있었다. 쓸데없이 조심성이 많은 성격이었다. 아쉬움에 혀를 찼더니 웃고 있는 얼굴이 파르르 떨렸다.

"저 사람은 어디서 데려온 거야?"

"미안하지만 그건 말해줄 수가 없다. 중요한 건 그가 내 노예라는 점이지. 언제 어느 때든 내 명령 하나에 목숨을 걸 수 있는 아주 충실한 노예 말이야."

"……."

"서번트의 목숨은 네게 달려 있다. 그가 죽는 게 싫다면 계속 얌전히 있는 게 좋을 거야."

……역시 아쉽다. 지금 방어막만 없었으면 명령을 내릴 틈도 주지 않고 끝낼 수 있었을 텐데. 하다못해 한 번에 깨부수는 요령만 익혔어도.

손을 가볍게 쥐었다 펴보았다. 분명 처음 방어막을 깨트렸을 때랑 비슷한 힘을 실었던 것 같은데 왜 두 번째 땐 그냥 튕겼는지 모르겠다. 한 번 더 해보면 될까? 근처에 검이 없나 싶어 주위를 훑으려니 눈치 빠른 병사들이 슬그머니 검을 감췄다. 이미 상단주는 한 발짝 더 뒤로 물러난 상태였다. 그가 얼른 손을 휘저었다.

"이만 데려가."

명을 들은 병사들이 내 몸을 이끌었다. 나가기 전에 돌아본 크리스와 일행들은 울 것 같은 얼굴을 하고 있었다. 괜찮을 거란 시선을 보내긴 했는데 알아들었을지는 의문이었다.

바깥으로 나가니 사방에서 시선이 쏟아졌다. 이곳에 있는 사람은 전부 다 몰려나와 있는 것 같았다. 하도 요란하게 일을 벌여놨으니 그럴 만도 했다. 아직 장내는 수습되지 않은 채 어수선했다. 덕분에 이동하는 동안 그간의 행적을 고스란히 확인할 수 있었다. 내가 이동한 동선을 따라 마치 헨젤과 그레텔이 남긴 표식처럼 핏자국이 길게 늘어져 있었다.

연행된 곳은 처음 갇혀 있던 붉은 천막이었다. 그런데 당연히 아무도 없을 거라 생각한 공간에 나보다 먼저 자리 잡은 이들이 있었다. 그들이 들어서는 나를 보고 놀란 표정을 지었다. 나 역시 놀랄 수밖에 없었다. 무사히 도망친 줄 알았던 유니콘 세 명이 원래 그들이 있던 철장 안에 초라한 모습으로 묶여 있었으니까.

……다시 잡혔구나.

그사이 달라진 점이라면 여자 쪽도 의식을 차렸다는 점 정도였다. 짠한 마음으로 바라보니 모두 음울한 얼굴로 시선을 피했다. 잠시간 어색한 침묵이 흘렀다.

"들어가."

병사 중 하나가 내가 있던 철장을 열었다. 잠자코 안으로 들어가니 그들이 내 목과 다리를 연결해서 묶고 온몸에 사슬을 단단히 휘감았다. 그러고도 안심이 안 되는지 철장에도 사슬을 여러 차례 동여맸다.

"다 됐습니다."

"좋아. 몰핀은 준비됐어?"

"네, 마침 조금 전에 도착했습니다."

다른 병사가 작은 상자를 가져오더니 둥근 병을 꺼냈다. 그 안에는 정체를 알 수 없는 기름이 들어 있었다. 마개를 열자 풍겨 나오는 싸한 냄새에 머리가 어찔했다. 아무래도 의식을 잃게 하는 종류인 것 같았다. 어지간한 약은 안 통하는 내가 바로 반응을 보일 정도인 걸 보니 단순한 약물은 아닌 것 같았다. 유니콘들도 상황을 알아차린 건지 얼굴을 굳히고 있었다. 어쨌든 이대로 얌전히 잠들 생각은 없었다.

"저항 안 할 테니까 그거 쓰지 마."

그러자 기름에 심지를 넣고 불을 붙이려던 병사가 움찔해서 돌아보았다.

"그 말을 어떻게 믿어?"

"넌 내가 힘이 부족해서 잡힌 것 같아?"

"……."

"못 믿겠으면 한번 해봐. 내가 다시 작정하고 저항하면 어떻게 될지 보여줄 테니까."

보란 듯이 강하게 힘을 주니 사슬이 요란한 소음을 냈다. 주위의 병사들이 새파래진 얼굴로 검을 빼 들었다. 유순하던 분위기가 한순간에 팽팽히 당겨졌다. 나는 기름을 든 병사를 똑바로 노려보았다.

"적어도 넌 죽을 거야."

병사가 마른침을 꿀꺽 삼켰다. 그는 급히 기름병을 닫으면서도 입술을 악물었다.

"너, 너만의 문제가 아니야. 유니콘들은 재워야 해."

"묶어뒀으니 됐잖아."

"하지만 묶는 것만으로는……."

"다들 지쳐 있는 거 안 보여? 어차피 저렇게 묶인 상태에선 뭘 하고 싶어도 아무것도 못 해. 아까도 내가 풀어줘서 나갈 수 있었던 거고. 그러니 괜찮아."

그 말에 병사가 찜찜한 얼굴로 유니콘들 쪽을 살폈다. 그러더니 본인이 결정할 사안이 아니라며 잠시 천막 밖으로 나갔다. 다시 돌아온 그는 아까보다는 한결 안색이 나아져 있었다.

"허가받았어. 하지만 허튼수작 부리면 바로 약 쓸 거야."

"알았어."

"절대 도망칠 생각하지 마. 그럼 너랑 같이 잡힌 놈들부터 숨통이 끊길 거야. 이건 절대 빈말이 아니야. 명심해."

"알았다니까."

시큰둥하게 답하고 나니 병사도 겨우 입을 다물었다. 병사들이 밖으로 나간 건 이후에도 몇 차례 더 사슬을 점검한 후였다. 북적이던 공간이 한산해지며 한동안 무거운 정적이 이어졌다.

"고마워요."

고요를 깨트린 건 가느다란 목소리였다.

생각지 못한 인사에 감고 있던 눈을 뜨고 소리가 들려온 곳을 응시했다. 일행 중 유일한 여성인 은발의 유니콘이 나를 바라보고 있었다.

"웰디 님. 저자는 인간입니다."

"알아. 하지만 우리를 도와준 분이잖아. 예의는 지켜야지, 아렐."

기겁해서 만류하는 흑발의 유니콘, 아렐을 달래는 음성은 엄격하면서도 고상했다. 확실히 신분이 높은 존재인 듯했다. 아렐이 말문이 막힌 얼굴로 물러서자 웰디라 불린 유니콘이 다시 나를 향해 미소 지었다.

"다시 강제로 잠들고 싶지 않았거든요. 그건 너무 괴로운 경험이에요. 덕분에 살았어요."

"……아니에요. 저도 잠들긴 싫었으니까요."

"처음에 저희가 탈출하도록 도와준 분도 당신이라고 들었어요. 그것도 감사해요. 여러모로 도움을 주셨는데 이렇게 다시 붙잡혀서 면목이 없네요."

"아뇨. 그런 건 상관없지만, 어떻게 된 건지는 궁금하네요. 잘 빠져나가시는 것 같았는데……."

"외각에도 군대가 대기하고 있었더라구요. 정면에서 발각되고 말았죠. 피하려 했을 땐 이미 쇠 그물에 갇힌 뒤였어요."

보이는 것보다 병력이 많았던 건 역시 사실이었나 보다. 이곳의 병력은 진혼 길드와도 연결되어 있을 가능성이 크다 보니 아무래도 편하게 생각하기가 어려웠다. 남몰래 불법 노예 상단을 운영한다고 해도 군대를 이렇게까지 모을 필요가 있는 건지 모르겠다. 반역이라도 준비하는 건가. 여기서 나가면 그놈들 뒤를 본격적으로 캐봐야 할 것 같았다.

"그러고 보니 저희 통성명도 안 했네요. 전 라반 루 웰디예요. 웰디라고 불러주세요."

"아, 전 엘이에요."

"엘이군요. 예쁜 이름이네요."

경계심이 강한 다른 두 유니콘에 비해 은발의 유니콘, 웰디는 성격이 참 좋은 것 같았다. 웰디의 눈짓을 받은 두 유니콘도 머뭇거리다가 입을 열었다.

"전 카리안입니다. 웰디 님의 호위입니다."

“아렐. 마찬가지다.”

정중한 말투의 카리안에 이어 무뚝뚝한 아렐의 소개가 이어졌다. 고개를 가볍게 끄덕여주자니 웰디가 호기심 어린 표정으로 물어왔다.

“저어, 계속 바깥이 소란스러운 걸 느꼈어요. 엘이 그러신 거죠? 엘은 검사이신가요?”

“검도 쓰긴 해요. 엄밀히 말하면 정령사지만요.”

“정령사?”

그 순간 유니콘들이 눈을 크게 떴다. 되묻는 얼굴엔 당혹감이 가득했다.

“엘이 정령사라고요? 실례지만 속성은 어떻게 되세요?”

“물이에요.”

“세상에, 물의 정령사는 드물잖아요.”

웰디의 얼굴이 상기됐다. 카리안과 아렐도 반짝이는 눈으로 나를 바라보고 있었다. 왠지 경계심이 한층 사라진 얼굴들이었다. 정령이 인정한 인간이니 신뢰해도 된다고 여긴 건지도 모르겠다.

“어쩐지, 그래서였군요.”

“뭐가요?”

“엘에게서 굉장히 좋은 향이 나거든요. 처음엔 여자분이라서 그런 줄 알았는데, 아무리 그래도 이렇게 강하긴 드물어서 신기하다 했어요. 정령사라서 그런가 봐요.”

아니, 잠깐만. 방금 한 말 중에서 그냥 넘어갈 수 없는 말이 들어 있는 것 같은데. 그러고 보니 그들만 느낄 수 있다는 향 때문에 시벨리우스도 날 처음에 여자로 알았다고 했었지. 카리안이나 아렐도 별다른 문제를 느끼지 못하는 얼굴인 걸 보면 같은 오해를 하고 있나 보다. 하지만 정정해보려 하기도 전에 웰디의 말이 이어지는 게 더 빨랐다.

"어쨌든 너무 걱정하지 마세요, 엘. 우린 구조될 거예요."

"아, 네. 근데 그보다 저는……."

"제 동반자가 곧 우리를 구하러 와주실 거예요. 저와 반려의 인을 맺은 상태라 제가 위험에 빠지면 그분이 곧바로 알아차리게 되어 있거든요."

이번에도 그냥 넘어갈 수 없는 말에 하려던 말이 절로 막혔다. 내 반응이 이상했는지 웰디가 의아한 시선을 보내왔다.

"왜요, 엘?"

"저기, 반려의 의미가, 그러니까 그게……."

"아아, 인간들은 반려를 짝을 뜻하는 의미로 쓰죠? 우리 일족에서도 의미는 같아요."

"헉, 그러니까, 약혼한 사이라는 거네요?"

"거의 그런 거나 마찬가지예요."

그럼 정확히는 아니라는 소리 아닌가.

웰디가 수줍게 얼굴을 붉혔지만 나는 반대로 마음이 빠르게 가라앉았다. 시벨리우스의 모든 걸 다 알지는 못한다. 들은 이야기보다 듣지 못한 이야기가 더 많았다. 하지만 그 잔정이 많은 성격에 반려가 있었다면 인간 세상에 남기로 할 리가 없다는 것만은 알고 있다. 하다못해 정략으로 맺어진 사이라도 안부 정도는 궁금해할 만도 했다. 그런데 전혀 언급조차 한 적이 없었다는 건…….

"혹시 장로의 딸이세요?"

"앗, 어떻게 아셨어요? 정확히는 딸이 아니라 손녀예요. 장로님이 제 할아버님이 되시죠."

아, 역시.

왜 이런 예감은 잘 맞는 건지 모르겠다. "신분이 높아 보이셔서 짐작해봤어요." 어색하게 웃으며 둘러대니 웰디는 그대로 믿는 것 같았다. 실제로 신분이 높아 보이는 건 사실이긴 했으니까.

"시벨리우스 님은, 아 그러니까 제 동반자님은 일족 최고의 주술사이자 세라핀이에요. 인간의 병사들이 아무리 많아도 그분에겐 아무것도 아닐 거예요. 그분이 오시면 엘도 꼭 풀어드릴게요."

"음, 그럼 저야 고맙죠."

웃으며 고개를 끄덕이는데 왠지 묘한 기분이 들었다. 보통은 누군가를 설명할 때 그 사람의 가장 대표적인 점을 말하지 않나. 시벨리우스는 룬이었다. 유니콘 일족 중에서도 창조신 루세프의 색인 은발과 청안을 물려받는 유일한 혈통. 날개를 가진 천마이자, 신을 그 몸에 받아들일 수 있는 고결한 제사장.

그들 일족에게 룬은 무엇과도 대체할 수 없는 특별한 존재였다. 존경심이라거나, 하다못해 자부심이라도 무심코 내비칠 만했다. 그런데 여기 있는 이들 중 누구도 그런 내색은 하지 않았다.

'내가 외부인이라 그런 건가?'

하긴 낯선 사람에게 함부로 일족에 대한 걸 말할 필요는 없겠지. 정령사라는 걸 알고 조금 나아지긴 했지만 여전히 이들에게 나는 경계해야 할 인간일 뿐이었다. 오히려 묻지 않은 것까지 술술 말하는 웰디가 특이한 편인지도 몰랐다. 사랑을 듬뿍 받고 자란 사람 특유의 천진난만함이라고 해야 하나. 타인을 쉽게 신뢰하고 잘 의심하지 않는 편인 것 같았다. 그 증거로 웰디가 입을 열 때마다 아렐의 눈꺼풀이 파르르 떨리는 걸 볼 수 있었다.

"두고 보세요. 시벨리우스 님이 반드시 오실……."

"웰디 님."

그때 카리안이 황급히 웰디에게 신호를 보냈다. 흠칫 놀란 웰디가 얼른 입을 다물고 몸을 굳혔다. 나는 이미 다가오는 기척을 느끼고 있던 참이라 별로 놀라지 않고 입구 쪽을 돌아보았다. 아까 나간 병사들이 다시 안으로 들어오고 있었다. 이번엔 상단 관계자로 보이는 남자를 대동한 채였다. 그는 철장 가까이 다가와 가만히 나를 살폈다. 똑바로 시선을 마주하고 바라보니 쯧쯧 혀를 소리가 이어졌다.

"진짜 생김새 하나만은 천사 같구만. 벌레 하나 죽이지 못하게 생겨서는……. 이 얼굴이 병사 오십을 두부처럼 썰었다는 걸 누가 믿겠어?"

내가 죽인 병사의 수가 그렇게 많은 줄은 몰랐다. 그러게 누가 쫓아오랬나. 적어도 덤비지 않은 쪽을 내가 먼저 공격한 적은 없었다. 어깨를 으쓱이니 남자의 표정이 더 찌푸려졌다.

"근데 정말 안 재워도 괜찮은 거 맞아? 너무 위험한 거 아니야? 단주님은 왜 그런 걸 허락하고 그러시는지."

"동료를 생각해서라도 허튼짓은 못 할 겁니다."

잠시 찜찜한 얼굴로 바라보던 남자가 짧게 고갯짓을 했다. 그러자 병사 중 하나가 철창 안으로 들어오더니 내 수갑에 연결된 사슬을 풀었다. 의아해져서 눈만 가만히 깜빡거리고 있으려니 창살 밖에 있던 남자가 내 발치 쪽으로 무언가를 성의 없이 던졌다. 집어 들고 보니 옷가지였다.

"그걸로 갈아입어."

"……이걸 입으라고?"

절로 떨떠름한 목소리가 흘러나갔다. 지금 입은 옷은 피로 더러워졌으니 갈아입으라고 하는 것 자체는 이해했다. 하지만 그가 던져준 옷은 가볍게 걸치는 로브 같은 거였다. 그런데 뭐로 만들어진 건지 잠자리 날개처럼 반투명해서 안이 다 비쳤다. 이게 옷의 기능을 하긴 하는 건지 심각한 의문이 들 정도였다.

"다 보일 것 같은데?"

나도 모르게 얼굴을 찌푸렸는지 남자가 이죽거렸다.

"그러라고 입는 거야. 상품은 살펴보기 편하게 해두는 게 판매 방식의 기본이니까. 아니면 손님들이 네 옷을 직접 벗겨보길 바라는 거야?"

"……그건 더 싫네."

"이해했으면 어서 갈아입어."

더 싫다는 게 이걸 수용하겠다는 의미는 아닐 텐데. 기분 나쁘게 히죽거리는 남자를 바라보다 다시 옷(이라고 부르기도 싫지만)을 돌아보았다. 이 망측한 걸 입은 채 시벨리우스와 만나는 장면을 상상했더니 조금 눈앞이 캄캄했다. 그뿐만이 아니다. 언제든 내 상황을 지켜볼 가능성이 있는 트로웰과 엘뤼엔도 있다. ……굳이 묻어버리고 싶은 과거를 여기서 더 늘릴 필요가 있을까.

"안 입을래."

당연한 결론을 내리고 나니 남자와 병사들의 사나운 시선이 쏟아졌다.

"동료의 안위를 생각한다면 반항하지 않는 게 좋을 텐데?"

"이게 왜 반항이야? 어차피 팔아도 세공한 후에 판다며. 그럼 그 후에 너희가 알아서 입히든가 해. 아직 파는 것도 아닌데 내가 왜 굳이 이런 걸 입고 있어야 해?"

본인이 생각해도 할 말이 없었는지 남자의 입이 다물렸다. 꼴을 보아하니 진짜 필요해서 입히려는 게 아니라, 내가 옷을 갈아입으면서 굴욕감을 느끼는 걸 보고 싶었던 모양이다. 코웃음이 나올 만큼 유치한 수작이었다.

"좋은 말 할 때 입어."

"좋은 말 할 때 싫거든?"

그때 문밖이 소란스러워지는 것이 느껴졌다. 나를 노려보던 남자가 어리둥절해져서 고개를 들었다.

"뭐, 뭐야? 또 무슨 일 있나?"

"제가 나가보고 오겠습니다."

마찬가지로 얼굴을 굳힌 병사가 서둘러 내 수갑에 사슬을 다시 연결한 다음 밖으로 나갔다. 설마 시벨리우스인가? 기대심에 나도 모르게 목을 쭉 빼고 입구 쪽을 바라보았다. 유니콘들도 같은 생각인지 눈을 빛내고 있었다. 그런데 다음 순간 장막을 거두며 들어선 건 전혀 다른 사람이었다. 아니, 정확히는 무리에 가까웠다. 그들은 한눈에도 화려한 정복을 입은 자들이었다. 절도 있는 동작으로 우르르 들어선 이들이 양쪽으로 갈라서자, 그 사이에서 더 화려한 옷을 입은 남자들이 걸어 나왔다. 그 뒤를 상단주가 다급히 쫓아오고 있었다.

"아직 재워두지 않았습니다. 위험할 수도 있습니다."

"내 기사들의 실력을 믿지 못하는 건가?"

"그, 그런 게 아니라, 정말 보통이 아닌 녀석이라 그렇습니다."

"그렇게 말하니 오히려 더 보고 싶군. 그래서 누구지? 병사 오십을 단신으로 상대했다는 대단한 소년이. 저 철장 안에 혼자 있는 자인가?"

'시벨리우스가 아니었네.'

아무래도 성격 급한 손님이 구경하러 온 모양이다. 실망했던 것도 잠시, 곧 완전히 모습을 드러낸 일행을 보고 나는 잠시 멈칫했다. 왠지 어디서 본 듯이 다들 익숙한 얼굴들이었다. 특히 가장 앞에 있는 은회색 머리칼의 남자는 몰라보는 게 어려울 정도로 기억에 선명했다. 이곳에 있는 게 말이 안 되는 사람이다 보니 보고도 믿을 수가 없어서 그렇지.

"하지만 루시엘 님……."

그러나 상단주가 그를 부르는 소리까지 듣고 나니 의혹을 확신으로 굳힐 수밖에 없었다. 루시엘. 역시 내가 아는 이름이 맞았다. 그 남자였다. 기차를 중간에 점거하고 들어왔던, 에펜 왕국의 왕세자.

'……얜 또 왜 여기서 나와.'

다비안에 이어 왕세자라니. 오늘은 기차에서 만난 인연과 재회하는 날인가. 황당해져서 물끄러미 바라보는 동안 은회색 머리칼의 남자, 왕세자 역시 내 모습을 확인하고 멈칫했다. 잠시 당황하는 듯한 금안이 곧 이채를 띠고 번들거렸다. 나를 알아본 게 분명한 표정이었다.

"넌……."

그의 옆에 있던 갈색 머리 남자도 당황한 표정을 지었다. 그 또한 누군지는 곧장 알아봤다. 당시 왕세자와 함께 있었던 근위대장이었다. 딱딱하게 얼굴을 굳힌 그가 입을 열려는 걸 왕세자가 한 손을 들어 막았다. 시선은 내게 고정되어 떨어지지 않는 채였다.

"전하."

근위대장이 염려스러운 시선을 보내는데도 왕세자는 빙긋 웃기만 했다. 다음 순간 살짝 몸을 굽힌 그가 철장 쪽으로 가까이 몸을 기울였다. 부담스러울 정도로 진득한 시선에 나도 모르게 뒤쪽으로 몸을 뺐다. 그래 봤자 이미 벽이라 소용은 없었지만.

"이런 데서 만나다니 우연이군. 아니지, 필연인가?"

무슨 헛소리야.

저 남자와의 필연 따윈 아는 바가 없다. 두 번 다시 마주치기 싫은 사람이라는 인상은 선명하지만. 얼굴을 찌푸리니 왕세자의 미소가 더 짙어졌다.

"이 아이가 정령사라고 했나?"

"예? 예, 예. 물의 상급 정령사입니다."

눈을 휘둥그렇게 뜨고 있던 상단주가 얼른 대답했다. 힐끗 나를 주시하는 얼굴이 창백한 걸 보면 왕세자와 어떻게 아는 사이인지 몰라서 초조해진 것 같았다. 참 쓸데없는 걱정이었다. 누가 봐도 왕세자는 도와줄 생각이 전혀 없어 보였으니까.

"물의 상급 정령사라. 과연, 그때도 평범해 보이진 않았지."

그는 그저 이 상황을 몹시 재밌어하는 얼굴이었다. 그야 예전에 마주쳤던 사람이 노예로 잡혀 있는 걸 보면 흥미가 들 만도 하겠지. 하지만 나는 하나도 재미없었다. 최소한 저 웃고 있는 얼굴이라도 그만 보면 좋을 것 같았다. 그래서 나도 모르게 입을 열었다.

"왕세자가 노예를 매매해도 되나요?"

"여긴 제국 땅이지. 게다가 노예 매매가 불법이라는 말은 들어본 적이 없다만."

"전 납치된 건데요."

"그래서?"

"납치 매매는 상황이 다르지 않나요? 자랑스럽게 밝힐 일은 아닐 텐데요."

불법 노예 매매 현장에 가담한 일국의 왕세자라니. 위신에 도움이 될 소식은 절대 아닐 거다. 하물며 타국으로까지 건너와서 벌인 범법 행각이니 국제적 망신에 외교적 문제로도 이어질 가능성이 농후했다. 예상대로 근위대장의 얼굴이 더 굳어졌다. 그런데 정작 왕세자는 피식 웃기만 했다.

"네가 거짓말을 하는 게 아니라고 어떻게 확신하지? 사기꾼들이 노예로 전락하면 으레 그런 식으로 둘러댄다고 하던데 말이야."

"누가 사기꾼이에요?"

"출신지가 에바스 에덴이라고 했었지."

"……."

순간 말문이 막혔다. 생각지 못한 허점을 찔린 기분이었다. 입을 다물자 왕세자의 웃음이 더 짙어졌다.

"아무리 찾아봐도 대륙 어디에도 그런 지역은 없더군. 그러다 우연히 흥미로운 소식을 듣게 됐지. 정령계에 아름다운 천상정원이 존재하는데, 그 이름이 에바스 에덴이라던가."

"……."

"엘뤼엔이란 가문은 어디서 따온 가명이지?"

우리 아버지 이름에서 따왔다, 망할 놈아.

차마 그렇게 대꾸해주진 못하고 속으로 이를 갈았다. 설마 내 신상 조사를 했을 줄이야. 아니, 왕세자가 할 일이 그렇게도 없나? 고작해야 기차에서 우연히 만난 사람일 뿐인데 왜 그런 걸 일일이 조사하고 앉아 있어? 설마 당시 기차에 탄 모든 승객을 다 조사하진 않았을 거고, 그때 내 행동이 그렇게 수상했던 건가? 이등칸에 혼자 있던 게 그렇게까지 주목받을 일이야? 짧은 순간 별의별 생각이 다 들었다. 그동안 왕세자는 나를 빤히 주시하고 있었다. 뚫어질 듯한 시선이 짜증 나서 마주 쏘아봤더니 엉뚱한 소리가 돌아왔다.

"역시 멀쩡하군."

"……뭐요?"

"보통은 남녀불문하고 날 보면 얼굴을 붉히는데 말이야."

미친.

기가 막혀서 입이 저절로 벌어졌다. 저딴 말을 제정신으로 입에 담는 사람이 라피스 말고도 또 있긴 하구나. 라피스는 근거가 있기라도 하지, 눈앞의 이 남자는 대체 무슨 자신감인지 모르겠다. 역시 세상은 넓고 또라이는 많았다. 절대 이런 거로 깨닫고 싶지는 않았지만.

내가 산전수전을 다 겪었다고 할 만큼 오래 산 것도 아닌데 왜 이런 일을 겪어야 하는 걸까. 황당무계해하는 심정이 얼굴에 고스란히 드러났을 텐데도 왕세자는 전혀 개의치 않는 기색이었다. 오히려 더 재밌다는 듯이 내 반응을 주시하고 있었다.

"본인의 외모가 뛰어나서 타인의 외모엔 관심이 없는 건가?"

"아뇨, 그냥 그쪽의 외모가 흥미롭지 않은 것뿐이겠죠."

"말투가 불손하다!"

근위대장이 엄격한 목소리로 소리쳤다. 일부러 도발할 작정으로 대놓고 비웃었더니 그의 눈이 부릅떠졌다.

"미안하지만 알다시피 난 왕국민도 아니고, 여긴 제국 땅이라서요. 불법 사업장을 발견하고도 눈감아 주는 남의 나라 전하한테 별로 공손할 생각이 없네요."

"감히!"

"그만. 됐다, 미올."

왕세자가 다시 손을 들자 근위대장이 불만스러운 표정을 지으면서도 뒤로 물러섰다. 그 모든 상황을 지켜본 상단주가 쩔쩔매며 고개를 숙였다.

"죄송합니다, 루시엘 님. 보셨다시피 너무 되바라진 녀석인지라……."

"아니, 신경 쓰지 마라. 일단 이 아이는 내가 데려가도록 하지."

이어진 말은 너무 자연스러워서 처음엔 내가 잘못 들은 줄 알았다. 누가 누굴 데려가? 어이가 없어서 고개를 들자 눈이 마주친 왕세자가 그 특유의 재수 없는 미소를 지었다. 상단주도 놀랐는지 한 발짝 늦게 반응했다.

"네? 아, 아! 그, 그러시겠습니까? 저는 유니콘을 진상하려 했습니다만."

"아, 그러고 보니 유니콘도 있었지. 이번에 셋이나 잡았다고 했나?"

짧게 고개를 끄덕인 왕세자가 건너편의 철장으로 눈길을 보냈다. 시선을 받은 유니콘들이 바짝 긴장했다. 아렐과 카리안이 서둘러 웰디의 앞으로 나서서 시야를 가리려 했지만 사슬로 묶인 상태라 역부족이었다. 오히려 그 모습에 흥미를 느낀 듯한 왕세자가 보란 듯이 웰디를 훑어내리자 모두의 안색이 창백해졌다.

"귀한 암컷을 잡았군."

"예, 보시다시피 미모도 상당히 곱습니다. 어차피 인간의 외모나 신체 능력은 아무리 대단해 봤자 한철이잖습니까? 그에 비해 유니콘은 영원에 가깝습니다. 희소성으로도 더 가치가 있을 겁니다."

"아니, 그냥 이 아이로 하겠다."

왕세자의 시선이 다시 내게 돌아왔다. 이미 마음의 결정을 완전히 굳힌 듯한 얼굴에선 집착마저 느껴졌다. 상단주도 그 의지를 읽었는지 두말하지 않고 고개를 숙였다.

"그럼 세공을 한 후에 전하께 보내겠습니다."

"지금 장인이 출타 중이라 들었는데. 얼마나 걸리지?"

"급히 연락을 넣은지라 곧 도착할 겁니다. 이틀만 기다려주시면……."

이틀이라니. 며칠은 걸릴 거라고 했는데 아무래도 이번 일 때문에 세공을 서두르기로 한 모양이다. 하지만 왕세자는 마음에 들지 않는다는 표정을 지었다. "너무 길군." 짧은 중얼거림으로 상단주의 말을 단숨에 끊은 그가 스스로 결론을 내렸다.

"일단 이대로 데려갈 테니 나중에 장인을 내게 보내도록 해라.

좀 더 이 상태를 지켜보고 싶기도 하거든. 세공하면 인형처럼 얌전해져서 재미가 없단 말이지."

"예? 안 됩니다, 루시엘 님. 그건 너무 위험합니다."

"마나 봉인구를 차고 있으니 어차피 정령술은 쓰지 못할 거 아닌가."

"실은 검술도 상당히 뛰어난 녀석입니다. 병사들을 상대할 때도 검만 썼습니다."

"……그래? 의외군."

왕세자가 새삼스럽다는 얼굴로 돌아봤다. 난 눈앞에서 실시간으로 이뤄지는 인권 유린의 현장에 할 말을 잃는 중이라 반응할 의욕도 끌어올릴 수 없었다. 부디 인내심이 한계에 다다르기 전에 이 웃기지도 않는 희극이 끝나기를 바랄 뿐이었다.

"정령 검사는 몹시 드물지. 지나치게 여유로운 이유가 그래서인가? 언제든 달아날 자신이 있는 모양이야."

그러나 왕세자는 눈치가 없었다. 이만 사라졌으면 좋겠는데 계속 미적거리는 게, 아무래도 영 자리를 떠날 생각이 없어 보였다.

"저건 뭐지?"

맘대로 떠들라는 심정으로 무시하고 있자니 문득 시선을 돌린 왕세자가 흥미로운 표정을 지었다. 그 시선은 내 발치에 엉망으로 구겨져 있는 옷을 향해 있었다. 그러자 근처에서 대기한 상태로 상황만 살피고 있던, 나와 실랑이했던 남자가 냉큼 굽신거리며 말했다.

"아, 이 녀석한테 입히려던 겁니다. 반항이 심해서 애먹던 중이었습니다."

"반항이라. 아직 제 처지를 잘 모르는 건 확실하군."

"예, 정말 되바라진 녀석입니다."

"그렇다면 원하는 대로 해주면 되겠지."

"아, 그건 그렇지요."

연신 고개를 끄덕이던 남자가 아쉬운 표정으로 어색하게 웃었다. 기대했던 것보다 싱거운 반응에 맥이 빠진 듯했다. 나 역시 찝찝한 기분으로 그를 바라보았다. 저런 식으로 순순히 넘어갈 자가 아니라는 생각이 들었기 때문이었다. 아니나 다를까, 왕세자의 말은 거기서 끝난 게 아니었다.

"스킨도."

불길한 기분을 느꼈을 땐 이미 무언가가 시작된 후였다. 눈을 크게 뜨자 시선을 맞춰온 왕세자가 나른하게 웃었다.

"델라스, 이네, 데테스토르."

"……!"

한순간 저릿한 기운이 가슴을 파고들었다. 차가운 손이 내부를 꿰뚫고 들어와 심장을 움켜쥔 것 같았다. 밀어내려 했지만 봉인구 때문에 정체된 마나는 내 의지를 따르지 않았다.

"말룸, 인테르쿠로, 이네, 알티스, 칼리고."

온몸에 진득한 것들이 달라붙었다. 거미줄처럼 엉겨드는 감각에 꼼짝도 할 수 없었다. 눈앞이 빠르게 흐려지면서 시야가 완전히 캄캄해졌다. 숨을 쉬는 것만으로도 힘겨워서 목소리조차 나가지 않았다. 깊은 먹물 속에 잠겨 드는 것 같았다.

"지금 무슨 짓을……!"

철컹! 사슬이 부딪치는 소리가 울렸다. 아렐의 목소리였던 걸 보니 유니콘들이 놀라서 몸을 크게 움직인 것 같았다. 그들이 헛숨을 삼키는 소리가 귓속을 선명히 파고들었다. 어지간하면 반응을 보이지 않는 저들이 저러는 걸 보니 정말 크게 놀란 모양이다. 이해는 했다. 나 역시 놀라기는 마찬가지였으니까.

"루, 루시엘 님. 지금 무엇을 하신 것인지?"

상단주 역시 놀란 목소리였다. 왕세자는 여상한 어조로 답했다.

"몸을 묶었다. 시술할 때 움직이면 곤란하니까."

"시술이라니요?"

"내가 세공을 직접 해주지."

"……예?"

"딱히 필요 없어서 한 번도 해본 적은 없지만, 하는 방법 정도는 알거든. 저리 세공을 원한다니 친히 나서주는 것도 나쁘진 않겠어."

"아, 아! 그러고 보니 루시엘 님께선 마법과 연금술에 조예가 깊으셨지요."

그제야 상황을 이해했다는 듯 상단주의 음성에 흥분이 서렸다.

'……마법 좋아하시네.'

이게 어떻게 마법이야? 정신이 없는 와중에도 그 헛소리엔 실소가 절로 흘러나왔다. 내가 라피스와 시벨리우스를 함께 겪어보지 않았다면 그런가 보다 했을지도 모르겠다. 하지만 그러기엔 나는 이미 둘의 차이를 너무 잘 알고 있었다. 겉으로 보기엔 비슷해 보여도 마법은 구동하는 방식부터가 전혀 다르다. 게다가 예전에도 한 번 이거랑 비슷한 고통을 느껴본 적이 있었다. 그때보단 훨씬 약하지만, 온몸을 오염시키는 것 같은 이 구역질 나는 기운이 달리 있을 리가 없었다.

'이건 흑주술이잖아.'

입을 열 수만 있었다면 욕부터 퍼부었을 거다. 왕세자가 흑주술 따위를 쓰다니, 대체 에펜 왕국은 뭐하는 나라야? 양심이 없는 줄 알았더니 이건 그 정도가 아니었다. 흑주술은 어느 시대에서나 불법이다. 특히 신을 저주하는 의지를 밑바탕으로 하기 때문에 신계에서 가장 엄격히 금지하는 힘이기도 하다. 이게 문제가 뭐냐면 육체만이 아니라 혼에까지 영향을 미친다는 거다. 어지간해서는 절대 저항할 수가 없었다.

"자, 곧 편하게 해주마."

왕세자의 태연한 목소리가 들려왔다. 내가 모르는 사이에 편하다는 단어의 의미가 바뀌기라도 한 모양이다. 이윽고 심장을 움켜쥐는 것 같던 차가운 감각이 머릿속에도 스며들었다. 세공은 정석대로 하려나 했는데 역시 이번에도 흑주술이었다. 날 작정하고 망가트리려는 악의가 풀풀 느껴졌다.

"페라티오, 아플릭, 이네. 미니스테르."

"안 돼! 당장 그만둬라, 인간! 네가……짓을……!"

"……해! 그건 금지된……!"

뜻을 알 수 없는 단어들이 머리에 새겨지는 듯이 웅웅 울렸다. 그 속에서 유니콘들이 다급하게 외치는 소리가 드문드문 섞여 들려왔다. 구역질이 더 심해지면서 피비린내가 났다. 아마 코피를 흘리는 것 같았다. 혼은 버티는데 몸이 버티지 못하고 있었다.

'이건 좀 위험한데…….'

아무래도 마음의 결정을 내려야 할 때가 온 것 같았다.

간신히 의식을 집중해 손끝을 움직였다. 여기서 벗어날 방법은 알고 있었다. 언령을 주축으로 하는 주술은 기본적으로 신에 속하는 힘이고, 더 강한 신의 힘으로 깨트릴 수 있다. 완전히 사로잡히기 전에 그 힘을 불러올 수만 있다면 말이다. 다행히 나는 주술에 쉽게 먹힐 만큼 약하지 않았고, 마침 마신의 문장도 갖고 있었다. 마음만 먹으면 카노스의 힘을 끌어올 순 있을 거다. 물론 그렇게 되면 그가 날 알아차리는 건 막을 수 없겠지만. 지금은 찬물 더운물을 가릴 처지가 아니었다. 아무리 일이 꼬여도 지금 여기서 죽는 것보다는 낫겠지.

"흠."

"왜 그러십니까, 전하?"

"아니, 정령사라 그런가. 지금쯤이면 끝나야 하는데 이상할 정도로 잘 버티는군. 지금도 충분히 위험한 수준이긴 한데, 조금 더 강화해 봐야겠어."

돌아가는 상황도 더는 고민할 여지를 주지 않았다. 지금보다 더 강해져도 버틸 순 있지만 몸은 분명 크게 망가질 거다. 할 수 없이 문장 쪽에 의식을 집중했다. 그렇게 여기서는 절대 부를 일 없을 거라 다짐했던 이름을 의식하려던 순간이었다.

"큭!"

"전하!"

별안간 뜨거운 것이 얼굴을 스치는가 싶더니 숨이 탁 트였다. 신음과 함께 사방에서 당황하는 외침이 터져 나왔다. 분위기가 단숨에 날카로워지며 병장기를 움직이는 소리가 주변을 가득 메웠다.

"습격이다!"

"모두 전하를 보호하라!"

아마도 왕세자에게 무슨 변고가 생긴 모양이었다. 그 증거로 주술이 끊겼는지 몸을 다시 움직일 수 있었다. 기분 나쁘던 감각이 한꺼번에 빠져나가면서 다시금 구역질이 치밀어올랐다. 그래도 다행히 예전처럼 진흙 같은 걸 토해내진 않고 헛구역질로만 그쳤다.

머리를 털고 힘겹게 고개를 들자 아무것도 보이지 않았던 시야가 조금씩 개였다. 눈을 깜빡이니 분주하게 움직이는 사람들 틈에서 한 손을 부여잡은 채 고통스러운 표정을 짓고 있는 왕세자가 보였다. 그 손엔 시커먼 화상이 자리 잡고 있었다.

'뭐지? 누가 도와준 건가?'

당황스러운 마음에 유니콘들 쪽을 돌아보니 그들 역시 어리둥절한 표정을 하고 있었다. 지금 보니 공격이 있었는데 정작 공격한 이는 보이지 않았다. 사방에선 어떤 기척도 느껴지지 않았다.

"다들 긴장을 늦추지 마라!"

검을 빼 든 정복의 기사들이 왕세자의 주위를 둘러싼 채 주위를 경계했다. 하지만 아무리 시간이 지나도 다음 공격이 오지 않았다. 빠듯한 긴장감 속에서 주위가 고요해질 무렵이었다.

"다, 단주님."

입구에 병사 하나가 나타났다. 창백한 얼굴을 한 그를 보고 상단주가 굳은 얼굴로 소리쳤다.

"수상한 자를 찾았느냐?"

"그게……."

병사는 말을 다 잇지 못했다. 입을 벙긋거리던 그가 울컥 피를 토해냈다. 그의 가슴 부근에서 검이 튀어나와 있었다.

"무, 무슨……."

상단주를 비롯한 모두가 주춤하는 동안 병사의 몸이 앞으로 푹 고꾸라졌다. 쓰러지는 소리가 들렸지만 아무도 그쪽에는 시선을 두지 않았다. 병사가 쓰러지면서 드러난 공간에 누군가가 서 있었기 때문이었다. 후드를 깊숙이 눌러쓴 장신의 남자였다.

"누구냐!"

완전히 창백해진 상단주가 입술을 떨었다. 수상한 자가 저렇게 대놓고 서 있는데 바깥에서 달려오는 기척이 없었다. 최소한 근처에 있는 병력은 전부 해치웠다는 소리였다.

왕세자의 기사들 역시 굳은 얼굴로 더 꼼꼼히 그들의 주인을 감쌌다. 수상한 후드를 쓴 남자가 그런 그들을 가만히 돌아보다 나와 유니콘들이 있는 쪽을 응시했다. 다음 순간 그가 손에 쥔 무언가를 가볍게 입으로 불었다. 사방으로 종이 가루가 펄럭였다.

"킬리다."

그 순간 떨어진 음성에 심장이 덜컥 울렸다.

"델라스, 풀루스, 아리고."

"적(迹)."

나직한 음성이 이어지는 동안 종이 가루들은 하얀 나비 떼가 되어 빠르게 기사들 쪽으로 쏘아져 갔다. "으아악!" 무심코 쳐내려던 기사 중 한 명이 그대로 비명을 내질렀다. 나비가 달라붙어 그의 몸을 하얀 실로 휘감았기 때문이었다. 그는 눈 깜짝할 사이에 거대한 고치가 되어 바닥에 쓰러졌다.

"이, 이게 뭐야!"

"전하를 보호하라!"

기겁한 기사들이 방패를 들이밀었다. 왕세자의 얼굴은 딱딱하게 굳어져 있었다. 그는 이곳에 있는 인간 중, 누구보다 그 힘을 알아볼 수밖에 없는 이였다. 한눈에도 자신과 상극의 힘이라는 걸 알아차린 것 같았다.

"뭐하는 놈이냐!"

기사 몇이 남자를 향해 달려 나갔다. 순식간에 거리가 좁혀지며, 그들의 검이 남자의 지척에 닿았다. 그러나 남자가 다음 행동을 잇는 게 더 빨랐다. 그가 손을 뻗자 주위로 또 다른 종이들이 펼쳐지기 시작했다. 각 종이엔 붉은색 글자들이 펄 가루를 뿌린 것처럼 은은한 빛을 발하고 있었다.

"겔루– 에지스, 마누비아– 칼립스."

그러자 이번엔 종이들이 얼음 방패가 되어 남자를 보호했다. 동시에 거대한 벼락이 칼날처럼 내리꽂혔다. 달려든 기사들은 비명조차 내지르지 못하고 절명했다.

"전하! 우선 여길 벗어나셔야 할 것 같습니다!"

근위대장이 다급히 왕세자를 돌아보며 말했다. 잠시 내 쪽을 돌아본 그가 입술을 악물었다.

"후퇴한다."

그 순간 상단주가 기다렸다는 듯이 품에서 종이 한 장을 꺼내어 찢었다. 아마도 비상용 공간이동 스크롤인 모양이었다. 곧 그들의 모습이 빛에 휘감기더니 그대로 사라졌다.

미처 합류하지 못한 병사와 기사들은 남자를 상대하는 동안 차례대로 쓰러져 갔다. 차라리 도망가는 게 낫지 않나 싶을 만큼 허무한 최후들이었다. 이윽고 마지막으로 남은 병사까지 쓰러지면서, 소음이 완전히 사라진 공간이 아늑할 정도로 고요해졌다. 그제야 가볍게 숨을 내쉰 남자가 머리에 쓴 후드를 뒤로 젖혔다.

가장 먼저 드러난 건 달빛을 머금은 듯한 은발이었다. 살짝 흐트러진 머리칼 사이에서 사파이어처럼 새파란 눈동자가 드러났다. 익숙한 색이었지만 처음엔 그 모습을 단번에 인지할 수 없었다. 내가 알던 모습과 조금 달랐기 때문이었다. 그런데 그리 오래지 않아 그의 모습에서 변화가 일었다. 둥근 귀가 점차 길어지는가 싶더니, 하얀 피부가 점차 푸르스름한 색을 띠었다. 눈을 몇 번 감았다 뜨는 동안 그는 내가 잘 아는 모습이 되어 있었다.

시벨리우스.

무심코 숨을 삼키고서야 내가 입을 벌리고 있었다는 걸 깨달았다. 집요하게 바라보는 시선에 반응하듯 그가 잠시 내 쪽을 바라보았다. 선명한 존재감을 확인하고 나니 더 실감이 났다.

시벨리우스다. 정말 시벨리우스였다.

세상에, 진짜였어. 정말로 그를 여기서 만났어. 그럴 거라 짐작은 했는데 막상 그게 현실로 이뤄지니까 그저 어안이 벙벙했다. 트로웰과 엘뤼엔을 만났을 때와는 또 다른 충격이었다.

"시벨리우스 님."

먼저 그를 부르는 음성이 아니었다면 나도 모르게 아는 척을 할 뻔했다. 퍼뜩 정신을 차리니 이미 시벨리우스의 시선은 나를 빗겨가 있었다. 현대의 그라면 있을 수 없는, 그 무심한 반응을 보고 나니 더욱 머리가 식었다.

그래, 진정하자, 엘. 여긴 과거야. 심지어 4천 년 전의 과거라고. 난 시벨리우스를 알아도 그는 나를 몰라. 흥분하지 마. 아무리 반가워도 반가운 척을 하면 안 돼. 분명 이상하게 생각할 거야.

속으로 연거푸 되새기자 다행히 마음이 곧 진정됐다. 조금 편안해진 마음으로 유니콘들 쪽을 돌아보니 한창 애틋한 만남이 이뤄지고 있었다. 유니콘들은 금방이라도 울 것 같은 얼굴로 웃는 중이었다. 그 모습을 돌아본 시벨리우스가 무뚝뚝하게 말했다.

"기다려."

그는 이번엔 검을 들어 가볍게 몇 번 내리그었다. 그러자 순식간에 여러 조각으로 동강 난 창살이 그대로 와르르 무너져내렸다. 새삼 시벨리우스가 강하긴 강하구나 싶었다. 이 와중에 오랜만에 그의 목소리를 들으니 가슴이 두근거리기도 했다.

안으로 들어간 그는 유니콘들의 결박을 순식간에 끊어냈다. 마나 봉인구도 종이를 가져다 대고 뭐라고 짧게 중얼거리자 금방 부서졌다. 사슬에서 풀려난 웰디는 몸이 자유로워지기 무섭게 그의 품을 와락 끌어안았다.

"흐엉, 시벨리우스 님! 왜 이렇게 늦으신 거예요? 무서워서 혼났잖아요!"

"……신호를 느끼자마자 바로 온 거야. 그보다 어떻게 된 거야. 안전 지역만 가라고 했잖아."

"안전 지역이었어요."

"거짓말하지 마. 첫 신호가 있었던 지역이 바람 나무 땅이었어. 거기가 언제부터 안전 지역이었지?"

"그, 그치만 인간들의 축제가 궁금했단 말이에요."

투정을 부리는 듯한 말투에 시벨리우스가 잠시 한숨을 내쉬었다. 피곤해하는 게 고스란히 전해지는 한숨이라 괜히 내 어깨가 움츠러들었다. 정작 유니콘들은 살았다는 기쁨 때문인지 아무도 신경 쓰지 않는 기색이었지만.

"일단 여기서 나가서 얘기하는 게 좋겠다. 밖에 환상진을 펼쳐 놨는데 그리 오래 가진 않을 거야."

"네, 그래요. 아참, 시벨리우스 님. 저분도 풀어주세요."

고개를 끄덕인 웰디가 나를 가리켰다. 구출되면 나도 풀어주겠다는 약속을 잊지 않은 모양이었다. 그러자 시벨리우스가 멈칫하더니 나를 천천히 돌아보았다. 두 번째로 시선이 맞는 순간이었다. 괜히 긴장돼서 가만히 숨죽이고 있자니, 잠시 입을 다문 그가 조금 늦게 반응을 보였다.

"……인간 아닌가?"

"네, 맞아요. 인간이에요."

그 순간 시벨리우스의 미간이 찌푸려졌다. 미세한 반응이었지만 그전의 얼굴이 워낙 무표정해서 차이가 선명하게 느껴졌다.

"다른 종족에게 호의를 베풀 생각은 없어. 그게 인간이면 더 그렇고."

이어진 대답은 너무 싸늘해서 나도 모르게 움찔했다. 그러고 보니 시벨리우스는 자기 안에 둔 사람에게만 친절한 성격이지. 너무 오랜만이라 잠시 잊고 있었다.

"하지만 저분은 저흴 도와주신 분이에요. 모른 척할 수 없어요."

"……너힐 도왔다고?"

"네, 그렇다니까요. 게다가 제가 풀어드리겠다고 이미 약속했단 말이에요."

칭얼거리는 듯한 말에 시벨리우스가 다른 유니콘들 쪽을 돌아보았다. 진위를 확인하는 듯한 시선이 닿자 그들이 멋쩍은 얼굴로 고개를 끄덕였다.

"저희가 신세를 졌습니다."

"저 인간도 피해자입니다. 여기서 도망칠 수 있도록 결박 정도는 풀어주는 게 좋을 것 같습니다."

그들까지 인정하니 어쩔 수 없다고 여긴 건지 시벨리우스가 짧은 한숨을 내쉬었다. 그는 할 수 없다는 듯이 내게 걸어와 묵묵히 결박을 풀어주었다.

"아, 고마워……."

그런데 뭔가 좀 이상했다. 시벨리우스가 원래 특정인에게만 친절한 성격이긴 하다. 그렇다고 전혀 모르는 사람을 무작정 밀어내거나 무례하게 구는 편도 아니었다. 특히 지금 그는 나를 여자로 알고 있을 가능성이 높았다. 유니콘은 여성에게 친절하다면서, 알리사에겐 처음부터 살갑게 굴지 않았나? 그런데 그에 비해 지금은 지나치게 무뚝뚝했다. 내가 건네는 인사에 화답이 돌아오기는커녕, 시선조차 맞추지 않았다. 그는 그저 해야 할 일을 하는 것뿐이라는 듯, 마나 봉인구까지 완전히 제거한 후에 그대로 몸을 일으켰다.

"너……."

정신을 차렸을 땐 나도 모르게 붙잡은 후였다. 잡아당기는 걸 느낀 시벨리우스가 나를 돌아보았다. 그제야 제대로 보게 된 얼굴에 속이 울컥 진동했다. 반가움에 선뜻 발견하지 못했던 것들이 가까이서 확인하고 나니 제대로 보였다. 이 녀석 뭐야. 왜 이런 눈을 하고 있지?

"놔."

할 말을 잃고 굳어진 내게 서늘한 목소리가 이어졌다. 그의 얼굴은 처음부터 지금까지 여전히 무표정했다. 역시 이상하다. 내가 아는 시벨리우스는 감정 표현이 풍부한 편이었다. 화가 날 때조차 이렇게 무미건조하게 말하는 녀석은 아니었는데.

덕분에 머릿속이 온통 비상이었다. 아무래도 나는 일단 그를 만나기만 하면 예전처럼 같이 지낼 수 있을 거라 생각했었나 보다. 하다못해 인사를 나누고 서로 안면을 튼 다음 만남을 기약하는 서사 정도는 쌓을 수 있을 줄 알았다. 그런데 아무리 봐도 그럴 기색이 아니었다. 여기서 헤어지면 두 번 다시는 못 만나게 될 것 같았다. 아니, 이대로 보내면 틀림없이 그럴 거다. 기껏 만났는데 이렇게 허무하게 놓쳐버릴 수는 없었다. 무슨 말을 꺼내야 할지 몰라 망설이다 그냥 아무 말이나 내뱉었다.

"미안한데, 혹시 먹을 거 있어?"

그런데 너무 아무 말이었나 보다. 어떤 말을 들어도 꿈쩍도 하지 않을 것 같던 시벨리우스의 눈동자가 처음으로 흔들렸다. 날 내려다보는 얼굴에 조금 황당해하는 듯한 표정이 서렸다. 그래도 어떤 쪽이든 감정이 드러나니 한결 낫긴 했다. 문제는 그러고 나니 진짜로 속이 허기지기 시작했다는 거였다. 꼬르륵, 때마침 이 순간을 기다렸다는 것처럼 배에서 노골적인 소리가 울렸다. 시벨리우스의 표정이 더 황당해져서 나는 어색하게 웃을 수밖에 없었다.

"미안, 나도 엉뚱한 거 아는데. 여기 잡혀 온 후로 계속 아무것도 못 먹었거든."

"……."

"너무 배고파……."

짧은 침묵이 흘렀을까. 다음 순간 시벨리우스가 강제로 내 손을 떼어내곤 몸을 일으켰다. 솔직히 예상한 반응이라 차마 다시 붙잡을 수가 없었다. 젠장, 다 망했어. 기껏 처음 말을 건네면서 한다는 말이 먹을 거 없냐니, 나 같아도 이건 뭔가 싫어서 외면했을 거다. 그치만 솔직히 이건 현대의 그가 잘못한 거였다. 매일같이 나만 보면 뭔가 먹이려 들어서 이제 저 녀석만 보면 으레 먹을 걸 갖고 있을 거란 인식이 있단 말이야.

수치심과 민망함, 이제 어떻게 해야 하나 싶은 막막함에 한숨만 푹푹 흘러나왔다. 그런데 잠시 후 눈앞에 무언가가 불쑥 내밀어졌다. 한눈에도 먹음직스러워 보이는 빵이었다. 번쩍 고개를 드니 놀랍게도 시벨리우스가 그걸 내밀고 있었다. 믿기지 않아 멍해 있자 내 손을 잡아 직접 쥐여 주기까지 했다.

"어, 고, 고마워. 나 이 빵 좋아해."

얼결에 인사하고 나니 그가 잠시 멈칫했다. 가만히 내려다보는 시선에서 복잡한 감정이 보였다. 이번에야말로 제대로 된 대화를 해볼 수 있지 않을까. 왠지 예감이 좋았다.

"저기……."

"시벨리우스 님."

그러나 다시 말을 걸어보려는 시도는 곧 다른 방해를 받아 무산됐다. 웬디가 부르는 소리를 듣자 그는 즉각 미련 없이 몸을 일으켜 유니콘들이 있는 쪽으로 향했다. 돌아서는 동작이 얼마나 단호하던지, 그럴 사이가 아니라는 걸 아는데도 괜히 섭섭한 마음이 들었다. 다가오는 그를 미소로 맞이하는 웬디는 조금 안심한 듯, 찜찜한 듯 묘한 표정을 짓고 있었다.

"친절을 베풀어 주셨군요. 잘하셨어요. 아무리 아닌 척하셔도 마음이 약하신 건 숨기지 못하신다니까요. 그래서 할아버님이 늘 걱정하시지만, 전 생각이 달라요. 시벨리우스 님이 이런 성격이라서 갖는 장점도 크다고 생각해요."

"그런 거 아니야."

"아니긴요. 그런데 저 음식은 어디서 나신 거예요?"

"……그냥 마침 갖고 있던 거야."

"설마 직접 만드신 건 아니죠?"

그 말에 시벨리우스가 입을 다물었다. 나야 당연히 그런 줄 알아서 별로 놀랄 것도 없었지만, 누가 봐도 긍정하는 침묵이었다. 그런데 돌아오는 반응이 별로 좋지 않았다. 옆에서 듣고 있던 아렐이 가만히 한숨을 내쉬었다.

"그 취미는 계속 못 버리시는군요. 그런 건 룬의 위신에 걸맞지 않으니 그만두시라고 장로님이 몇 번이나 당부하셨잖습니까."

아니, 요리하는 취미가 어디가 어때서?

조금도 동의할 수 없는 내용에 내심 어리둥절해졌다. 오히려 상당히 고급스러운 취미 아닌가? 식재료는 비싸다. 대량 생산이 보편화되지 않은 아크아돈에서는 특히 더 비싼 편이었다. 제과만 해도 들어가는 비용이 상당하다고 들었다. 다양한 지식과 감각도 필요해서 누구나 잘할 수 있는 것도 아니다. 이런 점만 생각해도 위신을 해치는 게 아니라 오히려 더 높이는 쪽인 것 같은데. 내가 너무 현대 지구인의 시각으로 생각하는 건가?

하지만 어느 세상에서나 다르지 않은 공통적인 한 가지는 알고 있다. 하지 말라고 하면 더 하고 싶어진다는 거다. 현대의 그가 뛰어난 요리사였다는 점이 바로 그 증거겠지. 속으로 고개를 저으며 빵을 한 입 물었다. 고소하고 달달한 맛이 입안 가득 퍼지니 흑주술 때문에 진탕이 된 속이 좀 진정되는 것 같았다.

'맛있다.'

이런 맛이었구나. 원래도 맛있다는 건 알고 있었지만 머리로 인식하는 것과 직접 혀로 느끼는 건 와닿는 감동이 전혀 달랐다. 사라지는 게 아까운 기분이라 최대한 천천히 먹고 있으려니 시선이 느껴졌다. 웰디와 시벨리우스를 비롯해 유니콘들이 전부 나를 바라보고 있었다.

"아, 미안해요. 너무 저만 먹었나 봐요."

아니면 이런 상황에서 태연히 먹고 있는 게 황당한 건지도 모르겠다. 주위만 둘러봐도 뭘 먹을 수 있는 환경은 아니었으니까. 어색하게 분위기를 살피자 웰디가 부드럽게 미소 지었다.

"아니에요. 신경 쓰지 말고 드세요. 입에 맞으신 것 같네요."

"네, 진짜 맛있어요. 이걸 직접 만들었다니 굉장해요. 창피하지만 전 요리는 별로 못하거든요. 음식을 만들 줄 아는 사람이 세상에서 제일 대단하게 보이더라구요."

물론 들으라고 한 소리 맞다.

의도하지 않은 것처럼 해맑게 웃어주니 아렐의 얼굴이 굳었다. 서로 마주 응시하는 나와 그 사이에 잠시간 기묘한 공기가 흘렀다. 그러자 당황한 웰디가 황급히 끼어들었다.

"저기, 그보다 몸은 좀 어때요?"

"아, 보다시피 괜찮아요."

"다행이네요. 그래도 여기서 빠져나가면 신전부터 찾아가 보는 게 좋을 거예요. 흑주술은 후유증이 많이 남거든요. 혼이 오염됐을 테니 반드시 정화를 받아야 해요."

"네, 그럴게요. 고마워요."

오염은 안 됐지만, 챙겨주는 마음이 고마워서 별다른 내색 없이 고개를 끄덕였다. 안심한 듯 부드럽게 웃는 웰디를 보니 마음이 좀 복잡했다. 본인들을 챙기기에 급급한 와중에도 날 잊지 않은 점이라든가, 상태를 묻고 조언까지 해주는 걸 보면 역시 좋은 사람인 건 맞다. 고맙다는 말도 진심이었다. 그런데 왜 묘하게 불편한 기분이 드는 건지 이유를 잘 모르겠다. 그게 비단 장로의 손녀라는 이유만은 아닌 것 같았다.

"흑주술이라니?"

의외였던 건 그다음이었다. 놀란 듯한 목소리에 시선을 돌리니 조금 굳은 표정을 짓고 있는 시벨리우스가 보였다. 그를 돌아본 웰디가 설명을 이었다.

"아까 도망친 인간 중에 흑주술을 쓰는 자가 있었어요. 저분이 정말 큰일 날 뻔하셨죠."

"그랬군. 어쩐지 이상한 기운이 느껴지더니."

"모르셨군요. 알아보셔서 도와주신 줄 알았어요."

"도와줘?"

"흑주술을 끊으셨잖아요."

그 말에 시벨리우스가 무슨 소리냐는 듯이 눈썹을 찌푸렸다. 덕분에 당황한 건 나였다. 당연히 그가 도와준 거라 생각했는데 금시초문이라는 듯한 저 반응을 보니 그게 아니었던 모양이다. 그럼 왕세자를 공격한 건 누구지?

웰디 역시 같은 생각을 했는지 혼란스러운 표정을 짓고 있었다. 호위인 두 유니콘도 굳은 얼굴로 주위를 살피기 시작했다. 우리만 있다고 생각한 공간에 또 다른 자가 숨어 있을 가능성이 더해졌으니 불안해질 만도 했다.

"……일단 여기를 벗어나죠. 시벨리우스 님, 퇴로는 만들어두셨습니까?"

"공간을 접어두긴 했어. 이 숲을 벗어날 수 있을 정도지만."

"그건 좀 아슬아슬하군요. 더 먼 거리도 가능하신 거 아닙니까?"

"가능은 하지만, 그렇게 했으면 내가 지금보다 늦게 도착했을 거야. 너흴 구하는 걸 더 서두르는 게 맞다고 생각했어."

"그것도 그렇군요. 하지만 이 근방은 다 놈들 수중입니다. 숲을 벗어나는 정도로는 추격이 금방 따라붙을 겁니다. 공간 이동 스크롤을 가져오셨으면 더 좋았을 텐데요."

"그것도 있어."

아렐의 말에 시벨리우스가 품에서 두루마리를 꺼내 내밀었다. 그런데 반색하며 받아든 카리안의 표정이 곧 흐려졌다.

"이건 마을 귀환 스크롤이군요. 그냥 평범한 이동 스크롤은 없으십니까?"

"장로가 그걸 가져가라고 했어."

"그렇군요. 그래도 다음에 또 이런 일이 생긴다면 여분도 챙기시는 게 좋겠습니다."

그 모습을 보고 있으니 아까부터 들던 불편한 기분의 이유를 알 것 같았다. 호칭만 높였을 뿐, 다들 시벨리우스를 대하는 태도가 묘하게 고압적이었다. 마치 지도하는 아랫사람을 대하는 것처럼.

뭐지, 시벨리우스의 나이가 가장 어린가? 하지만 신분이 높으면 나이는 상관없지 않나? 혹시 유니콘 세계에선 그런 위계가 없는 건가? 내가 모르는 세계의 일이다 보니 돌아가는 상황을 어떻게 해석해야 하는 건지 알 수가 없었다.

"이렇게 됐으니 아쉽지만 웰디 님, 저희 유람은 여기서 끝내야 할 것 같습니다."

"앗, 마을로 바로 귀환하는 거야? 그건 싫은데. 우리 별로 돌아보지도 못했잖아. 그냥 길로 나가면 안 돼?"

"안 됩니다. 지금은 안전이 최우선입니다."

"그치만 할아버님이 어떻게 나오실지 알잖아. 이대로 돌아가면 앞으로 천 년간 외출 같은 건 꿈도 꾸지 못할 거야."

"아마 그렇겠죠. 그래도 어쩔 수 없습니다. 시벨리우스 님이 가져오신 스크롤이 그냥 이동 스크롤이었다면 좋았겠지만요."

"아이참, 왜 하필 귀환 스크롤이에요. 시벨리우스 님은 너무 융통성이 없으세요."

하지만 아무리 생각해도 이런 대화는 아닌 것 같았다.

"저기요."

정신을 차렸을 땐 나도 모르게 입을 열고 있었다. 그제야 내 존재를 상기한 듯 모두의 시선이 몰려들었다. 딱히 나설 생각은 없었지만 이렇게 된 김에 할 말은 해야겠다. 마침 속도 다 진정된 참이라 몸도 움직일 수 있을 것 같았다.

자리를 털고 일어나니 시선이 더 짙어졌다. 걸음을 옮겨 가까이 다가가자 흠칫 놀란 그들이 뒤로 주춤 물러났다. 신경 쓰지 않고 더 거침없이 다가가 시벨리우스의 옆에 멈춰 섰다. 황당하다는 표정을 지은 아렐이 눈썹을 크게 찌푸렸다.

"지금 뭐하는 거지?"

"궁금한 게 있어서요. 여러분이 어떤 관계인지, 평소 어떤 식으로 지내는지 자세한 건 모르지만요. 이 사람이 여러분을 구하러 온 거 아닌가요?"

"보면 모르나?"

"역시 맞죠? 그럼 먼저 해야 할 말이 있지 않아요?"

"……무슨……."

"고맙다고 해야죠. 감사 인사가 먼저잖아요."

생각지 못한 지적을 들었다고 여긴 걸까. 입을 다문 유니콘들이 얼굴을 굳혔다.

"아까부터 봤지만 아무도 그 인사는 안 하는 것 같아서요. 굳이 말로 하지 않아도 전해지는 게 있으니까 그런가 보다 하긴 했는데요. 탓하는 것처럼 말하는 건 아무리 농담이라도 좀 지나치지 않나 싶네요."

"아무것도 모르는 인간이 우리 일에 끼어들지……."

"네, 그 아무것도 모르는 인간조차 아는 예의를 그쪽 분들은 잊고 있는 것 같아서 말해주는 겁니다."

아렐이 다시 입을 다물었다. 웰디와 카리안은 사색이 된 얼굴로 시벨리우스를 바라보고 있었다. 그의 기분을 살피는 듯한 모습을 보니 그들도 본의는 아니었나 보다. 아마 너무 편한 관계인 나머지 무심코 함부로 대하게 된 거겠지. 그래도 화가 나는 건 어쩔 수 없었다. 한숨을 내쉰 후 옆에 서 있는 이를 올려다보았다.

"너 호구야? 왜 저런 취급을 하는데 아무 말도 안 해?"

얼음처럼 굳어 있던 시벨리우스가 눈을 천천히 깜빡였다. 얘가 어디 가서 당하고 살 성격은 절대 아닌데, 지금은 왜 이렇게 맹하게만 있는 건지 모르겠다. 상급신한테도 막말하며 덤비던 패기는 다 어디로 간 거야? 괜히 속상한 마음에 그를 향해 거칠게 손을 내밀었다.

"난 엘이라고 해."

"……."

"넌 시벨리우스지? 도와줘서 정말 고마워. 덕분에 살았어."

돌아오는 대답은 없었지만 굴하지 않았다. 반응하지 않는 그의 손을 억지로 잡아 반강제적인 악수를 나눴다. 시벨리우스는 움찔하면서도 거부하진 않았다. 다만 뻣뻣하게 굳은 얼굴이 조금 전보다 명백히 동요하고 있었다.

"아, 그렇지. 빵도 잘 먹었어. 내가 먹어본 빵 중에서 제일 맛있었어. 장담하는데, 넌 그 길로 가도 성공할 거야. 이런 재능은 아까워서라도 그만두지 않았으면 좋겠어."

이번에도 시벨리우스는 아무 대답도 하지 않았다. 조금 숨을 삼키긴 했지만 내가 기대했던 반응에 비하면 한참이나 미미했다. 어설프게 손을 빼내려는 걸 다시 꾹 움켜쥐니 시선이 흔들렸다. 파문이 이는 눈동자를 똑바로 마주 보았다.

"제도에 오면 여명이란 헌터 길드가 있어. 혹시 나중에 내 도움이 필요하면 언제든 찾아와. 아니, 그냥 용건 없이 놀러 와도 돼. 언제든 환영할게."

"……아니, 나는……."

"알았지? 꼭이야. 또 보자."

눈동자가 다시금 흔들렸다. 아까보다 감정이 담긴 눈을 보니 한결 안심이 됐다. 굳이 이걸 의도한 건 아니었지만, 고비를 넘긴 기분이라고 해야 하나. 무사히 다음 기반을 마련했다는 기분이 든다. 친하게 지냈다고 했으니 그냥 헤어졌어도 어떻게든 다시 만나긴 할 텐데 뭐가 이리 찜찜한 건지 모르겠다. 아무래도 트로웰이 내준 과제 때문에 역으로 미래를 바꿔선 안 된다는 생각이 너무 확고해진 모양이다.

"시벨리우스 님, 이만 가시죠."

아렐이 서둘러 그의 팔을 붙잡아 끌었다. 나와 급히 거리를 벌리는 게 마치 역병이라도 대하는 듯한 태도였다. 거의 끌려가다시피 가던 그가 힐끔 나를 돌아보았다. 웃으며 손을 흔들어주니 다시 빠르게 시선을 피하긴 했지만.

"다들 고생했어요. 잘 가요."

마지막으로 건넨 작별 인사에 유니콘들이 몸을 움찔했다. 나를 돌아보는 얼굴들마다 찜찜한 표정이 가득했다. 곧 종이를 찢는 소리가 울리며 하얀 빛무리가 그들을 둘러쌌다. 아까 왕세자가 사라졌을 때와 같은 현상이라 다음 일도 쉽게 짐작할 수 있었다. 예상대로 그들의 모습이 곧 눈앞에서 사라졌다. 붙잡혀 있던 시간에 비해 허무할 만큼 간단한 탈출이었다.

"그럼 이제 나도 나가볼까."

혼자가 된 공간은 적막했다. 여기저기 시신이 널려 있는 처참한 꼴이라 더 그런 것 같았다. 얼마나 고요한지 세상의 모든 소리가 사라진 것처럼 느껴졌다. 그런데 그게 그저 착각만은 아니었나 보다. 출구로 나갔는데도 여전히 아무런 소리가 들리지 않았다.

혹시 몰라 손뼉을 쳐보자 곧바로 소리가 울렸다. 그런 걸 보면 내 귀에 문제가 생긴 건 아니었다. 사실 조용한 이유는 그냥 둘러보기만 해도 분명했다. 그 어느 곳에서도 사람이 보이지 않았다. 알고 있던 모든 광경이 그대로인데 기척이 조금도 느껴지지 않았다. 색감도 묘하게 흐리고 탁한 게 마치 시간이 멈춘 무채색 공간에 들어와 있는 것 같았다. 잠시 멈칫했다가 시벨리우스가 환상진을 펼쳐놨다고 했던 말이 떠올랐다. 아무래도 그 영향인 모양이다.

여기서 벗어날 방법은 굳이 고민하지 않았다. 시벨리우스는 환상진이 그리 오래 버티지는 못할 거라고도 했었다. 가만히 기다리기만 해도 알아서 깨진다는 소리였다. 그건 곧 눈앞에서 증명됐다. 다음 순간 풍경이 일렁이는 듯하더니 강한 파열음과 함께 무언가가 휙 걷혔다. 흐렸던 색감이 한순간에 선명해지며 바람이 한꺼번에 쏟아졌다. 진법이 깨지면서 실체가 드러난 것 같았다.

문제는 그렇게 나타난 현실이 결코 낙원은 아니라는 점이었다. 조금 전까지만 해도 아무것도 없던 공간에 수많은 병사가 진을 치고 있었다. 어리둥절한 얼굴로 눈을 깜빡이던 병사들이 곧 천천히 나를 바라보았다. 한동안 어색한 침묵이 흘렀다.

……음, 이건 좀 곤란한데.

난처한 기분으로 생긋 웃은 것이 신호였다.

"잡아!"

완전히 정신을 차린 병사들이 한꺼번에 움직였다. 순식간에 진형이 갖춰지며 머리 위에서 쇠 그물이 펼쳐졌다. 이 와중에도 나한테 접근하면 위험할 거라는 건 알아서 꼼수부터 쓰는 듯했다. 혀를 찬 후 재빠르게 사정권 밖으로 피하던 순간이었다.

콰과광!

"……!"

난데없이 요란한 소리가 터지더니 사방이 크게 진동했다. 생각지도 못한 사태에 미처 대응할 틈도 없이 다리가 균형을 잃었다. 넘어졌다는 걸 인지한 순간엔 내 미래가 좀 더 고단해졌다는 걸 깨달을 수밖에 없어 착잡했다.

'마법인가?'

다행히 모두에게 예상치 못한 상황이긴 마찬가지였는지 바로 공격이 이어지진 않았다. 얼른 몸을 일으키려는데 문득 눈앞에 이상한 것이 스쳤다. 뭔가 하얀색의 작은 조각 같은 것이 나풀거리고 있었다.

무심코 받아보니 손가락에 살짝 내려앉은 꽃 모양의 결정이 그대로 물이 되어 사라졌다. 잘못 본 게 아니었다. 정말 눈꽃 결정이었다. 눈앞에서 춤을 추는 차가운 입자들을 지켜보다 멍하니 고개를 들었다. 사방이 온통 희뿌연 색으로 변해 있었다.

지금, 한여름인데.

하얗게 된 건 풍경만이 아니었다. 천천히 주위를 둘러보고 나서야 병사들이 공격할 순간을 놓친 게 아니라 앞으로도 영원히 이을 수 없다는 걸 깨달았다. 내게 덤벼들던 자세 그대로 전부 얼어붙어 있었으니까.

마치 꿈을 꾸는 것처럼 비현실적인 광경이었다. 아프도록 파고드는 날 선 공기에 몸이 저절로 떨렸다. 내뱉는 숨마다 하얗게 일어나 시야를 가리는데 이 현상의 원인은 찾을 수 없었다. 조금 더 시선을 위로 들었다. 수북이 세워진 얼음 동상들 너머 높이 솟아오른 천막의 지붕이 보였다. 그 위 역시 성에로 덮여 본래의 색을 잃은 채였다. 그 하얀색 일색인 곳에 누군가가 서 있었다.

"아……."

바람에 맡겨진 긴 머리칼이 새하얀 빛으로 흔들렸다. 눈동자 색 또한 시리도록 새하   다. 그 손엔 얼음으로 된 창이 들려 있었다. 평소와는 다른 낯선 색으로 이루어져 있었지만 누군지 몰라볼 수가 없는 이였다. 적어도 저렇게 생긴 이가, 저런 분위기를 낼 수 있는 존재가 이 세상에 또 있을 리가 없었다.

"아버지…?"

무심코 중얼거린 말이 닿았을까. 섬뜩할 만큼 무감정한 시선이 내게 닿았다.

"그렇게 부르지 마라."

표정만큼이나 차가운 목소리에 심장이 덜컥 내려앉았다. 마른침을 삼키는 나를 내려다보며 그가 삐뚜름하게 웃었다. 얼어붙을 것 같이 사나운 미소였다.

"지금 날 자극해서 좋을 게 없으니까."

제5화

1.

온도가 낮아지면 물은 얼음이 된다. 정령 역시 차가운 속성을 강하게 끌어내면 겉모습에도 영향이 미칠 수 있긴 했다. 하지만 대체로는 일부에 불과한 정도다. 저렇게 온전히 새하얗게 될 정도면 얼마나 끌어올렸다는 걸까.

분명한 건 지금의 엘뤼엔은 육체를 입고 있어도 정령에 더 가까운 상태라는 거다. 머리칼에서 새하얀 눈가루가 흩날리는 그는 누가 봐도 인간으로는 보이지 않았다. 아마 누군가가 그의 모습을 본다면 정령왕이라는 걸 바로 알아볼 것 같았다. 일단 여기선 그럴 수 있는 사람이 아무도 없었지만 말이다.

서늘한 몸을 감싸 안으며 주위를 둘러보았다. 내 주변 말고도 먼 곳까지 얼음 동상들이 쭉 늘어져 있었다. 눈을 두는 곳마다 다 비슷한 광경이 이어졌다. 천막 안쪽까진 모르겠지만, 적어도 바깥에 있던 자들은 전부 얼려진 게 분명했다.

'크리스랑은 다들 괜찮은 건가.'

무사할 거란 생각은 들지만 기온이 너무 급작스럽게 변해서 걱정이 되긴 했다. 그때 엘뤼엔의 모습이 어디론가 사라졌다. 잠시 후 다시 나타난 그는 누군가의 뒷덜미를 붙잡고 있었다. 질질 끌려 나오는 사람은 나도 얼굴을 알고 있는 사람이었다. 바로 릴이었으니까. 다른 곳에 피해 있었는지 얼음 동상이 되는 걸 면하긴 했는데 그만 발각된 모양이다. 그는 곧 바닥에 강하게 패대기쳐졌다.

"큭!"

넘어진 릴이 허둥거리며 몸을 일으켰다. 하지만 엘뤼엔이 그를 향해 얼음 창을 들이민 것이 더 빨랐다. 창끝의 날카로운 부분이 금방이라도 틀어박힐 듯 그의 턱 끝을 겨냥했다. 아니, 실제로 찔러가고 있었다. 꿰뚫린 피부에서 붉은 피가 뚝뚝 흘러나왔다.

"자, 잠깐만!"

다급하게 나서자 동작을 멈춘 엘뤼엔이 나를 바라보았다. 차가운 시선에 움찔하니 건조한 목소리가 이어졌다.

"물러나. 너까지 다친다."

"아, 아니, 그치만 그 사람은 죽이면 안 돼. 아군이야."

"……아군?"

곧게 뻗은 눈썹이 크게 꿈틀거렸다.

"아군 같은 소리."

낮게 중얼거리는 목소리가 마치 씹어 발기는 듯했다. 세상에서 가장 참신한 헛소리를 들었다는 표정이었다.

그야 정확히 말하면 아군까지는 아니지. 오히려 내가 여기서 겪은 모든 고생은 전부 그 때문이라고 해도 과언이 아니었다. 그래도 도움받은 것도 있는데 여기서 무참히 죽게 할 순 없었다. 좀 더 이유를 만들자면 왠지 왕세자가 흑주술을 썼을 때 도와준 사람도 릴인 것 같단 예감이 들었다. 엘뤼엔을 굳이 화나게 하고 싶진 않지만, 아무래도 여기선 물러나면 안 될 것 같았다. 그런데 그때 누군가가 내 어깨를 붙잡았다. 놀라서 돌아보자 아는 얼굴이 보였다. 트로웰이었다.

"트로웰!"

"그냥 내버려 둬."

"어? 하지만……."

그사이 엘뤼엔이 다른 쪽으로 기어가는 릴을 기어코 창으로 내리찍었다. 비명을 내지른 그가 몸을 크게 퍼덕였지만 봐주지 않고 뒷목을 지그시 짓밟기까지 했다. 살벌한 광경에 식은땀이 절로 흘렀다.

"크, 자, 잠깐…… 잠깐만 기다려 주……."

릴이 꺼져가는 음성으로 힘겹게 호소했지만 엘뤼엔은 전혀 개의치 않았다. 오히려 그는 부드럽게 웃었다. 저렇게 기분 좋게 웃는 모습을 여기선 처음 보는 것 같았다. 내가 알던 분위기와는 전혀 달랐지만.

"벌써 앓는 소리를 하면 곤란하지. 좀 더 기뻐하지그래. 바란 대로 내가 화내주고 있잖아."

"내가 언제…… 화내길 바랐다고 그래, 이 지랄 맞은 새끼야…… 악! 잠깐! 진짜 아파! 아프다고!"

"언행에 모순이 있군. 화내길 바란 게 아닌데 이런 짓을 했다고?"

"그야, 뭐, 너도 한 번쯤은 굴욕감이라는 게 뭔지 알면 좋을 것 같아서…… 악, 진짜 아프다니까!"

그런데 오가는 대화가 조금 이상했다. 그냥 듣기에도 전혀 모르는 사이에 오갈 내용이 아니었다. 뭐지? 지금 뭐가 어떻게 되어가는 거지? 당황해서 트로웰을 돌아보니 그가 어깨를 으쓱였다. 그냥 잠자코 지켜보라는 듯이.

"삶이 지겨워서 돌아버릴 것 같나, 이프리트? 원하는 게 소멸이라면 처음부터 그렇게 말해라. 그 정도 자비쯤은 베풀어 줄 테니까."

그 순간 들려온 이름엔 잠시 시간이 멈추는 듯했다.

"……이프리트?"

멍하니 중얼거리니 바닥에서 몸부림치던 릴이 크게 흠칫했다. 엎드려 있어 얼굴이 가려져 있는데도 왠지 그가 짓고 있는 표정이 눈에 보이는 듯했다.

"이프리트으?"

이프리트라니! 설마 내가 아는 그 이프리트?

저 남자가, 릴이, 불의 정령왕이라고?

내가 외치는 소리를 들었을 텐데도 릴은 아무런 반응을 보이지 않았다. 뻣뻣하게 굳은 몸이 누가 봐도 일부러 외면하고 있는 듯한 모습이었다. 물론 엘뤼엔은 그걸 가만히 두고 볼 생각이 없는 듯했다. 그가 릴의 멱살을 잡아 일으키더니 그의 목 부근에서 무언가를 잡아 강제로 뜯어냈다. 그러자 탁한 금발이 눈부신 금색으로 빛나기 시작했다. 마치 타오르는 불꽃의 중심부와 같은 색이었다. 변화가 일기 시작한 건 그의 얼굴 역시 마찬가지였다. 한 꺼풀 덮여 있던 막을 걷어내기라도 한 것처럼, 이목구비가 순식간에 선명해지며 입체적으로 변해 갔다.

정신을 차렸을 땐 우연히 마주쳐도 알아보지 못할 것 같은 흐릿한 인상의 남자는 오간 데 없이 사라지고, 한눈에 보기에도 화려한 남자가 남아 있었다. 분명 같은 얼굴인데 풍기는 분위기가 전혀 달랐다. 덕분에 너무 놀라면 목소리가 나가지 않는다는 것만 실감했다. 손짓으로만 요란하게 난리를 치고 있는 나를 향해 트로웰이 쓴웃음을 지었다.

"맞아, 재가 이프리트야."

"……! …! ……!"

"놀란 거 알았으니까 그만 진정해."

그동안 릴은, 아니, 알고 보니 이프리트라는 남자는 바닥에 다시 처박혔다. 지친 모습으로 주저앉은 그가 한숨을 내쉬며 머리를 쓸어 넘기니, 머리칼의 밝기가 차분해지면서 붉은색에 더 가까워졌다. 내가 아는 이프리트와 같은 색이었다. 그 익숙한 머리 색을 보고나니 정말로 실감이 들었다. 정말이다. 정말 이프리트였다.

"엘퀴네스를 골탕 먹이려고 그 계약자인 널 괴롭힌 거야."

"허……."

기가 막혀서 죽을 수 있다면 그게 바로 지금이 아닐까. 어쩐지 이런 노예 상단에서 놀기엔 말도 안 되는 실력이다 싶었다. 대체 뭐하는 인간인 건가 했는데 인간이 아니었을 줄이야.

"복수가 목적이라더니……."

그게 엘퀴엔이었어?

기가 막혀 바라보니 그가 슬그머니 시선을 피했다. 욕설을 삼키는 얼굴엔 낭패감과 곤혹스러움, 죄책감이 고스란히 드러나 있었다. 뻔뻔하게 나올 줄 알았는데 그 점은 조금 의외였다.

"남의 계약자를 건드렸을 땐 그만한 각오도 했겠지."

엘퀴엔이 그의 상체를 다시 발로 짓밟고 얼음 창을 겨눴다. 조금 누그러져 있던 이프리트의 눈매가 대번에 샐쭉해졌다.

"이게 어디 내 탓만이야?"

"네 탓이 아니면 뭐지?"

"젠장! 이 씹어먹을 새끼야! 네가 먼저 날 엿 먹였잖아! 네가 내 영역을 부수지만 않았으면 나도 이렇게까진 안 했……! 아악! 그만 때려! 잘못했어! 내가 잘못했다고! 으아악! 차라리 본계로 가서

때리든가!"

이후에는 일방적인 싸움이었다. 솔직히 이걸 싸움이라고 불러도 될지도 잘 모르겠다. 엘뤼엔은 정말 야무지게 이프리트를 팼다. 비명을 내지를 만큼 고통을 가하면서도 역소환이 되지는 않을 정도로는 조절하는 게 가히 예술의 경지였다. 뭘 어떻게 한 건지 이프리트 쪽에서 도망치지도 못하게 만들어둔 것 같았다.

본계에서 받는 영향이 더 큰데도 굳이 여기서 괴롭히는 이유는 뻔했다. 이프리트만이 아니라 그의 계약자들까지 다치게 하려는 거다. 과연 괜히 나중에 형벌의 신이 된 게 아니었다.

"이번엔 정말 무사히 넘어가기 힘들겠는걸."

트로웰이 중얼거리는 소리가 한숨처럼 이어졌다. 그에겐 이미 익숙한 광경인지 내심 지루해 보이기까지 했다. 그러고 보니 나도 예전에 비슷한 광경을 본 적이 있었다. 그땐 카노스가 이프리트의 위치에 있었다. 그때도 상당히 심하다 싶었는데 오늘 일을 겪으니 조금 생각이 달라졌다. 지금 이프리트에 비하면 당시 카노스는 상대적으로 여유가 있는 거였다. 설마 엘뤼엔이 봐줬을 리는 없고, 아무래도 카노스 쪽이 일부러 맞아줬던 모양이다.

'……어쨌든 다 끝난 건가.'

몸에서 조금 힘을 빼고 숨을 깊게 내쉬었다. 눈앞에서 한 사람이 처절하게 얻어맞고 있는데 이 모든 광경이 평화롭게 느껴진다니. 나도 조금 정상은 아닌 것 같다.

"어차피 저러다 곧 역소환 시킬 거야. 일단 나도 다시 정령계에 다녀올게. 결계가 풀리자마자 온 거라 아직 수습할 게 남아 있거든. 자세한 이야기는 다녀와서 해줄 테니 기다려."

설명을 잇던 트로웰이 나를 돌아보았다. 다시 돌아가는구나. 하긴 이제 막 이프리트를 잡은 거라면 아직 정령계도 엉망이겠지. 그동안 나도 여기 상황이나 수습해야겠다. 고개를 끄덕이는데 그의 표정이 조금 이상했다. 뭔가 당황한 듯한 모습이었다.

"엘?"

왠지 그의 목소리가 멀어진 것 같았다.

분명 바로 옆에 있는데 이상한 일이었다.

* * *

어느 순간 반짝 눈이 떠졌다.

처음엔 잠시 어리둥절했다. 내가 언제 눈을 감았지? 떴다는 건 감았다는 전제가 있기에 가능한 일인데 아무리 생각해도 눈을 감은 기억이 없었다. 다음으로 느껴진 건 당혹감이었다. 시야에 들어오는 광경이 달라져 있었다. 눈을 돌리는 곳마다 보이던 얼음 동상들은 어디로 갔는지 전부 사라지고 그 대신 처음 보는 낯선 천장이 보였다. 내가 침대에 누워 있다는 건 그보다 조금 더 늦게 깨달았다.

"일어났군."

당황해서 벌떡 몸을 일으키는데 아는 목소리가 들렸다. 고개를 돌리니 엘뤼엔이 보였다. 그는 내 바로 옆에 있는 안락의자에 앉아 있었다. 눈처럼 새하얗던 모습이 다시 본래의 물색 머리칼과 푸른 눈동자로 돌아온 채였다.

"어? 내가 왜……."

"엘, 이제 정신 차린 거야?"

그때 문이 열리며 트로웰이 안으로 들어섰다. 그 뒤엔 릴, 아니, 이프리트도 따라 들어오고 있었다. 더 이해할 수 없는 광경에 멍하니 눈만 깜빡였다. 조금 전까지 얻어맞던 사람이 왜 저렇게 멀쩡하지? 엘뤼엔도 그를 힐끗 보기만 할 뿐 잠잠했다. 뭔가 시간이 지났다는 건 알겠는데, 이게 대체 무슨 현상인지는 이해할 수가 없었다.

"뭐가 어떻게 된 거야?"

"너 기절했었어."

"헉, 정말?"

"지금 이틀 만에 눈 뜬 거야."

"……헉?"

내가 기절이라니. 게다가 그사이에 벌써 이틀이나 지났다고? 황당한 기분으로 이프리트를 바라보니 그가 움찔해서 시선을 피했다. 하긴 그러지 않고서야 이 모든 광경이 말이 안 되긴 했다. 아직 믿기진 않는데 내가 정말 기절했고, 그동안 다른 장소로 옮겨진 모양이다. 아니, 잠깐, 그럼 크리스랑 다른 사람들은? 설마 거기 그대로 남겨진 건가? 뒤늦게 미치는 생각들에 심장이 철렁했다. 그러자 마음을 읽기라도 한 것처럼 트로웰의 말이 이어졌다.

"참고로 네 도움 안 되는 길드원들은 모두 무사해. 다들 같은 여관에 묵고 있으니 원하면 언제든 만날 수 있어. 상황 수습도 그들 쪽에 맡겼으니 신경 쓸 거 없고."

"아, 그, 그래?"

어느 정도는 상황을 파악하고 찾아온 것 같더니, 역시 엘퀴엔이 천막 안쪽은 건드리지 않은 모양이다. 내가 기절하자 트로웰은 바로 크리스를 찾아가 풀어주고 남은 일을 다 떠맡겼다고 했다. 그래서 지금 그는 한창 이리저리 불려 다니며 상황을 수습하는 중인 것 같았다. 뭔가 얼결에 해결된 것 같아 어안이 조금 벙벙했다. 이럴 줄 알았으면 진작 기절할 걸 그랬나 싶다.

"근데 내가 왜 기절했지?"

습격을 받은 것도 아니고 아무런 일도 없었는데? 아무리 생각해도 이해가 안 돼서 멍하니 중얼거리니 혀를 차는 소리가 들렸다. 세 정령왕이 모두 똑같은 표정을 짓고 있었다.

"왜라고 묻는 게 더 이상하네. 장기를 너무 많이 다쳤었어. 엘퀴네스의 치유력이 아니었으면 정상으로 살기 힘들었을걸?"

"헉, 정말?"

"그러니까 우리가 지금 네 옆에 붙어 있겠지? 네가 갑자기 쓰러지는 바람에 계획이 전부 다 바뀌었어. 보다시피 정령계로 돌아가는 것도 미뤘고."

아, 그러고 보니 정령계로 돌아간다고 하던 참이었지. 그 뒤로 바로 의식을 잃었으니 얼마나 황당했을까. 본의 아니게 일부러 가지 못하도록 붙잡은 것 같아서 머쓱했다.

"놀라게 해서 미안해."

"……놀라긴 했지. 아무렇지 않아 보여서 괜찮은 줄 알았거든. 생각해 보면 말이 안 되는 일이긴 했어. 흑주술에 당했는데 멀쩡할 리가."

중얼거리듯이 말한 후 트로웰이 엄격한 표정으로 나를 바라봤다.

"참는 건 좋은 습관이 아니야. 필요한 도움은 받아야지. 내가 네 생각은 읽지 못한다는 거 잊었어? 말하지 않으면 아무도 먼저 알아주지 않아."

"어? 아니야. 나 진짜 하나도 아무렇지 않았어. 너무 정신도 없고 그래서 몸이 안 좋은 것도 못 느꼈나 봐. 진짜 멀쩡했는데 왜 딱 그 시점에 쓰러졌는지 나도 이해가 안 될 정도야."

"그야 안심해서 긴장의 끈이 풀린 거지."

대답을 이은 건 트로웰이 아닌 다른 목소리였다. 시선을 돌리자 불쑥 끼어든 이프리트가 어깨를 으쓱였다. 트로웰이 눈을 가늘게 뜨고 그를 바라보았다.

"뭘 아는 척이야, 이프리트."

"척하는 게 아니라 진짜 알거든! 솔직히 너희가 인간에 대해 뭘 알아. 잘 싸돌아다니지도 않고 부정적인 생각만 먼저 읽어내는 것들이. 인간에 대해서라면 내가 너희보다 더 잘 알걸? 얘넨 원래 이런 면이 있어. 정신력으로 무리해서 한계까지 버티다 안심할 수 있는 장소에 오면 갑자기 훅 끊기는 거지."

"……그 현장 어디가 안심할 수 있는 장소였는데?"

"너희를 만났잖아."

그 말에 트로웰이 입을 다물었다. 아, 확실히 둘을 만나고 나서 좀 안심하긴 했지. 그때 너무 마음을 내려놨나 보다. 혼자 고개를 끄덕였더니 왠지 트로웰이 미간을 찌푸렸다. 그 모습을 한심하다는 얼굴로 바라본 이프리트가 투덜거렸다.

"솔직히 잘 대해주지도 않던데. 대체 뭘 믿고 따르는 건지는 전혀 모르겠다만! 지금도 봐. 중상으로 기절해서 이틀 만에 깨어난 애한테 몸은 괜찮은지, 얼마나 아팠는지 묻는 게 아니라 훈계부터 하잖아. 엘퀴네스 저건 말을 해서 뭐해. 지 계약자가 고초에 시달리고 난 직후인 거 뻔히 알면서 마구 얼음이나 뿌려대는 놈인데. 약한 인간의 몸 생각은 하나도 안 하는 거지."

"닥쳐."

비록 이어진 엘뤼엔의 한마디에 바로 조용해졌지만. 별로 상대도 되지 않을 거면서 왜 시비를 거는 건지 모르겠다. 짠한 마음으로 바라보니 시선을 맞춘 그가 머쓱한 얼굴로 뺨을 긁적였다. 이어진 말은 상당히 뜻밖이었다.

"음, 저기, 미안했다."

"……어? 아니, 네?"

"미안하다고. 넌 아무런 잘못도 없는데 말 그대로 그냥 휘말린 거잖아. 사과는 해야 할 것 같아서. ……왜 그런 표정이야?"

"아, 그게, 사과를 받을 줄은 몰라서. 아니, 서요?"

"그냥 편하게 말해. 뭘 새삼."

"혹시 병 주고 약 준다는 말 알아?"

"……그렇다고 너무 편하게 하면 내가 좀 상처받거든?"

황당하다는 얼굴로 중얼거린 이프리트가 쓰게 웃었다. 그제야 나는 그 모습을 천천히 살펴봤다. 가장 먼저 보이는 건 역시 태양을 담아낸 듯이 찬란한 붉은 눈동자였다. 시원시원하게 잘생긴 이목구비와 반듯한 얼굴선. 일렁이는 듯한 홍염의 머리칼을 옆으로 타서 살짝 넘겼는데, 그게 잘 어울렸다. 트로웰이나 엘뤼엔이 아름다운 조각상 같은 분위기라면 그는 진한 피부에 건장한 체형을 지닌, 사나운 전사 같은 분위기였다. 내 시대의 이프리트 랑은 사뭇 다른 느낌이라 신기했다.

"그 외모를 대체 어떻게 감춘 거야?"

"이걸로."

선뜻 대답한 이프리트가 뭔가를 내게 던져줬다. 받아보고 나니 작은 메달이 달린 목걸이였다. 마나가 느껴지는 걸 봐선 마도구의 한 종류인 듯했다.

"인상을 흐리게 해주는 마도구야. 머리 색은 원래도 조금 조절할 수 있는데, 그 상태에서 그걸 쓰면 그냥 평범한 금발처럼 보이게 위장할 수 있지."

"아, 이거 알아. 나도 예전에 사본 적 있었어. 하지만 내가 샀던 건 별로 소용없었는데."

외모를 가려준단 말에 거의 홀리듯이 샀던가. 그때 내가 산 건 브로치 형태였다. 기대감을 잔뜩 안고 달아봤지만 크리스가 뭐가 다른 거냐고 물었었다. 그래서 다음 날 바로 되팔았던 기억이 났다. 쓰린 추억에 아련해지려니 이프리트가 알 만하다는 듯이 웃었다.

"인간이 만든 거야 수준이 뻔하지. 그건 드래곤이 만든 거야. 그것도 레드 일족의 수장인 란타샤의 수작이지."

란타샤? 란타샤. 어디서 들어본 이름인데.

고개를 갸웃거리다 곧 그 사람이 누군지 떠올렸다.

"라피스 엄마……."

"뭐?"

"아니, 아무것도 아냐. 그 드래곤이 계약자야?"

"맞아. 계약자가 그 녀석만은 아니지만."

그렇구나. 라피스의 엄마가 레드 일족의 수장이었구나. 실제론 만나본 적도 없는 드래곤이지만 이렇게 들으니 기분이 묘했다. 새삼 4천 년의 세월을 실감한 기분이었다.

"그런데 그 계약자는 자기가 만든 수작으로 당신이 이러고 다니는 거 알아?"

"아하하하."

"이프리트가 이렇게 유치한 짓을 할 줄 몰랐어."

"진짜 미안……."

다시 사과하는 이프리트는 시무룩한 얼굴이었다. 비 맞은 대형견 같은 그 모습을 보니 더 빈정거릴 수가 없어서 피식 웃었다.

"또 이런 짓 안 한다고 하면 용서할게."

"정말? 안 하지. 이제 다신 안 해. 솔직히 재 골탕 먹일 방법이 그거밖에 안 떠올라서 그랬던 거지, 나도 엄청 찜찜했어. 넌 왜 하필 성격도 엘퀴네스랑 다르게 순하고 그러냐. 더 마음 찔리게."

"그래서 기껏 잡아두고 풀어준 거야? 흑주술 때 도와준 것도 당신이지?"

"으음, 아무래도 그냥 보고 있을 수가 없더라고."

역시 그건 이프리트였구나. 엘퀴네스의 치유력을 생각하면 더 과감하게 굴어도 됐을 것 같은데 결단력이 부족하다고 해야 할지. 생김새는 네 정령왕 중에 가장 사납게 생겨선 보기보다 인정미가 있는 성격인 듯했다. 그가 정령왕이라는 이유로 뭐든 좋게 받아들이고 있는 건지도 모르겠지만. 속으로 혀를 차면서 일단 마도구부터 그에게 돌려줬다. 건네받은 이프리트는 한동안 나를 가만히 바라봤다. 탐색하는 듯한 시선이었다.

"왜?"

"아니, 조금 마음에 걸리는 게 있어서. 처음부터 느꼈던 건데 역시 계속 밟힌단 말이지. 너 평소에 운 좋다는 말 많이 듣는 편이야?"

"음, 그렇긴 해. 난 잘 모르겠지만."

"그래? 혹시 어릴 때 모르는 아저씨가 너한테 키스한 적 있어?"

"엥? 뭐?"

"갓난쟁이 때일지도 몰라. 부모나 주변인한테 뭐라도 전해 들은 말 없어?"

웬 소름 끼치는 소리인가 싶어서 얼굴을 찌푸리는데 그의 표정은 더할 나위 없이 진지했다. 빤히 살피던 그가 다음 순간 손을 뻗어 내 이마를 꾹 눌렀다. 방심했다가 얻어맞은 기분에 움찔했다. 아, 그렇구나. 축복의 키스. 현대의 이프리트가 걸어준 축복을 감지한 게 분명했다.

"하긴, 그럼 내가 기억을 했겠지. 화기를 타고나긴커녕 오히려 반대 속성인 데다가 축복의 표식이 있는 것도 아니고. 아무리 봐도 나랑 관계가 없는 게 맞는데 말이야. 참 이상하게 신경 쓰이네. 아, 그래. 태양이나 불의 신전에 가서 공양한 적 있어? 혹은 부모 중에 그쪽 관계자가 있다든지?"

"으음, 모……까지는 아니고 누나가 좀……."

"아, 역시?"

그제야 활짝 웃은 이프리트가 속 시원하다며 껄껄 웃었다. "그 누나가 널 위해 기도를 많이 하는 모양이네." 알아서 생각하는 걸 보면 다행히 적당히 넘어간 모양이다. 내심 안도하는데, 트로웰이 의외라는 얼굴로 나를 돌아보았다.

"누나가 있었어?"

"아, 으응, 있어. 형도 있고, 누나도 있고, 동생도 있고……."

"……하긴, 가족이 없단 말은 안 했지."

중얼거리는 트로웰의 표정은 어딘지 묘했다. 나를 바라보는 시선이 새삼스러운 걸 살피는 듯했다. 여기서 그 형이 너라고 말하면 어떤 표정을 지을지 문득 궁금해졌다. 황당해할 게 분명하지만, 눈치가 빠른 그라면 뭔가 알아차릴지도 모른다.

"이야, 형제가 넷이야? 부모가 자식 농사에 꽤 힘썼나 보네. 하긴 너만 한 혈통을 가진 집안은 좀 힘을 내야 해."

이프리트가 다시 끼어들었다. 싱글싱글 웃는 얼굴이 무엇인지 모를 감정으로 부담스럽게 반짝거렸다.

"넌 부모 중에 어느 쪽을 닮은 거야?"

"그, 글쎄. 아마 아버지일 거라고 생각하는데……."

"오, 아버지가 참 잘생겼나 보네. 자질도 부친 쪽이야?"

"그런 편이긴 해. ……근데 왜 이런 걸 물어?"

"그야 친해지려는 거지. 앞으로 자주 볼 텐데 서로 아는 게 많을수록 좋잖아."

"자주 보다니?"

앞으로 자주 찾아올 거란 소린가. 생각만 해도 부담스러운데 이 말을 나보다 더 싫어할 것 같은 엘뤼엔이나 트로웰은 오히려 별다른 반응이 없었다.

그러고 보니 애당초 이프리트가 왜 여기 있는 걸까. 당시 엘뤼엔을 생각하면 당장 그를 봉인하더라도 전혀 이상하지 않을 것 같았는데, 지금은 그럴 기미가 조금도 보이지 않았다. 아무리 시간이 약이라지만 고작 이틀 사이에 용서할 리는 없을 텐데, 그 사이에 무슨 협의가 이뤄진 건지 모르겠다. 그 생각이 얼굴에도 드러났는지 트로엘이 빙긋 웃었다.

"원래 엘퀴네스는 불의 영역을 수몰하고 이프리트도 봉인할 작정이었어. 그런데 그보다 더 좋은 방법이 생각나서 노선을 바꾸기로 했어."

"더 좋은 방법?"

고개를 돌리자 엘뤼엔과 곧바로 눈이 마주쳤다. 그는 어딘지 심기가 불편해 보이는 얼굴이었다. 원래 자주 그러는 편이긴 한데 오늘따라 유독 기분이 더 나빠 보였다. 그 시선이 날 노려본다고 생각되는 건 착각만이 아닐 거다. 덕분에 그가 손가락을 뻗는 순간엔 나도 모르게 움찔거릴 수밖에 없었다. 그런데 그 손가락이 가리킨 건 내가 아닌 이프리트였다. 이어진 말은 다른 의미로 날벼락이었지만.

"앞으로 저건 네 종이다."

"……어?"

"맘대로 부려 먹어라."

"……어어?"

부려먹으라니. 설마 종이라는 게 내가 생각한 그 '종'이야?

황당해져서 돌아보니 이프리트가 담담하게 웃었다. 많은 걸 내려놓은 체념의 얼굴엔 진득한 해탈이 담겨 있었다.

"그렇게 됐으니 잘 부탁해, 도련님."

"……."

다른 건 몰라도 한 가지는 확실했다.

내 시대의 정령계는 정말 정말 화목한 거였다.

2.

이틀 사이 내가 옮겨진 곳은 아르논이라는 마을이었다. 숲에서 가장 가까운 마을로, 여관이 있는 게 신기할 정도로 인구가 적은 촌락이었다. 그래선지 건물 설비도 그다지 좋은 편은 아니었다. 목조로 지어진 데다가 그마저도 낡아서 걸을 때마다 삐거덕거리는 소리가 났다. 채 치우지 못한 거미줄이라든가 덧대다 만 판자까지. 구석구석 급하게 청소하고 보수한 흔적이 얼기설기 남아 있었다.

멈춰선 곳은 3호실이라 적힌 문 앞이었다. 아직 이른 아침이라 그런지 몇 차례 문을 두드린 후에도 한참 만에야 안쪽에서 기척이 났다. 이윽고 거친 이음새 소리와 함께 문이 열리며 한 남자가 초췌한 얼굴을 내밀었다. 아직 잠에서 덜 깼는지 퉁퉁 부은 눈을 한 크리스였다. 까치집처럼 뻗친 머리를 긁으며 온갖 인상을 찌푸리던 그는 다음 순간 나를 확인하고 눈을 마구 비볐다.

"어? 엘? 너 엘이야?"

"잘 잤어요, 크리스?"

경악하는 얼굴을 향해 나는 씩 웃어주었다. "뭐?", "엘이라고?"

그 순간 안쪽에서 요란한 소리가 들리더니 낯익은 얼굴들이 우르르 나타났다. 다들 막 잠에서 깨어난 부스스한 모습이었다.

"세상에, 엘!"

"너 깨어난 거야?"

"괜찮으신 겁니까?"

경악하는 이들에게 고개를 끄덕여준 다음 모두의 모습을 차분히 살폈다. 무사하다는 건 알았지만 멀쩡한 모습들을 눈으로 확인하니 안심이 됐다. 다시 웃어주자니 크리스가 나를 덥썩 끌어안고 울먹거렸다.

"이 무모하고 엄청난 녀석아! 진짜 이러기냐! 걱정했잖아! 도대체가 너란 녀석은……!"

"음, 알았으니 떨어져요."

"싫어! 달라붙어 있을 거야! 이 기특한 녀석! 멋있는 녀석!"

욕을 하고 싶은 건지 칭찬하고 싶은 건지 모르겠다. 헤어질 때의 상황이 워낙 안 좋았던 탓인가. 아무래도 내가 이틀간 의식이 없었던 게 상당한 충격이었던 모양이다. 말려보라는 뜻으로 다른 일행을 돌아봤지만 별로 소용은 없었다. 오히려 그들까지 앞다투어 내게 달라붙었다.

덕분에 제대로 대화를 할 수 있게 된 건 그로부터 한참의 시간이 흐른 후였다. 시끄럽다는 항의를 받고 방 안으로 들어온 후에야 진정한 그들은 굳이 묻지 않아도 그동안의 일을 알아서 신나게 떠들었다.

그날 하얀 얼음으로 뒤덮인 노예 상단은 그대로 궤멸했다고 한다. 현장에서 살아남은 건 천막 안에 있던 납치된 사람들과 마침 안에서 쉬고 있던 운 좋은 일부뿐. 그들 역시 모두 기절한 상태라 굳이 제압하고 말 것도 없었다.

풀려난 후 이런 상황을 파악한 크리스는 곧바로 마을을 찾아가 영주성에 통신을 보내 사태를 신고했다. 영주는 긴가민가하면서도 조사관을 보냈고, 이 모든 일이 사실로 확인되면서 곧바로 병사들이 파견됐다고 한다. 그 뒤로 납치된 이들은 모두 치료를 위해 옮겨졌고, 살아남은 상단 관계자는 생포된 채 끌려갔다는 결말이었다. 그리고 그 모든 일은 내 공헌이 되어 있었다.

"……누가 뭘 해요?"

"네가 한 일 맞잖아. 작은형님 말씀으로는 네가 전부 얼려놓고 쓰러졌다고 하던데. 아니야?"

"어, 음, 그런가 봐요."

하긴 그 와중에 정령왕이 강림해서 다 쓸어버렸다고 할 순 없겠지. 게다가 난 그의 계약자이니 결과적으로는 내가 한 일이나 마찬가지이긴 했다. 머쓱해져서 긍정하니 모두의 눈이 부담스럽게 초롱초롱해졌다.

"밖으로 나왔다가 진짜 엄청 놀랐잖아. 그 많은 병사가 전부 얼음 동상이 되다니. 상급 정령사가 대단하다는 건 알고 있었지만 그렇게까지 굉장한 줄 몰랐어."

'그야 상급 정령사의 실력이 아니니까요.'

차마 솔직하게 답할 수 없는 말을 삼키며 어색하게 웃었다. 여기에 정령사가 하나라도 있었다면 이게 얼마나 말이 안 되는 건지 알 텐데, 이럴 땐 희소한 능력이라 다행인지 불행인지 모르겠다.

"그보다 세공된 사람들은 다시 고쳐질 수 있는 거예요?"

"아, 그렇대. 좀 까다롭긴 해도 다행히 고쳐질 수는 있나 봐. 머리에 새겨둔 마법진을 제거하면 된다는 것 같아. 한동안 후유증은 남겠지만."

"그래도 다행이네요."

"응, 정말 다행이지."

크리스가 쓰게 웃었다. 그의 시선이 뒤쪽 의자에 있는 남자를 응시했다. 인형처럼 멍하니 앉아 있는 흑발의 남자는 다비안이었다. 그는 천막 안에 있지 않았는데도 화를 피한 유일한 사람이었다. 구석에 쓰러져 있는 걸 크리스가 발견하고 몰래 빼돌렸다고 했다.

크리스는 운이 좋았다고 여겼지만, 그게 단순한 운일 리는 없었다. 아니나 다를까. 힐끗 옆으로 시선을 보내니 문에 기대어 서 있던 금발의 남자가 한쪽 눈을 찡긋해 보였다. ……누구 공로인지는 충분히 잘 알겠다.

"저기, 엘…… 아까부터 묻고 싶었던 건데 저분은 누구야?"

때마침 델라가 조심스럽게 살피며 물어왔다. 그와 동시에 모두가 기다렸다는 듯이 나를 주목했다. 다들 진작 묻고 싶었던 걸 참고 있었던 모양이다. 그러자 내가 뭐라 대답도 하기 전에 금발의 남자, 이프리트가 빙긋 웃었다.

"아, 난 신경 쓰지 마. 그냥 재 그림자 같은 거야."

"그, 그림자?"

"시종이기도 하고, 돌보미이기도 하고, 보호자이기도 하지. 뭐든 편한 쪽으로 생각하면 돼."

"대체 무슨……."

"앞으로 자주 볼 테니 잘 부탁해."

발랄한 인사에 당황한 시선들이 다시금 내게 몰려들었다. 어떻게 설명해야 할지 고심하려니 모든 게 다 귀찮아졌다. 결국 떠오르는 건 가장 간단한 답변뿐이었다.

"……그냥 무시하세요."

사고는 이프리트가 쳤는데 왜 고통은 내가 받아야 하는가.

정령왕더러 인간의 종이 되라는 건 아무리 생각해도 너무 심한 처사였다. 엘뤼엔이 의도한 바를 모르는 바는 아니었지만 그 엄청난 지시를 그대로 따를 생각은 없었다. 같은 정령왕에게 이러는 건 좀 너무한 것 같다, 이건 진짜 아니다, 내가 부담스러워서 싫다, 구구절절 변명하며 극구 사양하니 엘뤼엔도 그 의견을 받아들였다. 그래서 그는 다른 대안을 만들기로 했다. 종에서 보부로, 호칭을 바꾸기로.

"대체 뭐가 다른 거야?"

어처구니없었지만 그때쯤엔 더는 항의할 수도 없었다. 이제 내가 깨어났으니 못다 한 수습을 하고 오겠다면서 트로웰과 같이 사라져버렸기 때문이다. 내가 뭐라고 거부하든 철회할 생각이 없다는 의지를 완곡하게 돌려 말한 셈이었다.

"도련님, 네가 아직 네 계약자를 모르는 모양인데. 갠 원래 보복은 무자비하게 하고 한번 결심한 건 잘 안 바꿔. 그냥 우리가 체념하는 게 더 빨라."

망연자실해서 사라진 자리를 바라만 보고 있는 나와는 다르게 이 모든 사태의 원흉인 이프리트는 그저 태연하기만 했다. 대체 무슨 생각인 건가 싶으니 보는 눈길에 절로 힘이 들어갔다.

"그렇게 잘 알면서 왜 자꾸 엘퀴네스와 싸워?"

"그야 난 불이고 갠 물이잖아. 반대 상성이라는 건 원래 그런 거야."

"그런 것치곤 너무 혼자만 열 올리고 있지 않아?"

"아픈 부분 찌르는 거 아니다."

곧바로 정색하는 걸 보니 본인도 알긴 아는 모양이다. 하긴 알아도 어쩔 수 없는 일이라는 게 있긴 하지. 짠한 마음으로 바라보자 그가 가볍게 헛기침을 했다.

"어쨌든 그냥 포기해. 이참에 서로 사이좋게나 지내자고."

"인간의 뒤치다꺼리나 하게 됐는데 당신은 뭐가 그리 태연해?"

"뭐, 영역이 수몰되는 것보다는 난 이편이 더 좋은데? 이 상황 자체가 좀 재밌기도 하고."

"이게 재밌다고?"

얼굴을 찌푸리는 나를 향해 그가 어깨를 으쓱였다. 이어지는 말은 장황하기 이를 데 없었다.

"엘퀴네스는 말이지, 진짜 냉정한 녀석이야. 한번 결정한 일은 무슨 일이 있어도 반드시 관철해. 화나면 화날수록 차가워지는 성질인 건 딱 봐도 알지? 이거 진짜 그냥 하는 말 아냐. 걘 그냥 천성이 물보다 얼음에 더 가까워. 감정이란 게 있나 싶을 정도야."

"계약자 앞에서 험담이야?"

"험담은 무슨, 사실을 말하는 거지. 트로웰도 그래. 그 녀석이 생긴 건 깜찍해도 절대 누굴 살뜰하게 챙기거나 하는 성격이 아니거든? 매정하기로는 엘퀴네스 둘째가라면 서러울 지경이야, 걔가. 그래서 난 내가 이번에 진짜 위험할 거라고 생각했어. 나름대로 각오도 단단히 했단 말이지."

"대체 무슨 말을 하려는 건데?"

"근데 오히려 평소보다도 평화롭게 지나갔어. 네가 쓰러져서 다 멈췄지 뭐야."

대체 이 말의 결론이 뭔지 모르겠다. 그래서 덜 맞은 게 아쉽다는 소린가? 황당해서 바라보니 이프리트가 피식 웃었다.

"네 옆에 붙어 있으면 재밌는 구경 많이 하게 될 것 같아."

그 말을 들었을 때 오한이 인 건 기분 탓만은 아닐 거다. 분위기를 보니 아마 엘뤼엔의 지시가 없었어도 알아서 우리를 따라다녔을 것 같다는 예감이 들었다. 내 앞날이 더 피곤해졌다는 소리였다.

어쨌든 그는 사람들 앞에선 '릴'의 모습으로 나타나기로 했다. 그편이 눈에 잘 띄지 않는다는 것도 있지만, 앞으로 자주 어울려야 하는 길드원들의 부담도 덜어줄 거라고 생각했다. 그런데 예상보다도 효과가 너무 좋았다.

"푸하하! 그게 진짜야?"

"그렇다니까. 그때 내가 얼마나 황당했는지 알겠지? 걔넨 다 제정신이 아니야."

"으하하, 배 아파. 릴, 너 말 너무 재밌게 하는 거 같아."

"그런 말 많이 들어."

길드원들은 순식간에 그와 친해졌다. 엘퀴엔이나 트로웰처럼 보고도 그냥 무시하거나, 좀 더 발전해봤자 서먹서먹한 인사 정도만 오가게 될 거란 내 짐작을 완전히 벗어난 궤도였다. 스스럼없이 말을 트고 화기애애하게 어울리는 모습이 마치 처음부터 알고 지낸 사람들 같았다. 그러고 보니 노예 상단에 잠복했을 때도 그들과 꽤 친해 보였었지. 그래서 더 외부자라는 생각을 하지 못했다. 정말 생각지 못한 재주를 가진 정령왕이었다.

이프리트는 쓸데없이 까다롭지도, 요구 사항이 많지도 않았다. 식사 시간에도 아무렇지 않게 사람들과 잘 어울렸다. 이건 나도 처음 알았는데, 음식물 분해에 어느 정도는 시간이 걸리는 다른 정령왕들과는 달리 그는 곧바로 태워버리면 돼서 큰 부담이 없단다. 솔직히 그건 좀 부러웠다. 하지만 그에게 본격적으로 호감을 느낀 건 의외의 섬세한 점을 발견했을 때였다.

"참, 도련님. 이거 받아."

그가 던져준 것을 아무 생각 없이 받았다가 눈을 크게 떴다. 잃어버린 파이어 버스터였다.

"앗, 내 검!"

"도련님 거 맞지? 창고에 못 들린 것 같길래 내가 잘 챙겨뒀어."

솔직히 완전히 잊고 있었던 참이라 안도의 한숨이 절로 흘러나왔다. 다행히 그는 파이어 버스터가 에고소드라는 걸 알아봐도 그 안에 실린 힘은 별로 신경 쓰지 않는 것 같았다. "이 검, 불 속성이네."라고 재밌다는 듯이 말했을 뿐.

"그리고 이것도 받아."

다음으로 그가 건네는 걸 봤을 땐 깜짝 놀랄 수밖에 없었다. 예전에 랑시가 내게 준 조개 화석 목걸이였기 때문이다. 아니, 저게 왜 이프리트한테 있지? 그제야 허둥지둥 가슴 부근을 더듬어봤지만 잡히는 감각이 전혀 없었다. 전혀 몰랐었는데 저것도 압수되었었던 모양이다.

"없어진 사실도 모르고 있을 줄 알았어. 장신구 종류는 마도구일 가능성이 있기 때문에 전부 압수해. 팔찌랑 장갑은 안 벗겨져서 일단 그대로 두고 목걸이만 뺀 거야."

"그, 그렇구나."

눈에 보이는 건 다 그대로길래 검만 압수한 거라고 생각했다. 그런데 안 빠져서 그냥 놔둔 거였구나. 팔찌로 장갑을 고정해둬서

천만다행이었다. 하마터면 마신의 문장을 들킬 뻔했다고 생각하니 식은땀이 흘렀다.

'랑시한테는 미안한 일을 했네.'

아무리 정신이 없었다 해도 사라진 걸 이제야 깨닫다니, 뭐라 할 말이 없는 실책이었다. 그대로 잃어버렸으면 정말 크게 상심했을 거다. 말하지도 않았는데 먼저 알아보고 되찾아준 이프리트가 다시 보였다.

그런데 그것만이 아니었다. 목걸이의 형태가 내가 기억하고 있던 것과 조금 달랐다. 랑시가 준 목걸이 줄은 너무 짧아서 내가 임의로 가죽끈을 달아놨었는데, 그게 가는 사슬 줄로 바뀌어 있었다. 덕분에 기존보다 훨씬 더 세련되어 보였다. 의아해하는 걸 느꼈는지 이프리트가 그 이유를 설명했다.

"곱게 벗기기 귀찮았는지 끈을 강제로 끊어냈더라고. 그래서 내가 어울리는 거로 달아봤어. 강화마법에 잠금 마법도 걸린 거라 누가 강제로 벗기려고 해도 이제 떨어지지 않을 거야."

"고, 고마워."

"별말씀을. 아, 근데 그 목걸이도 불 속성인 거 알아?"

이어진 말은 생각지 못한 거라 바로 반응하지 못했다. "그거 불 속성이라고 했어." 한 박자 늦게 고개를 드니 못 들었다고 생각했는지 그가 다시 같은 말을 반복해줬다.

"들었어. 그런데 조개 화석인데 불 속성이라니?"

"뭐, 해양 생물 출신이라고 다 물 속성은 아니지. 그렇게 치면 화석이 된 지 더 오래됐으니 땅 속성이어야 하게? 어쨌든 그거 불 속성 맞아."

"그렇구나. 몰랐어."

"워낙 희미해서 잘 느낄 수 있는 수준은 아니야. 어쨌든 내가 그 안에 화기를 더 넣어놨어. 이제 그걸로 불도 피울 수 있을 거야. 겨울엔 난로 대용으로도 쓸 수 있을 거고."

와아…….

눈을 깜빡이니 그가 웃는 얼굴로 의아해했다.

"왜 그렇게 봐?"

"아니, 뭔가 굉장히…… 친절한 것 같아서."

"난 원래 친절한데? 정령사한테는 특히 더 그래. 네가 불의 정령사였으면 아주 업고 다녔을걸?"

누가 봐도 농담조였지만 어쩌면 이 정령왕이라면 진짜 그럴지도 모른다는 생각이 들었다. 멍하니 고개를 끄덕이니 그가 아쉽다는 얼굴로 중얼거렸다.

"참 이상하단 말이야. 검도 그렇고, 목걸이도 그렇고, 축복의 힘도 그렇고. 이렇게 불이랑 인연이 깊은데 도련님은 왜 불의 정령사가 안 되고 물의 정령사가 됐지?"

그러게 말이야. 내가 왜 물의 정령사가 됐지.

나도 모르게 홀린 듯이 생각했다. 이건 솔직히 엘뤼엔이 이해해줘야 한다. 나도 정말 내가 이런 생각을 하게 될 줄은 몰랐다. 하지만 부탁하지도 않았는데 받는 호의란 정말 달콤한 거였다.

해와 바람의 내기를 다룬 동화 속 이야기가 떠올랐다. 왜 해가 바람을 이겼는지 다시금 깨달은 기분이었다.

3.

이후의 여정은 순탄했다. 루이사 숲에서 일어나는 미지의 현상이 사실은 노예 상단이 벌인 일이었다는 건 화제가 되기에 충분한 사건이었다. 신문사마다 이번 사건을 대서특필하며, 최악의 범죄를 저지른 인면수심의 조직을 집중적으로 보도했다.

영주는 이번 사건을 해결한 우리 길드를 높이 치하하고 본래 약속한 상금보다 더 넉넉한 포상을 내렸다. 돌아가는 길을 위해 비행선을 수배해주기도 했다. 덕분에 올 때는 열흘을 꼬박 채웠던 여정이 귀환 길엔 불과 하루도 채 걸리지 않았다.

아쉬운 점은 이번에 죽거나 체포된 이들 중에 상단주는 찾을 수 없었다는 점이었다. 당연하겠지만, 그와 함께 사라진 왕세자 역시 마찬가지였다. 발견되지 않은 것엔 외각에서 주둔하고 있던 군대도 해당했다. 집계된 인원이 생각보다 적어서 은밀히 알아봤는데, 외각의 병력에 대한 건 아무도 알지 못했다.

혹시 유니콘들이 착각했던 건가 싶어 이프리트에게도 확인해 봤지만 군대가 존재한 건 맞았다. 아마도 문제가 생겼음을 파악한 순간 신속하게 달아난 것 같았다. 그만한 군대가 단숨에 사라질 수 있었던 것만 봐도 확실히 평범한 상단은 아니었다. 그러나 이 일에 대해선 굳이 알리지 않았다. 지금은 발설하지 않는 게 좋을 것 같다는 크리스의 조언이 있었기 때문이었다.

"일국의 왕세자가 연관된 일이야. 지금 네가 말해봤자 증거가 없으니 괜히 골치만 아파질 거야. 왕세자 쪽에선 그냥 평범한 노예 상단인 줄 알았다고 발을 빼면 그만이니까."

다른 이들이 자리를 비운 동안 진행된 짧은 회의였다. 모르던 정황을 알게 된 크리스는 심각한 얼굴을 하면서도 차분히 충고부터 했다. 당시에도 능구렁이처럼 빠져나가던 왕세자를 생각하면 충분히 일리 있는 말이었다.

"하긴 그때도 내가 거짓말을 하는 것처럼 몰아가긴 했어요."

"그렇다니까. 오히려 너만 왕실 모욕죄로 얽힐 수 있어. 그럼 그냥 재수가 없어지는 정도가 아니야."

"크리스는 어떻게 생각해요?"

"무조건 관련 있지."

돌아온 대답엔 일말의 고민도 없었다. 그의 시선이 한쪽 소파에 얌전히 앉아 있는 다비안을 향했다. 유리처럼 텅 빈 눈을 한 친구를 지켜보는 그의 얼굴은 괴롭게 일그러져 있었다.

"다비안은 에펜 왕국의 왕실을 조사하고 있었어. 저 녀석, 왕세자에게 쫓기는 중에 널 만난 거라고 했지? 그 상황에서 실종된 녀석이 저 꼴로 나타났는데, 그 주인인 상단주와 왕세자가 아는 사이다? 이건 누가 봐도 확실하지."

맞는 말이었다. 게다가 그 노예 상단은 왕세자와만 연관된 것도 아니었다. 거기까지 생각하니 자연스럽게 하나의 결론으로 귀결됐다.

"진혼 길드 뒤에 에펜 왕국의 왕실이 있다는 말이네요."

"그게 뭐든 평범한 후원은 아니고 말이야."

이미 내게서 상황을 들어 알고 있는 크리스가 낮게 이를 갈았다. 왕실이나 귀족 가에서 한 길드를 후원하는 건 그리 특별하지 않다. 하지만 불법 노예 상단과 관련된 길드 뒤에 다른 나라의 왕실이 존재한다면 그건 여러모로 의미가 다를 수밖에 없었다.

'반역.'

무심결에 생각했던 게 정말이었던 모양이다. 설령 진혼 길드 쪽에선 그런 의도까진 없었다고 해도 혐의를 피하긴 어려울 것이다. 이미 다른 왕실과 손잡고 제국민을 팔아넘긴 것부터가 반역 행위나 마찬가지였으니까. 덕분에 머리가 지끈거렸다.

'아인 이드리스는 이걸 알고 진혼에 들어간 건가?'

알아도 문제고 몰라도 문제다. 그래도 차라리 모르고 있기를 바랐다. 그가 반역에 가담하면 미네르바도 움직인다는 소린데, 그럼 진짜 일이 커진다. 난 진혼 길드가 잘되는 꼴도, 에펜 왕국의 왕세자가 승승장구하는 것도 볼 생각이 없으니까. 반드시 힘든 전쟁이 될 거다. 그런 게 아니라도 일단 미네르바가 이런 일에 휘말리는 게 싫었다.

"고발하려면 확증이 필요해. 다비안이 정신을 차리면 어느 정도는 해결되겠지. 이건 내가 알아서 할 테니까, 넌 섣불리 움직이지 마. 다들 너만 주시하고 있을 거야."

신신당부하는 크리스에게 씁쓸히 고개를 끄덕였다. 대체 왜 일이 이렇게 흘러가는지 모르겠다. 그냥 드래곤 하나 만나겠다고 시작한 일이 생각보다 너무 복잡해지고 있었다.

*　　　*　　　*

귀환 후 길드는 눈코 뜰 새 없이 바빠졌다. 우리가 마키나 급 의뢰를 성공적으로 완수했다는 소식이 제도에 널리 알려진 덕분이었다. 사실상 미확정 등급이었던 데다가, 범죄 조직을 일망타진한 결말이다 보니 길드의 위세가 단숨에 급부상했다.

특히 나 혼자 거의 해결한 것으로 알려져서 그런지 물의 정령사에 대한 관심이 지대하게 높아졌다. 무슨 소식이 어떻게 알려진 건지 모르겠지만, 내가 수만 대군을 얼음 동상으로 만들었다느니, 루이사 숲이 영원한 겨울이 됐다느니 하는 엉뚱한 소문까지 도는 모양이었다.

헛소문이 어떻게 돌건 간에 길드가 유명해진 건 좋은 일이었다. 협회에서도 더는 예전처럼 대놓고 수작을 부리지 못하게 됐다. 문제는 진위를 파악한답시고 시도 때도 없이 기자들이 들이닥친다는 거였다. 내가 얼굴을 드러내지 않으니 억지로 외모를 확인하려고 습격하는 놈들도 많아졌다.

개중엔 거친 수법을 쓰는 자들도 꽤 있었지만 규정 때문에 강경하게 대처할 수도 없었다. 대륙 공통으로 군인이나 헌터는 민간인, 그중에서도 특히 언론인은 공격하면 안 된다는 규정이 있었다. 덕분에 자꾸만 업무에 차질이 생기자 크리스가 특단의 조치를 내렸다.

"넌 한동안 휴가다."

그가 비장한 얼굴로 내 어깨를 짚었다.

그렇게 뜻밖의 휴가가 시작됐다.

"보통 휴가라고 하면 쉬지 않아?"

이프리트의 목소리에 뒤를 돌아보았다. 굳이 따라다닐 필요는 없다고 말했는데도 그는 내가 어딜 가든 붙어 다녔다. 지금도 내 일과를 말없이 지켜보던 중이었다. 마주한 얼굴은 황당해하는 표정을 짓고 있어서 조금 의아해졌다.

"쉬고 있잖아?"

"음, 일단 묻겠는데. 넌 쉬는 걸 뭐라고 생각해?"

"일을 안 하는 거?"

"어, 그래. 물론 그것도 쉬는 거긴 하지. ……근데 보통 검술 훈련은 일에 포함하거든."

그가 질린다는 듯이 내 손에 들린 검을 응시했다. 그 시선에 나 역시 시선을 아래로 내렸다. 붕대로 휘감아둔 손잡이가 땀으로 흠뻑 젖어 있었다.

"하지만 이건 매일 해야 해. 트로웰이 하루도 거르면 안 된다고 했어. 아직 힘 조절이 잘 안 돼서 연습이 필요하기도 하고."

"성실한 건 좋은데 말이야. 지겹지도 않냐."

"어차피 딱히 할 것도 없는걸."

지금은 축제가 열리는 계절도 아니고, 제도 구경이라면 달리기 훈련 때문에 매일 뛰어다니면서 지겨울 정도로 했다. 상점 거리도 장갑을 구하러 다니는 사이에 익숙해져서 더는 볼 게 없었다. 그런데 이프리트는 펄쩍 뛰었다.

"할 게 왜 없어? 인간만큼 쾌락에 집중하기 쉽게 되어 있는 생물이 어딨다고? 맛있는 거 먹으러 다니거나 가까운 곳에 여행을 가거나 하면 되잖아."

"그런 건 자꾸 돈을 쓰게 된단 말이야. 내 돈도 아닌데."

"뭐? 돈?"

"물론 이미 펑펑 쓰는 상황에서 이런 말 하면 좀 그렇긴 하지만. 이게 아무래도 신세 지는 쪽은 마음이 좀 그렇더라고. 그래서 최대한 필요한 일에만 쓰려고……."

"하하, 이거 골 때리네. 아니 얘들은 대체 애를 어떻게 키우는 거야? 네 계약자 돈 많아! 아니, 나도 많아! 아주 마르고 닳도록 펑펑 써도 돼! 아니, 좀 써주라!"

"오, 지금 좀 설렜어."

"그치? 그러니까 놀러 가자."

"……같이?"

"그럼 당연히 같이 가야지? 왜, 혼자 가고 싶어?"

"아, 아니. 같이 가면 좋지."

황급히 대답하니 붉은 눈동자에 햇빛 같은 웃음이 서렸다.

"좋아, 날 믿고 따라만 와. 내가 이 근방 맛집은 다 꿰뚫고 있다. 책임지고 맛있는 것만 먹여줄게."

……와, 나 진짜 왜 불의 정령사 아니지.

이프리트는 사람을 홀리는 방법을 아는 게 분명했다. 정신을 차렸을 땐 어느새 그와 함께 거리를 활보하고 있었다. 이프리트는 마치 이 지역에서 나고 자란 사람처럼 제도의 모든 것에 다 훤했다. 그가 데려간 식당에 있는 건 대부분 처음 보는 음식뿐이었는데, 전부 다 이럴 수가 있나 싶을 정도로 맛있었다. 다음엔 어디를 갈지 기대하는 것만으로도 마음이 들떴다. 평소랑 똑같은 거리를 걷고 있는데 목적이 다르다는 것만으로도 느낌이 전혀 달라서 신기했다. 지금 엘뤼엔이랑 트로웰은 영역을 복원하느라 한창 고생하고 있을 텐데, 이렇게 즐거워도 되는지 미안해질 정도였다.

"그러고 보니 엘퀴네스랑 트로웰이 너무 늦어지는 것 같아."

"아, 며칠은 더 걸릴걸. 특히 엘퀴네스는 좀 걸릴 거야. 난 걔가 봉인을 그렇게 빨리 파괴한 게 더 놀라워. 진짜 비장의 한 수였는데."

"상급신이랑 손잡았다고 들었는데 진짜야?"

"……정령왕도 가끔은 남의 도움을 받아야 할 때가 있는 거야."

사실이구나. 상급신이라면 다 정령왕 출신일 텐데, 대체 어느 정신 나간 신이 그런 짓에 동참했는지 모르겠다. 그 역시 평소 엘퀴네스에게 쌓인 게 많은 이프리트 출신이었을까. 하지만 내가 아는 신 중에서 그런 짓을 할 만한 신이라면…….

"카노스밖에 없는데."

"어? 마신 맞아."

"……."

이런 건 제발 맞추지 않았으면 좋겠다. 한창 맛있게 먹고 있던 아이스크림에서 갑자기 아무런 맛이 나지 않았다. 이프리트는 재밌다는 얼굴로 웃고 있었다.

"아무한테도 말 안 했는데 어떻게 알았지? 트로웰이나 엘퀴네스도 그 상급신이 누군지는 몰랐을 텐데. 마신의 문장을 가지고 있다더니, 위조가 아니구나?"

"어, 음, 위조 맞아. 그냥 개인적으로 마신의 성격을 좀 아는 것뿐이야. 그래서 그냥 짐작해 본 거고. 진짜 맞을 줄은 몰랐어."

"에이, 신탁이라도 받은 줄 알았더니."

이프리트가 아쉽다는 얼굴을 했다. 엘뤼엔은 내가 신관일 가능성만으로도 불쾌해했고 트로웰도 좋게 보는 분위기는 아니었는데, 그는 오히려 즐거워하는 것 같았다.

"……마신이랑은 어떻게 아는 사이야?"

"잘 몰라. 그냥 정원에 놀러 온 천사랑 마주쳤는데 내가 씩씩거리는 걸 보더니 도와주고 싶다는 전언을 보내더라고. 그래서 손잡기로 했지."

"그게 다야? 그 신이 왜 도와주고 싶다고 한 건데?"

"재밌어 보인다나. 이번 엘퀴네스가 역대 중에서 가장 강하다는 거 알아? 그래서 흥미를 갖고 있었나 봐. 자기 힘으로 물의 영역을 얼마나 봉쇄할 수 있을지 궁금하다고 하더라."

……카노스라면 충분히 할 수 있는 발상이긴 했다.

이때부터 여전했구나 싶다고 해야 할지, 별다른 의미는 없어 보이니 안심했다고 해야 할지, 참 이래저래 복잡한 마음이었다.

"아, 근데 이거 애들한텐 비밀로 해줄래? 하필 마신을 끌어들인 거 알면 엘퀴네스가 이번에야말로 날 봉인하려 들 거야."

"나 엘퀴네스 계약잔데."

"다음엔 뭐 먹으러 갈까? 고기? 매운 거 좋아해?"

"……노력은 해볼게."

아무래도 난 생각보다 되게 쉬운 애인가 보다. 굳이 몰라도 되는 걸 확인한 기분에 내심 한탄하고 있으려니 이프리트가 피식 웃었다. 그런데 다음 순간 그의 눈동자가 서늘하게 가라앉았다.

"……보기 싫은 애가 보이네."

무슨 소린가 싶어서 돌아보자마자 단번에 상황을 이해했다. 저편에서 생각지 못한 얼굴이 보였다.

"엘 아닙니까? 엘 맞지요?"

놀란 표정으로 다가오는 사람은 바로 아인 이드리스였다. 저 남자가 왜 이 가게에 들어온 걸까. 게다가 후드를 쓰고 있는 날 또 쉽게 알아봤다. 이번에야말로 입맛이 뚝 떨어졌다. 아이스크림을 더는 먹을 수가 없어 가만히 스푼을 내려놓으니 그걸 바라보는 이프리트의 눈동자가 가늘어졌다.

"오랜만이네요."

"정말 오랜만입니다. 여기서 당신을 뵙는군요. 길드 사무실에 찾아가도 뵐 수가 없어서 곤란했습니다."

"절 찾으셨어요?"

"네, 안부가 궁금하기도 했고, 요즘 돌고 있는 소문에 관해 묻고 싶은 것도 있어서요."

밝게 미소 지은 아인 이드리스가 내 옆의 의자에 앉으려 할 때였다.

"이봐."

돌연 낮은 목소리가 그의 말을 가르고 끼어들었다. 뚱한 표정을 짓고 있는 이프리트였다.

"얘 지금 일행 있는 거 안 보여?"

그제야 이프리트를 인식했는지 아인 이드리스가 당황한 표정을 지었다. 그가 인상을 흐리는 마도구를 차고 있긴 했지만, 아예 그의 존재 자체를 생각지 못한 듯 보였다.

"할 말이 있으면 나중에 해. 얜 지금 나랑 노느라 바쁘거든."

아인 이드리스가 나를 바라보았다. "나중에 뵐게요." 내가 그렇게 말하니 그가 실망한 얼굴로 시무룩해졌다.

"그럼 언제 뵐 수 있겠습니까?"

"뭐든 나중에 정해. 방해하지 말고."

내가 답하기도 전에 이프리트의 말이 이어지는 게 더 빨랐다. 아인 이드리스가 기가 막히다는 표정을 지었지만, 이프리트는 오히려 더 손을 휘저을 뿐이었다. 결국 그는 변변찮은 기약 없이 그대로 떠날 수밖에 없었다. 나는 침울하게 어깨를 늘어트리고 나가는 뒷모습을 바라보다 이프리트를 돌아보았다.

"정령사한텐 더 친절하다더니?"

"잰 예외야. 미네르바를 배신한 애잖아."

거침없이 돌아온 대답에 몸이 절로 움찔했다.

"아직 배신 안 했는데……?"

"한 거나 다름없지. 트로웰은 같은 정령왕의 미래는 잘 보지 못해. 그런데도 봤다는 건 그만큼 선명한 예지라는 거야. 우리 중에 그 예지를 믿지 않는 건 미네르바 본인밖에 없어."

"……음, 일단은 내가 막아볼 예정이긴 한데."

"알아, 들었어. 근데 어려울걸? 게다가 바뀐다 해도 마찬가지야. 트로웰이 보는 미래는 인과에 얽혀 있기도 해. 그냥 뜬금없이 벌어지는 일이 아니라 애초에 가능성이 있기에 나타난 결과인 거야. 즉, 저놈은 원래 그럴 수 있는 녀석이라는 소리지."

아, 그래서 그런 미래를 본 것만으로도 트로웰이 그를 싫어하는 건가. 바뀔 수도 있다는 걸 알면서 너무 적대시하는 거 아닌가 싶었는데 이제 좀 의문이 풀렸다. 상황이 사람을 그렇게 만든 게 아니라 그런 사람이라 상황을 그렇게 만들어간다는 말인가 보다. 속으로 고개를 끄덕이고 있는데 시큰둥하게 중얼거린 이프리트가 나를 돌아보았다.

"그러니 너도 괜한 죄책감은 느끼지 마."

"어?"

"네가 그 미래를 막는 데 실패해도 네 책임은 아니라는 소리야."

속을 읽힌 기분에 뜨끔해졌다. 뭐든 말하고 싶은 기분에 입을 열었다가 그대로 다물었다. 어쩌면 누구에게든 이 말을 듣고 싶었던 건지도 모른다. 괜히 고마우면서도, 그게 참 비겁하게 느껴져서 마음이 가라앉았다.

4.

엘뤼엔과 트로웰이 돌아온 건 그로부터 사흘 후였다. 내가 제도에서 유명하다는 맛집을 전부 섭렵하고도 모자라, 근방의 도시까지 진출했을 무렵이었다. 여느 때처럼 일과를 마치고 숙소에 돌아왔는데 캄캄해야 할 방에 빛이 들어와 있었다. 황급히 문을 여니 안에 있던 두 정령왕이 돌아보았다.

"앗, 이제 돌아온 거야? 어서 와!"

"왔냐."

반가워하는 내 뒤에서 이프리트의 떨떠름한 목소리가 이어졌다. 빙긋 웃어준 트로웰과는 달리 엘뤼엔은 무표정했다. 잠시간 문간에 서 있는 우리 둘을 가만히 바라보던 그가 내게 시선을 고정했다. 왠지 모르게 삐딱한 시선이었다.

"왜, 왜?"

"살이 쪘군."

"헉? 진짜?"

그동안 너무 많이 먹었나? 온종일 음식점만 탐방하러 다녔으니 근래 들어 많이 먹긴 했다. 검술을 배우는 중인데 멋대로 살찌면 안 되는 거 아닌가? 놀라서 거울을 들여다보는데 엘퀴엔은 대꾸없이 고개를 틀기만 했다. 트로웰을 바라보니 그는 조금 묘한 표정을 하고 있었다.

"혈색이 좋아지긴 했네. 활력도 더 생긴 것 같고."

"정말? 그럼 안 좋은 쪽은 아니야?"

"굳이 말하자면 좋아진 쪽이야."

다행히 걱정할 만한 상황은 아닌 모양이다. 하긴, 몸이 둔해진 느낌은 못 받긴 했다. 오히려 요즘은 가뿐하다고 여기던 참이었다.

"거참, 당연한 소리를. 매일 그만큼 지독하게 훈련하는데 좀 먹었다고 체형이 변하면 그게 더 이상하지. 오히려 그동안 식사량이 운동량을 못 따라갔던 것 같더만. 딱 보기 좋은데 저건 왜 오자마자 애한테 시비야?"

안도하고 있는 내 옆에서 이프리트가 투덜거렸다. 엘퀴엔의 서늘한 시선에 바로 입을 다물긴 했지만. 그런데 이번엔 트로웰이 미간을 찌푸렸다.

"식사량이 못 따라갔다고? 딱히 못 먹게 한 적은 없는데."

"그래도 매번 혼자 알아서 해결하게 했지? 애 지켜보니까 혼자선 적당히 먹는 편인 것 같더라고."

나를 돌아보는 얼굴들에 그게 적당히 먹는 거였나 라는 표정이 스쳤다. 내가 생각해도 민망해서 어색하게 웃으려니 트로웰이 가볍게 한숨을 내쉬었다.

"그럼 같이 식사하는 시늉이라도 하란 거야?"

"왜 못 해? 애를 건강하게 잘 키울 생각이면 식사 자리 정도 같이 어울리는 게 뭐가 어려워? 고기랑 채소는 골고루 먹게 하고! 식후에 과일 같은 후식도 좀 챙겨주고! 가끔 맛있는 간식도 먹으러 다니고!"

"……이프리트. 보부가 되랬더니 역할에 몰입한 거야, 아니면 원래 체질이야?"

"너희가 너무 무심한 거거든?"

두 정령왕이 잡담하는 동안 내 신경은 계속 엘뤼엔에게 쏠렸다. 그는 팔짱을 낀 채 소파에 말없이 앉아 있는 중이었다.

'기분이 안 좋아 보이네.'

원래도 반응을 보이는 편은 아니지만 오늘 그는 유난히 더 가라앉은 것 같았다. 영역을 복구하느라 많이 피곤했나 보다. 그러고 보면 이프리트는 원래 일주일은 더 걸릴 거라고 예상했었다. 생각보다 너무 일찍 돌아온 셈이었다. 좀 더 푹 쉬다 와도 될 텐데. 내 존재가 그에게 짐이 되는 것 같아서 마음이 무거웠다.

"저기, 엘퀴네스. 귀찮으면 굳이 안 내려와 있어도 괜찮아."

그런데 뭔가 잘못 건드렸나 보다. 안 그래도 차갑던 시선이 더 살벌해졌다.

"필요 없으니 꺼지란 소린가?"

"아, 아니? 내가 언제 그렇게 말했다고……."

"잠시 자리를 비우기만 해도 언제 오나 하던 녀석이 이제 안 내려와 있어도 괜찮다?"

"난 그냥 엘퀴네스가 피곤할까 봐……."

엘뤼엔의 눈썹이 다시금 꿈틀거렸다. 뭔가 굉장히 못마땅한데 화를 참는 표정이었다.

"너."

"……넵."

"뭔가 착각하는 모양인데, 내가 있을 곳은 내가 정한다. 건방지게 훈수 두지 마라."

도대체 내가 어느 분노 지점을 건드린 건지 모르겠다. 얼른 고개를 끄덕이자 그는 지긋이 노려보고는 그대로 눈을 감았다. 억울하고 황당한 마음에 트로웰을 돌아보니 그가 조금 전처럼 묘한 표정을 지으며 웃었다.

"이건 네가 잘못한 것 같네."

"……내가 잘못했다고?"

그냥 편히 쉬었으면 하는 마음에 건넨 말일 뿐인데. 뭘 잘못했다는 거지? 의미 전달이 약했던 건가, 그게 아니면 인간이 정령왕을 걱정하는 게 주제 넘는다는 뜻인가. 아무래도 이해할 수가 없었다.

"도련님, 신경 쓰지 마. 자기 계약자가 나랑 더 친해진 것 같으니까 빡쳤나 보네. 그러게 평소에 잘할 것이지."

혀를 찬 이프리트가 듣기 좋은 말로 나를 위로했다. 그러나 기대감을 품기에는 그에게 얼음 창이 날아드는 게 더 빨랐다.

"아, 이 미친 새끼야! 아니면 말로 할 것이지, 이런 좁은 데서 그런 흉악한 걸 던지고 난리야!"

간발의 차이로 창을 피한 이프리트가 버럭버럭 소리 질렀다. 여느 때와 같은 것 같으면서도, 미묘하게 불안정한 시간이었다.

오후엔 오랜만에 트로웰과 대련했다. 무게 가중 장치를 착용하지 않고 하는 대련은 처음이었다. 전보다는 수월했지만 뭔가 개운치 않은 느낌이 계속 따라붙었다. 사실 이건 최근 개인 훈련을 할 때도 계속 느끼고 있던 부분이었다. 정확히는 노예 상단에서 탈출한 이후부터였다. 트로웰도 그걸 느꼈는지 대련을 잠시 중단하고 물었다.

"왜 그래? 표정이 석연치 않은데."

"으음, 그때 그 느낌이 안 나와."

"무슨 느낌?"

의아한 얼굴로 묻는 그에게 나는 최대한 상세히 설명하려고 노력했다. 노예 상단에서 수많은 병사에게 쫓겼을 때 마법사를 상대했던 것. 그들이 펼친 방어 마법에 갇힌 꼴이 되었던 것. 그래서 몇 차례 두드린 끝에 결국 깨트렸던 것.

"그랬는데, 갑자기 검이 부서지더라고."

"흠."

"그 뒤에 다시 다른 검을 챙겼어. 그리고 또 방어막을 공격할 기회가 생겼고. 근데 두 번째 땐 안 됐어. 분명 처음이랑 같은 힘을 실었는데."

아마 횟수가 부족했던 탓은 아닐 거다. 우연일 수도 있겠지만, 방어막을 깨트렸던 순간엔 느낌이 좀 달랐다. 평소엔 억지로 길을 내서 끌어왔다면, 그때만은 뭔가 속 시원하게 터지는 듯한 기분이었다. 이후로 계속 같은 감각을 찾아보려 했지만 아무리 해도 잘 되지 않았다. 그러자 트로웰이 어이없다는 듯이 웃었다.

"그렇군. 서툴러서 안 쓰는 건가 했더니 아직 깨닫지도 못한 거구나."

"어? 그게 무슨 소리야?"

"네가 말한 그 상황이 뭔지는 알아. 나도 그때 대충 보고 있었으니까."

헉, 보고 있었구나. 그럴지도 모른다고 생각했지만 막상 그 요란한 현장을 지켜봤다고 생각하니 민망했다. 머쓱해져서 뺨을 긁으려니 그가 이채 어린 눈으로 나를 바라보았다.

"내 생각보다 잘 싸워서 좀 의외였어. 너도 할 때는 하는구나 싶었고. 가르친 보람도 느낀 것 같아. 결말은 별로 탐탁지 않았지만."

"아하하……."

"그런 점이 더 너답긴 해. 그건 좋은 점이긴 한데, 좀 싫은 것 같기도 하고……."

흐려지는 말끝이 서늘하게 느껴지는 건 기분 탓만이 아닐 것이다. 그때 너무 맥없이 붙잡히긴 했지. 내가 더 강했다면 투항할 게 아니라 오히려 모두를 구하는 결말로 갔을 거다. "다음엔 더 노력할게." 굳게 다짐하듯 말하니 그가 살짝 눈썹을 찡그리다 피식 웃었다.

"다음에 또 그런 일이 생기면 안 되지."

"아, 그건 그렇네."

"네 무능한 길드원들도 그걸 인지해야 할 거야."

왠지 목소리가 낮아진 것 같아 의미를 생각해 볼 겨를도 없이 급히 고개를 끄덕였다. 그제야 음산한 기운이 감돌던 눈동자에 다시 온기가 돌아왔다.

"일단 검을 들어."

이어진 말에 곧바로 검을 들었다. 엉거주춤 자세를 취하는 내게 다음 지시가 이어졌다.

"검 끝에 집중하고, 검신과 공명한다고 생각해봐."

"공명?"

"검까지 네 팔이라고 생각해. 전신에 기운이 흐르게 한다고 여기면 편할 거야."

검까지 내 팔이라고 생각한다라. 일단 하라고 하니 그대로 해봤다. 정신을 단단히 집중하고 검에까지 이어진다는 느낌으로 기운을 깊이 회전했다. 다행히 제대로 하고 있는지 잠시간 지켜보던 트로웰이 고개를 끄덕였다.

"그럼 다시 간다."

비록 이어진 말은 예상치 못했지만.

"어? 자, 잠깐……!"

"제대로 집중해. 다시 흐트러졌잖아."

갑작스러운 공격에 식겁해서 방어하니 트로웰의 얼굴이 찌푸려졌다. 정신을 바짝 차리고 다시 의식을 집중했다.

그 이후에는 평소와 같은 대련이 이어졌다. 몰아치는 공격을 피하고 막아가면서 내가 검과 한 몸이 된 듯한 집중을 유지하는 게 쉽지는 않았다. 하지만 어느 순간부터는 검을 쥐었다는 감각도 잘 느껴지지 않았다. 검이 손안에 달라붙은 건지, 내 손이 검에 붙은 건지 구분이 되지 않았다. 그 감각에 익숙해지고 나니 트로웰의 움직임도 더 선명하게 보이는 것 같았다.

그래서일까. 시간이 지날수록 점점 더 대련이 수월해지는 기분이었다. 이제까진 트로웰의 움직임을 따라가는 것만으로도 급급했다면 지금은 그의 동선을 파악해볼 만한 여유가 생겼다. 몇 차례 궤도를 쫓으려니 왠지 손을 뻗어야 할 곳이 저절로 느껴졌다. 그러나 이대로는 닿지 않을 거라는 것도 알았다. 닿으려면 동선을 더 빠르게 예측하거나, 공격 범위가 더 넓어야 했다. 조금만 더. 조금만 더 궤적을 넓힐 수 있다면. 마음이 초조해지니 힘이 더 실렸다. 순간 몸 안에서 무언가가 훅 빠져나가는 느낌이 들었다. 설핏 마주친 황금색 눈동자가 커지는 것이 보였다.

'안 돼!'

상황을 의식했을 땐 몸이 멈춰 있었다. 억지로 경로를 튼 검을 부여잡고 가파른 숨을 내쉬는 채였다. 열기로 가득하던 공간에 싸늘한 정적이 내려앉았다. 트로웰이 묘한 얼굴로 나를 바라보다, 엄지손가락으로 자신의 왼쪽 뺨을 가볍게 쓸었다. 상처 난 피부에서 피가 흐르고 있었다. 그제야 내가 무슨 짓을 한 건지 정신이 번쩍 들었다.

"트, 트로웰! 괜찮아?"

"……너 지금 뭘 하는 거야."

싸늘한 목소리에 다가가려던 걸 멈췄다. 마주친 얼굴은 명백히 노기를 띠고 있어 몸이 절로 움츠러들었다.

"미, 미안. 내가 너무 몰입해버렸나 봐."

"그 말이 아니야. 왜 그 순간에 경로를 강제로 틀어? 다치려고 작정했어?"

"하지만 그대로 진행했으면 네가……."

"지금 네가 날 걱정하는 거야? 감히 인간인 네가 정령왕을? 난 인간이 아니야. 검 따위에 찔려도 다치지도 않고 죽지도 않아. 운 좋게 날 역소환 시킨다면 넌 그냥 네 성장을 기뻐하면 되는 거야."

"그치만…… 아프잖아."

"그걸 지금 말이라고 해? 난 그냥 아픈 정도겠지만 자칫 잘못했으면 넌 죽었어. 숨이 끊기면 엘퀴네스도 어쩌지 못해."

"……."

"두 번 다시 이딴 짓 하지 마."

솔직히 그러겠다고 자신은 못했다. 몸이 알아서 멈추는 걸 나도 어쩔 순 없었으니까. 차마 고개를 끄덕이지 못하는 나를 트로웰이 복잡한 시선으로 바라보았다. "역시 싫은 쪽 같아." 알 수 없는 말을 중얼거린 후 긴 한숨을 내쉰 그가 한층 누그러진 얼굴로 입을 열었다.

"그래도 적응은 확실히 된 것 같네. 이제 좀 알겠어?"

"뭐, 뭐를?"

"네 검을 봐."

그 말에 당황해서 시선을 내렸다가 더 크게 당황했다. 내 눈이 뭔가 이상해진 게 아닐까. 검날에 푸르스름한 빛이 흐르고 있었다.

"어?"

"그걸 공력이라고 해. 또는 오러라고도 하지."

"허……?"

"반년 만에 입검의 경지라. 확실히 빠르긴 하네."

"……입검?"

"검술에서는 검에 공력을 실을 수 있게 되는 경지를 입검이라고 불러. 이 단계가 완전해지면 나중엔 공력만으로 형태를 만들 수도 있게 되는데, 그런 사람을 검성이라고 하지."

낯익은 단어에 겨우 정신이 들었다. 검성은 소드 마스터의 이곳 말이었다. 아니, 그전에 오러가 뭔지도 대충은 안다. 샴페인 용병들이 모두 오러를 다룰 수 있는 존재들이었다. 그들이 몬스터와 전투하는 광경을 숱하게 봐온 덕분에 그 위력이 얼마나 대단한지는 넘칠 만큼 잘 알았다. 그런데 내가 벌써 그 사람들과 같은 실력이 됐다고? 검술을 배운지 고작 반년밖에 안 됐는데? 내가 노예상단에서 쉽게 날뛸 수 있었던 건 병사들의 실력이 낮은 탓도 있다고 생각했는데, 그게 아니었단 말이야?

"아마 이전엔 무의식적으로 그걸 일으켰을 거야. 그래서 방어막이 깨진 거고. 검이 터진 것도 그 때문이야. 공력을 버티지 못하는 싸구려 검이었던 거지."

벌린 입을 다물 생각도 못 하고 멍하니 트로웰을 응시했다. 시선을 맞춰온 그가 빙긋 웃었다.

"좀 더 분발해 봐, 천재 검사님. 장래가 아주 기대되니까."

"으으, 너무 그렇게 띄워주지 마. 아직 뭐가 뭔지도 모르겠는데."

"네가 대단하다는 게 실감이 안 나? 그럼 좀 더 실감할 수 있게 해줄까?"

"뭐, 뭘 하려고?"

주춤하며 경계하니 그가 눈을 나른하게 휘어 접었다. 쏟아지는 햇살이 그의 속눈썹 끝에서 별 가루처럼 반짝였다. 찬란하게 빛나는 것이 그의 화려한 금안인지, 반사된 햇볕인지 구분하기가 어려웠다.

"마침 적당한 기회가 있을 예정이거든."

5.

트로웰의 지시에 따라 홀린 듯이 도착한 곳은 제도 중심부에 있는 대광장이었다. 항상 사람이 많은 장소답게, 오늘도 여전히 사람이 많았다.

"자."

화려한 분수 앞에서 검을 쥔 채 멍하니 서 있으려니 이프리트가 딸기를 설탕 시럽에 저린 꼬치를 내밀었다. 같이 가겠다고 졸래졸래 따라오더니 그새 사온 모양이었다. 고맙게 받아들고 열심히 먹으니 그가 기특하다는 얼굴로 또 다른 과일 꼬치를 내밀었다. 그렇게 한동안 열심히 과일 꼬치를 해치웠다.

"그래서, 여기서 뭘 하면 된대? 정작 너보고 가라곤 하고 본인은 따라오지도 않고."

"음, 모르겠어. 그냥 기다려보면 내가 뭘 해야 할지 알 게 될 거라고 하던데?"

"그것뿐?"

"내가 꼭 필요한 일이라고도 했어."

"어우씨, 난 트로웰 그 녀석, 그렇게 모호하게 말할 때가 젤 싫어. 혜안의 정령왕이면 다야? 맨날 신비로운 척이야."

"근데 미래를 읽는 거 좀 신비하긴 하잖아?"

솔직히 사람 마음도 읽을 수 있는 것도 신비하다. 생김새도 신비하지. 그 정도면 신비로운 척이 아니라 그냥 신비한 거 아닌가. 진지하게 대꾸했더니 이프리트가 잠시 멈칫했다가 씩 웃었다. 그리곤 갑자기 내 머리를 쓰다듬었다.

"뭐, 뭐야."

"귀여워서."

"헉, 나 지금 소름 돋았어."

"음, 그건 나 때문이 아닐지도 모르겠는데?"

무슨 소리냐고 되물으려다 입을 꾹 다물었다. 저릿할 만큼 차가운 기운이 느껴지고 있었다. 굳은 얼굴로 이프리트를 바라보자 그가 천천히 고개를 끄덕였다. 그제야 나는 시선을 들어 하늘을 바라보았다. 아까 전까지만 해도 멀쩡했던 하늘이 금이 가듯이 갈라지고 있었다. 벌어지는 틈으로 시커먼 안개 같은 것이 어른거렸다. 그 틈에서 거대한 눈 하나가 보였다.

"마, 마물이다!"

누군가가 기겁해서 외치는 소리가 울렸다. 사방이 순식간에 아수라장이 됐다. 한동안 소식이 없더니, 거의 한 달 만에 다시 생긴 균열이었다. 게다가 이번엔 마물이다. 동물에 가까운 마수와는 달리 마물은 일정한 형태랄 게 없어 상대하기 더 까다롭다. 왠지 가면 갈수록 단계가 더 높아지는 것 같다고 느끼는 것도 기분 탓은 아닌 것 같다. 나만큼이나 황당하다는 표정으로 마물을 보고 있던 이프리트가 낮게 혀를 찼다.

"애들 참 애를 살벌하게 키운단 말이야. 저거 어떡할래? 내가 잡아줘?"

"으음, 일단 혼자서 해볼게. 사람들이 다치지 않게만 해줄 수 있어?"

"그거야 어렵지 않지. 근데 저거 대형이야. 네 본 실력을 다 하지 않으면 잡기 힘들 거야."

"……그렇겠지."

떨떠름히 고개를 끄덕였다. 굳이 이런 식으로 활약할 기회는 없어도 괜찮은데 말이다.

마물은 갈라진 하늘 틈에서 조금씩 몸을 드러내는 중이었다. 길게 늘어진 촉수가 쭉 뻗어 나오는 광경이 그냥 보기에도 몹시 징그러웠다. 이미 혼비백산한 사람들은 최대한 멀리 벗어나려고 마구잡이로 달렸다. 상인들은 좌판을 챙기지도 못하고 뛰었다. 아비규환으로 뒤섞인 모습이 마치 재난 영화의 한 장면 같았다. 하지만 마물이 내려오면 그 영화가 곧 현실이 될 터였다.

'저게 다 빠져나오기 전에 공격하는 게 좋겠지?'

한숨을 삼킨 후 시큐엘을 소환하기 위해 마나를 끌어 올렸다. 그런데 바로 그때였다.

"모두 이쪽으로 오십시오!"

뒤쪽에서 누군가 외치는 소리가 들렸다. 돌아보니 무장한 사람들이 달려오고 있었다. 그 사이에 아인 이드리스와 진혼 길드 마스터가 있었다. 그러고 보니 이 근방에 진혼 길드 건물이 있던가. 그들이 발 빠르게 출동한 모양이었다.

"진 소환!"

크게 외친 아인 이드리스가 작은 지팡이를 높이 들어 올렸다. 끝에 달린 보석에서 눈부실 정도로 환한 빛이 터져 나오더니 그의 모습을 전체적으로 덮어 내렸다. 이윽고 성직자의 것처럼 새하얀 망토 자락이 크게 펄럭이면서, 바닥에서부터 그를 중심으로 짙은 바람의 소용돌이가 일기 시작했다. 마치 금방이라도 부유할 것 같은, 또는 반대로 천상에서 이제 막 강림한 듯한. 이런 순간에조차 시선을 절로 사로잡는 신비한 모습이었다.

아인 이드리스의 주위를 맴돌다 하늘로 빠르게 솟구쳐오른 회오리는 곧 두 개의 갈래로 갈라져 각자 형체를 이뤘다. 반투명한 질감을 지닌 새하얀 두 남자의 모습이 양쪽으로 웅장하게 자리를 잡았다.

"바람의 정령이다!"

"아인 이드리스야!"

"진혼이 왔어!"

사방에서 환호성이 터져 나왔다. 살았다는 안도감과 앞으로 이어질 아인 이드리스의 독보적인 활약에 대한 기대감이 담긴 함성이었다.

"와, 싫은 애를 또 만났네."

이프리트의 감상은 아주 매몰찼지만.

여기서 속 시원하다고 느끼면 안 되는 거겠지. 트로웰이 의도한 것에 이 만남까지 있었을 게 뻔해서 한숨이 절로 흘러나왔다.

"근데 저 지팡이는 뭐지?"

"마나 순환을 도와주는 보조 도구야. 안에 들어 있는 마석이 이능을 수월히 발현하도록 받쳐주지. 편하지만 별로 추천은 안 해. 저런 거에 의존하기 시작하면 성장을 못 하거든. 보통은 아무것도 안 쓰는 쪽이 더 고수지. 멋모르는 애들이야 저런 모습이 더 화려하니까 대단하다고 여기지만."

확실히 눈에 띄긴 했다. 일단 빛이 번쩍번쩍거리니 시선을 사로잡을 수밖에 없었다. 근데 저러면 위치가 그대로 노출되니까 오히려 위험하지 않나. 게다가 이제부터 이능을 쓸 거라고 적에게 아주 대대적으로 광고하는 셈이다. 장점보다는 단점이 더 큰 것 같아서 아무리 편해도 내가 저걸 쓸 일은 없을 것 같다.

"이참에 도련님도 화려하게 소환해볼래? 재가 판 깔아놨으니 지금 시큐엘까지 등장하면 사람들 시선 한 몸에 받을 수 있을걸?"

"시선 받아서 뭐해. 이게 무슨 쇼도 아니고."

황당해서 대꾸하니 이프리트가 잠시 멈칫하다 씩 웃었다. 왠지 몰라도 아까보다 기분이 좋아 보였다.

"하긴, 우리 도련님은 조용히 소환하는 걸 더 잘하지. 얼마나 조용한지 시동어도 안 읊을 정도로."

"뭐야, 아무것도 안 하는 쪽이 더 대단하다며."

"맞아, 칭찬이야."

의미 모를 대화를 나누는 동안 진혼 길드원들이 지척에 가까워졌다. 그들 중 한 사람이 멀뚱히 서 있는 우리를 발견하고 소리쳤다.

"거기! 지금 뭐하는 겁니까? 위험하니까 어서 피해요!"

"아, 저도 헌터예요. 마물 처리를 도울게요."

"헌터라구요?"

질문한 남자가 미심쩍다는 시선으로 나와 이프리트(정확히는 릴이지만)를 바라보았다. 그때 진혼 길드 마스터가 가까이 다가왔다.

"지금 뭐하는 거지? 민간인은 전부 대피하게 하고 주위를 통제하라고 했을 텐데."

"아, 마스터! 이 사람들이 자기도 헌터랍니다. 마물 처리를 같이 하겠다는데요?"

"뭐?"

그 말에 얼굴을 찌푸리며 돌아본 진혼의 마스터가 멈칫했다. 후드를 쓰고 있긴 해도 한때 뒷조사한 전적이 있어 그런지 내가 누군지 바로 알아본 것 같았다.

"당신은……."

"엘?"

때마침 그냥도 날 알아보는 아인 이드리스까지 다가오면서 내 신분이 저절로 밝혀졌다. 완전히 얼굴이 굳어진 진혼의 마스터와는 달리 아인 이드리스는 그저 반가운 표정을 짓고 있었다.

"당신도 여기 있었군요."

"네, 마침 들렀는데 우연이네요."

"정말 다행입니다. 이런 위급한 일엔 전력을 보탤수록 좋죠. 마물의 크기가 심상치 않은 게, 아무래도 공격 범위가 상당할 것 같습니다. 사람들의 피신을 도와주시겠습니까?"

음, 같이 잡자는 게 아니라 그쪽 협력인가. 하긴 트로웰은 내가 필요한 일이라고 했지, 상황을 해결해야 한다고는 하지 않았다. 단순히 아인 이드리스와 접점을 만들고자 했던 건지도 모른다. 위기 속 협력 작전으로 피어나기 시작하는 두 정령사의 우정 같은 걸 그려봤던 걸까. 내키진 않지만 사람들의 안전이 중요한 것도 사실이니 고개를 끄덕이려는데 진혼의 마스터가 끼어들었다.

"아니죠. 그럴 게 아니라 엘 님이 마물 쪽을 맡으시는 건 어떨까요?"

"네? 엘이 마물을요?"

"수만 대군을 얼음으로 만드셨다는 분이니 저런 마물도 거뜬하지 않겠습니까?"

하늘에서 꾸물거리는 마물을 힐끔 돌아본 진혼 길드가 나를 향해 의미심장하게 웃었다. 의도가 뻔해서 침묵으로 대꾸하니 그가 냉큼 손을 휘저었다.

"하핫, 농담입니다. 그게 과장된 소문이라는 것 정도는 저도 당연히 알고 있으니까요. 여기서 증명하라곤 하지 않을 테니 너무 그렇게 긴장하실 거 없습니다."

"누가 긴장을……."

"그야 물론 상급 정령사가 이런 일에 긴장하시지야 않겠지요. 하지만 역시 마물은 아인 님께 맡겨 주시는 게 좋겠군요. 엘 님도 잘하시겠지만, 더 간단하고 깨끗한 해결방법을 두고 굳이 멀리 돌아가 피해 규모를 늘릴 필요는 없으니까요."

상급 정령사보다는 정령왕의 계약자가 더 대단하다 이건가. 게다가 자연스럽게 내가 겁나서 물러나는 것처럼 만들어놨다. 슬쩍 돌아보니 우리 대화에 집중하고 있는 사람들이 보였다. 처음부터 저 사람들 들으라고 떠든 거다. 그간 퍼져 있는 나에 관한 소문을 잠식시킬 겸, 그보다 더 대단하다는 식으로 아인 이드리스의 존재를 부각하려는 의도겠지. 참 유치한 수작이었다. 옆에 있던 이프리트가 피식 웃었다.

"진짜 피해 규모를 생각한다면 빨리 처리하는 쪽이 우선이지. 여기선 둘이 같이 잡는 게 제일 효율적 아닌가?"

내 말이 바로 그거다.

물론 그 당연한 의문은 그대로 묻혔다. 진혼의 마스터는 마치 아무것도 듣지 않은 사람처럼 그냥 웃기만 했다.

"여긴 저희 앞마당이기도 하지요. 현장 지휘는 저희 진혼 길드가 맡겠습니다. 엘 님까지 굳이 나서실 만한 일은 없을 것 같군요.”

아무것도 하지 말고 그냥 지켜보기만 하라는 소리였다. 마물 처리의 공헌을 나누긴 싫다는 거구나. 이미 주변은 진혼 길드원들이 착착 통제하고 있었다. 몬스터고 마물이고 토벌의 우선권은 먼저 주도하는 쪽에 주어진다. 이런 식으로 대형 길드가 장악하면 개인은 끼어들기 어려웠다.

‘일단 지켜보지 뭐.’

맘대로 하라는 뜻으로 물러서니 본격적인 토벌이 시작됐다. 진혼 길드원들이 후방에서 활과 마법을 준비하는 가운데, 전방에 홀로 선 아인 이드리스가 다시 지팡이를 들어 올렸다.

“바람의 전사들이여! 공격하라!”

높게 솟구친 진들이 두 팔을 뻗어 강한 바람을 일으켰다. 그 바람은 곧바로 하늘에 걸쳐 있는 마물의 몸을 휘감았다. 때마침 마물은 완전히 모습을 드러낸 후 아래로 떨어지려던 참이었다. 드러난 모습은 오물을 뭉쳐놓은 듯한 형태였다. 흐느적거리는 검은 덩어리에 눈과 촉수가 대중없이 달려 있었다.

파지지직, 전류가 흐르는 듯한 소리와 함께 완전히 바람 속에 갇힌 마물이 공중에 고정됐다. “와아아!” 통제했는데도 자리를 떠나지 않고 지켜보던 일부 주민들 사이에서 탄성이 터져 나왔다. 어지간한 건물 한 채를 가뿐히 뛰어넘는 크기였다. 저만한 덩치가 그대로 지상에 떨어졌으면 그 충격만으로도 피해가 컸을 거다. 그걸 막았으니 순조로운 진행이었다. 그러나 정작 활약하고 있는 아인 이드리스의 표정은 그다지 밝지 않았다.

회오리 속에 갇힌 마물은 흐느적거리던 처음의 모습과는 달리 딱딱하게 굳어 있었다. 방어하기 위해 재질을 바꾼 듯했다. 그게 상당히 단단한지, 두 상급 정령이 공격하는 데도 가벼운 생채기만 날 뿐 결정타가 들어가지 않았다.

"저런, 하필이면 바람이 취약한 상성이네."

이프리트가 느긋하게 중얼거렸다. 물과 불이 반대 상성이듯 바람과 땅도 반대 상성이다. 땅의 정령이 속도라거나 공중전에 대체로 취약한 것처럼, 바람의 정령은 바위나 금속 또는 나무 같은, 땅을 이루는 것들에 좀 더 취약한 경향이 있었다. 그래도 상급 정령이면 어지간해선 누를 수 있을 텐데, 왠지 두 정령 다 본래의 힘을 발휘하지 못하는 것처럼 보였다.

'마물 자체가 정령과 정반대 속성이라 그런가.'

아니면 아인 이드리스가 마물 상대에 미숙한 걸 수도 있다. 급소가 따로 있는 것도 아니고 호흡 기관이 있는 것도 아니니 숨을 막을 수도 없다. 크기도 대형이니 여러모로 까다로울 만도 했다. 아무래도 지루한 장기전이 될 모양이었다.

하지만 그보다 신경이 쓰이는 건 다른 부분이었다. 처음부터 전류가 튀는 소리가 나는 게 심상치 않더라니, 점점 그 소리가 잦아지면서 계속 불씨가 튀었다. 마물의 어느 부분이 바람과 마찰하면서 불을 일으키는 것 같았다. 그 순간 느릿하게 눈을 깜빡인 마물의 몸에서 이상한 분진이 흩날리는 게 보였다.

'이런!'

콰과광!

상황을 인지하는 것과 동시에 거대한 폭발이 일어났다. 온 사방이 진동할 만큼 엄청난 소리가 울리면서 사방에 불덩어리가 퍼져나갔다. 파장에 크게 밀려난 아인 이드리스가 휘청이고, 진 하나의 모습이 사라졌다. 폭발 범위에 너무 가까웠던 탓에 그대로 역소환된 듯했다.

"아인 님!"

엎드려진 아인 이드리스가 붉은 피를 토해냈다. 다른 사람들도 모두 자세가 무너져 있기는 마찬가지였다.

"아인 님! 괜찮으십니까!"

"아아, 안 돼! 바람의 봉쇄가!"

충격에 빠진 아인 이드리스가 절박하게 소리쳤다. 그를 부축하던 사람들도 새파랗게 질린 얼굴로 고개를 들었다. 눈앞에 도래한 재앙을 차마 확인하기 두렵다는 표정이었다. 비록 오래지 않아 다른 표정으로 변하긴 했지만.

"……어?"

마물은 지상으로 천천히 하강하는 중이었다. 제압하고 있던 회오리는 풀렸으나 모두가 우려하는 것처럼 날뛸 수 있는 상황은 아니었다. 이번엔 물속에 갇혀 있었으니까.

"뭐, 뭐야?"

"어떻게 된 거야?"

숨을 크게 삼킨 사람들이 좀 더 위쪽으로 시선을 보내다 다시 숨을 삼켰다. 그럴 만도 했다. 머리 위에서 넓게 펼쳐진 물의 장막이 둥실둥실 흔들리는 중이었으니까. 그건 곧 부슬비가 되어 쏟아져 내렸다.

"큰일 날 뻔했네."

그리고 난 간신히 숨을 돌렸다. 폭발이 터지는 순간 곧바로 방어벽을 펼쳐 불씨와 충격을 흡수했으니 망정이지, 하마터면 대형 참사가 일어날 뻔했다. 다들 물에 젖은 생쥐 꼴이 되긴 했지만 다치는 것보다는 낫겠지.

혹시나 다시 살펴봤지만 역시 부상자는 없었다. 안도하고 있으려니 사방에서 시선이 쏟아졌다. 떨어지는 부슬비를 온전히 맞는 채로 멍해 있던 사람들이 나를 멀거니 바라보다, 물에 갇힌 마물 쪽을 돌아보았다. 정확히는 할 일을 전부 마치고 그 몸 위에 고고하게 내려서는 시큐엘을.

"물의 정령이다……."

사람들 사이에서 누군가가 중얼거리는 소리가 들렸다. 그야 시큐엘은 누가 봐도 물의 정령이었다. 피식 웃은 다음 아인 이드리스에게 걸어갔다. 다른 사람들처럼 멍해 있던 그가 나를 보고 숨을 삼켰다.

"괜찮아요?"

"엘, 이거 대체…… 지금 이거…… 당신이 하신 겁니까?"

"그대로 두면 위험할 것 같아서요. 저 마물, 몸을 금속으로 변

형할 수 있는 데다가 공기 마찰을 이용한 폭발을 일으킬 줄 아는 것 같아요. 당신이랑 상성이 좀 안 맞았네요."

"……."

입을 벙긋하던 그가 곧 혼란한 표정으로 마물을 바라보았다.

"원래 이렇게 될 일이 아니었습니다. 제가 방심했습니다. 제가, 너무 방심한 나머지……."

"뭐, 그럴 수도 있죠. 일단 당장은 움직이기 어려운 거죠? 계속 잡아두기엔 상황이 좋지 않은 것 같으니까 이대로 마무리 할게요."

"상황이 좋지 않다는 건……."

멍청한 표정을 짓고 있던 아인 이드리스가 그 말에 다시 마물을 바라보았다. 그를 상대할 땐 딱딱하던 표면은 다시 흐느적거리는 원래 재질로 돌아와 있었다. 다만 누가 봐도 불씨로 보이는 것이 나타났다 사라지길 반복하는 중이었다. 물을 증발시키기 위해 열을 내는 것이다. 아무래도 상황에 맞춰 자신의 몸을 자유자재로 바꿀 수 있는 것 같았다. 실제로 수증기가 일면서 놈을 가둬놓은 물이 빠르게 증발하고 있었다. 시큐엘이 잘 버티는 중이었지만 그만큼 마나가 기하급수적으로 빠져나갔다.

"이제 당신과 반대 상성이 되었군요. 아까 절 보셨겠지만, 시큐엘 혼자선 힘들 겁니다."

"음, 시큐엘 혼자 할 게 아니라 괜찮아요."

검을 들어 보였더니 아인 이드리스는 물론 근처에 있던 이들도 모두 황당한 표정을 지었다. 그중엔 진혼의 마스터도 있었다.

"그런 검으로 뭘……."

진혼의 마스터는 말을 더 잇지 못했다. 그 순간 내가 내리뻗은 검날에 파란 기운이 일어났기 때문이었다.

"검기……."

누군가의 얼빠진 목소리를 뒤로한 채 그대로 달려가 마물 위로 도약했다. 기다렸다는 듯 시큐엘이 마물을 가둔 물 일부를 거두어 표면이 드러나도록 했다. 그리곤 새로 생성한 물줄기를 얼음으로 만들어 그 위에 강렬하게 내리꽂았다. 하강한 내가 내리찍은 부분과 정확히 같은 지점이었다.

'오러엔 상성이랄 게 없지. 반대 상성에 취약한 건 이쪽도 마찬가지일 거고.'

마물은 핵을 파괴하면 죽는다. 에너지가 뭉쳐진 부위는 이미 파악한 상태였다. 그곳을 목적으로 몸을 가르기 시작하니 곧 검 끝에 무언가가 걸리는 느낌이 들었다. 있는 힘껏 힘을 줘서 완전히 파고들자 파각 거리는 소리와 함께 깨지는 감각이 느껴졌다. 그러자 크게 펄떡이던 마물이 곧 축 늘어졌다.

"어때?"

"죽었어."

힐끔 살펴본 이프리트가 가볍게 판정을 내렸다. 그제야 완전히 마음이 놓였다. 안쪽 깊숙이 박힌 검을 뽑아낸 다음 천천히 몸을 일으켰다. 거의 오물 속에 뛰어든 거나 마찬가지다 보니 온몸이 먹물이 묻은 것처럼 더러웠다.

혀를 차며 끈적거리는 액체를 털어내는데 성큼 다가온 시큐엘이 닦아내는 걸 도왔다. 검은색에 가까워졌던 머리칼이 깨끗한 물에 씻겨지면서 다시 원래의 금발로 돌아왔다. 흘러내린 머리칼을 쓸어 넘기다가 뒤늦게 후드가 벗겨졌다는 걸 깨달았다. 도약하는 중에 뒤로 넘어간 모양이었다.

주위가 이상할 정도로 고요했다. 마주친 얼굴마다 다들 할 말을 잃은 얼굴을 하고 있었다. 시선이 맞은 진혼의 마스터가 꿀꺽 마른침을 삼켰다.

"입검……의 경지에 이른 검사일 줄은 몰랐군요."

이어진 말엔 나도 모르게 실소가 흘러나왔다.

"어느 쪽을 몰랐어요? 내가 검사라는 것? 아니면 입검의 경지라는 것?"

"……예?"

"몰랐다는 게 이상해서요. 수만 대군을 얼음으로 만들기 전에 내가 검 들고 날뛰었다는 말은 못 들었나 봐요. 난 오히려 당신이 그걸 더 잘 알고 있을 줄 알았는데."

"무, 무슨 말인지……."

그래, 그렇게 또 모른 척을 해야겠지.

빙긋 웃으니 지켜보던 사람들의 얼굴이 더 경직됐다. 그대로 검을 들어 그의 바로 앞을 내리찍었다. 빳빳하게 얼어붙은 진혼의 마스터가 떨리는 눈동자만 굴려 아래를 확인했다. 발치 앞에 검에

꽂힌 마물의 촉수가 꿈틀거리고 있었다. 아까 잡는 과정에서 일부가 튀어나온 듯했다.

"조심하세요. 위험하잖아요."

낮게 속삭여주니 그가 파랗게 질린 얼굴로 입술을 비틀었다. 어떻게든 억지로 웃으려는 얼굴이 가상할 정도였다. 그래 봤자 넌 수로 탐험 확정이다. 아주 신나는 경험을 하게 해줄 테니 조금만 기다려라. 진득한 의미를 담은 시선을 보낸 후 고개를 옆으로 돌리자 아인 이드리스가 보였다. 얼빠진 표정을 한 그를 보려니 쓴웃음이 절로 나왔다. 어차피 내가 애써도 틀기 어려울 만큼 강렬한 예지라면, 이 정도의 말은 괜찮겠지.

"당신은 좀 더 주변을 돌아보는 게 좋겠어요."

"……예?"

"미네르바를 너무 걱정시키지 말라고요."

아인 이드리스의 얼굴이 기묘하게 일그러졌다. 한숨을 내쉰 후 고개를 드는데 멀찍이 군중 사이에서 누군가의 모습이 얼핏 보였다. 망토와 후드로 외모를 가리고 있었지만 그 특유의 고아한 분위기를 몰라볼 수가 없었다. 틀림없는 미네르바였다.

시선이 맞았다고 느낀 순간 바로 피했다. 몸을 돌려 그 길로 현장을 빠져나왔다. 냉큼 뒤따라온 이프리트가 기분이 좋아지라고 사탕을 입 안에 넣어줬지만 심란한 마음은 나아지지 않았다.

제6화

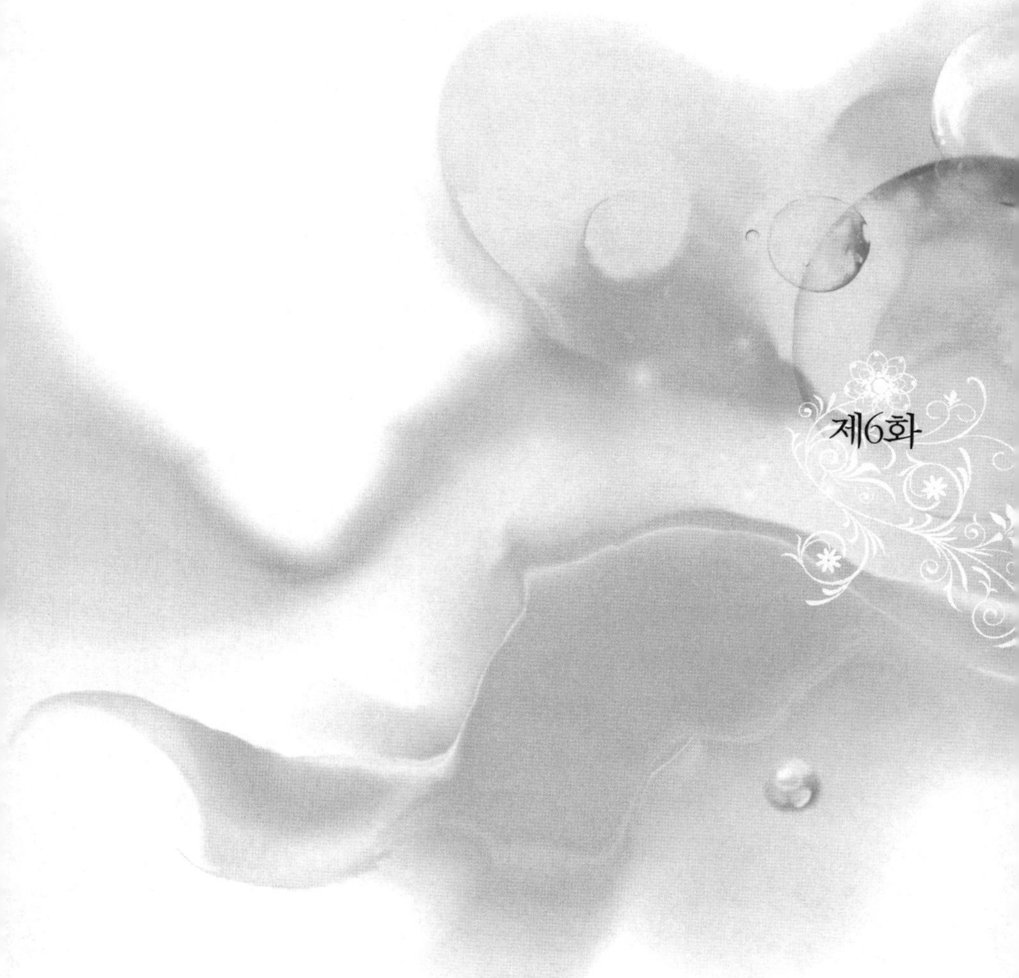

1.

“이 기특하고 굉장한 녀석아. 이번엔 또 무슨 엄청난 일을 벌인 거냐.”

다음날 조용한 찻집에서 따로 만난 크리스는 한 달은 못 잔 것처럼 퀭한 얼굴이었다. 어제 내가 마물을 잡는 바람에 길드 사무실로 기자들이 들이닥쳤다는 소식은 들었다. 새벽까지 내내 시달렸다더니 눈 밑이 온통 까맸다.

“욕할 거면 욕으로 해요 그냥.”

“욕이 나오는 건 맞는데 그게 감탄사인 상황이니까 그렇지.”

그가 들고 있던 신문들을 내 쪽으로 던졌다. 대충 시선을 내리니 일 면에 실린 표제와 관련 내용이 한눈에 읽혔다.

<여명의 정령사! 이번엔 대형 마물을 잡다!>

<물이 바람을 이기다!>

<압도적인 물의 활약! 미네르바의 계약자는 마물 앞에선 유명무실?>

<진혼 길드 초동 대처 방식에 시민들 불만 속출. 황실 균열 조사단 "이번에 등장한 마물은 대형급의 속성 변환 류. 유독 가스와 분진을 뿜을 수 있어. 바람을 쓴 건 큰 실책. 여명의 정령사가 없었다면 대광장 전체가 날아갔을 수도." >

<눈앞에서 여명에 공헌을 빼앗긴 진혼 길드. 마스터 테오 "큰 피해 막은 것으로 충분. 길드 공헌보다 시민들의 안전이 먼저." >

"충분하긴 개뿔. 테오 놈, 지금 속이 쓰려서 미칠 지경이겠지."

크리스가 악마처럼 킬킬거렸다.

"넌 어떻게 된 녀석이 하필이면 활약해도 진혼 길드 앞마당에서 활약하고 그러냐, 너무 기특하게. 아, 쌤통이고 통쾌해서 미치겠다. 진심으로 십 년 묵은 체증이 다 내려가는 것 같아. 나 너무 기쁘고 설레서 어제 한숨도 못 잤잖아. 오늘 신문 다 모아두고 평생 보관할 거야. 아니, 아예 길드 가보로 삼을 거다."

한숨도 못 잔 게 기자단 때문이 아니라 설레서 그랬던 거였나. 어쨌든 그는 미친 사람처럼 실실거리면서 신문들을 담아왔던 상자 안에 다시 소중히 쌓았다. 지난번 활약상을 담은 신문도 이미 전부 보관해 둔 것 같더니, 새로운 취미를 들인 모양이었다.

"참, 근데 너 어제 후드 벗었어? 네 정체에 대한 언급도 있더라?"

"무슨 언급요?"

그러자 잠시 고민하는 듯하던 크리스가 신문 하나를 펼쳐 보였다. 그냥 읽어보라고 주면 될 걸 굳이 왜 저렇게 보여주나 싶어서 의아해하던 건 눈에 들어오는 글자를 읽기 시작한 순간 그대로 머릿속에서 사라졌다.

<정체가 밝혀진 신비로운 물의 정령사! 외모 또한 범상치 않았다?>

<비현실적이었다! 정령이라 해도 믿을 정도였다!>

<여명 부활의 일등공신 정령사! 믿을 수 없을 만큼 찬란한 미모! 목격자들 입 모아 증언! "여신이 강림한 줄 알았다!" >

"……그거 당장 내놔요."

"싫어. 이것도 보관할 거야."

"크리스."

"그렇게 무섭게 불러도 안 돼. 어차피 이미 제도엔 다 뿌려졌어. 나 하나 막는다고 될 게 아냐."

"좋아요. 그거 신문사 어디에요?"

"헌터가 언론인 공격하면 안 되는 거 알지? 참고로 언론사를 부쉬도 안 돼."

"……나라는 걸 모르게 하면 되잖아요."

"그걸 모를 수가 있겠냐?"

쳇, 하고 혀를 차니 크리스가 냉큼 상자의 뚜껑을 닫고 품에 꼭 끌어안았다. 세상 모든 신문이 다 사라져도 이것만은 끝까지 사수하겠다는 기세였다. 그 모습이 자못 비장해서 차마 강제로 빼앗을 수가 없었다.

그나마 인터넷은 없는 세상이라 다행이라고 해야 하는 건지. 한국이었다면 고작 신문 기사 정도로 끝나진 않았을 거라 생각하니 마음이 한결 차분해졌다. 그보다 내가 돌아가면 나에 대한 기억은 다 사라질 텐데, 이런 기록들은 어떻게 되는 건지 모르겠다. 이것도 전부 사라지는 거겠지? 나중에 크리스가 내가 이 신문들을 왜 갖고 있었나 의아해할 걸 생각하니 우스우면서도 조금 씁쓸해졌다.

"아, 그리고 한 가지 더 희소식이 있어. 어제 네가 잡은 마물의 부속물 말인데. 다 우리 길드 소유로 인정됐어."

"정말요?"

"원래 이런 건 잡은 사람이 임자인 구조잖아. 너 혼자 다 잡긴 했으니 진혼도 할 말이 없었겠지."

확실히 희소식이었다. 마수만큼은 아니지만 마물도 제법 비싼 값에 팔리는 편이었다. 특히 핵은 파괴됐어도 나름대로 에너지를 지닌 부위라 없어서 못 파는 재료였다. 이번 건 대형이라 뭐든 부피가 커서 수익을 기대해 볼 만했다.

일전에 나타났던 마수 아퀼라는 진혼 길드의 소유로 인정됐었고, 어마어마한 값에 팔렸다고 들었다. 크리스가 이번 사건을 통쾌하게 여기는 지점엔 이 부분도 있었다. 눈앞에서 놓쳤다고 억울해했는데 그걸 고스란히 돌려준 셈이었다.

"벌써 여러 곳에서 접선이 오고 있어. 이거 진행하고 나면 이제 본격적으로 굵직한 건으로 지명 의뢰도 들어올 것 같아."

"그러면 좋겠어요."

"당연히 되지. 대형 마물을 단독으로 잡는 정령사가 어디 흔해? 고고한 자존심 지키느라 까다롭게 구는 귀족 나으리들도 다들 관심은 갖고 있을걸? 적어도 네 얼굴엔 관심 있다. 어쩌면 네 얼굴 보겠다고 초대장 보낼지도 몰라."

"……듣기만 해도 싫네요."

"뭐, 나도 네가 그런 식의 관심에 휘말리는 건 반대지만 말이야. 일단 가면 인지도는 더 오를걸?"

"절대 안 가요."

단호하게 답하니 크리스가 다시금 킬킬거렸다. 이후에는 한동안 잡담이 이어졌다. 그 역시 취재 요청에 시달리긴 마찬가지다 보니 서로 때를 맞추기가 쉽진 않았다. 못 보는 동안 쌓인 이야기들을 풀어내는 것만으로도 시간이 훌쩍 흘렀다.

"근데 마물은 또 왜 나타난 거래요? 정말 마신관이 한 거래요?"

"여전히 명확한 증거는 없는 모양이야. 이번엔 수상한 사람도 못 봤던 것 같고. 그래도 다들 확신하는 분위기지, 뭐."

"크리스도 그렇게 생각해요?"

"글쎄, 아니라기엔 너무 깊이 연결된 것 같긴 하지. 일단 균열이라는 현상 자체가 마신관이 일으킬 수 있는 거긴 하잖아."

마신의 신도인 크리스까지 이렇게 말할 정도면 다른 여론이야 뻔했다. 이거 나중에 제대로 규명이 되긴 하려나. 인어와의 상황도 급하겠지만 균열 문제도 더는 방치해선 안 될 것 같은데. 마신전이 언제까지 봉문을 고수할지 모르겠다.

"다비안은 좀 어때요?"

"여전하지 뭐. 하지만 곧 세공을 제거하는 시술은 받을 수 있을 것 같아."

"정말요? 생각보다 빠르네요. 음지로 알아봐야 한다고 하지 않았어요?"

"내가 그동안 여기저기서 주워 먹은 짬밥이 얼만데. 이 정도도 해결 못 했으면 지금까지 살아 있지도 못했지."

농담조였지만 다분히 뼈가 실린 말이었다. 그가 지난 여명 길드의 수뇌부 중에서 유일하게 살아남은 사람이라는 걸 생각하면 더더욱. 그래도 이쪽은 좀 진전이 있으려는 모양이다. 다비안의 의식이 깨어나면 물어볼 게 참 많았다. 하지만 지금은 일단 크리스를 위해서라도 그가 얼른 정신을 차렸으면 싶었다.

뜻밖의 상황과 마주친 건 크리스와 헤어지고 숙소로 돌아가는 길이었다. 마차를 기다리고 있는데 문득 맞은편 길에 지나가는 사람의 모습이 눈에 들어왔다.

'저 사람……!'

누군지는 바로 알아봤다. 긴 망토를 두르고 있었지만 한눈에 살피기에도 특정할 만한 부분들이 보였다. 훤칠한 체구라든가, 살짝 드러난 짙은 피부색도 그렇고. 허리에 찬 검도 전에 본 적이 있었다. 아이라가 분명했다.

아이라는 무언가를 찾는 듯 주위를 두리번거리고 있었다. 빠른 걸음에서도 조급한 기색이 여실히 보였다. 무슨 일이 생긴 건가? 설마 또 인어한테 쫓기고 있나? 아무래도 느낌이 좋지 않아 사라지는 뒷모습을 쫓아 걸음을 옮겼다. 아이라는 사람이 많은 대로변 위주로 다니고 있었다. 인파에 섞여드니 거리를 좁히기가 쉽지 않았다. 그러던 중 골목에서 나오고 있던 사람과 부딪칠 뻔하면서 걸음이 멈췄다.

"아, 죄송합니다!"

"아뇨, 제가 더…… 엘?"

다급히 사과하던 상대에게서 내 이름이 들렸다. 당황해서 고개를 들자 낯익은 얼굴이 보였다. 밝은 갈색 머리칼에 검은 눈동자, 전체적으로 선이 부드러운 남자가 놀란 얼굴을 하고 있었다.

"앗, 네브!"

"역시 엘 맞네요. 목소리 듣고 설마 했습니다."

네브가 반가운 표정으로 웃었다. 그의 뒤쪽에선 또 다른 익숙한 얼굴들이 허둥지둥 뛰어오는 중이었다. 시몬과 델라였다.

"얌마, 네브! 혼자 빨리 가지 말고 같이 좀……!"

"두 분, 얼른 오세요. 여기서 엘을 만났습니다."

"뭐? 엘이라고?"

"세상에, 엘!"

나를 알아본 두 사람이 황급히 달려오며 반가운 얼굴을 했다. 나 역시 모두가 반갑기는 마찬가지였다. 강제 휴가를 받은 이후로 벌써 한 달은 다 됐다. 크리스는 간간이 만났지만 그동안 다른 길드원들은 안부만 접하던 상황이었다.

"어제 활약한 거 다 들었다. 한동안 만나기 더 어려워지겠구나 했는데 여기서 다 마주치네. 어딜 가는 길이야?"

"아, 저는……."

슬쩍 뒤쪽을 살폈다. 당연한 말이겠지만 아이라는 이미 흔적도 보이지 않았다.

"왜 그래?"

"아뇨, 별거 아니에요. 전 크리스랑 만나고 집에 가는 길이었어요. 다들 어디 다녀오는 길인가 봐요?"

"아, 무기점에 갔다 왔어. 네브가 지금 쓰는 활이 활대가 약하다면서 조금 더 좋은 거로 바꾸고 싶어 했거든. 요즘은 어떤 활이 나오는지 구경도 할 겸 다 같이 보러 갔지."

"그렇구나. 마음에 드는 건 있었어요?"

"제도는 제도더라. 좋은 무기가 엄청 많더라구. 근데 하나같이 너무 비싸서 살 엄두가 안 나지 뭐야. 돈을 더 바짝 모아야겠어."

"조만간 목돈이 생길 거니 기대해요. 어제 잡은 마물 부속물이 우리 길드 소유로 인정됐대요."

"와, 정말? 근데 너 혼자 잡은 건데 길드 수익으로 나눠도 되겠어?"

"당연하죠. 원래 모든 수익은 나누기로 했잖아요."

가볍게 답하니 그들은 모두 미안해하면서도 상기된 얼굴을 감추지 못했다. 제도의 물가는 비싸다. 최근 벌이가 괜찮아지긴 했지만 적자인 시절이 더 길었으니 다들 말은 안 했어도 형편이 좋았을 리가 없었다. 그러나 화목한 대화 시간은 그리 오래 가지 못했다. 돌연 지진이 인 것처럼 땅이 진동하더니 비명이 터져 나왔다. 혼란해하던 사람들이 어느 순간부터 혼비백산해서 뛰기 시작했다.

"마, 마수입니다! 마수가 나타났어요!"

곧 들려오는 소리엔 얼굴이 절로 굳을 수밖에 없었다.

마수라니. 바로 어제 대형 마물이 나타났는데 고작 하루 만에 또 균열이 생겼다고? 당황한 길드원들이 서로를 바라보았다. 나는 사람들이 빠져나오고 있는 쪽을 응시했다. 주먹에 절로 힘이 들어갔다.

조금 전 아이라가 사라진 방향이었다.

2.

이번에 나타난 마수는 다행히 급수가 매우 낮은 소형 마수였다. 때마침 근처에 있던 헌터들이 빠르게 나서서 사살한 덕분에 사건 자체는 큰 피해 없이 가볍게 끝났다. 하지만 마물 출몰 이후로 너무 짧은 간격에 연이어진 출몰이다 보니 제도의 분위기는 전체적으로 경직되어 있었다.

그리고 난 나대로 머릿속이 복잡했다. 하필 아이라가 사라진 방향에서 마수가 나타나다니. 이쯤에선 더는 마신전과의 연관성을 부정하긴 어려울 것 같았다. 그게 뭔가 조금 얼떨떨했다. 뒤통수를 맞은 것 같기도 하고, 괜히 지는 기분이 드는 것 같기도 했다.

"이거 진짜 마신관이 일부러 균열을 일으키는 거야?"

한번은 궁금증을 참지 못하고 트로웰에게도 물어봤지만 명확한 답변은 듣지 못했다. 그는 묘하다는 듯이 나를 보며 의미 모를 말을 중얼거리기만 했다.

"네가 깨달은 만큼 알게 되겠지."

그러니까 그 깨달은 부분이 맞는지를 묻는 건데 긍정인지 부정인지를 모르겠다. 그 이상은 말해 줄 생각이 없는 것 같아 답을 듣기를 포기했다. 미래를 읽는 게 신비로운 건 맞지만 이프리트의 감상도 틀린 건 아니라고 생각하면서.

사실 마신관의 짓이든 아니든 내가 상관할 일은 아니긴 하다. 인어는 멸종되었고, 4천 년 후에도 마신의 교단은 건재했으니 알아서 잘 해결될 거다. 이 세계의 일원도 아닌 내가 깊이 관여할 필요가 없는, 지나친 오지랖이었다. 그런데도 왠지 기운이 빠지는 건 어쩔 수 없었다. 탁자에 턱을 괴고 시무룩해져 있으려니 이프리트가 웃으며 내 머리를 쓰다듬었다.

"그 문장을 이용하면 마신전에 쉽게 들어갈 수 있지 않아? 감쪽같아서 교황도 속일 수 있을 텐데?"

"그건 싫어……."

"그럼 내가 염탐해 줄까?"

"진짜?"

"내가 최고라고 말해 주면."

그러나 대답은 이을 수 없었다. 그 순간 이프리트의 몸에 얼음창이 꽂히더니, 그 모습이 빠르게 사그라졌기 때문이었다. 역소환이었다. 뜨악해져서 고개를 들자 곧바로 엘뤼엔의 살벌한 시선이 닿았다.

"최고가 되려면 일단 살아 있어야겠지."

"……하하."

아무래도 이 방법도 쓰면 안 될 모양이었다.

"젠장, 엘퀴네스 그 자식, 갈수록 까칠해지긴."

반나절 만에 돌아온 이프리트는 온갖 음식을 닥치는 대로 먹어치웠다. 짜증이 날 땐 단 걸 잔뜩 먹어줘야 한다나. 정령왕도 이런 식의 사고를 할 수 있다는 걸 처음 알았다. 다만 진짜 맛을 음미

하는 건 아니라서 그런지 현실성이 좀 떨어지는 방식이긴 했다. 나는 눈앞에서 삼단 케이크가 통째로 사라지는 신기한 마술을 구경했다.

"경고도 없이 대뜸 역소환부터 시킬 건 뭐야. 지가 좀 강하다고 너무한 거 아니야? 역소환 되면 얼마나 힘든데. 자기는 한 번도 안 겪어봤다 이거지."

"엘퀴네스는 역소환 한 번도 안 해봤어?"

"갤 봐라. 누구한테 당할 놈인가."

음, 그건 그렇지. 악신한테 다쳤을 때도 날 구하려다 그런 거지, 그 혼자였다면 아무런 문제도 없었을 거다. 하지만 설마 이제까지 역소환의 경험조차 없었을 줄이야. 이 시점에서도 벌써 만 년 넘게 살지 않았나? 이쯤 되니 혹시 다쳐본 것 자체가 그때가 처음이었을 수도 있겠다는 생각이 든다. 왠지 모르게 마음이 숙연해졌다. 말없이 오렌지 주스를 들이켰더니 이프리트가 나를 빤히 응시했다.

"왜?"

"그냥 좀 웃겨서. 살다 보니 천하의 엘퀴네스가 계약 처음 해본 정령처럼 예민하게 구는 걸 다 보잖아. 늦게 배운 도둑질에 날 새는 줄 모른다더니. 이러다 곧 있으면 소멸까지 시키려고 하겠어, 아주."

"음, 그치만 계약자가 다른 정령왕한테 최고라고 하면 기분 상하긴 하겠지."

"모르는 소리. 그 녀석, 예전엔 계약자가 아예 대놓고 내가 더 좋다고 한 적도 있는데 그땐 눈 하나 깜짝 안 했어. 오히려 마음껏 좋아하라면서 그 자리에서 계약을 끊기나 한 놈이야."

"헐, 그런 계약자가 있었다고?"

"애가 하도 무심하니까 관심 끌어보겠다고 벌인 질투 작전이었지. 처참하게 실패했지만."

질투 작전이라니, 별일이 다 있었구나. 그건 또 어느 이상한 드래곤이었을까. 계약해달라고 수십 번씩 소환해댄 라피스도 그렇고, 가만 보면 엘뤼엔도 은근히 팔자가 박복하다. 만만하게 여겨질 성격은 절대 아닌데 조금 신기할 정도다. 너무 차가운 나머지 그 반작용으로 오히려 이상한 애들이 더 불타오르는 건가.

"그런 녀석이 이번엔 화낸 거에 대해 어떻게 생각해? 심지어 넌 아직 답하기도 전이었잖아."

"처음은 그냥 넘어갔는데 두 번이 될 것 같으니까 짜증 난 건가?"

"진심으로 하는 말이야?"

황당해하는 얼굴로 웃음을 터트리는 이프리트를 보니 이게 아닌 모양이다. 가끔 엘뤼엔이 분노하는 지점을 잘 모르겠을 때가 있어서 확신은 안 하긴 했다. 현대의 아버지는 먼저 건들지만 않으면 괜찮았는데, 이 시대의 엘뤼엔은 젊어서(?) 그런지 감정 폭이 좀 크다.

오늘만 해도 부르기만 했을 뿐인데 싸늘하게 노려봤다. 용돈을 달라던 것도 아니고 같이 나가서 놀자고 귀찮게 조른 것도 아니고! 그냥 다녀온다는 인사만 하려던 건데! 생각하고 보니 괜히 억울해져서 입술이 절로 실룩거렸다.

그래도 나중엔 아버지와 아들이 되는 사이인데 여기선 웃는 얼굴 한 번 제대로 본 적이 없는 것 같다. 미소를 빙자한 살기는 보긴 했지만 그걸 웃었다고 할 수는 없었다. 이런 상황을 뻔히 알면서 이프리트는 현실과 동떨어진 소리만 했다.

"역시 뭘 모르네, 도련님. 그럴 땐 귀여운 계약자를 독점하고 싶은 솔직한 마음이 드러난 거라고 자신 있게 대답해야지."

"……다 그렇다 치고. 수식어부터 좀 잘못되지 않았어?"

"왜? 귀여운 거 맞아. 드래곤같이 시커먼 놈들이랑 비교해봐. 걔넨 수명도 긴 데다가 뭐든 다 너무 쉽고 간단해서 완전 게을러. 수십 년간 한 자리에서 미동조차 안 하는 애도 있을 정도야. 걔들이 인간들 틈에 섞여서 유람하는 게 괜히 그러는 게 아니야. 걔들도 걔들 삶이 재미가 없는 거지."

"으음."

"그에 비해 인간은 얼마나 반짝반짝하게 사는지. 풀 하나만 잘못 먹어도 죽을 만큼 약한 주제에 자극은 또 좋아해서 온갖 사고란 사고는 다 치고 다니잖아. 그냥 지켜만 봐도 재밌고 귀여워. 그런데 계약까지 해봐. 세상에서 가장 귀엽지. 엘퀴네스라고 다르진 않을걸?"

이건 그러니까, 인간이 하룻강아지 보고 귀엽게 여기는 그런 심리인 건가. 아무것도 몰랐다면 이 말에 혹했을지도 모르겠다. 하지만 그러기엔 이미 내가 현대의 아버지에 너무 익숙한 몸이었다. 엘뤼엔이 정말 다정해질 땐 어떤 표정을 짓는지, 눈빛이 얼마나 부드러워지는지 아플 정도로 잘 안다. 분명한 건 지금은 아직 갈 길이 멀다는 거다. 시벨리우스가 회상하기론 우리 사이가 제법 괜찮았다는 것 같은데. 그 회상 속의 나는 대체 뭘 어떻게 한 건지 모르겠다.

"아, 근데 도련님. 드래곤 하니까 묻는 건데, 여기 온 이유가 드래곤을 만나려는 거라며? 그 드래곤이 누군지는 들었어?"

"응, 알아. 블루 드래곤 라미아스."

"걔가 엘퀴네스랑 계약했다는 것도 알지? 걜 정말 만나려고? 별로 좋은 꼴은 못 볼 텐데."

되묻는 이프리트는 탐탁지 않은 얼굴이었다. 그 모습을 보니 덜컥 몸이 긴장했다. 그 드래곤이 라피스 과라는 말을 듣기는 했지만, 경고까지 받을 정도인가. 엘뤼엔이 질색할 때 그냥 다른 지역부터 간다고 할 걸 그랬나 보다.

"성격이 그렇게 이상해?"

"좀 이상하긴 하지. 원래 드래곤이란 종족이 다 한 군데씩 정상이 아닌 부분이 있긴 하지만 그중에서도 더 별종이라고 해야 하나. 여하튼 도련님이 엘퀴네스 계약자라는 건 숨기는 게 좋을 거야. 걔가 엘퀴네스한테 집착하는 경향이 있어. 근데 얼굴도 제대로 못 보는 처지라 다른 엘퀴네스 계약자한테 별로 감정이 안 좋아."

"왜 못 봐?"

"아까 말했던 그 계약자가 걔거든. 엘퀴네스한테 질투 작전 쓴답시고 내가 더 좋다고 했다가 계약 파기 당한 놈."

"……헐?"

"그 뒤에 아주 울고불고 싹싹 빌어서 다시 계약하긴 했는데 단단히 찍혔어. 엘퀴네스는 걔 연락은 아예 받지도 않아. 그런 지가 벌써 5백 년은 됐을 거야. 그런데 너랑은 늘 같이 붙어 다니잖아. 걔가 그거 알면 눈 뒤집힐걸? 무슨 짓을 저지를지 몰라."

……팔자가 박복한 건 오히려 나인가. 하늘을 한 번 바라봤다가 그대로 푹 고개를 숙였다. 아버지와의 악연에 엮여서 고통받은 경험은 새장에 갇혀본 거로 충분했는데. 그걸로 끝이 아닐 수도 있다 생각하니 눈앞이 막막했다. 그런데 그 순간 생각지 못한 말이 들려왔다.

"아, 그리고 도련님이 궁금해하던 마신전 말인데. 오는 길에 가볍게 돌아봤어."

"앗, 정말?"

"집중 기도 기간인지 계속 기도만 하고 있더라고. 분위기는 좀 안 좋아 보였고. 그 외에 별다른 정보를 얻을 건 없었어. 아, 뭔가를 찾는 것 같긴 했어."

"뭐를? 사람? 물건?"

"그것도 정확히 지칭하진 않더라고. 일단 불의 정령들을 심어두고 오긴 했는데 애들이 매일 기도만 하고 있으면 별로 알아낼 게 없을 거야. 큰 도움은 안 돼서 미안해, 도련님."

"아냐, 아냐! 미안하긴! 알아봐 줘서 정말 고마워."

이 문제로 역소환까지 당한 상황이라 부탁할 생각은 완전히 접은 참이었다. 그런데 설마 오는 길에 다녀와 줄 줄이야. 역시 이프리트는 친절하다. 마음 같아선 최고라고 말해 주고 싶은데, 그게 또 괜한 화가 될까 봐 선뜻 입이 떨어지지 않는 게 안타까울 정도였다. 머뭇거리면서 눈치만 살피니 그가 다 알겠다는 얼굴로 웃으며 물었다.

"나만 한 보부가 없지?"

"……응."

"그렇다니까. 엘퀴네스나 트로웰은 이렇게 쌓는 신뢰의 기쁨을 몰라서 문제야. 걔넨 날 좀 본받아야 해."

이번엔 스스럼없이 고개를 끄덕였다. 거기서 너무 본심이 드러났는지 이프리트가 맑은 웃음을 터트렸다.

현대의 이프리트가 모든 걸 삼키고 태우는 열화의 불이라면, 이 시대의 이프리트는 태양 같은 불이라는 생각이 들었다. 뜨겁고 밝은데 위험하지는 않아서 그 자체로 모두를 감싸는 빛이 되는. 그리고 그런 빛이 되기 위해 위험하지 않게 여겨질 거리를 스스로 유지하는 사람.

"보부 말고 친구 하면 안 돼?"

무심코 건넨 말에 그가 눈을 크게 떴다가 씩 웃었다. 기분 좋은 얼굴이라 마음이 놓였다.

"친구도 좋지."

이후엔 식사를 마치고 거리로 나섰다. 마차를 타기 위해 이동하는데 문득 한 상점이 눈에 들어왔다. 가판대에 단검 종류부터 시작해서 여러 장비가 걸려 있는 걸 보니 무기 상점인 모양이었다. 일전에 만난 길드원들이 새 활을 사고 싶다고 했던 말이 떠올라 자연스레 구경하는 흐름으로 이어졌다.

"왜? 활도 배우려고?"

"아니, 길드원들이 무기를 바꾸고 싶어 해서 가격대 좀 보려는 것뿐이야. 근데 이런 덴 문외한이라 뭐가 좋은 건지도 모르겠어."

"사람마다 맞는 무기가 다르지. 하지만 소재가 좋으면 어지간하면 다 괜찮아. 내가 좀 추천해줄까?"

이프리트와 잡담을 나누며 전시된 활을 이것저것 구경하고 있을 때였다.

"손님, 그거 사실 겁니까?"

지켜보던 점원이 불쑥 말을 걸었다. 나한테 한 말이 아니었다. 아무 생각 없이 그쪽을 바라보았다가 조금 흠칫했다. 아인 이드리스가 보였기 때문이다. 저 사람을 또 우연히 만나다니. 진혼의 마스터가 관여하지 않아도 자꾸 마주치는 걸 보면 평소 동선이 겹치긴 하는 모양이다.

"아까부터 한참 보시던데. 고르기 곤란하시면 제가 적당한 걸 추천해드릴까요?"

"아뇨, 괜찮습니다."

그가 당황한 얼굴로 고개를 저었다. 나처럼 그냥 구경할 목적이었던 건지 구매할 생각까진 아니었던 듯했다. 뭘 보던 거였나 싶어 그가 서 있는 가판대로 시선을 보냈다. 진열된 무기는 각자 종류별로 분류되어 있었는데 그가 있는 곳은 대부분 장검 종류가 놓여 있는 곳이었다. ……검술에 관심이 생겼나? 왠지 기분이 묘해지려는데 아인 이드리스가 문득 이쪽을 돌아보았다. 시선이 맞았다고 생각했다. 그런데 예전 같았으면 곧바로 아는 척을 해왔을 그가 곧바로 고개를 돌렸다. 덕분에 인사하기 위해 손을 들었다가 머쓱하게 내렸다.

'못 알아봤나?'

하긴 오늘은 새로 마련한 후드를 쓰고 나온 참이었다. 그게 아니라도 얼굴을 가리고 있으니 몰라보는 게 정상이기도 하고. 그는 곧 자리를 떠나 빠르게 다른 쪽으로 걸어갔다. 덕분에 인사를 나눌 시기는 완전히 놓쳤다. 솔직히 대화를 나눌 생각까진 없었으니 차라리 잘된 셈이었다.

"저 녀석은 왜 자꾸 마주치지?"

"그러게."

혀를 차는 이프리트의 말에 맞장구를 치면서 가볍게 웃었다.

'그보다 검이라…….'

멀어지는 뒷모습을 바라보다 다시 가판대로 시선을 돌렸다. 아인 이드리스가 장검들을 물끄러미 지켜보던 걸 떠올리니 기분이 조금 이상했다. 에이, 설마. 뭔가 터무니없는 생각을 하게 된 것 같아서 얼른 고개를 흔들어 털어냈다. 아무래도 너무 과민한 생각이었다.

3.

사람의 일은 한 치 앞도 알 수 없는 예측불허의 연속이다. 다 된 밥에 코를 빠트리는가 하면, 기대한 적도 없는 성과를 얻는 일도 있다. 때때로 설마가 사람을 잡기도 한다.

말이 씨가 됐다. 만나자는 기별도 없이 불쑥 찾아온 크리스를 보는 순간 내가 가장 먼저 떠올린 생각이었다. 며칠 만에 보는 그는 마지막으로 봤을 때보다 얼굴이 더 창백해져 있었다. 굳이 첫새벽에 도둑처럼 찾아들지 않았더라도 중대한 용건이라는 걸 알 수밖에 없었다.

"엘, 어떡하지? 우리 큰일 났어."

"그게 무슨 소리예요?"

"진짜 왔어, 초대장."

울상이 된 그가 카드가 한가득 담겨 있는 바구니를 내밀었다. 아무거나 집어 들고 펼쳐 보니 그 말대로 초대장이었다. 장황한 미사여구로 가득한 글귀는 연회에서 자리를 빛내주길 바란다는 내용을 담고 있었다. 수신자엔 크리스와 내 이름 둘 다 적혀 있었지만, 제도를 구한 영웅이 참석한다면 모두가 기뻐할 거라는 첨언이 있는 걸 보니 목적이 뻔했다. 그냥 날 불러놓고 구경하고 싶다는 소리였다.

"이거 거절해도 되는 거죠?"

"그쪽도 마음대로 보낸 거니까 그냥 무시해도 되긴 해. 좀 위세가 있는 가문도 기간 내에 답신을 보내기만 하면 괜찮아. 일단 원칙적으로는 그렇긴 한데……."

"그런데요?"

"문제는 이거야."

마른 침을 삼킨 크리스가 부들부들 떠는 손으로 다른 카드를 내밀었다. 꽤 높은 가문에서 보낸 건지 겉봉에 찍힌 인장부터가 상당히 화려했다. 월계수로 감싸진 문양에 드래곤이 새겨진 형태도 그렇고, 푸른색 밀랍에 은은히 감도는 금빛도 심상치 않았다. ……이거 설마 진짜 금을 갈아 넣은 건 아니겠지?

"세피온 공작가야."

"……누구요?"

"대귀족 세피온 공작가 말이야. 건국 공신이자 친황파 수장이면서 동부 최전선의 전쟁 영웅! 제국의 수호신! 제국에서 제일 큰 영지를 갖고 있는 데다가 보유 자산을 추정조차 할 수 없다고 알려진! 제국 5대 가문 중 하나인 그 세피온 공작가!"

아무래도 진짜 금가루가 맞는 모양이다. 이제야 귀신이라도 본 듯한 크리스의 얼굴이 이해가 됐다. 대귀족은 쉽게 움직이는 존재들이 아니었다. 특히 세피온 공작가면 제국의 실세라는 말이 있을 만큼, 어떤 의미에선 황실보다도 영향력이 크다고 해도 과언이 아닌 가문이었다. 일개 헌터한테 초대장을 보낼 가문은 절대 아니라는 소리다. 겉봉에 선명히 찍힌 가문의 인장만 아니었다면 나도 누가 사기 치는 게 아닐까 생각했을 거다.

"심지어 보내온 게 이것만이 아니야."

"이것만이 아니면요?"

잠시 기다리라고 말한 뒤 크리스는 곧 큰 상자들을 한 아름 안아 들고 돌아왔다. 눈이 아플 만큼 화려한 포장을 보려니 왠지 모를 기시감이 들었다. 뚜껑을 열자 역시나 한눈에도 비싸 보이는 예복과 장신구들이 들어 있었다. 내가 당연히 초대에 응할 거라는 자신감을 드러낸 선물이었다. 그보다 더 시선이 가는 건 다른 부분이었지만.

"남성복이네요."

현대 아크아돈에 비해 이 시대의 아크아돈은 성별에 따른 차림이 엄격하게 구분되어 있지는 않다. 하지만 정복으로 갈수록 세부적인 장식에서 다르게 표현하는 점들은 있었다. 가장 대표적인 부분이 대칭 형식이다. 같은 바지 정장이라도 여성복은 양쪽 어깨를 다 덮는 형식의 망토를, 남성복은 한쪽만 덮는 망토를 쓴다. 단추 장식 역시 여성복은 양쪽으로 한다면, 남성복은 한쪽에만 다는 식이었다. 보통은 혼용하는 편이지만 성별을 구분하고 싶을 땐 그렇게 한다고 알고 있다. 그런 면에서 공작가에서 보내온, 망토며 단

추며 한쪽에만 장식된 푸른색 계열의 예복은 명백한 남성복이었다.

내 성별을 혼동하는 건 여기서도 마찬가지다. 외모는 알려졌지만 공개된 약력이 없다 보니 자기들 마음대로 추론했는데, 선입견 때문에 여성으로 오해하는 사람들이 더 많았다. 자극적인 걸 좋아하는 신문사에서 여신이라는 표현을 전면에 박는 바람에 그 오해가 더 확산된 상황이기도 했다. 그런데도 보내온 게 버젓이 남성복이라는 건 시사하는 바가 컸다. 그만큼 공작가에서 내 정보를 파악했다고 말하고 있는 거다. 굳이 입어보지 않아도 치수 역시 딱 맞을 게 분명했다.

"과연 세피온 공작가……."

크리스 역시 감탄하면서도 질린 얼굴이었다. 하긴 대귀족쯤 되면 사람 하나 조사하는 것 정도는 어렵지 않겠지. 이미 숙소도 알고 있으면서 일부러 크리스를 통해 보냈을 가능성이 컸다.

겉봉을 뜯고 접힌 카드를 펼치니 수려한 필체가 눈에 들어왔다. 적혀 있는 내용 자체는 다른 초대장과 비슷한데 무시하기 힘들 만큼 존재감이 강렬했다. 잉크에도 금가루가 들어 있어서 그런가 보다.

"어떻게 할 거야? 다른 덴 몰라도 세피온의 초대를 거절하는 건 위험부담이 커. 가주인 테이론 공작은 냉혹한 귀족이야. 그의 눈 밖에 나면 제국에선 살기 힘들다고 봐야 해."

"가죠, 뭐."

"괜찮겠어?"

크리스가 불안한 시선을 보내왔다. 날 걱정하느라 근심하는 그에겐 미안한 말이었지만, 당연히 괜찮았다. 솔직히 말하면 오히려 기다려왔던 순간이었다. 지금 어떤 표정을 지어야 할지 혼란스러울 정도로.

'유명해진 보람이 있긴 하네.'

일이 트이려는 건지, 아니면 더 꼬이려는 건지. 이렇게 기회가 금방 찾아올 줄은 몰랐다. 생각한 방식과는 다르긴 하다만 언제는 계획대로 된 적이 있던가. 어차피 부딪칠 일이라면 이런 식도 나쁘지는 않은 것 같았다. 다시금 겉봉에 찍힌 푸른색 인장을 살피다 카드 쪽을 돌아보았다.

테이론 이스 세피온.

초대 문구 하단에 유려한 필체로 적힌 서명이 눈에 들어왔다. 세피온 가문의 가주이자, 공작 본인의 이름이었다.

블루 드래곤 라미아스.

제국에서 유희 중인 그의 이름이기도 했다.

*　　　*　　　*

어릴 때부터 무엇이든 다 쉬웠다.

아인 이드리스는 자신의 삶을 비교적 가볍게 정의 내릴 수 있었다. 그의 성장은 평온하고 안정적이었다. 가난한 집안에서 태어났으나 한 번도 형편이 궁핍하다고 느껴본 적이 없었다. 그의 부모는 성실했으며 자식에게 아낌없는 지원을 하는 사람들이었다. 필요할 때는 주변에서 도움의 손길도 주어졌다. 이웃들 역시 아인 이드리스에게 모두 친절했다. 엄격하고 깐깐한 영주는 아이들을 싫어하기로 유명했지만, 그런 영주조차도 그에게만은 관대했다. 그 이유도 알고 있었다. 그가 바람의 사랑을 받는 존재였기 때문이었다.

갓 태어난 순간부터 돋보였던 이적. 기척에 민감하고 흐르는 바람을 다룰 줄 알며, 날씨를 읽을 줄 아는 아이는 어디에서나 눈에 띄었다. 그가 특별하다는 건 누구라도 알 수밖에 없었다.

작고 초라한 마을에서 이능을 타고난 존재는 출세의 상징이었다. 다들 아인 이드리스를 부러워하고, 친해지려고 했으며, 그를 좋아했다. 막상 아카데미에 들어간 후로는 생각보다 성과가 나지 않아 초조해지기도 했지만 그 시기가 그리 길진 않았다. 주어진 결과를 맞이했을 땐 그 과정조차 마땅한 시련이라고 여겨질 정도였다. 누구도 감히 맞이할 수 없는, 바람의 왕이 그를 택했으니까.

처음부터 안배된 축복이었다. 생이 주어진 이후로 온전히 순탄히 오르도록 마련된 정상의 여정. 낮게 타고난 신분이 흠이라기엔 정령왕의 계약자가 그 자체로 신분이었다. 그는 어디를 가도 존귀한 대접을 받았다. 다른 신분엔 흥미가 없었고, 같은 길을 걷는 이들 중에선 그보다 높거나 비슷한 이가 존재하지 않았다. 그렇기에 그는 누군가를 부러워하거나 동경할 필요가 없었다. 오직 단 하나, 그 위에 존재하는 미네르바를 제외하고는.

하지만 그건 그가 사랑하는 사람과 온전히 동등해질 수 없다는 점에서 오는 아쉬움에 더 가까웠다. 이따금 닿을 수 없는 장벽을 실감할 때면 무심코 찾아들고 마는 서글픔 같은 거였다. 그래도 자신이 인간이니 어쩔 수 없는 부분이라 여겼다. 정령사로서 이를 수 있는, 그와 가장 가까운 자리에 있는 것만으로도 족했다. 그렇게 생각해 왔었다.

"아인."

자신을 부르는 음성에 아인은 천천히 얼굴을 들었다. 걱정스럽게 바라보는 은빛의 눈동자를 보자 마음속이 차분해졌다. 아니, 들끓는 것 같기도 했다. 정의할 수 없는 감정 탓에 그의 표정은 우는 듯이 웃는 듯이 기묘하게 일그러졌다.

"미네르바, 다녀왔습니다."

"표정이 좋지 않구나."

"……우연히 그를 만났습니다."

약간의 간격을 두고 떨어진 말에 미네르바의 표정이 흐려졌다. 누구를 말하는 건지 바로 이해한 것이다. 아인은 입술을 깨물었다.

"저도 모르게 피하고 말았습니다."

"아인."

"제가 좀 이상했습니다. 그의 얼굴을 마주 볼 수가 없었어요."

지금도 눈을 감으면 그때의 광경이 선명히 떠올랐다. 곧게 뻗은 검에서 푸른색 기운이 흘렀다. 그 상태로 도약한 소년은 마치 하늘을 나는 것 같았다. 후드가 벗겨지면서 찬란한 금발이 흩날렸다. 어떠한 신호나 말이 없었는데도 물의 늑대가 그의 흐름을 따라 알아서 움직였다. 파도가 일 듯이 물결이 갈라지고, 그가 서슴없이 마물의 몸을 가르고 들어갔다. 자신은 조금도 건드릴 수 없었던 가죽을 단숨에 꿰뚫고 그대로 휘저어 깨끗하게 절반으로 분리했다. 그야말로 압도적이었다. 생애 처음 느껴보는 충격에 전신이 부르르 떨렸다.

"시큐엘과 한 몸인 것 같았어요. 사람이 그렇게 아름답게 움직일 수 있다는 건 처음 알았습니다."

더 믿을 수 없는 건 그 순간에 그가 전력을 다하지 않았다는 거였다. 시종일관 여유롭던 모습만 봐도 알 수 있었다. 그간 그와 관련한 무성한 소식을 듣긴 했지만 전부 과장된 거라고 여겼다. 하지만 이제 보니 오히려 축소된 건지도 모른다는 생각이 들었다.

아인 이드리스는 혼란스러웠다. 그는, 엘은 상급 정령사였다. 자신보다 낮은 급이었다. 지금까지 만난 상급 정령사는 전부 그 같지 않았다. 그런데 어째서.

"비교하면 안 된다는 건 알고 있습니다. 사실 저는 은사 계약에 가까우니까요. 정령술 외에 다른 재능이 있는 것도 아니죠. …… 엘만큼 아름다운 외모도 아니군요."

아인 이드리스가 비틀린 미소를 지었다. 처음엔 눈앞의 위용에 놀라느라 그의 외모는 눈에 들어오지도 않았다. 그저 아름다운 금발을 지니고 있다고만 생각했다. 그러나 먹물 같은 오염이 흘러내리면서 그 온전한 외모가 드러났을 땐 이번엔 그가 펼친 위용을 잊었다. 모두가 상황을 잊고 넋을 잃었다. 그중에는 아인 이드리스도 있었다.

"아인, 너 역시 충분히 아름다운 사람이다."

미네르바가 서둘러 그의 두 손을 잡았다. 따스한 온기가 닿았으나 아인의 얼굴은 더 아프게 일그러졌다. 원래 미네르바는 체온이 존재하지 않는다. 이건 그를 위해 일부러 가져온 온기였다.

"엘이 그러더군요. 미네르바를 걱정하게 하지 말라고요. 전 아무런 대답도 할 수 없었습니다. 그게 사실이었으니까요. 전 언제든지 당신을 근심하게 하는 나약한 존재죠."

"그렇지 않아, 아인. 넌 충분히 강하다."

"마물 하나도 제대로 잡지 못하는 형편없는 녀석인걸요."

꺼질 듯이 시무룩한 음성에 미네르바의 눈동자가 흔들렸다. 자학하는 말을 잡아주고 싶었으나 이미 상심을 배워버린 연인에겐 위로가 되지 않을 것 같았다.

"죄송합니다. 제가 너무 한심한 소리를 했네요. 지금도 충분히 과분한 것들을 누리고 있으면서 말도 안 되는 투정을 했습니다. 조금 전의 말들은 취소하겠습니다."

다행히 아인 이드리스는 곧 고개를 저었다. 멋쩍게 웃는 얼굴은 평소의 그와 같았다. 미네르바는 겨우 안도했다.

"안 그러려고 했는데. 당신 앞에선 약한 모습만 보이게 되는 것 같습니다."

"난 괜찮다, 아인. 얼마든지 약한 모습을 보여도 된다."

"제가 창피해서 싫어요."

한결 소탈해진 말투로 아인이 고개를 저었다. 옅게 미소 지은 얼굴은 기분이 나아진 듯 보였다.

"사실 그동안 너무 도전이 없는 평온한 일상이었죠. 차라리 잘된 것 같기도 합니다. 이참에 저도 검술을 배워볼까 싶습니다."

"……검술을?"

"더 강해지고 싶습니다. 당신에게 좀 더 어울리는 사람이 되고 싶어요. 저도 그처럼, 엘처럼 될 수 있을까요?"

미네르바는 그의 손을 꼭 움켜잡았다. 무골의 자질은 대체로 타고난다. 노력으로 쌓으려면 아주 어릴 때부터 시작해야 했다. 아인은 벌써 성인이었고, 검으로 성취를 이룰 수 있는 자질도 아니었다. 하물며 그가 기대하는 모습에 닿는 건, 자질을 가진 자에게도 힘들 것이다. 하지만 미네르바는 연인이 가진 희망을 깨트리고 싶지 않았다.

"할 수 있단다, 아인. 네게 어울리는 검을 선물해주마."

"고맙습니다, 미네르바. 당신이 그렇게 말해 주니 용기가 납니다."

"그래, 아인. 넌 잘할 수 있을 거다."

그 말이 퍽 안심이 됐는지 아인 이드리스의 얼굴이 다시금 울 것처럼 흐려졌다. 그런 그를 달래듯 끌어안으면서 미네르바는 닿은 어깨에 가만히 얼굴을 묻었다.

"네 계약의 끝을 봤어."

어린 동료의 지친 목소리가 다시금 머릿속을 스쳤다. 그게 어떤 끝이든, 언젠가는 그 역시 보게 될 터였다.

* * *

유니콘의 터전은 깊은 숲속, 그들만이 이를 수 있는 술법 안에 존재한다. 정의와 분별의 신 루세프가 창조한 유니콘 일족은 본래 신계에 속한 신족의 일족이었다. 그런 그들이 중간계에 자리 잡게 된 건 천마대전이 끝난 직후, 혼돈의 시기가 어느 정도 가라앉았을 무렵이었다.

세간엔 그들 일족이 중간계로 보내진 건 더는 문지기의 역할이 필요 없어진 탓이라고 알려져 있지만, 실상은 전쟁의 후유증을 회복하려는 목적이 더 컸다. 일종의 휴양이었다. 그래서 유니콘 일족은 지금 사는 땅을 그저 잠시 머무는 정착지로 여기고 있었다. 그들에겐 언젠가 다시 돌아갈 신계가 진짜 고향이자 터전이었다.

"그걸 위해서라도 룬인 당신이 힘을 써야 합니다."

장로의 잔소리는 이제 너무 들어서 귀에 박히는 기분이 들 정도였다. 이른 오전부터 시작된 설교에 질릴 대로 질린 시벨리우스는 한숨을 내쉬고 싶은 기분을 삼키며 건조하게 대답했다.

"알아."

"아신다고요? 아신다는 분이 왜 아직도 진척이 없으십니까?"

"……."

"벌써 천 년이 넘도록 루세프 님의 강신을 뵙지 못했습니다. 그분의 아이들인 우리가 버젓한 제사장을 눈앞에 두고 굳이 인간 세계의 신전을 찾아가야만 그분의 목소리를 들을 수 있단 말입니다. 이게 말이 된다고 여기십니까?"

"노력하고 있어."

"그런 말로 될 게 아닙니다. 시벨리우스 님의 연치가 몇이십니까! 성년이 된 후로도 자그마치 5백 년이나 지났습니다! 형님이신 리글레오 님은 성년이 되기도 전에 각성하셨단 말입니다!"

"안 되는 걸 어쩌란 거야."

"시벨리우스 님!"

"그만 나가줘. 쉬고 싶어. 피곤해."

이마를 짚은 시벨리우스가 문 쪽을 가리켰다. 그에 불만스럽게 고개를 돌린 장로가 문득 근처 식탁에 있던 바구니를 발견했다.

그 안에는 갓 구운 빵과 과자들이 담겨 있는 채였다. 그 옆으로 미처 채 치우지 못한 조리도구들도 늘어져 있었다. 누가 만든 건지 뻔히 짐작되는 상황이었다. 장로의 눈에 불꽃이 튀었다. 그대로 달려든 그가 바구니를 집어 들어 바닥에 패대기쳤다.

"뭐하는 거야!"

"또 이런 쓸모없는 일에 기운을 소진하신 겁니까? 이런 거나 하고 있으니 각성에 집중을 못 하시는 거 아닙니까!"

"쉴 때만 한 거야! 휴식 시간을 어떻게 활용하든 그건 내 마음이잖아!"

"정신을 차리십시오! 당신은 룬입니다! 하지만 각성하지 않은 룬이 언제까지 룬으로 불릴 수 있을 것 같습니까?"

심장이 덜컥 떨어졌다. 시벨리우스는 입술을 악물었다. 자신도 알고 있었다. 언제까지 이 상태로 버틸 수는 없다. 알고는 있지만 안 되는 걸 자신더러 어쩌라는 말인가.

"나가."

"시벨리우스 님."

"당장 나가. 제발! 나가란 말 안 들려?"

토하듯이 외친 말에 장로의 얼굴이 일그러졌다. 화를 참는 듯이 여러 번 한숨을 토한 후에야 그는 한층 진정한 얼굴로 고개를 끄덕였다.

"일단 쉬십시오. 나중에 다시 얘기하지요."

"……."

그제야 시벨리우스의 입속에서도 숨이 흘러나왔다.

"역시 후계를 서두르는 수밖에 없나. 형은 다시없을 천재였건만, 동생의 재능이 이렇게 떨어져서야……."

장로가 나가면서 낮게 중얼거리는 목소리가 선명히 들렸다. 굳이 감추려고 시도하지도 않아 듣고 싶지 않아도 들을 수밖에 없었다. 하지만 주먹을 움켜쥐는 것 말고는 할 수 있는 일이 없었다. 어차피 저항과 항변 따위는 통하지 않을 것이다. 각성하지 못하는 룬이란 그런 거였다.

몇 년 치 피로가 한 번에 쌓인 기분으로 머리를 쓸어 넘기다, 시벨리우스는 바닥에 엉망으로 흩어져 있는 빵들을 바라보았다. 더럽혀진 게 아깝긴 했지만 아무런 생각도 들지 않았다. 어차피 만들어봤자 그밖에 먹지 않는 것들이었다. 그렇다고 방치해 두면 벌레가 꼬일 것이다. 그는 한숨을 내쉰 후 몸을 일으켰다. 그런데 정리하기 위해 손을 뻗었을 때였다. 언젠가 들었던 목소리가 스쳤다.

"나 이 빵 좋아해."

아, 그 인간 소녀한테 줬던 게 이 빵이었지. 시벨리우스는 멍하니 생각했다. 이곳에선 아무한테도 환영받지 못하는 음식이다 보니 주면서도 내심 조심스러웠는데, 소녀는 정말 기쁘다는 듯이 받아들었었다. 맛있었다고도, 그만두지 않으면 좋겠다고도 해줬었다. 그의 사정 따윈 조금도 모를 텐데도. 마치 다 알고 응원해주는 것처럼 느껴져서 마음이 복잡했었다.

"너 호구야? 왜 저런 취급을 하는데 아무 말도 안 해?"

일순 숨을 삼켰다. 회상한 것뿐인데도 머릿속이 어지러웠다. 룬은 인간 세계로 나가면 안 된다. 다른 종족과 어울려서도 안 된다. 기억도 나지 않는, 선대 룬이었다는 그의 형이 그 금기를 어기고 인간 세상에 나갔다가 한 여인과 사랑에 빠져서 일족을 버렸다고 했다. 하나뿐인 가족인 자신도 그때 같이 버려졌다.

그걸 일평생 얼마나 원망해왔던가. 시벨리우스는 자신의 형과 똑같은 전철을 밟을 생각이 조금도 없었다. 모두를 배신한 선대들의 참회를 위해서라도, 자신만은 그래선 안 되었다. 그가 지켜야 할 자리는 여기였다. 그래서 한 번도 인간 세상을 나가볼 생각 따윈 하지 않았다. 얼마 전 납치된 웰디 일행을 구하기 위해 나가본 게 그 일생에서 가장 먼 거리의 외출이었다. 이후로도 다시는 나갈 일은 없을 거라고, 생각했다.

하지만, 정말 이곳이 내 자리인가.
각성도 하지 못한 룬이 여기서 뭘 할 수 있지?

"제도에 오면 여명이란 헌터 길드가 있어."

"혹시 나중에 내 도움이 필요하면 언제든 찾아와."
"그냥 용건 없이 놀러 와도 돼. 언제든 환영할게."

몸속에서 울린 파문이 불이 붙은 도화선처럼 빠르게 번져 나갔다. 어쩌면 처음부터 이 순간을 바랐던 건지도 몰랐다. 그러지 않고서야 이렇게 쉽게 흔들릴 리가 없었다. 정신을 차렸을 땐 시벨리우스는 어느새 짐을 꾸리고 있었다.

"시벨리우스 님?"

문득 들려온 목소리에 고개를 들었다. 문 앞에 풍성한 은발을 지닌 소녀가 서 있었다. 일족 안에서도 손꼽히는 미인이었지만 소녀를 바라보는 시벨리우스의 시선은 별다른 감흥이 없었다. 솔직히 말하면 그는 한 번도 소녀를 편한 시선으로 본 적이 없었다. 그 모습 위에 덧입혀지는 장로의 모습 때문이었다.

"무슨 일이야, 웰디."

"할아버님이 역정을 내시는 소리를 들었어요. 시벨리우스 님이 상심하셨을 것 같아서……."

"장로가 화내는 거야 일상이잖아. 신경 쓸 거 없어."

"네에, 저어, 그런데 지금 뭐하시는 거예요?"

웰디가 불안한 표정으로 시벨리우스가 챙겨놓은 짐들과 그 앞에 떠 있는 종이들을 힐끔거렸다. 그 모습에 잠시 시선을 둔 시벨리우스가 예정된 주문을 외웠다. 그러자 둥실둥실 떠 있던 종이들이 빛을 머금으며 서로 둥글게 하나로 연결되더니, 다음 순간 눈앞에 있던 것들과 한 번에 사라졌다. 깜짝 놀란 웰디가 입을 벌리자 시벨리우스가 담담히 설명했다.

“아공간 주술이야.”

“세상에, 매개체 없이 발동하는 아공간이요? 그 어려운 주술을 완성하셨군요.”

웰디의 얼굴이 밝아졌다. 저렇게 대단한 술사인데 왜 룬의 각성은 하지 못하는 건지, 안타까움이 깃든 시선이기도 했다. 피식 웃은 시벨리우스가 웰디의 곁을 스쳐 지나갔다.

“어딜 가세요?”

“여길 떠날 거야.”

“네? 무슨……!”

당황한 웰디가 급히 그의 옷자락을 붙잡았다. 그 순간에 맞춰 몸을 돌린 시벨리우스가 웰디의 이마에 글자를 적은 종이를 붙였다. 반사적으로 저항하려는 팔은 이미 가볍게 잡아 멈추게 한 후였다. 웰디의 눈이 동그래졌다.

“킬리다.”

종이에 적힌 글자가 은빛으로 발하기 시작했다.

“퀴에스, 카도, 카스마.”

“인(引)”

“시, 시벨리……우스……님.”

이윽고 힘이 빠진 웰디의 몸이 그대로 무너졌다. 시벨리우스는 깊이 잠든 웰디를 안아 들어 침대 위에 눕혔다.

"푹 쉬어, 웰디."
낮은 목소리가 이미 듣지 못하는 귓가를 향해 속삭였다.
시벨리우스는 고개를 들고 빛이 드는 문 쪽을 다시 응시했다.

최초의 자유였다.

『정령왕 엘퀴네스』 17권에서 계속

외전:
단락의 장

1.

라케인 크리스는 제국 남부에 있는 작은 도시에서 무관을 운영하는 부부 슬하의 둘째 아들로 태어났다. 제도 치안대 출신인 부부는 인망이 높고 건실했으며, 두 형제는 우애가 좋았다. 갑작스레 덮쳐온 화마가 모든 걸 앗아가기 전까지, 어딜 내놓아도 남부러울 것 없는 가족이었다.

불행은 아무런 전조도 없이 일어났다. 그 시작의 순간을 크리스는 아직도 선명히 기억하고 있었다. 어느 날 그들 저택에 영주가 방문했다. 그는 교육관에서 우연히 보게 된 첫째가 마음에 들었다면서, 시동으로 들여 본격적으로 가르치고 싶다는 제안을 건넸다.

영주는 남부에서 아주 유명한 변태였다. 시동으로 들인 어린애들을 학대한다는 소문이 파다했다. 부모는 당연히 그의 제안을 거절했다. 그러자 얼마 후 첫째가 실종됐다. 부모는 사라진 첫째를 찾기 위해 수단과 방법을 가리지 않았다. 그 과정에서 제대로 운영하지 않게 된 무관은 빠르게 망해가기 시작했고, 형편이 크게 궁핍해졌다. 그러나 그 모든 걸 감수하면서도 사라진 자식은 되찾지 못했다.

거기서 그쳤다면 차라리 나았을지도 모른다. 그러나 그들 가족을 덮친 어둠은 오히려 그게 시작이었다. 추적추적한 비가 내리는 오후, 그들 집으로 검은 나무 상자 하나가 배달됐다. 그 속엔 엉망으로 다친 첫째의 주검이 들어 있었다. 비참하게 죽은 아들의 시신을 확인하고 그 자리에서 실신한 부친은 그날 이후로 정신을 되찾지 못했다. 모친 역시 마음을 잡지 못하고 방황하기 시작했다. 고용인조차 두지 못할 만큼 가세가 기울었지만 모친은 그저 다른 일에만 정신이 팔려 있었다. 집에 있는 날보다 없는 날이 더 많아졌다.

그러던 어느 날이었다. 크리스는 한밤중에 자신을 깨우는 손길을 느꼈다. 퍼뜩 눈을 뜨니 두 눈이 벌건 모친이 자신을 내려다보고 있었다.

"어머니?"

"어서 일어나거라, 어서."

다급한 손짓에 크리스는 영문도 모르고 몸을 일으켰다. 그러다 콧속 가득 차오르는 매캐한 냄새에 얼굴을 찌푸렸다. 그제야 돌아본 집안은 연기로 가득 차 있었다. 화재였다.

"어, 어머니! 불이! 아버지는요? 아버지를!"

"알았으니 일단 업히거라."

모친은 서둘러 그를 업고 저택을 빠져나갔다. 이미 집 안은 불길이 보이지 않는 곳이 없을 만큼 거세게 타오르고 있었다. 나가는 곳곳 몇 번이나 위험한 순간을 맞이해가면서, 모친은 간신히 저택을 빠져나갔다. 그는 저택에서 조금 떨어진 풀숲 안에 크리스를 숨겼다.

"여기에 있거라."

"어, 어머니는요?"

"난 네 아버지를 구해오마. 내가 올 때까지 여기서 꼼짝도 하지 말아야 한다. 알았지?"

거듭 당부한 후 모친은 자신이 입고 있던 후드를 벗어서 아들에게 입혔다. 그리고 그의 손에 무언가를 쥐여 주었다. 조금 묵직한 무게의 주머니였다.

"혹시 날이 밝아도 내가 돌아오지 않으면 이대로 떠나라. 절대 집으로 돌아와선 안 된다. 그 주머니 안에 네가 가야 할 곳이 있을 거다. 떠난 후엔 이곳의 일은 전부 잊어라. 이 어미의 말을 명심해다오."

"어, 어머니."

"약속해라. 어서."

겁에 질린 크리스는 고개를 끄덕일 수밖에 없었다. 모친이 그런 그를 꼭 끌어안았다.

"사랑한다, 라케인. 내 아들. 너만은 반드시 살아라. 살아서 행복해지거라."

눈물로 축축해진 입술이 그의 이마를 꾹 눌렀다. 크리스는 풀숲 너머로 사라지는 뒷모습을 하염없이 바라보았다. 그게 어머니의 마지막 모습이었다.

저택은 완전히 전소했다. 그 속에 있던 크리스의 부모 역시 같이 삼켜져 다시는 돌아올 수 없게 됐다. 크리스는 잿더미가 남겨진 자리를 멍하니 바라보았다. 모친은 돌아오지 말라고 했지만 아무리 생각해도 그럴 수는 없었다. 크리스는 제 눈으로 완전히 불타 없어진 집을 확인했고, 부모의 죽음을 접했다. 다만 와 닿는 어떠한 예감으로, 사람들 앞에 나서진 않고 몸을 숨겼다.

구경꾼들 사이에서 수군거리는 소리가 들려왔다. 화재의 원인은 방화였다. 정신이 나간 부친이 새벽에 집 안 곳곳 불을 놓았다고 했다. 크리스는 모친이 입혀준 후드를 꼭 움켜쥐었다. 아무리 생각해도 믿을 수 없는 말이었다. 그의 부친은 정신을 놓은 후로는 제대로 걷지도 못했다. 그런 아버지가 돌아다니며 방화를 저질렀을 리가 없었다.

그때 근처를 서성이고 있는 남자들이 보였다. 이 근방에서는 처음 보는 얼굴들이었다. 그때 크리스는 저들을 확인해야 한다는 걸 직감했다. 그는 기척을 죽이고 조심스럽게 남자들 근처로 접근했다. 그리고 몰라도 될 사실을 알게 됐다.

"아들놈은 찾았나?"

"방에 아무 흔적도 없었습니다. 마지막 순간에 운 좋게 빠져나간 듯합니다."

"젠장, 반드시 찾아. 그놈이 살아 있으면 골치 아프다."

크리스는 숨을 삼켰다. 온몸이 부들부들 떨렸다. 역시 부친이 저지른 방화가 아니었다. 부모님은 살해당한 거다.

그날 이후로 크리스의 목표는 복수가 됐다. 그는 모친이 마지막으로 건네준 주머니를 열어 보았다. 안에는 얼마간 생활할 수 있을 만한 양의 돈과 함께 접힌 쪽지가 들어 있었다.

남서부 비욘 시. 에트 가문, 라민.

찾아가야 할 곳과 만나야 할 사람의 이름을 확인했지만 아무런 의미가 없었다. 크리스는 미련 없이 쪽지를 버렸다. 그리고 모친이 남겨준 돈으로 활과 화살을 구매했다. 며칠간의 사전 조사를 끝마친 크리스는 본격적으로 작전을 실행했다. 그는 영주관 근처에 있는 나무를 타고 어렵지 않게 올라섰다.

"라케인, 너 정말 굉장하다! 백발백중이야!"

언젠가 형이 환하게 웃으며 칭찬하던 목소리가 스쳤다. 이제는 다시 만날 수 없는, 날 때부터 몸이 약했던 형은 저와는 반대로 튼튼하고 뭐든지 잘하는 동생을 언제나 자랑스러워했다.

"내 동생이 이 세상에서 가장 활을 잘 쏘는 것 같아!"

그 말대로 크리스는 활에 천부적인 재능을 타고났다. 아주 어릴 때 처음 잡았던 그 순간부터 지금까지. 활로는 목표했던 걸 놓친 적이 단 한 번도 없었다.

크리스는 저택 쪽을 향해 활을 겨눴다. 목표물을 확인하고 있는 힘껏 시위를 당긴 후, 화살을 놓았다. 빠르게 쏘아진 화살이 창문을 깨고 들어갔다. 잠잠하던 저택에서 소란이 일기 시작했다. 크리스는 침착하게 다음 시위를 당겼다.

"혼자 서른 명을 죽였습니다."

정신을 차렸을 땐 모든 것이 끝나 있었다. 운이 나빴다. 영주관 쪽에선 속수무책으로 당하고 있었는데, 때마침 영주관을 방문한 기사들에게 잡혔다. 생포된 크리스는 질질 끌려가 한 여자 앞에 무릎 꿇려졌다. 잿빛의 머리를 단단히 틀어 올려 묶은 냉정한 눈매를 지닌 여자는 입고 있는 세련된 갑옷만 보아도 이 기사단의 대장으로 보였다. 급소에 화살을 맞고 즉사한 시신들을 확인한 여자가 기막힌 얼굴로 혀를 찼다.

"영주도 죽었군. 크리스가의 둘째라고? 저놈 아직 어려 보이는데. 몇 살이지?"

"열네 살입니다."

"믿을 수가 없군. 고작 열네 살짜리가."

사방에서 황당해하는 시선이 쏟아졌다. 그러거나 말거나 크리스는 얼른 이 시간이 끝나길 기다렸다. 어차피 복수를 다짐한 순간부터 살아서 도망칠 수 있을 거란 생각 따윈 하지 않았다. 더 죽이지 못하고 잡힌 게 아쉬울 뿐이었다.

"넥시아 님, 잠시만."

그때 대장 옆에 있던 남자가 앞으로 나섰다. 갈색 머리에 밝은 녹색 눈을 지닌 그는 중장비로 무장한 기사들과 달리 혼자 경장비를 입고 있었다. 그가 한쪽 무릎을 굽히고 크리스와 시선을 맞췄다.

"난 라민이라고 한다. 내가 누군지 알지?"

크리스의 눈동자가 흔들렸다. 모친이 건네준 쪽지에 적혀 있던 이름이었다.

"어머니한테 날 찾아가라는 말을 들었을 거다. 그런데 왜 혼자서 움직였지?"

그야 물론 복수해야 하니까.

뻔한 걸 묻는 그를 크리스는 이해할 수 없다는 듯이 바라보았고, 라민은 한숨을 내쉬었다. 대장이 다시 앞으로 나섰다.

"참 공교롭게 되었구나, 꼬마야. 굳이 네 손을 더럽히지 않았어도 오늘 네가 죽인 레논 영주와 그 가솔들은 전부 죽었을 자들이었다.”

“……?”

“레논 가문이 반역을 저지른 혐의를 포착하여 수색하러 온 참이었지. 그 결정적인 증거를 가져온 자가 바로 네 모친이었다.”

크리스는 숨을 삼켰다. 이제야 돌아가는 상황이 이해가 됐다. 방황하는 시간 동안 모친은 영주를 벌하기 위해 그가 저지른 부정의 증거들을 모으고 있었던 모양이다. 그리고 그 때문에 살해당한 거였다.

“원래 죽어야 할 놈들이라도 아직은 수색단계. 더구나 사살 권한이 없는 네가 사람을 서른이나 죽인 건 변하지 않는다. 원칙적으로 넌 살인죄로 넘겨져야 한다. 아마 사형이겠지.”

“넥시아 님.”

“말 끊지 마라, 라민. 어디까지나 원칙이 그렇다는 거다. 하지만 다행히도 난 융통성을 가진 사람이다. 그리고 내겐 황제 폐하가 내려주신 여러 가지 직권이 있지. 네 모친의 공헌과 네 처지를 참작하여 살 기회를 주마.”

“…….”

“내 밑에서 일해볼 테냐? 6년만 버티면 사면해주마.”

크리스는 대답하지 않았다. 침묵하는 그를 보고 초조해진 건 오히려 라민이었다. 그가 크리스의 옆구리를 쿡쿡 찔렀다.

“얌마, 얼른 한다고 대답해. 뭐든 살아 있어야 다음 기회를 얻는 거야."

다음 기회 같은 게 무슨 의미가 있을까. 소중한 것들은 이미 세상에 없었다. 형이 죽은 이후로는 모든 것들이 다 엉망이었다. 부모님이 돌아가신 후 복수를 위해 살아 있던 지난 며칠의 삶도 지옥 같기만 했다. 이렇게 잿더미만 남은 것 같은 마음으로 계속 살아가느니 차라리 여기서 끝나는 편이 나을지도 몰랐다.

"어머니가 살려준 목숨이잖아. 이렇게 쉽게 버릴 거야?"

하지만 그 말엔 흔들릴 수밖에 없었다. 너만은 반드시 살라고 부탁하던 어머니의 얼굴이 떠올랐다. 약간의 침묵 끝에 크리스는 결국 고개를 끄덕였다. 그렇게 그는 움브라에 들어갔다. 황제 직속 친위대, 그림자 병기의 삶이 시작되는 순간이었다.

2.

"넌 이제부터 '솔개'다."

움브라에 들어가자마자 크리스에겐 새 이름이 주어졌다. 정확히는 이름이라기보다는 암호명이었다. 그는 비슷한 시기에 들어온 사람들과 1년간의 수습 기간을 갖게 됐다. 새벽같이 일어나서 밤늦게까지 교육을 받는 고된 시간이 이어졌다. 몸은 힘들었지만 정신적으로는 아무런 생각도 할 수 없게 돼서 크리스는 이 생활이 제법 마음에 들었다.

움브라는 그림자 병기답게, 공식적 행사보다 비공식적인 활동이 더 많은 기사단이었다. 황제가 명령하면 온갖 범법적인 일들도 서슴지 않았다. 하는 일이 이렇다 보니 구성된 이들도 평범한 사연을 가진 이들이 별로 없었다. 그러는 중에 크리스는 또래의 소년을 알게 됐다. 그보다 조금 먼저 들어왔다는 소년은 '흑표범'이라는 암호명을 갖고 있었다.

그 암호명처럼 짙은 흑발을 지닌 소년은 우수했지만 매우 과묵했다. 사람들과 어울리는 일은 거의 없이, 쉬고 있을 땐 늘 구석에 앉아서 책을 읽었다. 크리스 역시 거칠고 나이 차가 나는 훈련생들 사이에서 소외되는 일이 잦다 보니, 두 사람은 자연스레 구석에 같이 있게 되는 날이 많아졌다.

처음엔 그저 같이 있기만 하는 정도였다. 흑표범은 크리스에게 일절 관심을 두지 않았고, 크리스도 자신을 무시하는 흑표범에게 굳이 접근하지 않았다. 하지만 10대란 사소한 계기로도 친해지기 쉬운 나이였다. 그런 두 사람이 친해지게 되는 사건은 오래지 않아 찾아왔다.

어느 날 훈련생 하나가 책을 읽고 있는 흑표범에게 시비를 걸어왔다. 나이가 어린데도 훈련 성적이 제일 좋은 흑표범을 평소에 은근히 시기하고 있던 남자였다.

"뭐야, 이건. 기초 정령술?"

읽고 있던 책을 강제로 뺏은 남자가 제목을 확인하곤 비웃었다.

"너 설마 정령사가 꿈이냐?"

"돌려주세요."

"살인 병기로 키워지는 녀석이 정령사? 이게 말이나 되는 줄 알아? 정령이 뭐가 이쁘다고 너처럼 음침한 녀석이랑 계약을 해주겠냐?"

"돌려달라고 했습니다."

유치한 시비를 거는 남자와 달리 흑표범은 차분했다. 그에 더 발끈한 남자가 얼굴을 흉하게 일그러트리며 웃었다.

"야, 꿈 깨. 네가 무슨 정령사야? 너 저주받았다며."

"……."

"내가 너에 대해 좀 들었거든. 너 라스포 가문의 사생아 맞지? 그 가문의 가주가 못된 짓 하다가 저주를 받았는데, 후계자한테 가야 할 저주를 사생아가 받게 했다는 얘기 들었어. 일부러 그걸 위해 만든 사생아라며?"

"……."

"사람의 피를 안 마시면 미치는 저주라던데? 그래서 움브라에 보내진 거지? 여기선 마음껏 미친 짓 해도 되니까.

"……."

"너네 엄마도 네가 죽였다며? 네가 네 엄마 죽여서 피 마셨다는 게 진짜야?"

그 순간 내내 차분하던 흑표범의 눈동자가 흔들렸다. 그와 동시에 시비 걸던 남자가 뒤로 넘어졌다. 옆에서 듣다가 더 화가 난 크리스가 그를 들이받았기 때문이었다.

"악! 뭐, 뭐야!"

"이 미친 새끼야! 할 말이 있고 못 할 말이 있지, 개새끼야! 네가 그러고도 사람이냐?"

"이 망할 새끼가!"

당황하던 남자가 발끈해서 주먹을 휘둘렀다. 크리스도 지지 않고 맞섰다. 성인 남자와 소년이다 보니 체급 차이가 있었지만 온몸으로 덤벼드는 크리스는 상대하기 쉬운 존재가 아니었다. 지켜보던 남자의 동료들도 합세했다. 어느새 흑표범도 나서서 크리스와 함께 싸우기 시작하면서 집단 싸움으로 불거졌다. 사태를 파악한 교관들이 뛰어들어와 말릴 때까지 주먹과 발길질이 마구 오갔다.

그날 훈련생들은 단체로 징계를 받고 저녁 식사를 굶어야 했다. 숙소에서 퉁퉁 붓고 터진 얼굴을 매만지고 있는 크리스에게 누군가가 물수건을 내밀었다. 비슷한 얼굴 꼴을 한 흑표범이었다.

"도와줘서 고마워."

흑표범의 말에 크리스는 얼굴을 찌푸렸다.

"도와주긴 뭘 도와줘. 그냥 얻어터지기만 했는데."

"그래도."

"너 말이야. 그딴 이상한 소리 신경 쓰지 마. 무슨 어른이란 놈들이 헛소리나 하고 있어."

"……전부 틀린 소문은 아니야."

흐리게 웃는 흑표범은 씁쓸해 보였다. 크리스는 다시 얼굴을 찌푸렸다.

"그럼 너 진짜 피 안 마시면 미쳐?"

"그건 아니고."

"네 엄마를 네가 죽였어?"

"……그것도 아니야."

그럼 후계자를 대신해서 저주받았다는 거구만. 크리스는 얼굴을 왕창 찌푸렸다.

"뭐야, 아니면 됐네."

"피를 마시는 건 아니지만…… 너도 알게 되면 혐오할 만한 저주야."

"그게 뭐든. 그 저주에 걸린 게 네 탓은 아니잖아? 저주를 건 개새끼가 잘못한 거지. 혐오를 하더라도 그 새끼를 할 거야, 네가 아니라."

"……."

흑표범은 얌전히 입을 다물었다. 크리스의 거친 언사에 충격을 받은 얼굴이었지만 뭔가 후련해 보이기도 했다.

"넌 이름이 뭐야?"

"흑표범……."

"암호명 말고 진짜 이름 말이야. 난 크리스야. 라케인 크리스인데, 그냥 크리스라고 불러. 가족과 같이 쓴 이름이라 그게 더 좋아."

"……그럼 나도 다비안."

고요히 답한 소년이 크리스를 가만히 응시했다.

"어머니 성인데, 내 이름으로 할래."

"그래, 다비안. 좋은 이름이네."

"크리스, 너도."

마주 본 두 소년은 우는 것도, 웃는 것도 아닌 표정으로 서로 주먹을 맞대었다. 훗날 다비안이 걸린 저주를 알게 된 후에도 크리스는 별로 상관하지 않았다. 그렇게 둘은 친구가 됐다.

훈련을 수료한 후엔 본격적으로 임무에 투입됐다. 대장인 넥시아는 크리스를 정말 알차게 부려먹었다. 뜻밖의 재회가 이뤄진 건 움브라 업무에 어느 정도 적응했을 무렵이었다.

"앗! 너는!"

"……!"

그날 크리스가 받은 건 외부 조력자에게 문서를 전달하라는 비교적 간단한 임무였다. 접선 장소에 나갔는데 그곳에 익숙한 남자가 나와 있었다. 라민이었다. 라민 역시 한눈에 크리스를 알아보고 환하게 웃었다.

"와, 너 그때 그 꼬마 맞지? 크리스의 아들? 2년 만인가? 그새 엄청 컸구나! 아무튼 이제야 드디어 얼굴을 보네."

라민은 크리스를 보자마자 한탄을 쏟아냈다. 계속 만나고 싶어 했지만 대장이 방해해서 코빼기도 볼 수 없었다는 한탄이었다. 크리스는 십년지기 절친처럼 저를 친근하게 여기는 그를 이해할 수가 없었다.

"절 왜 만나고 싶어 했는데요?"

"만나고 싶어 하면 안 돼?"

"그건 아니지만……."

"딱딱하게 굴지 말고 친하게 지내자. 난 네가 마음에 들거든."

이후로도 크리스는 종종 라민과 교류했다. 라민은 퇴역한 움브라였다. 지금은 떠돌이 헌터로 지내면서 움브라에 간간이 조력하는 역할을 한다고 했다. 크리스의 모친과 알게 된 것도 그 과정에서였다.

"의뢰를 받아 레논 영주를 조사하고 있었어. 크리스, 그러니까 네 모친도 마찬가지여서 인연이 닿아 서로 협력하게 됐지. 필요한 정보는 다 모았고 내가 연락만 하면 끝나는 상황이었는데, 그런 중에 꼬리를 밟힌 거야."

급보를 받았을 땐 이미 크리스 부부는 살해당했고, 하나 남은 아들은 실종된 후였다. 라민은 자신이 더 서두르지 못한 것에 책임감을 느끼고 있었다. 그는 그림자 병기로서 익숙해진 크리스를 몹시 안타까워했다.

"눈에 살기가 가득하네. 이게 어떻게 열여섯 살밖에 안 된 녀석이 지닌 눈이냐."

"……."

"죽는 것보다는 사는 게 나아서 움브라에 들어가길 권하긴 했지만, 거긴 계속 있을 곳이 아냐. 다행히 기밀을 발설하지 않는다는 맹약만 하면 은퇴 자체는 쉬워. 그러니 딱 주어진 기한까지만 있어. 그 후에는 바로 은퇴하는 거다. 알았지?"

"라민 님이 무슨 상관이에요."

"야 인마, 내 말 들어. 네 어머니가 네게 바란 삶이 살인 병기였겠냐?"

"……어차피 갈 곳도 없어요."

크리스의 부모는 둘 다 혈혈단신으로 자란 고아였다. 당연히 의탁할 친척 같은 건 존재하지 않았다. 유일하게 남은 집도 전소했으니 크리스에겐 돌아갈 곳이 없었다. 그러자 라민이 어깨를 으쓱였다.

"왜 없어? 나한테 오면 되지."

"……라민 님한테요?"

크리스가 미심쩍은 얼굴로 바라보자 씩 웃은 라민이 그의 머리를 거칠게 쓰다듬었다.

"나 헌터잖냐. 언제까지 떠돌이 생활을 할 순 없으니 길드를 만들 생각이야. 동료로 삼을 인재도 찍어놨고, 길드 이름도 벌써 다 지어놨다. 여명의 활! 멋있지? 궁수 위주로 구성된 길드가 될 거야."

"……궁수요?"

"실은 나도 활이 주력이야."

몰랐던 내용이었다. 크리스는 새삼스럽게 라민을 바라봤다. 그는 평소에도 활과 검을 비롯한 온갖 무기를 다 갖고 다녔다. 그때 그때 필요한 무기를 활용한다는 느낌이었다. 그래서 활이 주력이라는 생각까진 해보지 못했다.

“난 실은 널 만나기 전부터 너에 대해 알고 있었어. 네 어머니가 네가 활을 잘 다룬다고 늘 자랑했었거든. 그래서 만남을 고대하고 있었지.”

“그랬군요.”

“비록 좋은 방법으로 확인한 건 아니었지만, 네 실력을 봤을 땐 드디어 내 후계자를 찾았다는 생각에 전율했다니까.”

“무슨 후계자예요. 라민 님은 아직 젊잖아요.”

“어쨌든 나한테 와. 알았지?”

만날 때마다 거듭되는 제안은 크리스의 무의식을 파고들어 자리를 잡았다. 어느 순간부터 크리스는 움브라를 그만둔 이후의 삶을 상상하게 됐다.

“헌터?”

“어, 자꾸 오라고 귀찮게 하네. 별로 관심 없었는데 내 도움이 꼭 필요하다니까 도와줄까 싶기도 하고…….”

크리스의 말에 다비안은 부드럽게 웃었다. 그는 모르는 눈치였지만, 라민과 교류하기 시작한 이후로 크리스는 부쩍 밝아진 상태였다. 다비안은 크리스에게 긍정적인 영향을 미치는 라민이라는 사람이 마음에 들었다.

“괜찮네. 네게도 그편이 더 어울려.”

“그럼 너도 나랑 같이 가자. 꼭 궁수가 아니어도 된대.”

"으음, 아니, 난 괜찮아."

그런 대답이 돌아올 거라는 건 예상하고 있었다. 다비안은 움브라를 떠날 생각을 하지 못했다. 그가 지닌 저주 때문에 세상으로 나가는 걸 두려워하기 때문이었다.

"생각이 바뀌면 언제든 와. 라민도 그런 거로 차별할 사람 아니니까."

"……제안만으로도 고마워."

이후로 몇 번을 더 권했지만 다비안은 계속해서 거절했다. 결국 정해진 기한을 끝마친 크리스가 움브라를 떠나게 될 때까지도 그의 태도는 끝내 변하지 않았다. 갈 길이 달라진 둘은 간간이 서로 교류하는 선에서 만족할 수밖에 없었다.

친구를 설득하지 못한 문제만 빼면, 헌터가 된 크리스의 삶은 그리 나쁘지 않았다. 가족이 살아 있던 옛 시절만큼은 아니더라도 평온하고 안정적인 생활이었다.

길드원들과 치고받으며 친해지는 과정도 즐거웠고, 길드가 무럭무럭 성장해가는 재미도 쏠쏠했다. 유쾌하면서 유능한 길드장인 라민은 어디서든 평판이 좋았고, 따르는 사람이 많았다.

물론 언제나 밝고 활기찬 라민에게도 이면은 있었다. 그는 한 가문의 사생아였고, 본가엔 발도 들이지 못하는 처지였다. 본처의 아들인 이복형은 라민을 증오했다. 하필이면 본가 역시 헌터 길드를 운영하고 있어서 업무적으로 부딪치는 일도 잦았다.

본가의 길드가 대륙 7대 길드에 속할 만큼 큰 곳이었기 때문에 말도 못 할 압력이 쏟아졌다. 크리스는 묵묵히 참는 라민에게 매번 불평할 수밖에 없었다.

"테오 저놈, 그냥 한 대 패주면 안 됩니까? 길드 마스터라고 해봤자 다 길드원들 능력이지 본인은 실력도 없잖아요."

"그러지 마. 안 그래도 그걸로 힘들어하는 사람인데."

"그러니까 더 밟아야죠. 계속 저렇게 시비 거는 걸 가만히 두고 볼 거예요?"

"그래도 형이니까."

"그딴 게 무슨 형입니까?"

"크리스, 네 형은 좋은 사람이었댔지? 테오 형도 어릴 땐 나한테 잘해 줬어. 네 형이 지금 저렇게 됐다고 생각해 봐. 모질게 대할 수 있을 것 같아?"

"쳇."

다행히 그런 악조건 속에서도 라민의 유능은 빛을 발했다. 꿋꿋이 길드를 운영해나갔고, 성과를 보였다. 초라하던 길드는 불과 3년 만에 대륙 7대 길드의 명단에 나란히 이름을 올리게 됐다. 그날 길드원들과 요리와 술을 잔뜩 먹으며 밤새 연회를 즐겼던 순간을, 크리스는 오래도록 잊지 못했다.

그리고 불행은 또 소리소문없이 틈타 들었다.

그날은 친구가 먼 곳으로 떠난 무렵이기도 했다. 오랜만에 찾아온 다비안이 한동안 연락이 되지 않을 거라는 말을 전했다. 장기 임무 때문에 제국을 떠나 있게 되었다는 내용이었다. 움브라의 업무 중엔 제국 내부만이 아니라 외국의 염탐도 포함되어 있었기 때문에 크리스는 아쉬워하면서도 그의 무사 귀환을 빌어주는 수밖에 없었다.

"아무리 바빠도 안부는 전해줘. 가끔이라도 좋으니까."

"그럴게. 다녀와서 보자."

"그래, 꼭 무사히 돌아와라."

"당연하지."

그렇게 다비안이 떠나고 얼마 후 여명의 활 길드에 한 통의 전보가 도착했다. 라민의 형인 테오가 의뢰 수행 중에 위험해졌다면서, 구출을 바란다는 전보였다. 라민은 그 전보를 받자마자 길드원 몇과 함께 출발할 짐을 꾸렸다. 크리스는 결사반대했다.

"가지 마요. 분명 함정입니다."

"그래도 정말일 수도 있잖아."

"볼 것도 없어요. 함정이 맞다니까요."

"확인만 하고 올게. 위험할 것 같으면 바로 빠질 거야."

"함정일 게 뻔한데 대체 무슨 고집입니까?"

답답한 마음에 화를 내는 크리스를 라민은 슬픈 눈으로 바라봤다. 그가 크리스의 어깨를 가만히 붙잡았다.

"내가 말했지. 테오 형은 어릴 때 좋은 형이었다고. 이복동생인 내게 정말 다정했어."

"어릴 때 그러면 뭐해요! 지금은 속이 시커먼 놈인데!"

"내가 아플 땐 몇 날 며칠 옆에 붙어서 병간호도 해줬어. 맛있는 게 생기면 어머니 눈치를 보면서도 나한테 먼저 줬던 사람이었어. 그런데 본격적으로 무예를 익히기 시작하면서부터, 나와 배우는 속도에서 차이가 벌어지자 아버지가 형을 학대했어."

"……."

"사람들이 보는 앞에서 개처럼 끌려가 맞는 게 일상이었어. 형의 어머니에게 공개적으로 모욕을 주기도 했지. 형이 변하게 된 건 그 때문이야. 난 형처럼 맞는 게 무서워서, 더 열심히 노력해서 형보다 월등한 성적을 냈어. 그럼 형은 더 맞았지. 이 모든 과정은 내 탓이 아니지만, 난 형에게 마음의 빚이 있어. 적어도 도와달라는 요청을 모른 척할 순 없어."

"……젠장, 그럼 나도 같이 가요."

"안 돼. 크리스 넌 길드를 지켜."

"싫어요. 갈 겁니다."

덩달아 짐을 꾸리려는 크리스를 라민이 막아섰다.

"크리스, 부탁한다. 길드를 지켜줘. 네가 여기 있어야 안심하고 다녀올 수 있어."

그 말엔 어쩔 수 없이 짐을 내려놓을 수밖에 없었다. 깊이 한숨을 내쉬는 크리스의 어깨를 라민이 다시금 가볍게 다독였다.

"잘 다녀올 테니 너무 걱정하지 마."

"잘 안 다녀오기만 해봐요."

"걱정하지 말라니까. 하지만 크리스, 혹시나 말해두는 건데, 내가 잘못되더라도 복수할 생각은 하지 마."

"……싫어요."

"넌 간신히 일상을 되찾았어. 이제야 겨우 살기를 벗고 평범한 표정을 하게 됐단 말이야. 그걸 스스로 내려놓지 마."

"싫다고 했어요."

"크리스, 이 녀석아."

라민이 답답하다는 얼굴로 한숨을 내쉬었다. 고통에 찬 듯 찌푸려진 표정을 보고 크리스는 긴장했다. 라민은 때때로 저런 표정으로 크리스를 바라보곤 했다. 그 이유도 알고 있었다.

"네가 그날, 그 어린 손으로 사람들을 죽였지. 내가 조금만 더 빨랐다면 어린 네가 그런 일을 하지 못하게 막을 수 있었을 텐데. 항상 그 생각만 하고 살았어. 그걸 막지 못한 게 내 평생의 한이야."

"……라민 님 탓이 아니라고 했잖아요."

"알아. 하지만 자꾸 그런 생각이 드는 걸 어쩌겠냐. 넌 내게 또 같은 과업을 안길 거냐?"

크리스는 움켜쥐고 있던 주먹에서 천천히 힘을 뺐다. 라민이 기쁜 얼굴로 그의 머리를 쓰다듬었다.

"고맙다."

그 모든 과정이 그저 기우에 그쳤다면 전부 괜찮았을 것이다.

그러나 나쁜 예감은 틀리지 않았다.

라민은 돌아오지 못했다.

마스터가 사라진 길드는 빠른 속도로 무너져 갔다. 오래전부터 준비해왔던 듯한 술수 앞에 굳건히 쌓아온 길드의 평판은 아무런 힘을 발휘하지 못했다. 사람도, 명예도, 크리스가 지키려 할수록 모래처럼 빠져나갔다. 그날 떠났던 친구의 소식도 들려오지 않았다. 폐허에서 간신히 쌓아 올린 크리스의 세상은 그렇게 다시 부스러졌다.

처음엔 라민의 당부를 무시하고 복수하고자 했다. 그러나 실행으로 옮기려고 할 때마다 마지막으로 들었던 라민의 목소리가 떠올랐다. 그가 웃던 표정이 눈에 밟혔다.

진심으로 안도하던, 기쁘게 웃던 그를 실망하게 하고 싶지 않았다. 결국 이도 저도 할 수 없었던 크리스는 그대로 망가졌다. 다시는 희망 같은 건 볼 수 없을 거라 생각했다.

"당신이 크리스예요?"

그날, 술에 취해 엉망으로 쓰러진 골목 안에서 엘을 만나기 전까진.

3.

희망이 다시 생겼다. 무너진 줄 알았던 세상이 다시 일어날 기력을 찾았다. 지난 몇 달간 크리스는 마치 구름 위를 걷는 기분이었다. 죽은 줄만 알았던 친구의 소식을 들었고, 라민의 염원이던 길드를 부활시킬 가능성을 맛봤다. 이룰 수 없다고 생각했던 희망이었기에 마음이 너무 크게 들떴다. 덕분에 자신에게는 늘 불운의 그림자가 따른다는 사실을 잊고 말았다.

'……그딴 수상한 의뢰, 하지 말자고 했어야 했는데.'

쇠사슬에 채워진 채, 크리스는 무릎 사이로 몸을 수그렸다. 부러진 다리가 고통을 호소했지만 아무런 생각도 들지 않았다. 조금 전 투항하고 끌려가던 엘의 모습이 눈에 선했다.

또 지키지 못했다.

누가 봐도 수상한 의뢰였다. 안 하는 게 좋을 것 같다는 경고도 들었다. 그런데 왜 멍청하게 받아들였을까. 엘이 적극적으로 의견을 내긴 했지만 최종적으로 결정한 건 마스터인 그였다. 하물며 숲에서 잡힌 건 전적으로 그 탓이었다. 조금 전 탈출을 시도할 때도, 엘 혼자라면 아무런 문제가 없었을 텐데 자기가 짐이 됐다.

'쓰레기 같은 새끼. 이건 다 너 때문이야.'

자신이 희망을 품는 게 아니었다. 시궁창 같은 제 삶에 끌어들여선 안 되는 거였다. 크리스는 입술을 악물었다. 흐느끼지 않으려고 해도 눈물이 줄줄 흘렀다. 자신에겐 소중한 사람들을 잃는 저주가 있는 게 틀림없었다.

그렇게 얼마나 시간이 흘렀는지 알 수 없었다. 어느 순간 크리스는 주위가 고요해진 걸 느꼈다. 마치 세상의 모든 소리가 사라진 듯했다. 기이한 느낌에 크리스는 울던 것도 멈추고 고개를 들었다. 그러자 갑자기 추위가 느껴졌다. 이가 절로 딱딱 부딪칠 만큼 시린 한기였다. 한여름에 왜 이렇게 춥지? 당황스러운 마음에 그는 무릎으로 기어 창살 쪽으로 다가섰다. 그때 장막이 확 젖혀지더니 누군가가 안으로 들어섰다. 움찔했던 크리스는 가까이 다가오는 사람을 보고 눈을 휘둥그렇게 떴다. 여기서 볼 수 있을 거라고 상상도 해보지 못한 얼굴이 있었다.

"자, 작은 형님?"

갈색 피부에 흑발을 지닌 소년이 그의 앞에서 멈춰 섰다. 신비로운 황금색 눈동자가 그를 똑바로 내려다보았다. 틀림없었다. 엘의 작은 형이었다.

'이분이 어떻게 여기에?'

멍하니 입을 벌리니 움츠러들 만큼 아름다운 소년이 후하고 가볍게 한숨을 내쉬었다. 약간 짜증이 난 듯한 기색에 움찔하는 사이, 소년이 크리스가 갇혀 있던 철장을 훅하고 젖혔다. 그랬다. 젖혔다. 크리스는 쇠창살이 저렇게 엿가락처럼 구부러질 수 있는 것인가 진심으로 의문을 가질 수밖에 없었다. 상식을 빗겨 가는 일들은 거기에서 끝나지 않았다. 안으로 들어온 소년이 크리스의 결박을 풀기 시작하자 아무리 애써도 꿈쩍도 하지 않았던 사슬이 두

부처럼 후두둑 끊어졌다.

'힘이 센 건 집안 유전인가 봐.'

도무지 머릿속이 정리되지 않는 중에도 크리스는 멍하니 생각했다. 다음 순간 소년이 크리스에게 뭔가를 내밀었다.

"마셔."

소년이 건네준 건 맑은 액체가 담긴 작은 유리병이었다. 박력에 밀린 크리스는 그게 뭐냐고 묻지도 못하고 얌전히 받아 마셨다. 그러자 속이 시원해지더니, 다리에서 덜그덕거리는 느낌이 들었다. 잠시 후엔 통증이 사라졌다. 다리를 내려다본 크리스는 눈을 휘둥그렇게 떴다. 붓기가 완전히 가라앉아 있었다.

'회복제였어? 그런데 무슨 효과가……?'

이렇게 빠른 효과를 보이는 회복제가 있다는 말은 처음 들었다. 심지어 뼈를 제대로 맞추지도 않았는데, 알아서 저절로 맞춰진 것 같았다. 슬쩍 일어나서 움직여보니 정말로 하나도 아프지 않았다. 다쳤는지조차 알 수도 없을 정도였다.

"나와."

먼저 돌아서서 나가는 소년을 따라 크리스 역시 홀린 듯이 걸음을 옮겼다. 그리고 밖으로 나가자마자 다시금 멍하니 눈을 깜빡였다. 그럴 수밖에 없었다. 눈앞에 계절을 무시한 하얀 설원이 펼쳐져 있었으니까.

'이게 뭐야……?'

크리스는 자신이 꿈을 꾸고 있는 건 아닐까 생각했다. 그러지 않고서야 처음부터 끝까지 이렇게 말도 안 되는 일들만 일어날 리가 없었다. 그러나 세찬 바람이 뺨을 후려치면서 정신이 번쩍 들었다. 꿈이라기엔 지나치게 추웠다.

"크리스?"

다음으로 들려온 목소리가 현실인 걸 다시금 확인하게 해주었다. 소년의 뒤를 따라 조금 걸어간 장소에서 익숙한 얼굴들이 보였다. 각자 다른 곳으로 끌려갔던 길드원들이 한자리에 모여 있었다.

"다들……."

그제야 크리스는 그 앞에 서 있는 다른 남자를 발견했다. 돌아선 뒷모습이었지만 신비한 푸른색 머리칼만 봐도 그의 정체는 몰라볼 수가 없었다.

'엘의 큰 형님.'

그나마 몇 번 마주쳤던 작은 형에 비해 큰 형은 마주하는 일이 별로 없어 대면하는 일도 거의 없다시피 했다. 기가 질릴 만큼 아름답지만 그만큼 대하기 무섭다는 인상만 갖고 있었다. 그 앞에는 웬 붉은 머리의 남자가 엎드려 뻗친 자세로 머리를 박고 있는 채였다. 저건 누구지? 의아해하던 크리스는 다음 순간 보이는 광경에 얼굴을 굳혔다. 자신 쪽으로 몸을 돌린 큰 형의 품 안에 익숙한 존재가 안겨 있었기 때문이었다. 긴 금발을 늘어트린 채 의식이 없는 소년은 엘이었다.

"엘!"

허둥지둥 다가가자 싸늘하게 그를 바라보던 큰 형 쪽이 몸을 살짝 틀었다. 손대지 말라는 경고가 역력한 태도였다. 흠칫 놀란 크리스는 가까스로 뻗은 손을 거뒀다. 그리고 한층 조심스러운 태도로 눈만 굴리며 물었다.

"저, 저어, 엘이, 얘가 왜 이럽니까? 어디가 아픈 겁니까?"

"지금은 의식이 없는 것뿐이다."

원래는 아팠다는 소리였다. 아마 그에게 건네줬던 회복제로 엘도 치료한 후인 듯했다. 크리스는 크게 숨을 삼켰다. 아직도 뭐가 뭔지 알 수가 없었지만, 엘이 무사한 모습을 보니 이제야 겨우 돌아가는 상황이 눈에 보였다. 아마도 엘의 형들이 구해주러 온 듯했다. 어떻게 소식이 닿았는지까지는 알 수 없었으나, 그런 건 조금도 궁금하지 않았다. 중요한 건 오직 하나였다. 엘이, 길드원들이 모두 무사했다.

"구해주셔서 감사합니다. 정말 죄송합니다, 형님들."

"알면 됐어."

둘째 형인 소년이 쌀쌀맞게 대답했다. 크리스는 다시금 마른침을 삼켰다. 엘의 두 형은 평소에도 대하기가 어려웠지만 오늘은 특히 분위기가 사나웠다. 금쪽같은 막내가 쓰러졌으니 당연하다면 당연한 일이긴 했다.

"엘을 편한 장소에 눕혀야겠어. 우린 가까운 마을로 가 있을 테니 여기 수습은 너희가 알아서 해."

"아, 알겠습니다. 다 끝내고 찾아뵙겠습니다."

서둘러 고개를 숙이니 소년이 뜻 모를 눈으로 그를 바라보았다.

"이제 이런 일 없을 거야."

"……예?"

"네 탓이라고 자학하지 말란 소리야. 진짜 쓰레기들은 자학하지도 않으니까."

마치 조금 전 그의 생각을 읽은 듯한 말에 크리스는 자기도 모르게 숨을 삼켰다. 아니, 그것만이 아니라 소년은 마치 그의 모든 삶을 다 알고 있는 것 같았다. 절대 그럴 리가 없는데도. 혼란스러운 크리스가 할 말을 잇지 못하는 동안 엘의 두 형은 몸을 돌렸다. 그리곤 그때까지 머리를 박고 있는 붉은 머리 남자를 걷어차서 쓰러트렸다.

"넌 따라와."

"엥, 진짜 이게 끝이야? 더 안 때려?"

"닥쳐."

"앗, 잠깐만. 같이 가!"

몸을 일으킨 남자는 한눈에도 시선이 갈 만큼 강렬한 미남이었다. 누가 봐도 위압적인 전사의 분위기였는데, 어리둥절해하며 뒤따라가는 모습은 처량한 강아지 같기만 했다. 이윽고 그들의 모습이 시야에서 완전히 사라진 후에야 크리스와 일행은 간신히 입을 열 수 있었다.

"우리가 살았다는 건 알겠는데…… 이게 대체 다 무슨 일이죠?"

"그러게 말이야. 다 틀린 줄 알았더니 생각지도 못한 사람들이 나타나서 구해주질 않나. 밖으로 나와 보니 날은 갑자기 겨울이 되어 있지를 않나, 정신을 못 차리겠네."

"저 푸른색 머리칼 남자, 엘 아버지 맞지?"

네브에 이어 시몬이 차례대로 입을 열었다. 마지막 델라의 질문에 크리스가 놀라서 돌아보았다.

"엥? 큰형님 아냐?"

"아버지라고 하던데?"

"헐, 아버지라고?"

"전에 소개받은 적 있어. 양부라고 하더라고."

"아, 양부. 그래서 형님이라는 것도 딱히 부정은 안 한 건가. 사촌 형이 입양했나 보네."

귀족 세계에선 그런 식의 입양이 특이하진 않았다. 그게 아니라도 엘은 워낙 비밀이 많아서 대충 알아서 이해하고 넘어가기로 했다. 그제야 그들은 주위를 둘러볼 여유를 가질 수 있었다.

"그나저나 이건 다 뭐지."

한여름의 설원도 이해가 안 되는데, 사방에 얼음 동상이 가득했다. 자세히 보니 안에 사람이 보였다.

"병사들, 맞지?"

동상의 정체를 파악하기는 어렵지 않았다. 길드원들은 모두 기겁하면서도 두려운 얼굴이 됐다. 이런 일이 가능하다는 게 믿기지 않았다. 그 새하얀 얼음 동상들 속에서 크리스는 유일하게 색을 가진 한 사람을 발견했다. 여기서 재회할 거라고는 생각지도 못했던, 익숙한 친우의 얼굴을.

"……다비안."

다행이다.

그는 한구석에 얌전히 앉아 있는 채로 멀뚱히 눈만 깜박이고 있었다. 주변 상황을 제대로 인지하지 못하는 것 같았지만 동상에 조금 걸린 것 외엔 다친 부분 없이 무사했다. 크리스는 그를 강하게 부둥켜안았다.

"살아 있으니 됐어. 그거면 됐어."

어떻게든 자신이 살아 있기를 바라던 라민의 기분이 조금은 이해됐다. 소리 없이 틈타 들어온 불운 속에서, 모든 걸 잃지 않고 끝난 건 이번이 처음이었다.

"이제 이런 일 없을 거야."

전부 다 알고 말한 것 같았던 목소리가 떠올랐다. 내내 듣고 싶었던 말이었기 때문일까. 이상할 정도로 가슴이 뛰었다. 앞으로는 잃기만 하지는 않게 될 것이라는, 기묘한 안도감이 일었다.

*　　*　　*

얼음 동상들은 알고 보니 엘의 작품이었다. 처음엔 놀랐지만 그동안 봤던 위용을 생각하면 그럴 만도 하다 싶었던 크리스는 금방 받아들였다.

이틀 만에 깨어난 엘은 건강한 모습으로 돌아왔다. 험한 일을 겪었음에도 그의 맑은 빛은 조금도 퇴색되지 않았다. 시종을 자처하는 유쾌한 친구가 붙었다는 것 외에는 평소와 다를 바 없는 평온한 분위기였다. 그 점에 크리스는 다시금 위로를 받았다.

모두가 자리를 비웠을 때, 크리스는 엘에게 그동안 밝히지 않았던 자신의 사연을 전부 털어놓았다. 왠지 그러고 싶은 기분이었다. 이야기를 전부 들은 엘은 담담히 고개를 끄덕였다.

"그랬군요. 그동안 힘들었겠네요."

"미리 말하지 못해서 미안해."

"미안하긴요. 저야말로 말하지 않은 부분들이 더 많은걸요."

어깨를 으쓱인 엘이 씩 웃었다. 그 스스럼없는 태도가 고마워서 크리스는 다시금 눈시울을 붉혔다.

"네가 무사해서 얼마나 다행인지 몰라. 이번에도 내가 불행을 끌어들인 것 같았어."

"음, 그건 아닐 거예요. 조금 운이 나쁜 경우인 건 맞지만요. 하지만 이런 건 한번 깨지면 괜찮아지거든요. 우리 형이 이제 그런 일 없을 거라고 말했다고 했죠?"

"아, 으응."

"그럼 됐네요. 앞으론 즐겁고 행복한 생각만 해요, 크리스."

생긋 웃는 얼굴에 크리스는 입술을 악물었다. 왠지 속이 울컥해서 진정하기가 힘들었다. 고개를 제대로 들지 못하니 엘이 당황해서 그를 살폈다.

"지금 울어요, 크리스?"

"엘, 넌 내 행운의 요정인가 봐……."

"……고를 표현이 그것밖에 없었나요?"

언제 웃었냐는 듯이 왕창 찌푸리는 얼굴을 보고 크리스는 웃음을 터트렸다. 이렇게 편한 기분을 느껴본 게 얼마 만인지 알 수가 없을 만큼 마음이 평온했다. 화마가 부모님을 삼킨 이래, 살아 있기를 잘했다고 진심으로 생각하게 된 건 처음인 것 같았다.

역시 라민의 말이 맞았다. 살아 있어야 다음을 기약할 수 있었던 거였다. 이제야 오래도록 지키지 못했던 어머니의 유언을 지킬 수 있을 것 같았다.

그는 살아갈 것이다.

살아서 행복해질 터였다.

캐릭터 프로필

이름: 이프리트

생일: 8월 18일

종족: 정령

속성: 불

성별: 무(無)

키: 168cm

외형: 10대 후반의 외모. 분홍색에 가까운 피부를 지니고 있다. 길고 마른 체형이며, 길고 풍성한 곱슬머리에 전반적으로 화려한 인상. 머리카락과 눈동자는 불꽃을 연상시키는 붉은색.

불의 정령왕.
입맞춤하여 축복을 내릴 수 있다. 부와 광영을 상징하여 상인들이 가장 좋아하는 정령왕. 화마를 상징하기도 해서 두려워하는 정령왕이기도 하다.
도도한 성격으로 자존심이 세고 솔직하지 못한 편. 칭찬에 약하며 예쁘고 화려한 걸 좋아한다.

illust-냐르

캐릭터 복불복 QnA

〈인터뷰 질문은 다음 이공카(http://cafe.daum.net/shakito)회원님들이 올려주신 질문 중에서 제비뽑기로 선정했습니다. **질문 범위 특성상 앞으로 전개될 내용이 미리 나올 수도 있으니 주의와 양해 부탁드립니다.**〉

〈율하 님의 질문〉

Q. 만약에 다른 차원으로 가는 능력이 허용된다면 어디로 어떻게 놀러 가고 싶으신가요?

A. 가고 싶은 곳이야 많지. 명계도 돌아보고 싶고 여러 중간계도 가보고 싶고. 신계도 가고 싶고. 전에 보니까 엘뤼엔의 궁처가 참 아름답긴 하더라고. 흠흠, 전엔 느긋하게 구경할 시간이 없었지.

〈살래요 님의 질문〉

Q. 엘뤼엔, 전대 엘퀴네스가 소멸하기 전 자신이 솔직할 수 있었다면 어땠을 것 같나요? 지금보다 관계에 전진이 있었을까요!

A. 당연한 걸 묻네. 내가 작정하고 꼬시면 안 넘어올 사람이 없지.

Q. 엘이 엄마로 인정 안 해주면 어떻게 할 건가요!!!

A. 흥, 엘퀴엔이 내가 좋다고 하면 저가 뭘 어쩌겠어?

〈이스렐라 님의 질문〉

Q. 엘퀴엔이 왜 좋아???

A. 잘생겼잖아. 뭐가 더 필요해?

〈드롭 님의 질문〉

Q. 정령왕을 선택할 수 있다면 어떤 정령왕을 선택할 거예요? 다시 이프리트를 선택할 건가요?

A. 이것도 너무 당연한 질문인걸? 내가 이프리트라서 하는 말이 아니라 정령왕 중에선 이프리트가 제일 나아.

Q. 이프리트는 인간에게 소환된 적 있나요?

A. 몇 번 있었어. 몇백 년에 한 번 정도는 재능있는 녀석이 나오는 편이야.

Q. 엘, 미네, 트로웰 중에서 가장 호감 가는 정령왕은 누구인가요?

A. 다 별론데. 이거 꼭 골라야 해? 셋이 다 똑같지 뭘.

〈 프리드 님의 질문〉

Q. 불의 정령왕으로서 불의 정령을 소개해 주세요!

A. 행복해지고 싶어? 그럼 불의 정령을 선택해. 후회하지 않을 거야.

Q. 엘뤼엔을 좋아하게 된 계기가 있을까요?

A. 으음, 정확한 계기는 없네. 역시 얼굴인가?

Q. 엘뤼엔을 좋아할 수밖에 없는 그의 매력 3가지를 말해주세요!

A. 1. 잘생겼다. 2. 능력도 좋다. 3. 남한테는 냉정한데 내 사람한테는 좀 관대하다.

Q. 소멸 후 신이 된다면 어떤 신, 그러니까 천의속성과 마속성 중 어떤 속성, 또 무엇을 관장하는 신이 되고 싶은가요?

A. 나나 하고 싶은 거 있어! 심판의 신이라든가, 징벌의 신이라든가 그런 거! 무조건 마속성으로! 관장하는 속성과 분야가 비슷하면 업무가 겹치고, 협업하는 일이 많아진다고 들었거든.

Q. 이프리트에게 다른 정령왕들, 그러니까 트로웰, 미네, 엘은 어떤 존재들인가요?

A. 뭐, 한심하고 좀 짜증도 나고 얄밉기도 하고. 그래도 내가 챙겨야지 어쩌겠나 싶은 그런 애들?

〈optimus 님의 질문〉

Q. 이번 유희 설정은 매력적인 총수, 그렇다면 다음 유희는 어떤 설정으로 할 건지 귀띔 좀 해주세요!

A. 적당한 재목 하나 골라서 왕으로 만들어볼까 해. 엘의 유희를 보니까 재밌어 보이더라고.

Q. 엘이 태어난 지 얼마 안 되었을 때 유라우스와 에바스 에덴에서 만났잖아요. 만약 그가 명계로 데려가 주지 않았다면 정말 지옥의 꽃으로 응징(?)하셨을 건가요?

A. 나 한다면 하는 정령왕이야.

Q. 엘을 다섯 글자로 표현한다면?

A. 미련곰탱이.

Q. 인간이 된 엘퀴엔과 엘이 물에 빠졌습니다. 한 명만 구할 수 있다면 누굴 구할 건가요?

A. 엘퀴엔. 구해놓고 나면 나머진 엘퀴엔이 어떻게든 알아서 하겠지. 엘은 믿음직하지 못해서 영~

Q. 트로웰을 탄생하자마자 보진 않았을 것 같은데 어디서 어떻게 처음 보았나요? 또 그에 대한 첫인상이 어땠나요?

A. 태어나서 한 달쯤 됐을 때 에바스 에덴에서 마주쳤어. 우연이라기보다는 내가 거기 올 줄 알고 기다린 듯한 느낌이었어. 친절한 척하지만 성격은 나빠 보였지.

Q. 손병호 게임하다가 이프 겁나 귀엽다고 생각하는 사람 접어 했더니 아크아돈이 반으로 접혔습니다. 어떻게 책임지실 건가요.

A. 뭐야아, 웬일이니. 나 이런 농담 좋아해. 내가 또 한 귀여움 하지. 휴, 어쩔 수 없네. 내가 다 책임지는 수밖에. 어떻게든 다시 펴볼게. 나 예쁘다고 생각하는 사람은 펴. 이럼 다시 펴지나? 깔깔깔~

네 칸 만화

화아
시벨 맛골목
시벨리우스 원조 맛집
시벨치킨 2호점
배달
시벨리우스's
밥 2F
시벨리우스
원조 맛집에
오세요~
킥킥...
씨, 굉장히
복해 보여!
엘?
전직한국인
헤헷

잘생긴 드래곤
아, 내가 너무 잘생겨서 피곤하군.
아아- 눈이 부셔 거울을 볼 수가 없
아~ 그만 잘생기고 싶다~
아~
.....
엘!!!! 참아!!!! 안 돼!!!
짜악
으아아 진정해